ONDE A FLORESTA ENCONTRA AS ESTRELAS

GLENDY VANDERAH

ONDE A FLORESTA ENCONTRA AS ESTRELAS

Tradução
Ana Death

Principis

Esta é uma publicação Principis, selo exclusivo da Ciranda Cultural
© 2023 Ciranda Cultural Editora e Distribuidora Ltda.
Esta edição é possível mediante acordo de licença originado pela Amazon Publishing, www.apub.com, em colaboração com a Sandra Bruna Agência Literária

Traduzido do original em inglês
Where the forest meets the stars

Texto
© Glendy Vanderah

Tradução
Ana Death

Editora
Michele de Souza Barbosa

Preparação
Luciana Garcia

Produção editorial
Ciranda Cultural

Diagramação
Linea Editora

Revisão
Fernanda R. Braga Simon

Design de capa
Ana Dobón

Imagens
Tanakax3/shutterstock.com

Dados Internacionais de Catalogação na Publicação (CIP) de acordo com ISBD

V228o	Vanderah, Glendy Onde a floresta encontra as estrelas / Glendy Vanderah ; traduzido por Ana Death. - Jandira, SP : Principis, 2023. 288 p. ; 15,50cm x 22,60cm. Título original: Where the Forest Meets the Stars ISBN: 978-65-5552-825-1 1. Literatura americana. 2. Família. 3. Morte. 4. Literatura estrangeira. 5. Milagres. 6. Mistérios. 7. Suspense. Vínculo. I. Death, Ana. II. Título.
2022-0917	CDD 810 CDU 821.111(73)

Elaborado por Lucio Feitosa - CRB-8/8803

Índice para catálogo sistemático:
1. Literatura americana 810
2. Literatura americana 821.111(73)

1ª edição em 2023
www.cirandacultural.com.br
Todos os direitos reservados.
Nenhuma parte desta publicação pode ser reproduzida, arquivada em sistema de busca ou transmitida por qualquer meio, seja ele eletrônico, fotocópia, gravação ou outros, sem prévia autorização do detentor dos direitos, e não pode circular encadernada ou encapada de maneira distinta daquela em que foi publicada, ou sem que as mesmas condições sejam impostas aos compradores subsequentes.

Para Cailley, William, Grant e Scott

1

A menina podia ser uma *changeling*[1]. Era quase invisível, de rosto pálido, e usava um capuz e uma calça que se esvaneciam no bosque iluminado pelo crepúsculo atrás dela. Estava descalça, em pé, sem fazer movimento algum, com um dos braços envolvendo o tronco de uma nogueira, e não se mexeu quando o carro chegou ruidosamente no início da entrada de carros de cascalho, parando a quase um metro de distância dela.

Quando Jo desligou o carro, desviou o olhar da garota e pegou um binóculo, uma mochila e fichas com dados anotados que estavam no banco do passageiro. Talvez a menina retornasse para o reino das fadas se não ficasse olhando para ela.

Porém, ainda estava lá quando Jo saiu do carro.

– Estou vendo você – disse Jo para a sombra na nogueira.

– Eu sei – a menina respondeu.

As botas de caminhada de Jo espirraram lama seca no passadiço de concreto.

---

[1] Tanto na mitologia quanto no folclore europeus, assim como na crença popular, *changeling* é uma criança trocada, prole de uma fada, troll ou outro ser feérico [*fey*], deixada no lugar de uma criança humana. Por trás disso havia o desejo de ter, ainda como reza a lenda, um serviçal humano, para ter o amor e o carinho de uma criança, ou por maldade, pura e simplesmente. Acreditava-se, ainda, que as crianças levadas eram as não batizadas. (N.T.)

– Você está precisando de alguma coisa?

A menina não respondeu.

– Por que está na minha propriedade?

– Eu estava tentando fazer carinho no seu cachorrinho, mas ele não deixava.

– Esse cachorro não é meu.

– De quem é?

– Ele não tem dono.

Ela abriu a porta telada da varanda.

– Você deveria ir para casa enquanto ainda está claro. – Jo acendeu a lâmpada externa anti-inseto e destrancou a porta da casa. Depois de acender um abajur, voltou até a porta de madeira e a trancou. A menina tinha cerca de nove anos de idade, mas ainda podia estar tramando alguma coisa.

Em quinze minutos, Jo tomou banho e vestiu camiseta, calça de moletom e sandálias. Acendeu as luzes da cozinha, atraindo uma massa silenciosa de insetos para as janelas pretas. Enquanto preparava os itens para grelhar, pensou na menina sob a nogueira. Ela provavelmente, com medo da floresta escura, em vez de ficar ali por perto, devia ter ido para casa.

Jo levou um peito de frango marinado e três espetos de vegetais para uma fogueira em um gramado coberto de ervas daninhas que separava a casa de fachada de ripas amarelas de alguns acres de campina iluminada pelo luar. A casa alugada dos anos 1940, conhecida como Chalé dos Kinney, ficava no topo de uma colina, de frente para a floresta, e a parte dos fundos aberta dava para uma pequena pradaria, regularmente queimada pelo proprietário para impedir o avanço da floresta. Jo acendeu o fogo na fogueira de pedras e colocou a prateleira para preparar os alimentos sobre ela. Enquanto colocava frango e espetos sobre as chamas, ficou tensa quando uma forma escura deu a volta na esquina da casa. A menina. Ela parou a poucos metros da fogueira, observando Jo colocar o último espeto na grelha.

– Você não tem um fogão? – ela quis saber.

– Tenho, sim.

– Por que você cozinha aqui fora?

Jo sentou-se em uma das quatro cadeiras de praia, em estado precário, que havia ali.

– Porque eu gosto de fazer isso.

– O cheiro está bom.

Se ela estava lá para comer sua comida, ficaria decepcionada com os armários vazios de uma bióloga de campo sem tempo para fazer compras de mercado. A menina falava com o sotaque caipira de uma moradora local, e seus pés descalços eram a prova de que ela viera de uma propriedade vizinha. Ela poderia muito bem ir para casa jantar, caramba!

A menina se aproximou um pouco mais de Jo, o fogo colorindo as maçãs do rosto e os cabelos loiros dela, mas não seus olhos, que ainda eram buracos negros como os de um *changeling* no rosto dela.

– Não acha que está na hora de voltar para a sua casa? – perguntou Jo à menina.

Ela se aproximou ainda mais de Jo.

– Eu não tenho uma casa na Terra. Eu vim de lá – disse, e apontou para o céu.

– De onde?

– Da Ursa Maior.

– A Constelação?

A garota assentiu.

– Eu sou da Galáxia do Cata-vento. Fica perto da cauda do grande urso.

Jo não sabia nada sobre galáxias, mas o nome parecia algo que uma criança inventaria.

– Nunca ouvi falar da Galáxia do Cata-vento.

– É o nome que o seu povo usa para se referir a ela, mas a gente chama de um nome diferente.

Jo podia ver os olhos dela agora. O brilho inteligente em seu olhar era estranhamente astuto para o rosto de bebê, e Jo interpretou isso como um sinal de que ela sabia que era tudo diversão.

– Se você é alienígena, por que parece humana?

– Estou só usando o corpo dessa menina.

– Diga para ela ir para casa enquanto você está aí, por favor?

– Ela não tem como fazer isso. Estava morta quando tomei o corpo dela. Se fosse para casa, os pais dela ficariam com medo.

Seria uma zumbi? Jo tinha ouvido falar dessas brincadeiras. Mas a menina tinha ido à casa errada se estava procurando alguém com quem jogar Zumbi Alienígena. Jo nunca foi boa com crianças e jogos de faz de conta, nem mesmo quando era tão jovem quanto a própria menina. Os pais de Jo, ambos cientistas, costumavam dizer que sua dose dupla de genes analíticos a haviam deixado daquela maneira. Eles costumavam brincar sobre como ela saíra do útero com uma carranca intencional no rosto, como se estivesse formulando hipóteses sobre onde estava e quem eram todas aquelas pessoas na sala de parto.

A alienígena em um corpo humano observava Jo virar o peito de frango.

– É melhor você ir para sua casa jantar – disse Jo. – Os seus pais vão ficar preocupados.

– Eu disse a você que não tenho...

– Você precisa ligar para alguém? – Jo tirou o celular do bolso da calça.

– Para quem eu ligaria?

– E se eu ligasse? Fale o número do seu telefone.

– Como eu posso ter um número de telefone se vim das estrelas?

– E a menina cujo corpo você tomou? Qual é o número do telefone dela?

– Eu não sei nada sobre ela, nem o nome.

O que quer que ela estivesse tramando, Jo estava cansada demais para aquilo. Estava acordada desde as quatro da manhã, caminhando com dificuldade pelo campo e pela floresta, enfrentando um tremendo calor e alta umidade por mais de treze horas. Durante semanas, essa tinha sido sua rotina quase todos os dias, e as poucas horas em que passava no chalé todas as noites eram um período importante para relaxar.

– Se você não for embora, vou chamar a polícia – disse Jo, tentando soar severa.

– O que a *polícia* vai fazer? – a menina indagou, como se nunca tivesse ouvido a palavra "polícia" na vida antes.

– Eles vão arrastar você até a sua casa na marra.

A menina cruzou os braços sobre o corpo magro.

– O que eles vão fazer quando eu disser que não tenho casa?

– Eles vão levar você até a delegacia e encontrar os seus pais ou quem quer que cuide de você.

– O que eles vão fazer quando ligarem para essas pessoas e descobrirem que a filha deles está morta?

Jo não teve que fingir raiva dessa vez.

– Sabe, ficar sozinho no mundo não é brincadeira. Você tem que ir para casa, para junto de quem quer que se preocupe com você.

A menina apertou os braços sobre o peito, mas não disse nada.

Ela precisava de um choque de realidade.

– Se você não tem mesmo uma família, a polícia vai colocá-la em um lar adotivo.

– O que é isso?

– Você vai morar com pessoas que não conhece, e às vezes elas são más, então é melhor ir para casa antes que eu chame os policiais.

A menina não se mexeu.

– Estou falando sério.

O cachorro, um filhote já um pouco crescido, que implorava por comida na fogueira de Jo nas últimas noites, escondeu-se no círculo externo de luz do fogo. A menina se agachou e estendeu a mão, falando com ele em voz alta, para ele se deixar acariciar.

– Ele não vai chegar mais perto – disse Jo. – É selvagem. Provavelmente nasceu na floresta.

– Onde está a mãe dele?

– Sei lá! – Jo largou o celular e girou os espetos. – Você tem algum motivo para ter medo de ir para casa?

– Por que você não acredita que eu vim das estrelas?

A garotinha teimosíssima não sabia quando parar.

– Você sabe que ninguém vai acreditar que é alienígena.

A menina caminhou até a beira da pradaria, ergueu o rosto e os braços para o céu estrelado e entoou algum tipo de bobagem com a intenção de que soasse como uma língua alienígena. As palavras dela fluíram como se fossem uma língua estrangeira que conhecia bem, e, quando terminou, virou-se presunçosamente para Jo, com as mãos nos quadris.

– Espero que você esteja pedindo ao seu povo alienígena para aceitá-la de volta – disse Jo.

– Foi uma saudação.

– *Saudação*... boa palavra.

A menina voltou para a luz do fogo.

– Eu não posso voltar ainda. Tenho de ficar na Terra até ter presenciado cinco milagres. Faz parte do nosso treinamento quando chegamos a uma certa idade... meio que como a escola.

– Você vai passar um tempinho aqui. A água não se transforma em vinho há alguns milênios.

– Eu não quis dizer o tipo bíblico de milagres.

– E que tipo de milagres você quis dizer?

– Qualquer coisa – disse a menina. – Você é um milagre, e aquele cachorro, também. Este é um mundo totalmente novo para mim.

– Bom, você já tem dois milagres.

– Não, eu vou guardar os meus milagres para coisas realmente boas.

– Nossa, valeu!

A menina se sentou em uma cadeira de praia perto de Jo. O peito de frango grelhado derramava gordura marinada no fogo, exalando um delicioso aroma no ar noturno. A menina olhou para aquilo, e sua fome era real; não havia nada de imaginário nela. Talvez a família dela não pudesse comprar comida. Jo ficou surpresa por não ter pensado nisso de cara.

– E se eu lhe der algo para comer antes de você ir para sua casa? – perguntou ela. – Você gosta de hambúrguer de peru?

– Como eu poderia saber qual é o gosto de um hambúrguer de peru?

– Você quer um ou não quer?

– Quero um. Devo experimentar coisas novas enquanto estiver aqui.

Jo colocou o peito de frango no lado menos quente da fogueira antes de entrar na casa para pegar um hambúrguer congelado, condimentos e um pãozinho. Ela se lembrou da última fatia de queijo que tinha na geladeira e a adicionou ao jantar da menina. A menina provavelmente precisava daquilo mais do que ela.

Jo voltou para o quintal, colocou o hambúrguer sobre o fogo e pôs o resto na cadeira vazia ao lado dela.

– Espero que goste de queijo no seu hambúrguer.

– Já ouvi falar de queijo – disse a menina. – Dizem que é bom.

– Quem disse que é bom?

– Os que já estiveram aqui. Aprendemos um pouco sobre a Terra antes de chegarmos.

– Como se chama o seu planeta?

– É difícil dizer na sua língua... é meio como *Hetrayeh*. Você tem algum *marshmallow*?

– Os hetrayenos ensinaram você sobre *marshmallows*?

– Disseram que as crianças colocam vários deles em um espeto e derretem tudo no fogo. Dizem que é muito bom.

Jo finalmente tinha uma real desculpa para abrir os *marshmallows* que havia comprado por impulso assim que se mudou para o chalé. Ela achou que poderia muito bem usá-los antes que estragassem. Pegou os *marshmallows* do armário da cozinha e deixou cair intencionalmente o saco no colo da alienígena.

– Você tem que jantar antes de abrir esse pacote.

A alienígena encontrou um graveto e sentou-se em sua cadeira, com os *marshmallows* protegidos no colo, os olhos escuros fixos no hambúrguer que estava sendo preparado. Jo tostou o pão e colocou um espeto de batatas douradas, brócolis e cogumelos ao lado do hambúrguer com queijo em um prato. Ela trouxe duas bebidas.

– Você gosta de cidra de maçã?

A menina pegou o copo e bebeu.

– Isso é bom mesmo!

– Bom o suficiente para ser um milagre?

– Não – disse a alienígena, mas ela bebeu mais da metade do líquido contido no copo em uma questão de segundos.

A menina estava quase terminando de comer seu hambúrguer quando Jo deu uma mordida no dela.

– Quando foi que você comeu da última vez? – ela quis saber.

— No meu planeta — disse a alienígena, com a bochecha inchada por causa da comida que estava na boca.

— Quando foi isso?

Ela engoliu a comida.

— Na noite passada.

Jo colocou o garfo de lado.

— Você não comeu nada durante um dia inteiro?

A menina colocou um cubo de batata na boca.

— Eu não queria comer até agora. Eu estava meio enjoada, por causa da viagem à Terra e da troca de corpo e tudo o mais.

— Então por que você está comendo como se estivesse morta de fome?

A menina partiu o último pedaço do hambúrguer e jogou metade para o cachorrinho que estava mendigando por ele, provavelmente para provar que não estava morrendo de fome. O cão engoliu o pedaço do hambúrguer tão rapidamente quanto a menina tinha feito. Quando a alienígena ofereceu a ele o último pedaço que tinha na mão, o filhote se jogou para a frente, pegou-o dos dedos dela e recuou enquanto o comia.

— Você viu aquilo? — a menina disse. — Ele tirou o pedaço de hambúrguer da minha mão.

— Eu vi. — O que Jo também viu foi uma criança que também poderia estar em sérios apuros. — Isso que você está vestindo é um pijama?

A menina olhou para baixo, para sua calça fina.

— Acho que é assim que os humanos chamam esta roupa que eu estou usando.

Jo cortou mais um pedaço de carne do peito de frango.

— Qual é o seu nome?

A menina estava de joelhos, tentando se aproximar furtivamente do cachorrinho.

— Eu não tenho um nome terrestre.

— Qual é o seu nome alienígena?

— É difícil de pronunciar...

— Fale logo.

– É como *Eerpud-na-asru*.
– Eerpu...
– Não, Eerpu*d*-na-asru.
– Ok, Eerpud, quero que me diga a verdade sobre por que está aqui.
Ela desistiu do cão tímido e ficou de pé.
– Posso abrir os *marshmallows*?
– Coma os brócolis primeiro.
Ela olhou para o prato que tinha deixado na cadeira.
– Aquela coisa verde?
– É.
– Nós não comemos coisas verdes no meu planeta.
– Você disse que deveria experimentar coisas novas.
A menina colocou três floretes de brócolis na boca, um atrás do outro. Enquanto mastigava os brócolis, rasgava o saco de *marshmallow*.
– Quantos anos você tem? – quis saber Jo.
Foi com esforço que a menina engoliu o último brócolis.
– A minha idade não faria sentido para um ser humano.
– Qual é a idade do corpo da menina que você tomou?
Ela enfiou um *marshmallow* na ponta de um espeto.
– Não sei.
– É sério que eu vou ter que chamar a polícia! – disse Jo.
– Por quê?
– Você sabe por quê. Você tem o quê? Uns nove... dez anos de idade? Você não pode sair sozinha à noite. Alguém não está tratando você bem.
– Se você chamar a polícia, eu vou simplesmente fugir.
– Por quê? Eles podem ajudar você.
– Eu não quero viver com estranhos malvados.
– Eu estava brincando quando disse aquilo. Tenho certeza de que vão encontrar pessoas legais.
A menina esmagou um terceiro *marshmallow* no espeto.
– Você acha que o Ursinho gostaria de *marshmallows*?
– Quem é Ursinho?

– É o nome que eu dei para o cachorrinho, inspirada na Ursa Menor, a constelação ao lado da minha. Você não acha que ele se parece com um bebê urso?

– Não dê *marshmallows* para ele. Ele não precisa de açúcar.

Jo pegou os últimos pedaços de carne do peito de frango e os jogou para o cachorro, distraída demais para terminar sua comida. Quando a carne desapareceu pela goela adentro do vira-lata, ela lhe deu os legumes restantes de seus dois espetos.

– Você é legal – disse a menina.

– Eu sou uma idiota. Nunca mais vou me livrar dele agora.

– Eita! – A menina levou *marshmallows* flamejantes até perto do rosto e soprou o fogo.

– Deixe esfriar primeiro – disse Jo.

Ela não esperou, esticando a gosma branca quente até a boca. Os *marshmallows* desapareceram rapidinho, e a menina assou outro lote enquanto Jo levava suprimentos para a cozinha. Enquanto lavava rapidamente a louça, decidiu usar uma nova estratégia. Bancar a Tira Malvada claramente não estava dando certo. Ela teria que ganhar a confiança da menina para arrancar alguma informação dela.

Jo deparou-se com a menina sentada de pernas cruzadas no chão, com o Ursinho lambendo alegremente *marshmallow* derretido na mão dela.

– Eu nunca teria acreditado que esse cachorro comeria em uma mão humana – disse ela.

– Mesmo sendo uma mão humana, ele sabe que sou de Hetrayeh.

– Como isso vem ao caso?

– Nós temos poderes especiais. Podemos fazer coisas boas acontecer.

Pobre criança. Sem dúvida estava idealizando suas circunstâncias sombrias de vida.

– Posso usar o seu espeto?

– Para os *marshmallows*?

– Não, para cutucar você para fora da minha propriedade à força.

A menina sorriu, e uma covinha profunda surgiu em sua bochecha esquerda. Jo perfurou dois *marshmallows* com o espeto e os segurou sobre o fogo. A menina retornou para sua cadeira de praia, o cão selvagem deitado aos pés dela como se tivesse sido milagrosamente domado. Quando os *marshmallows* estavam perfeitamente marrons em todos os lados, e suficientemente resfriados, Jo comeu-os direto do espeto.

– Eu não sabia que os adultos comiam *marshmallows* – disse a menina.
– É um segredo que as crianças desconhecem.
– E qual é o seu nome? – quis saber a menina.
– Joanna Teale. Mas a maioria das pessoas me chama de Jo.
– Você mora aqui sozinha?
– Só no verão. Estou alugando a casa.
– Por quê?
– Se você mora lá embaixo nesta estrada, e tenho certeza de que sim, sabe o motivo.
– Eu não moro lá embaixo nesta estrada. Conte para mim.

Jo resistiu a uma vontade de contestar a mentira, lembrando-se de que estava bancando a Tira Gente Boa.

– Esta casa e os setenta acres que a cercam pertencem a um professor de universidade de ciências chamado Dr. Kinney. Ele permite que os professores de universidades usem a casa e o espaço para ministrar as aulas e também deixa que os alunos de pós-graduação os usem enquanto estiverem fazendo suas pesquisas.

– Por que ele não quer morar aqui?

Jo apoiou o espeto do *marshmallow* nas pedras da fogueira.

– Ele comprou o lugar quando tinha quarenta anos. Ele e a esposa usavam a propriedade como uma casa de veraneio, e ele fez uma pesquisa sobre insetos aquáticos lá embaixo, no riacho, mas pararam de vir aqui há seis anos.

– Por quê?
– Eles estão na casa dos setenta anos, e a esposa dele precisa ficar perto de um hospital por causa de um problema de saúde. Agora eles usam a casa como fonte de renda, mas só a alugam para cientistas.

– Você é cientista?
– Sim, mas ainda sou uma pós-graduanda.
– O que é que isso significa?

– Significa que eu terminei os primeiros quatro anos de faculdade, e agora assisto às aulas de pós-graduação, trabalho como assistente de ensino e faço pesquisa para poder virar uma doutora.

– Você quer ser médica?

– Não, não é doutora em medicina, é um grau de doutorado. Assim que eu o obtiver, poderei conseguir um trabalho como docente em uma universidade.

A menina lambeu os dedos sujos e com baba de cachorro e os esfregou no *marshmallow* enegrecido grudado no rosto.

– Um docente é um professor, certo?

– Sim, e a maioria das pessoas na minha área também faz pesquisas.

– Que pesquisas?

Que curiosidade implacável! Ela daria uma excelente cientista.

– O meu campo de pesquisa é ecologia e conservação de aves.

– O que você faz, exatamente?

– Chega de perguntas, Eerpu...

– Eerpu*d*!

– Está na hora de você ir para a sua casa. Eu acordo cedo, então preciso ir dormir. – Jo abriu a torneira e puxou a mangueira até a fogueira.

– Você tem que apagar o fogo?

– O Urso Smokey[2] diz que sim. – O fogo soltou um som sibilante enquanto a água o vencia.

– Que triste! – disse a menina.

– O que é triste?

– Esse cheiro de cinzas molhadas. – O rosto dela parecia azulado na luz fluorescente filtrada pela janela da cozinha, como se ela tivesse se tornado uma *changeling* novamente.

Jo fechou a torneira pela alavanca de abertura e fechamento, que rangia.

– Que tal se você me contasse a verdade sobre por que está aqui?

– Eu contei essa verdade para você.

---

[2] O Urso Smokey foi um mascote publicitário criado em 1944, em uma campanha para evitar incêndios florestais nos Estados Unidos. (N.T.)

– Sem essa! Vou entrar, e não me sinto bem deixando você aqui.
– Eu vou ficar bem.
– Você vai para a sua casa?
– Vamos, Ursinho – disse a menina, e o cachorro fez algo improvável: ele a obedeceu.

Jo viu a *changeling* alienígena e seu vira-lata indo embora, ambos se esvanecendo na floresta escura, tão triste quanto o cheiro de cinzas molhadas.

2

O alarme acordou Jo às quatro da manhã, seu horário normal de despertar nos dias em que viajava por longas distâncias até seus locais de estudo. À luz de uma pequena luminária, ela colocou uma camiseta, uma camisa, calças cargo de uso em campo e botas. Foi apenas quando ligou a luz fluorescente do fogão que se lembrou da menina, no que era difícil de acreditar, já que havia pensado bastante nisso durante a primeira meia hora em que ficou inquieta na cama. Ela olhou pela porta dos fundos, para as cadeiras vazias em círculo em volta do local da fogueira. Acendeu a luz da varanda da frente e entrou no ambiente telado. Nenhum sinal da menina. Ela provavelmente tinha ido para casa.

Enquanto seu mingau de aveia cozinhava, Jo preparou um sanduíche de atum e embalou-o com o seu lanche para trilha e a água. Ela saiu vinte minutos depois e estava em seu sítio ao amanhecer. Enquanto o ar da manhã ainda estava fresco, ela procurou ninhos de ovos de *Passerina cyanea* escondidos ao longo da Rodovia Church, o menos sombreado de seus nove locais de estudo. Algumas horas mais tarde, ela foi para o sítio da Fazenda Jory e, depois disso, para a Rodovia Cave Hollow.

Ela desistiu às 17 horas, mais cedo que o normal. A insônia se tornara rotina nos últimos dois anos, desde o diagnóstico de sua mãe e de seu recente falecimento, mas, por alguma razão, sua ansiedade esteve especialmente ruim por três noites consecutivas. Ela queria estar na cama às nove, no máximo, para recuperar o sono.

Embora Jo tivesse parado em uma barraca de fazenda primeiro, ela chegou à Rodovia Turkey Creek cedo o bastante para o Homem dos Ovos, um jovem barbudo, ainda estar sentado sob seu dossel azul no cruzamento da estrada com a rodovia do condado. Durante seus pouco frequentes dias de folga, principalmente por causa da chuva, Jo notou que ele mantinha uma programação regular, vendendo ovos nas noites de segunda e nas manhãs de quinta.

O Homem dos Ovos assentiu para cumprimentar enquanto Jo fazia a curva. Ela acenou e desejou que precisasse de ovos para fazer negócios com ele, mas ainda tinha pelo menos quatro na geladeira.

A Rodovia Turkey Creek era a estrada de cascalho de oito quilômetros que terminava no riacho e na propriedade dos Kinneys. Demorava um pouco para dirigir por ali, até mesmo em um SUV. Depois do primeiro quilômetro, a estrada ficava estreita, sinuosa, estava esburacada e coberta por tábuas, e no final era precariamente íngreme em alguns lugares onde o riacho a inundara durante chuvas fortes. A viagem de volta de Jo na estrada era sua parte favorita do dia. Ela nunca sabia o que a próxima curva poderia trazer – um peru, uma família de codornas ou mesmo um lince. No fim das contas, a estrada a levou a uma bela vista do riacho rochoso e claro e a uma curva à esquerda que dava para sua pitoresca casa na colina.

Mas não foi a vida selvagem que ela viu encará-la de volta da passarela da cabana quando fez a curva na via que levava para a propriedade dos Kinneys. Era a alienígena da Ursa Maior e seu cachorro da Ursa Menor, o Ursinho. A menina estava com as mesmas roupas da noite anterior, os pés ainda descalços. Jo estacionou e saltou do carro sem nem tirar seus equipamentos de dentro dele.

– Por que você ainda está aqui?

– Eu disse para você – a menina respondeu – que estou visitando a Terra vinda de…

– Você tem que ir para a sua casa!

– Vou fazer isso! Eu prometo que vou quando tiver cinco milagres.

Jo tirou o celular do bolso da calça.

– Sinto muito. Eu tenho que chamar a polícia.

– Se você fizer isso, vou sair correndo. Vou encontrar outra casa.

– Você não pode fazer isso! Há pessoas esquisitas por aí. Pessoas más.

A menina cruzou os braços sobre o peito.

– Então não chame a polícia.

Bom conselho. Não deveria fazer isso na frente dela. Jo guardou o celular.

– Está com fome?

– Um pouco.

Ela provavelmente não tinha comido nada desde sua refeição preparada no fogo.

– Você gosta de ovos?

– Ouvi dizer que ovos mexidos têm um gosto bom.

– Tem um cara que vende ovos na estrada. Vou buscar alguns.

A menina ficou observando enquanto Jo caminhava de volta até o carro.

– Se você estiver mentindo e voltar com a polícia, eu vou sair correndo.

O desespero nos olhos da menina deixou Jo nervosa. Ela deu meia-volta com o carro e entrou na Rodovia Turkey Creek. A pouco mais de um quilômetro e meio da casa de campo, parou em uma colina, onde era mais provável que houvesse conexão, e ligou para o serviço de informações para obter o número não emergencial do xerife. Após três tentativas malsucedidas, ela colocou o telefone no console e teve uma ideia melhor.

Ela chegou à estrada externa bem a tempo. O Homem dos Ovos havia retirado seu dossel e a placa onde se lia "Ovos frescos", mas não tinha guardado a mesa nem as três caixas de ovos não vendidas, empoleiradas na cadeira dele. Jo levou o carro para o mato à beira da estrada cheia de ervas daninhas e pegou a carteira. Ficou esperando atrás do Homem dos Ovos enquanto ele se inclinava sobre a mesa para dobrar as pernas dela. Jo nunca tinha visto o corpo inteiro dele porque ele ficava sentado atrás da mesa quando ela comprava os ovos. Ele tinha cerca de um metro e oitenta de altura e era musculoso, por causa do trabalho árduo diário, o tipo de força proporcional que Jo preferia às protuberâncias causadas pelo levantamento de peso.

Ele se virou, sorrindo e fazendo mais contato visual do que o normal.

– Um desejo repentino de uma omelete? – ele disse, notando a carteira na mão dela.

– Quem me dera – disse ela –, mas não tenho queijo. Vou ter que me contentar com ovos mexidos.

– Sim, não é uma verdadeira omelete sem o queijo.

Ela havia comprado ovos dele por três vezes nas cinco semanas desde que chegara, e ele nunca antes tinha trocado tantas palavras com ela. Normalmente, o lado dele na transação era assentir, pegar o dinheiro dela com a mão calejada e dizer *Obrigado, senhora*, quando ela dizia que poderia ficar com o troco. O Homem dos Ovos era um mistério para Jo. Ela presumia que um cara que vendia ovos na beira da estrada seria um pouco lento, mas os olhos dele, a única característica que se destacava no rosto bem barbudo, eram tão afiados quanto vidro azul estilhaçado. E ele era jovem; provavelmente tinha mais ou menos a mesma idade de Jo, e ela não entendia por que um cara inteligente daquela idade estaria vendendo ovos no meio do nada.

O Homem dos Ovos largou a mesa dobrada na grama e a encarou.

– Uma dúzia ou meia dúzia?

Jo não detectou nenhum indício da fala arrastada comum na maioria dos habitantes do sul de Illinois.

– Uma dúzia – disse ela, entregando-lhe uma nota de cinco dólares da carteira.

Ele pegou uma caixa da cadeira e o troco.

– Fique com o troco – disse ela.

– Obrigado, senhora – ele respondeu, colocando o dinheiro no bolso traseiro da calça. Ele pegou a mesa e a levou até sua velha picape branca.

Jo o seguiu.

– Posso lhe perguntar uma coisa?

Ele apoiou a mesa na caçamba aberta da caminhonete e se virou para ela.

– Pode.

– Eu estou com um problema...

Os olhos dele brilharam, mais com curiosidade do que por preocupação.

– Você mora nesta estrada, não é?

– Sim – ele respondeu. – Na propriedade bem ao lado da dos Kinneys, na verdade.

– Ah, eu não sabia disso.

– Qual é o problema, vizinha?

– Suponho que você conheça as pessoas que moram nesta estrada... Provavelmente você vende ovos para eles, não?

Ele assentiu.

– Uma menina apareceu na minha propriedade ontem à noite. Você ouviu falar de alguma criança desaparecida de casa?

– Não.

– Ela tem uns nove anos, é magra, cabelo loiro-escuro comprido, grandes olhos castanhos, rosto bonito, interessante, meio oval, e uma covinha se forma na bochecha dela quando sorri. Ela lhe parece familiar?

– Não.

– Ela tem que ser daqui. Está com os pés descalços e usando calça de pijama.

– Diga para ela ir para casa.

– Eu fiz isso, mas ela não quer. Acho que ela pode estar com medo de ir para casa. Ela não tinha comido durante um dia inteiro.

– Talvez seja melhor você chamar a polícia.

– Ela disse que vai fugir se eu fizer isso. Ela me contou uma história maluca sobre ser de outro planeta e ter pegado emprestado o corpo de uma menina morta.

O Homem dos Ovos ergueu as sobrancelhas.

– Sim, muito louco isso. Mas eu não acho que ela seja louca. Ela é inteligente...

– Muita gente maluca é inteligente.

– Mas ela age como se soubesse exatamente o que está fazendo.

Os vítreos olhos azuis dele ficaram aguçados.

– Por que uma pessoa com problemas mentais não poderia saber exatamente o que está fazendo?

– É mais ou menos isso o que eu quero dizer.

– Que seria...?

– E se ela for inteligente o suficiente para saber o que está fazendo?

– O que quer dizer?

– Que ela sabe que voltar para casa não é seguro.

– Ela só tem nove anos. Ela tem que ir para casa. – Ele abriu a porta do passageiro e colocou as duas caixas de ovos restantes no chão.

– Aí eu chamo a polícia, e, quando os vir chegando, ela foge, e quem sabe o que pode acontecer com ela?

– Faça isso na moita.

– Como? Ela vai fugir e sair correndo até a floresta antes mesmo de eles saírem da viatura.

Ele não tinha nenhum conselho para dar a Jo.

– Droga, eu não quero fazer isso!

Ele a analisou com simpatia, seu braço estendido por cima da porta aberta da caminhonete.

– Parece que você teve um longo dia.

Ela olhou para suas roupas e botas enlameadas.

– Sim, e está ficando mais longo do que eu consigo aguentar.

– E se eu passar na sua casa para ver se conheço a garota?

– Você faria isso?

– Não posso prometer que isso vá ajudar.

Jo estendeu a dúzia de ovos.

– Leve quando for até lá. Vou dizer a ela que você saiu correndo e teve que ir para casa buscar mais ovos. Do contrário, você pode assustá-la.

– Essa garotinha está mexendo com você.

Pensando bem, de fato estava, mesmo. Que raios era isso que estava acontecendo?

Ele colocou os ovos no chão do lado do passageiro, junto com os outros.

– O que você estuda?

Jo não esperava que o Homem dos Ovos fosse fazer essa pergunta. Ela ficou confusa por alguns segundos.

– No verão passado, um monte de alunos estava estudando peixes na propriedade dos Kinneys – ele disse. – No verão antes desse, eram libélulas e árvores.

– Eu estudo pássaros – disse Jo.

– De que tipo?

– Estou analisando o sucesso de aninhamento dos *Passerina cyanea*.

– Há muitos desses por aqui.

Ela ficou surpresa por ele saber o nome do pássaro. Muitas pessoas não sabiam dizer o nome de nenhum além de cardeal, e mesmo aqueles eram frequentemente chamados de pássaros vermelhos.

– Eu vi você caminhar algumas vezes – disse ele. – Foi você que colocou aqueles pedaços de fitas agrimensoras laranja?

– Fui eu, sim. A Rodovia Turkey Creek é um dos meus locais de estudo. – Ela não contou que as bandeiras marcavam ninhos. Se os garotos locais ficassem sabendo disso, poderiam bagunçar tudo e estragar os resultados dos estudos. Ela o observou fechar a cadeira. – Você por acaso perdeu um cachorro? – ela perguntou.

– Não tenho cachorros; só uns dois gatos no celeiro. Por que a pergunta?

– Um cachorrinho faminto é o meu outro problema.

– Desgraça pouca é bobagem.

– Acho que sim – disse Jo, voltando para o carro. Ela não viu nenhuma menina nem cachorro quando parou na entrada do chalé. Descarregou o equipamento de campo, as frutas e os *muffins* que havia comprado na barraca da fazenda. A menina devia estar se escondendo, ou talvez tivesse sentido encrenca à vista e caído fora.

Enquanto Jo guardava as compras, ouviu três batidas suaves à porta da cozinha. Ela abriu a porta e olhou para a menina através da tela esfarrapada.

– Você vai fazer os ovos agora?

– O cara saiu correndo – disse Jo. – Ele vai trazer alguns ovos aqui.

– Como ele pode trazer os ovos se saiu correndo?

– Ora, ele foi para casa buscar mais. A propriedade dele fica bem ao lado desta. Ali.

A menina olhou para a esquerda, para onde Jo apontou.

– Quer um *muffin* de mirtilo?

– Sim!

Jo colocou um *muffin* na mão suja da menina.

– Obrigada – ela disse, antes de enterrar a boca no *muffin*.

A comida fez com que o cachorro virasse a esquina da casa, mas a menina estava com muita fome para compartilhá-la. Ela já tinha terminado o *muffin* quando a picape branca do Homem dos Ovos desceu pela entrada de carros de cascalho meio minuto depois. Jo pegou o papel do *muffin* da mão da menina e o jogou nas cinzas frias da fogueira.

– Vamos pegar esses ovos – disse, fazendo um sinal com a mão para que a menina desse a volta na casa.

– Ah, não! – a garota disse.

– O que foi?

– O Ursinho comeu o papel do *muffin*.

– Tenho certeza de que ele já comeu coisa pior. Vamos.

Elas encontraram o Homem dos Ovos na picape dele. Ao entregar a caixa de ovos para Jo, ele avaliou a menina suja, dos pés descalços imundos ao cabelo oleoso. Ela parecia muito pior do que na noite anterior.

– Você mora por aqui? – perguntou o Homem dos Ovos à menina.

– A Jo mandou você me perguntar isso – disse a menina. – Esse é o verdadeiro motivo de você ter trazido os ovos. Você não tinha saído correndo.

– Olhe só, ela se acha… – disse o Homem dos Ovos.

– O que isso quer dizer? – perguntou a menina.

– Que você acha que é o máximo. Por falar nisso, o que uma menina tão esperta está fazendo de pijama por aí?

A menina olhou para a própria calça lilás com estrelas.

– A garota estava usando isso quando morreu.

– Que garota?

– A humana do corpo que eu tomei. A Jo não contou para você?

– Quem é Jo?

– Eu – disse Jo.

O Homem dos Ovos estendeu a mão.

– Prazer em conhecê-la, Jo. Sou Gabriel Nash.

– Joanna Teale. – Ela apertou a mão quente e áspera dele, muito consciente de que não tocava em um rapaz havia dois anos. Segurou a mão dele um pouco mais do que deveria, ou talvez fosse ele que tivesse feito isso.

– E qual é o seu nome, garota-zumbi? – ele perguntou, oferecendo a mão para ela.

A menina recuou, com medo de que ele tentasse agarrá-la.

– Não sou um zumbi. Estou visitando a Terra, vinda de Hetrayeh.

– Onde fica isso? – ele quis saber.

– É um planeta da Galáxia do Cata-vento.

– A Galáxia do Cata-vento? Sério?

– Você já ouviu falar dela?

– Eu já a vi.

A menina olhou de soslaio para ele.

– Você não viu, não...

– Vi, sim. Com um telescópio.

Algo sobre o que ele havia dito deixou a menina toda radiante.

– Ela é linda, não é?

– É uma das minhas favoritas.

Devia ser uma galáxia que realmente existia. Pelo menos não foi sobre tudo que a menina havia mentido.

O Homem dos Ovos encostou na frente da picape, com as mãos nos bolsos da calça *jeans*.

– Por que você veio para a Terra?

– É uma escola para nós. Eu sou como a Jo: uma estudante de pós-graduação.

– Interessante. Por quanto tempo você pretende ficar aqui?

– Até ter visto o suficiente.

– O suficiente do quê?

– O suficiente para entender os seres humanos. Quando tiver visto cinco milagres, eu volto.

– Cinco *milagres*? – ele perguntou. – Isso vai demorar uma eternidade.

– O que quero dizer com milagres, é: coisas que me surpreendam. Quando eu tiver visto essas cinco coisas, vou voltar e contar as histórias para o meu povo. É como fazer doutorado e me tornar professora de faculdade.

– Você vai ser uma especialista em seres humanos?

– Só no pedacinho do seu mundo que eu vi. Como a Jo será uma especialista em ecologia de pássaros, mas não em outros tipos de ciência.

– Nossa – disse ele, olhando para Jo.

– Alienigenazinha esperta, não é? – Jo estendeu a dúzia de ovos para a menina. – Você pode colocar isso na geladeira para mim?

– Você vai me deixar entrar na sua casa?

– Vou.

– Só porque você quer falar com ele sobre mim.

– Guarde os ovos.

– Não diga nada malvado.

– Vá lá. – A menina correu até a porta da frente. – Ande – disse Jo –, ou seus ovos mexidos vão estar na calçada. – Ela se voltou para o Homem dos Ovos. – O que você acha?

– Eu nunca a vi antes. Tenho quase certeza de que ela não mora nas proximidades.

– Ela tem que ser de algum lugar bem perto. O estado em que estariam os pés dela se ela tivesse caminhado muito...

– Talvez ela tenha perdido os sapatos desde que chegou aqui... pode ter mergulhado os pés em um riacho e esquecido onde os largou. – Ele desceu da picape e esfregou a mão na barba. – O sotaque dela soa como se ela fosse daqui... mas todas aquelas coisas sobre estudantes de pós-graduação e professores de faculdade...

– Ela absorveu isso de mim.

– Obviamente, mas ela parece nova demais para conectar todos os pontos tão bem assim.

– Eu sei, era isso o que eu estava tentando dizer...

A garota irrompeu pela porta da varanda, os pés descalços batendo no concreto rachado.

– Do que vocês estavam falando? – ela perguntou, sem fôlego.

– Estávamos dizendo que já está na hora de você voltar para a sua casa – disse ele. – Você precisa de uma carona? Eu posso levá-la na minha caminhonete.

– Você vai me levar através das estrelas, dirigindo, até o meu planeta?

– Você é muito esperta para achar que vamos acreditar que seja alienígena – disse ele –, e sabe que uma menina da sua idade não pode ficar sozinha. Conte a verdade!

– Eu estou dizendo a verdade!

– Então a Jo não tem escolha a não ser chamar a polícia.

– *Toh-id ina eru-oi!* – a menina disse.

– Você está indo aonde? – ele perguntou.

A menina irrompeu a falar em seu idioma alienígena, falando com tanta fluência quanto na noite anterior, mas, desta vez, o discurso foi dito como uma represnsão ao Homem dos Ovos, com muita gesticulação de braços e mãos.

– O que foi isso? – ele perguntou, quando ela havia terminado.

– Eu estava dizendo no meu idioma que você deveria ser legal com uma estudante de pós-graduação que veio até o fim das estrelas para vê-lo. Nunca vou conseguir ser professora se vocês não me deixarem ficar.

– Você sabe que não pode ficar aqui.

– Você está recebendo o seu grau de doutor? – perguntou a menina.

Ele olhou para ela estranhamente.

– Se estivesse, saberia que é errado não me deixar obter o meu – disse a menina.

Ele andou até o caminhão e abriu a porta.

– Espere... – pediu Jo.

Ele fechou a porta.

– Você está por conta própria com isso – ele falou, de dentro do caminhão.

– E se ela tivesse aparecido na sua porta?

– Não foi na minha porta que ela apareceu. – Ele saiu da entrada de carros rapidamente, espalhando cascalho enquanto dirigia.

– Que diabos!? Está com a mãe na forca? – perguntou Jo.

– Que força? – perguntou a menina.

– Deixe para lá!

Claramente, algo o havia irritado. Talvez estivesse inseguro em relação ao nível de estudos de Jo. Ele havia se alterado quando a menina perguntou se ele estava fazendo doutorado.

– Eu vi torta na cozinha. Posso comer um pedaço?

Jo olhou para a estrada vazia enquanto o barulho da caminhonete do Homem dos Ovos desaparecia. Por que as pessoas da comunidade dele não podiam cuidar dos seus? Por que isso seria deixado nas mãos dela, a forasteira, que desconhecia os caminhos deles, suas regras não ditas?

– Posso? – pediu a menina.

Jo virou-se para ela, tentando não parecer nervosa.

– Sim, você pode comer torta. Mas primeiro deve comer algo substancial. – E, antes disso, Jo, de alguma forma, tinha que chamar o xerife sem que a garota soubesse.

– Os ovos mexidos são substanciais?

– São – Jo disse –, mas quero que você se limpe antes de comer. Você tem que tomar um banho.

– Não posso comer primeiro?

– Eu disse quais são as regras. É pegar ou largar.

A menina acompanhou Jo até a casa como um cachorrinho faminto.

3

Depois de seu próprio banho rápido, Jo mandou a menina entrar no banheiro com uma toalha limpa. Ela fechou a porta, ouviu a água e correu para fora com seu celular quando teve certeza de que ela estava tomando banho.

A floresta estava cinza, o mesmo tom de crepúsculo que havia entregado a *changeling* na casa de campo, na noite anterior. Jo desceu pela entrada de carros, abanando a mão para espantar os mosquitos, e com gotas de suor misturadas com água escorrendo de seu cabelo. O cachorro Ursinho se escondeu por perto, seguindo cada movimento dela, como se fosse um espião para a criança alienígena.

Ela levou mais de sete minutos para se conectar à internet e encontrar o número não emergencial do xerife. Quando a telefonista do xerife respondeu, Jo fez a chamada correndo, com medo de que a garota fosse sair e ouvi-la. Ela disse à mulher que precisava de um delegado para pegar uma menina que poderia ser uma sem-teto. Deu o endereço e algumas direções para chegarem até lá. A mulher fez perguntas, mas Jo só teve tempo de dizer que estava muito preocupada com a menina e queria que alguém fosse até lá imediatamente. Ela escondeu o celular no bolso e correu de volta para casa.

Bem a tempo! A menina estava na sala, enrolada em uma toalha, com os cabelos longos escorrendo pelos ombros finos. Os olhos escuros analisavam Jo.

– Onde você estava? – perguntou ela.

– Ouvi algo lá fora – disse Jo –, mas era só o cachorro.

Ela se aproximou da menina, esperando que o que havia visto fossem manchas de lama que a garota não tinha conseguido tirar no banho. As marcas não eram sujeira. Ela tinha contusões roxas na garganta e no braço esquerdo, e sua coxa direita estava raspada e machucada. A gola alta do capuz cobria a contusão na garganta. O braço esquerdo dela apareceu marcado por dedos, como se alguém a tivesse agarrado com força.

– Como você ficou com essas contusões?

A menina recuou.

– Onde estão as minhas roupas?

– Quem machucou você?

– Eu não sei o que aconteceu. Estavam no corpo da menina morta. Talvez ela tenha sido atropelada por um carro ou algo assim.

– É por isso que tem medo de ir para a sua casa? Alguém machuca você?

A garota ficou enfurecida.

– Eu achei que você fosse legal, mas acho que não é.

– Por que eu não sou legal?

– Porque você não quer acreditar em mim.

Jo ficou aliviada. Tinha ficado com medo de que a menina soubesse que havia ligado para o xerife. E ainda bem que havia feito isso. A situação definitivamente era caso de polícia. Jo esperava que eles levassem a chamada a sério e viessem rápido, mas, enquanto isso não acontecia, tinha de manter a garota ocupada.

– Vamos vestir você e preparar esses ovos – disse ela.

Jo não podia deixá-la usar as mesmas roupas imundas. A menina não se importou de colocar uma camiseta e uma *legging* de Jo, que precisou ter a barra dobrada na altura dos tornozelos. Ela ajudou Jo na cozinha, e até lavou alguns pratos antes de as duas comerem. Jo tentou fazê-la falar sobre de onde ela era enquanto cozinhavam e comiam, mas a menina insistia em sua estranha história. Apesar da "coisa verde", que eram algumas folhas de espinafre, a menina devorou três ovos mexidos. Em seguida, comeu uma grande fatia de torta de maçã, depois disse que seu estômago doía.

Assim que terminaram a limpeza, a menina implorou para que o Ursinho fosse alimentado, e Jo a deixou dar ao cachorro restos de feijão, arroz e frango que estavam na geladeira desde o dia anterior. Elas colocaram a comida em um prato na laje de concreto atrás da casa, e o cão comeu ainda mais rápido do que sua guardiã alienígena.

– Vou lavar o prato – disse a menina.

– Deixe aí fora. Vamos conversar na sala. – Ela não queria a menina perto de uma porta quando o xerife chegasse.

– Conversar sobre o quê?

– Sente-se aqui comigo. – pediu, e levou a menina até o puído sofá azul. Jo esperava que ela confessasse o que a havia levado até a floresta antes que o delegado chegasse, enquanto ainda tinha confiança em alguém. – Eu gostaria de saber o seu nome – disse ela.

– Eu já falei o meu nome.

– Por favor, diga-me qual é o seu nome de verdade.

A menina colocou a cabeça em um travesseiro e se enrolou como uma lagarta.

– Há pessoas que podem ajudar você com o que está acontecendo.

– Não vou mais falar sobre esse assunto. Estou cansada de você não acreditar em mim.

– Você tem que falar sobre isso.

A menina puxou uma mecha do cabelo úmido sobre o nariz.

– Eu gosto do cheiro do seu xampu.

– Não mude de assunto.

– Não existe nenhum assunto.

– Você não pode se esconder disso para sempre.

– Eu nunca disse que alguma coisa era para sempre. Depois de cinco milagres, eu vou embora.

– Droga, você é teimosa. – Jo estava mais para aterrorizada do que irritada. O que havia acontecido com a pobre garota?

– Posso dormir aqui?

A pequena alienígena não parecia bem. Suas faces estavam pálidas, e meias-luas cor de ameixa sob os cílios inferiores aumentavam o tamanho dos olhos castanho-amarelados. Os olhos da mãe de Jo tinham essa aparência antes de ela falecer, mas sem cílios e com um brilho de morfina.

– Sim, você pode dormir aqui – disse. Jo desdobrou um cobertor sobre a menina e ajeitou-o em torno de seu corpo fino.

– Você vai dormir?

– Vou ler um pouco, mas estou muito cansada para chegar longe na minha leitura.

A garota esticou-se no sofá e ficou de bruços.

– O que você faz durante o dia todo para ficar cansada?

– Procuro ninhos de pássaros.

– É mesmo?

– É.

– Que estranho.

– Não para uma bióloga especializada em pássaros.

– Isso é que é estranho. Eu ouvi dizer que a maioria das mulheres da Terra são garçonetes, professoras ou têm trabalhos assim.

– Acho que eu não me enquadro na categoria de "a maioria das mulheres da Terra".

– Posso procurar ninhos com você? Parece divertido.

– É, sim, mas agora você tem que dormir. – Jo se levantou e se encaminhou para a porta que dava para o quarto.

A garota endireitou-se no sofá.

– Aonde você vai?

– Pegar o meu livro. Vou ficar sentada com você enquanto leio. – Ela entrou no quarto escuro, pegou o antigo exemplar de *Matadouro cinco* e levou-o até a sala. Sentou-se na ponta do sofá, ao lado dos pés da menina.

– Que livro é esse?

– Ele se chama *Matadouro cinco*. Há alienígenas nele.

A garota fez uma expressão cética.

– Verdade. Eles são chamados de tralfamadorianos. Os hetrayenos conhecem essa espécie? – Jo perguntou.

– Você está de brincadeira comigo?

– Eu...

Um punho cerrado batia com força na porta telada externa. O delegado havia chegado. Ele ou ela provavelmente batera uma vez e Jo não tinha ouvido. Ela estava com o barulhento ar-condicionado ligado no máximo para esconder o som da viatura policial que se aproximava.

A menina tinha ficado paralisada, como um cervo encurralado, seus olhos selvagens fixos na porta da frente da casa.

– Quem é?

Jo colocou a mão no braço da garota.

– Não precisa ter medo. Quero que saiba que realmente me importo com o que acon...

– Você chamou a polícia?

– Sim, eu chamei, mas...

A menina ficou em pé em um pulo, jogando o cobertor sobre os braços de Jo para segurá-la. Ela perfurou Jo com um olhar cheio de ódio, mágoa e reprovação, e, nos segundos seguintes, um borrão de garota correu para a cozinha. A porta dos fundos estava destrancada, e a porta telada batia atrás dela.

Jo se livrou do cobertor e colocou-o sobre o sofá onde a menina estava. Ela não teria usado força para deter a menina. Ninguém tinha direito algum de esperar isso dela.

O som de um punho cerrado batendo com força soou novamente. Jo foi até a varanda e deparou-se com um homem uniformizado através da porta telada.

– Obrigada por vir – disse ela. – Meu nome é Joanna Teale.

– Você ligou por causa de uma garota... uma garota "sem-teto", não foi o que você disse? – perguntou o homem, com um sotaque local.

– Liguei, sim. Entre. – Jo levou o delegado para a varanda. Ele olhou para a porta de madeira aberta, seu rosto amarelado no brilho da lâmpada anti-inseto. – Ela está na casa?

– Entre – disse Jo.

O policial a acompanhou até a sala, fechando a porta atrás de si para manter o resfriamento do ar-condicionado. Jo encarou o homem. O nome na placa de identificação era K. Dean. Ele tinha por volta de trinta anos, estava começando a ficar calvo, era ligeiramente gorducho, e seu rosto redondo como a lua era eclipsado por uma cicatriz profunda que corria do maxilar esquerdo até a face. O homem deixou seu olhar pousar no peito de Jo. Certa de que ele não encontraria nada tão fascinante quanto a própria cicatriz, Jo esperou que os olhos dele voltassem para os dela. Dois segundos, talvez menos.

– A menina fugiu quando você bateu na porta – disse ela.

Ele assentiu, olhando em torno da casa.

– Você conhece alguma criança desaparecida ou tem algum conhecimento de alertas de emergência de desaparecimento de crianças por aqui? – ela perguntou.

– Não.

– Não há nenhuma criança desaparecida?

– Sempre há crianças desaparecidas.

– Daqui?

– Não que eu saiba.

Jo esperava que ele fizesse perguntas, mas ele ainda estava olhando ao redor como se avaliasse uma cena de crime.

– Ela apareceu ontem. Tem cerca de nove anos de idade.

O homem voltou a atenção para Jo.

– O que fez você pensar que ela seja sem-teto?

– Ela estava vestida com a parte de baixo do pijama.

– Acho que essas calças são o que a garotada chama de "declaração de moda" – disse ele.

– E estava com fome e suja. E não estava usando sapatos.

O leve sorriso dele nem fez mexer a cicatriz.

– Ela se parece comigo aos nove anos.

– Ela tem machucados.

Finalmente, ele pareceu preocupado.

– No rosto?

– No pescoço, na perna e no braço.

Os olhos verdes dele foram tingidos pela suspeita.

– Como você os viu se ela estava de pijama?

– Eu a deixei tomar banho aqui.

Os olhos dele se estreitaram ainda mais.

– Como eu disse, ela estava suja. E tive de mantê-la ocupada enquanto esperava você chegar. Dei jantar para ela também.

Era enfurecedora a forma como ele olhava para Jo, como se ela tivesse feito algo errado.

– Eu ainda não vejo como você veio com essa de ela ser uma sem-teto – disse ele.

– Por sem-teto, eu quis dizer que ela tem medo de ir para casa.

– Então ela não é sem-teto.

– Ainda não sei o que ela é! – exclamou Jo. – Ela tem machucados. Alguém a está machucando. Não é só isso o que importa?

– Ela disse que alguém a machuca?

A história da garota alienígena só colocaria mais lama em uma situação já exasperadora.

– Ela não quis me dizer como surgiram os hematomas. Ela não me falou nada, nem mesmo o nome dela.

– Você perguntou?

– Sim, eu perguntei.

Ele assentiu.

– Você quer uma descrição dela?

– Certo. – Ele não pegou um caderno; só assentia mais conforme Jo descrevia a garota.

– Você vai procurar por ela... de manhã, quando estiver claro?

– Se ela fugiu, não quer ser encontrada.

– E daí? Ela precisa de ajuda.

O modo como ele a contemplava parecia julgador.

– De que tipo de ajuda você acha que ela precisa?

– Obviamente ela precisa ser tirada de quem quer que a esteja machucando, disso tenho certeza.

– Mandá-la para um lar adotivo? – perguntou ele.

– Se necessário...

Ele pensou por um momento, passando as pontas dos dedos na cicatriz como se ela estivesse coçando.

– Eu vou lhe dizer uma coisa, e você pode me levar a mal, mas vou dizer mesmo assim. Um dos meus amigos no ensino médio foi tirado da mãe dele porque ela bebia e praticamente o deixava viver tão livremente quanto ele queria. Foi colocado com pessoas que pegavam crianças adotivas pelo dinheiro do Estado, o que acontece mais do que você possa imaginar, e acabou muito pior do que se tivesse ficado com a mãe. O pai adotivo batia nele, e a mãe abusava emocionalmente dele. Meu amigo morreu de overdose quando tinha quinze anos de idade.

– O que está dizendo? Você acha que ela deve ser deixada em um lar abusivo?

– Ora, eu não disse isso, disse?

– Você insinuou isso.

– O que eu *insinuei* foi: não tire essa garota de uma panela quente para jogá-la no fogo. Esses hematomas podem ser de escalar uma cerca ou cair de uma árvore, e, se você a entregar, ela provavelmente vai dizer que é esse o caso, mesmo que não seja verdade. Crianças são mais espertas do que pensamos. Elas sabem como sobreviver à merda que recebem melhor do que um assistente social que nunca passou um dia no lugar de uma dessas crianças.

Será que essa era uma das regras não ditas que Jo tinha procurado? Ou era apenas a opinião de um homem amargo que perdeu um amigo de infância?

– Acho que isso significa que não vai procurá-la, certo?

– O que quer que a gente faça? Que pegue os cachorros e vá atrás dela?

Jo mostrou a porta para o delegado.

4

Jo pegou uma lanterna, saiu pela porta dos fundos e foi procurar a garota. Uma frente que devia trazer chuva no dia seguinte tinha se movido, suas nuvens conquistando a lua e as estrelas. Jo já sentia o cheiro de chuva no ar úmido e quente. Mas não encontrou nenhum vestígio da menina.

A chuva chegou poucas horas depois, um tamborilar forte no chalé, que levou Jo a despertar de um sono profundo. Ela pensou na menina, possivelmente sozinha na floresta escura, na chuva, e desejou não ter ligado para o xerife. Olhou para o telefone. Eram 2h17. Já era o dia do aniversário de sua mãe. Ela faria cinquenta e um anos.

Foi ao banheiro, mais por distração do que por necessidade. Enquanto se lavava, Jo se inclinou em direção ao espelho da pia, avaliando o brilho saudável de sua pele e os cabelos um pouco mais claros, efeito do sol que tomava todos os dias. Seu rosto estava mais fino, e os cabelos ainda não estavam compridos o bastante para serem presos, mas quase parecia ela mesma novamente.

Quase. Os olhos castanhos do tom de avelã no espelho zombavam dela. Mas quem estava refletida ali: a velha Jo ou a *quase* nova Jo? Ela se apoiou na pia e abaixou a cabeça, com o olhar fixo no túnel escuro do ralo. Talvez fosse assim a partir de agora – duas versões de si mesma vivendo dentro de um único corpo. Jo olhou para a mulher no espelho enquanto apagava a luz, purgando-a com a escuridão.

A tempestade continuou durante toda a manhã, e Jo não tinha como trabalhar na chuva. Então dormiu além do horário em que normalmente costumava dormir, até cerca de uma hora após o amanhecer. Depois de se vestir, tomar café e comer cereais, ela juntou a roupa suja, um ritual para os dias chuvosos. As roupas da menina alienígena estavam jogadas sobre o cesto de roupa. Jo as enfiou na bolsa de lona junto com as suas, além de toalhas e um frasco de sabão líquido.

Guardou em um compartimento lateral da bolsa o *laptop* e dados brutos suficientes para uma hora de entrada de dados. Quando trancou a porta da frente depois de sair, alguma coisa se moveu em sua visão periférica. A velha manta que ela deixava no sofá de vime da varanda estava esticada sobre algo comprido, com as dimensões exatas da alienígena. Ela estava puxando o cobertor sobre a cabeça, tentando se esconder.

Jo tentou transformar a intensidade de seu alívio em raiva. Mas não conseguia.

– Acho que você ainda não descobriu como esconder seu corpo humano – disse para a forma protuberante sob a coberta.

A ponta da manta desceu do rosto pálido da garota.

– Não descobri mesmo – respondeu ela.

– Como é o corpo dos hetrayenos?

A menina pensou por alguns segundos.

– Nós nos parecemos com a luz das estrelas. Não é exatamente um *corpo*.

Resposta criativa. Jo ponderou o que fazer. Se chamasse o xerife, a garota fugiria novamente. A única possibilidade seria trancafiá-la em um quarto até que o delegado chegasse. Jo não estava preparada para isso, e, mesmo que estivesse, a casa não tinha cômodos que não pudessem ser abertos por dentro.

A menina intuiu os pensamentos de Jo.

– Estou indo embora agora. Eu só voltei porque, na noite passada, não consegui imaginar nenhum lugar para onde ir.

Embora a menina tentasse esconder, Jo viu uma sombra da angústia que ela sentira quando saiu correndo da casa. Com as nuvens cobrindo a lua e as estrelas, a garota não seria capaz de ver a própria mão se a erguesse na frente do rosto. Ela tinha ficado perto das luzes do chalé.

A menina se sentou e empurrou o cobertor para o lado.

– Normalmente eu durmo naquele velho galpão, lá atrás, mas a água da chuva estava pingando em mim.

– Foi para lá que você foi na noite em que veio até a minha fogueira?

Ela assentiu.

– Tem uma cama lá. Eu a divido com o Ursinho.

Quando Jo se mudou para o chalé, o único colchão de tamanho normal que havia sobrado na casa durante o inverno tinha sido arruinado por ratos ali aninhados. Muitos estudantes de biologia teriam usado de qualquer maneira a cama contaminada com urina, mas Jo não era assim tão tolerante. Ela arrastou o colchão mastigado e fedorento para o galpão e usou parte de seu dinheiro da pesquisa para comprar um colchão *queen size* de baixo custo.

– Você não deveria entrar naquele galpão – disse Jo. – Parece que vai cair a qualquer momento.

– Eu sei. Tem uns buracos grandes no telhado. E agora a nossa cama está toda molhada. – Ela disse a última fala tragicamente, como se o colchão imundo fosse toda a segurança que tinha no mundo.

– Está com fome? – Jo perguntou.

A garota olhou para ela com desconfiança.

– Que tal algumas panquecas?

– Aposto que você está me enganando de novo.

– Não estou enganando você. Estou de saída e não quero deixá-la aqui com fome.

A menina olhou com tristeza para a floresta chuvosa, considerando o que fazer. *Não tire essa garota de uma panela quente para jogá-la no fogo,* o delegado havia dito. Essas seriam realmente suas únicas opções? Jo teve uma vontade repentina de envolver a menina em seus braços e abraçá-la.

– Eu tenho calda – disse ela.

A menina ergueu o olhar para ela.

– Ouvi dizer que calda de panqueca é boa.

– Não acredito que você se lembrou de fingir que nunca comeu isso.

– Você estava tentando me enganar?

– Não estava, não. – Jo colocou a chave de volta na fechadura e abriu-a. – Então vamos.

Depois que a menina se encheu de panquecas e suco de laranja, ela implorou a Jo para deixar o Ursinho entrar, pois estava chovendo, e comer uma panqueca na varanda. Jo cedeu, com a condição de que o vira-lata e suas pulgas não entrassem na casa. Vestindo a capa de chuva de Jo, a menina foi até o galpão com uma panqueca para atrair o cachorro. O cão faminto esgueirou-se até a varanda para pegar a comida, mas apenas quando Jo se retirou para dentro de casa.

– Se ele fizer xixi ou cocô aí, você tem de limpar – disse Jo.

– Vou fazer isso! Posso dar uma tigela de água para ele?

– Claro. Estou indo para a lavanderia agora.

– Por que não tem máquina de lavar aqui?

– Acho que Kinney não quer desperdiçar seu dinheiro comprando uma, quando este lugar só é alugado durante alguns meses por ano.

– É por isso que não tem TV?

– Provavelmente.

– Você poderia trazer a sua.

– Não tem cabo nem internet – disse Jo.

– Por que não?

– Kinney vem de uma geração de biólogos que acredita que você trabalha, come e dorme quando está imerso no mundo natural.

– Por quanto tempo você vai ficar na lavanderia?

– Poucas horas. – Jo estava tentando decidir se trancaria a menina do lado de fora de casa enquanto estivesse na lavanderia. Em vez disso, colocou o binóculo na bolsa com o *laptop*. Esses dois itens e a carteira eram os únicos objetos que ela possuía que valiam a pena roubar.

– Não ligue o fogão enquanto eu estiver fora – avisou.

– Você vai me deixar ficar dentro de casa?

– Vou... por ora. Vamos conversar sobre o que fazer quando eu voltar, está bem?

Não houve resposta para seu aviso.

– Não mexa nessa mesa enquanto eu estiver fora – completou Jo.

A menina olhou para a mesa cheia de livros, diários e papéis.

– O que é isso tudo?

– São minhas coisas de ciências. Não mexa nelas.

Ela acompanhou Jo até a varanda telada. O Ursinho estava enrolado, como uma bolinha, no tapete, seu olhar cauteloso contemplando Jo enquanto ela caminhava até a porta telada.

– Lembre que não é para deixar o cachorro entrar em casa – disse Jo.

– Eu sei.

Jo colocou o capuz e correu afobada até a garagem, em meio à chuva que não parava de cair. A garota a viu colocar as coisas no carro e entrar nele, seu pequeno corpo fantasmagórico e distorcido através da translucidez das telas da varanda encharcadas da chuva.

Durante os quarenta minutos de viagem até a pequena cidade de Viena, pronunciada *Vaīna* pelos moradores locais, a chuva reduziu-se a uma garoa, embora o céu estivesse escuro com ameaça de mais chuva a caminho. O centro de Viena parecia-se com lugares que ela tinha visto em filmes antigos, e havia algo estranhamente reconfortante em relação a isso. Enquanto cruzava as ruas quase vazias, dois senhores sentados sob um toldo de loja levantaram a mão para ela, que os saudou em resposta. Jo passou pela delegacia a caminho da lavanderia.

Ela ficou sentada em sua habitual cadeira de plástico azul, de frente para a janela, enquanto a roupa se revirava em duas lavadoras. Jo pegou o celular e procurou a amiga Tabby em seus contatos telefônicos. Na foto ela usava orelhas de gato listradas e um peixe dourado de plástico pendurado como cigarro nos lábios. Tabby tinha sido sua amiga mais próxima desde o segundo ano de graduação, quando elas eram parceiras de laboratório, e também tinha ficado na Universidade de Illinois para o trabalho de pós-graduação. Ela havia entrado na faculdade de veterinária, um programa muito bom, mas muitas vezes questionava por que não tinha mudado para uma faculdade com paisagens melhores ao redor do que campos de milho e soja.

– Ei, Jojo – Tabby respondeu ao terceiro toque. – Como está a Cidade dos Cachorros-Quentes?

Uma cidade chamada Viena, na zona rural de Illinois, era algo hilário para Tabby, e ela tinha certeza de que devia ter mais a ver com cachorros-quentes da marca Viena do que com a capital da Áustria.

– Como sabia que estou em Viena? – perguntou Jo.

– Você só me liga quando está lavando roupa. Eu também sei que está chovendo por aí, porque você usaria as mesmas roupas nojentas até elas se desmancharem em vez de lavar roupa em um dia bonito, quando poderia estar trabalhando.

– Não tinha me dado conta de que eu era assim tão previsível – rebateu Jo.

– Você é. O que significa que está trabalhando além da conta mesmo que seus médicos tenham dito para você pegar leve.

– Eu peguei leve durante dois anos inteiros. Preciso trabalhar.

– Esses dois anos não foram leves, Jo – disse Tabby, com uma voz tranquila.

Jo olhou para fora da janela da lavanderia, na direção de uma poça em uma cratera de asfalto quebrado, cuja superfície ondulava com a chuva.

– Hoje é o aniversário da minha mãe – disse ela.

– É? – perguntou Tabby. – Você está bem?

– É, estou.

– Mentirosa.

Jo estava mesmo mentindo. Ela havia ligado para Tabby pensando em pedir conselhos sobre a menina, mas, em vez disso, desabafou sobre o aniversário da mãe.

– Pegue a sua água – disse Tabby.

– Por quê?

– Vamos fazer um brinde.

Jo levantou sua surrada garrafa azul de água, que, previsivelmente, estava ao seu lado.

– Está pronta? – perguntou Tabby.

– Pronta – disse Jo.

– Parabéns a Eleanor Teale, a encantadora de flores que fez com que tudo e todos ao seu redor florescessem. Sua luz ainda está conosco, fazendo crescer o amor em todo o universo.

Jo levantou sua garrafa para o céu cinzento e bebeu dela.

– Obrigada – disse, limpando os cílios inferiores com os dedos. – Foi um bom brinde.

– Ela era uma das pessoas mais legais que já conheci – disse Tabby. – Sem contar que era a minha mãe substituta.

– Ela amava você – disse Jo.

– Eu sei. Merda… Agora você está me fazendo chorar, e eu estava tentando ajudar você a se sentir melhor.

– Você conseguiu – disse Jo. – Mas adivinha quem vem me visitar hoje?

– Não me diga…

– Sim, Tanner.

– Eu queria estar aí para poder acabar com a raça dele!

– Ele não merece toda essa atenção.

– Por que diabos ele ousaria ir até aí?

– Duvido que ele quisesse vir. Ele e outros dois alunos de pós-graduação estão em um *workshop* com meu orientador em Chattanooga. Vão fazer uma pausa na viagem de volta para o *campus* e passar a noite no Chalé dos Kinneys.

– Tem espaço suficiente para mais quatro pessoas naquela casa?

– Não camas, mas a maioria dos biólogos dorme em qualquer lugar.

– Coloque Tanner na floresta. Em um formigueiro.

Onde Jo alocaria a menina? Durante o trajeto de carro, desde o chalé, ela havia pensado apenas em uma solução possível. Mas, se aquilo não desse certo…

– Você está aí? – perguntou Tabby.

– Estou – disse Jo. – É que aconteceu uma coisa estranha duas noites atrás...

– O que foi?

– Uma menina apareceu na casa e não quis mais sair.

– Qual é a idade dela?

– Ela não quer dizer. Acho que ela tem uns nove ou dez anos.

– Jesus, Jo. Só diga para ela ir para a casa dela.

– Eu tentei fazer isso, claro. Mas então vi uns machucados.

– Marcas de abuso infantil?

– Acho que sim.

– Você tem que chamar a polícia!

– Eu chamei. Mas, quando o delegado chegou lá, ela fugiu.

– Coitadinha!

Antes que Jo pudesse dizer que a menina tinha voltado, o tom de chamada em espera soou no ouvido dela. Ao olhar para a tela, viu que Shaw Daniels, seu orientador, estava ligando.

– Tenho que desligar. Shaw está me ligando.

– Ok, até mais – disse Tabby. – E vê se me liga em algum momento em que não esteja chovendo, caramba.

– Vou fazer isso! – Jo desligou e aceitou a outra chamada. – Eu estava prestes a mandar uma mensagem a você.

– Estou surpreso por você ter atendido – disse Shaw. – Entre os locais de estudo?

– Está chovendo. Estou na lavanderia.

– Que bom, você está dando um tempo.

Algum deles a deixaria ser a pessoa que era antes do diagnóstico? Jo suspeitava que Shaw estava ligando para ela mais para avaliar seu estado de saúde do que qualquer outra coisa. Ele tentou fazê-la contratar um assistente de campo enquanto ela se recuperava, e se opôs à ideia de que ficasse morando sozinha na casa dos Kinneys.

– Ainda dá para você receber uma visita hoje à noite? – Shaw perguntou.

– Claro. A que horas mais ou menos vocês chegam?

– Vamos pegar a estrada depois da última reunião, umas três da tarde. Devemos chegar por aí por volta das sete e meia... oito horas, no máximo. Se puder esperar, vamos levá-la para jantar.

– Você se importa se comermos em casa? Eu pretendia grelhar uns hambúrgueres. Mas talvez tenha que fazer isso dentro de casa se a chuva continuar.

– Tem certeza de que quer se dar ao trabalho de fazer isso?
– Não é nenhum trabalho – disse Jo.
– Se você insiste... – disse ele. – Até logo.

Depois de parar no supermercado e na banquinha da fazenda, Jo voltou para o chalé no início da tarde. A menina tinha ido embora. Jo esperava que ela tivesse voltado para casa. Mas, quando imaginou a brutalidade que a menina poderia estar enfrentando, logo se arrependeu de ter desejado isso. Ela deu uma olhada geral pela casa, notando que a menina não tinha roubado nada. O único item fora do lugar era um livro didático, *Ornitologia*, retirado da mesa e deixado no sofá.

Jo afastou a garota de seus pensamentos. Tinha muito o que fazer antes de seus visitantes chegarem. Depois de arrumar a casa, começou a preparar tortas para a sobremesa: uma de pêssego e uma de ruibarbo e morango, feitas com frutas que tinha comprado na banquinha da fazenda. Normalmente não passaria seu precioso tempo de campo de forma tão frívola, mas a chuva ainda estava caindo, e ela queria que o jantar fosse bom para Shaw – se não fosse por Tanner Bruce. Tanner, também um dos alunos de doutorado de Shaw, estava apenas um ano à frente quando ela entrou na pós-graduação, mas agora ele estava três anos à frente e quase terminando sua pesquisa. Pouco antes de Jo sair da faculdade para cuidar de sua mãe, ela tinha dormido com Tanner. Três vezes. Mas o único contato que tivera com ele desde que partira foi a assinatura dele em um cartão de condolências enviado por Shaw e seus alunos de pós-graduação.

As mãos de Jo rolavam um círculo de massa de torta sem entusiasmo, enquanto sua mente viajava até o último dia em que ela passou com Tanner. A noite de julho estava quente – quente demais para dormir na tenda, e eles tinham tirado a roupa e feito amor em uma lagoa profunda de um córrego perto que passava pelo sítio onde estavam acampados. A lembrança teria sido uma das melhores da vida dela se Tanner Bruce não estivesse nela.

– Para quem são as tortas?

A menina tinha entrado de fininho na casa, sem soltar nem um pio, com os cabelos e as roupas de Jo úmidos pela chuva.

– Onde você estava? – Jo perguntou.

– Na floresta.

– Fazendo o quê?

– Eu achei que aquele policial fosse estar aqui com você outra vez.

Jo colocou uma rodela lisa de massa em uma das novas formas de torta.

– Eu decidi que você e eu conseguimos lidar com isso sozinhas. Você acha que conseguimos?

– Sim – ela respondeu.

– Conte para mim onde você mora e por que não quer voltar. Eu vou ajudar com o que quer que esteja acontecendo.

– Eu já contei tudo isso para você. Posso comer um pouco de torta quando estiverem prontas?

– Elas são para mais tarde, para os meus convidados.

– Quem vem?

– O professor que supervisiona meu projeto e três alunos de pós-graduação.

– São ornitólogos?

– São. Como é que você conhece essa palavra?

– Do seu livro, *Ornitologia*. Eu li o prefácio e os dois primeiros capítulos – disse ela, pronunciando a palavra *pré-fácil*.

– Você realmente o leu?

– Eu pulei as partes que alguém de Hetrayeh não entenderia, mas não tanto assim. Gostei do capítulo sobre a diversidade dos pássaros e sobre como o bico deles combina com o que comem, e os pés, com onde vivem. Eu realmente nunca tinha pensado nisso antes.

– Você é uma leitora avançada.

– Eu uso o cérebro da garota morta para fazer coisas, e ela era inteligente.

Jo limpou as mãos sujas de farinha em um pano de prato.

– Vá lavar a louça, e eu vou deixar você beliscar as bordas das massas das tortas.

A alienígena correu para a pia. Quando ela terminou de lavar a louça, Jo disse:

– Preciso de um nome melhor do que Eerpud para chamar você. Pode pensar em um nome normal?

A menina colocou a mão no queixo e fingiu que estava pensando.

– Que tal *Ursa*…? Porque eu sou do lugar que vocês chamam de Ursa Maior.

– Eu gosto do nome Ursa.

– Pode me chamar assim.

– Sem sobrenome?

– *Maior.*

– Faz sentido. Você já fez massa de torta alguma vez na vida, Ursa?

– Nós não fazemos tortas em Hetrayeh.

– Deixe-me mostrar a você.

Ursa dominou a arte de fazer as massas de torta tão rapidamente quanto entendia a leitura de nível universitário, e, enquanto as tortas assavam, aromatizando a cozinha com sua doçura, ajudava Jo a preparar a salada de batatas. Elas usaram a receita da mãe de Jo – a única salada de batatas que valia a pena comer, na opinião de Jo. Em seguida, prepararam carne moída para fazer hambúrgueres como a mãe de Jo fazia, com molho inglês, migalhas de pão e especiarias. Jo não havia cozinhado de maneira tão elaborada para si mesma desde que morava no chalé. Ela gostou da ideia de preparar as receitas da mãe no aniversário dela – uma maneira de homenageá-la –, e a preparação da comida ajudou a distraí-la da crescente tensão de ver Tanner mais uma vez. Nem mesmo a menina foi uma distração suficiente.

Quando Ursa guardou a manteiga, analisou as cervejas no refrigerador.

– Os ornitólogos são alcoólatras?

– Por que você pensaria uma coisa dessas? – estranhou Jo.

– É muita cerveja.

– É para quatro pessoas.

– Você não vai beber nenhuma?

– Pode ser que eu beba uma.

– Você não gosta de ficar bêbada?

– Não. – Jo viu desconfiança nos olhos da alienígena. – Você já teve experiências ruins com pessoas que bebem muito?

– Como poderia? Eu acabei de chegar aqui.

5

Depois que elas comeram sanduíches e as tortas foram colocadas para esfriar, Jo mandou Ursa trocar de roupa e vestir suas próprias peças limpas. Quando Ursa saiu do quarto e viu Jo trabalhando no *laptop*, ela se sentou no sofá e leu mais um pouco do livro *Ornitologia*.

Jo virou a tela para Ursa não vê-la usar seu telefone para acessar a internet. Quando conseguiu uma conexão, pesquisou *Ursa menina desaparecida*, mas não encontrou nada. Embora o delegado não soubesse de criança desaparecida na área, ela tentou pesquisar *criança desaparecida em Illinois*, o que a levou ao site do Centro Nacional de Crianças Desaparecidas e Exploradas e se deparou com uma lista longa e deprimente de crianças desaparecidas de Illinois. Muitas delas provavelmente estavam mortas, os ossos escondidos em túmulos que nunca seriam encontrados. Algumas das fotografias eram de crianças desaparecidas desde 1960, e outras eram reconstruções feitas em computador de crianças mortas que nunca tinham sido identificadas. Uma das fotos quase fez Jo chorar. Era uma fotografia de um par de sapatos... tudo o que foi recuperado dos restos mortais de um adolescente.

Jo usou o mesmo site para olhar fotografias de crianças nas proximidades de Kentucky, e também nos estados nas divisas: Missouri, Wisconsin, Iwoa e Indiana. Ursa Maior não estava nas listas, embora estivesse longe de casa por pelo menos duas noites. Jo colocou o telefone de lado.

– Como está indo a sua leitura de *Ornitologia*?

– Não gosto muito de sistemática – disse Ursa.

– Também não é a minha praia. – Ela tirou as chaves do carro da mesa. – Parou de chover. Vou dirigir pela estrada para monitorar alguns ninhos. Quer vir comigo?

– Sim! – Ursa saltou do sofá e colocou os chinelos de Jo, que eram maiores do que seus pés.

– Como você monitora um ninho?

– Eu olho para ele e vejo como está.

– É assim que você consegue um doutorado?

– Há muito mais do que isso envolvido. Eu registro o destino de cada ninho que encontro, e, a partir desses dados, posso calcular o sucesso de aninhamento dos *Passerina cyanea* em cada um dos meus locais de estudo.

– O que você quer dizer com *destino*?

– O destino é o que acontece depois que o ninho é construído. Eu monitoro quantos ovos são colocados lá, quantos eclodem e quantos filhotes de pássaros empenam e voam para longe do ninho. Mas, às vezes, os pais abandonam o ninho antes que a fêmea ponha os ovos, ou os ovos são comidos por um predador. E às vezes os ovos eclodem, mas então são os bebês que são comidos por um predador antes de empenarem.

– Por que você não impede o predador de comer os bebês?

– Eu não posso impedir que isso aconteça, e, mesmo que fosse capaz de fazer isso, salvar pássaros bebês individuais não é o propósito do meu estudo. A pesquisa tem como objetivo nos ajudar a entender como conservar as populações de aves em uma escala maior.

– Qual é o predador?

– Cobras, corvos, gaios-azuis e guaxinins são os principais predadores nos meus locais de estudo. – Jo jogou a bolsa de campo no ombro. – Vamos embora, antes que o tempo vire novamente. Não gosto de correr o risco de assustar os pássaros e eles saírem do ninho quando está chovendo.

– Porque os ovos não podem se molhar?

– Eu não quero que os ovos nem os bebês se molhem e fiquem frios. A pesquisa deve ter o menor impacto possível no sucesso do aninhamento.

Quando elas saíram do chalé, Ursinho veio trotando do galpão. Ele estava bem mais manso e já deixava Ursa acariciar sua cabeça.

– Fique aqui – ela disse ao cachorro. – Entendeu? Eu já volto.

Ursa não gostava de ter de se sentar no banco de trás do carro e usar o cinto de segurança. Alguém já a deixara sentar-se na frente e sem o cinto. Jo explicou a ela por que o cinto de segurança era necessário e como o *airbag* dianteiro poderia matar crianças se se abrisse.

– Se o *airbag* mata crianças, por que colocam isso no carro? – quis saber Ursa.

– Porque as pessoas que fazem carros esperam que as crianças fiquem no banco de trás, onde é mais seguro.

– E se um caminhão bater na traseira do carro, onde a criança estiver sentada?

– Você vai seguir as minhas regras ou não?

Ursa subiu no banco de trás e colocou o cinto de segurança.

O cachorro correu atrás do carro quando elas saíram da garagem dos Kinneys.

– Jo, pare! Pare! – Ursa suplicou. – Ele está seguindo a gente!

– Você acha que parar vai ajudar em alguma coisa?

Ursa inclinou-se para fora da janela do banco de trás e viu o cão desaparecer quando o veículo fez uma curva na estrada.

– Ele não consegue acompanhar a gente!

– Eu não quero que ele nos acompanhe. Ele não pode ir ao meu local de estudo. Levar um predador assustaria os pássaros.

– Jo! Ele ainda está vindo!

– Pare de colocar a cabeça para fora da janela. Esta estrada é estreita, e você vai ser atingida por um galho de árvore.

Ursa olhou infeliz para o espelho do lado do passageiro.

– Ele conhece essa estrada. Foi aqui que ele nasceu – disse Jo.

– Talvez não. Pode ser que ele tenha pulado de um carro.

– É mais provável que ele tenha sido jogado de um carro por alguém que não o queria.

– Você vai voltar para pegá-lo?

– Não.

– Você é má.

– Ahãm.

– É ali onde o Gabriel Nash mora? – Ursa perguntou, apontando para a esburacada pista de terra e a placa de "Não ultrapasse".

– Eu acho que é – disse Jo.

– Talvez o Ursinho vá para lá.

– O Homem dos Ovos provavelmente não gostaria disso. Ele tem galinhas e gatos.

– Por que você chama o moço de Homem dos Ovos quando o nome dele é Gabriel?

– Porque foi comprando ovos que eu o conheci.

– Eu pensei que ele fosse legal.

– Eu nunca disse que ele não era legal.

Jo dirigiu até o ninho mais distante para garantir que o cão não as alcançasse, tomando o caminho do extremo oeste e parando no primeiro pedaço de fita de sinalização. Ela pegou os dados da pasta marcada como Rodovia Turkey Creek e mostrou a página para Ursa.

– Nós chamamos isso de registro diário de ninhos. Eu tenho um para cada ninho que encontro, e cada um recebe um número. Este é TC10, o que significa que é o décimo ninho que encontrei no meu local de estudos da Rodovia Turkey Creek. No início do registro, anoto informações sobre onde e quando encontrei o ninho, e, nestas linhas de baixo, eu reporto o que vejo cada vez que o monitoro. O ninho tinha dois ovos no dia em que o encontrei, e quatro na vez seguinte. Na minha última visita a ele, ainda havia quatro ovos, e notei que afastei a fêmea para fora do ninho.

– Será que os bebês já saíram dos ovos?

– É muito cedo. A fêmea incuba os ovos por cerca de doze dias.

– *Incubar* quer dizer que ela fica aquecendo os ovos?

– Isso mesmo. Vamos ver como ela está. – Elas saíram do carro, e Jo mostrou a Ursa como havia marcado instruções em um pedaço de sinalização laranja que a guiaria até o ninho. – PACY é o código para *Passerina cyanea*, a principal ave que eu estudo, e esta é a data em que eu o encontrei. Os outros números e as letras dizem que o ninho fica a quatro metros do sul-sudoeste e encontra-se a cerca de um metro e meio do chão.

– Onde? Eu quero ver!

– Você vai ver. Venha comigo.

Enquanto elas abriam caminho em meio a ervas daninhas de acostamento molhadas, os *Passerina cyanea* permaneciam em silêncio, o que não era um bom sinal. Eles deveriam estar piando notas de alarme. As suspeitas de Jo foram confirmadas quando ela viu o ninho destruído.

– O que foi que aconteceu com eles? – quis saber Ursa.

– Temos que descobrir isso, como um detetive que analisa as pistas para resolver um crime. Às vezes, pássaros inexperientes constroem um ninho fraco que cai. Se o ninho não foi bem construído, é possível que o tempo chuvoso como o que tivemos hoje o tenha feito cair.

– Foi isso que aconteceu?

– Pelas pistas que estou vendo, creio que não.

– Quais são as pistas?

– Em primeiro lugar, eu me lembro de que este ninho era resistente. Segundo, não vejo nenhum ovo no chão. Terceiro, os pais estão completamente fora do território, o que significa que isso provavelmente aconteceu antes da chegada da chuva. E a maior pista é o quanto o ninho está despedaçado. Acho que um guaxinim o derrubou. Se uma cobra ou um corvo tivesse conseguido pegar os ovos, provavelmente não haveria tantos danos.

– O guaxinim comeu os ovos?

– Quem quer que tenha dilacerado o ninho comeu os ovos. Em alguns ninhos eu configurei câmeras para saber com certeza que predador fez isso.

– Por que você não tem uma câmera para este?

– Não posso colocar câmeras em todos eles. As câmeras são caras. Vamos para o próximo ninho.

– Será que todos eles vão ser comidos por esse guaxinim idiota? – Ursa perguntou, enquanto voltavam para o carro.

– Duvido. Mas minha hipótese é de que os *Passerina cyanea* obterão uma taxa de sucesso inferior com os ninhos construídos em margens feitas por seres humanos, em vez daqueles em margens naturais, como próximos a riachos ou onde uma grande árvore tenha caído. Você já ouviu a palavra *hipótese*?

– Sim, mas as pessoas de Hetrayeh usam uma palavra diferente. – Ela engatinhou até o banco de trás. – Eu tive uma hipótese sobre você hoje.

– Teve? O que era?

– Que, se você não trouxesse a polícia de volta, nunca mais faria isso.

Ela havia articulado uma hipótese com notável competência. E com uma tremenda confiança, caramba! Jo torceu-se para olhar para ela novamente.

– O que isso significa? Você acha que sua hipótese está comprovada e que você vai ficar comigo?

– Só até os cinco milagres.

– Nós duas sabemos que isso não pode acontecer. Você tem que ir para a sua casa hoje à noite. Shaw, meu orientador, vai chegar em poucas horas, e eu vou estar em apuros se ele descobrir que você está morando na propriedade dos Kinneys há dois dias.

– Não conte para ele.

– E como eu vou explicar uma menina dormindo na minha casa?

– Eu vou dormir em algum outro lugar.

– Você vai. *Na sua casa*. É por isso que estamos aqui. Você vai me mostrar onde mora, e eu vou levar você até a porta. Vou dizer a quem quer que cuide de você que vou ver todos os dias como você está. E eu vou mesmo ver como você está. Eu prometo que vou fazer isso.

Os olhos castanhos da menina estavam inundados de lágrimas.

– Você mentiu? Você não queria realmente me mostrar os seus ninhos de pássaros?

– Eu queria, sim. Mas depois você tem que ir para a sua casa. O meu orientador vai...

– Então pode ir, pode me levar para todas as casas, e as pessoas vão dizer que não me conhecem!

– Você tem que ir para a sua casa!

– Eu prometo que vou para casa quando tiver visto os milagres. Juro!

– Ursa...

– Você é a única pessoa legal que eu conheço! Por favor! – Ela chorou, aos soluços, seu rosto quase roxo.

Jo abriu a porta traseira, desafivelou o cinto de segurança da menina e segurou-a nos braços; a primeira vez em que havia uma cabeça pressionada contra seu tórax ossudo. Mas a menina não percebeu o que estava faltando. Ela apertou mais seu abraço em Jo e chorou ainda mais.

– Sinto muito – disse Jo –, eu sinto de verdade, mas você precisa entender que estou em uma situação impossível. Eu poderia me meter em apuros por deixar você ficar comigo.

Ursa arrancou-se do abraço dela e passou o dorso da mão pelo nariz que escorria.

– Podemos ver outro ninho? Por favor?

– Há mais quatro, e você pode ver todos. Mas depois tem que ir para a sua casa.

Ela não concordaria. A criança mais obstinada do universo. Jo continuou dirigindo em frente.

Além de ter ganhado um rubor nas faces, a menina já havia se recuperado completamente do choro quando Jo estacionou no próximo marcador laranja.

– Espero que o guaxinim não tenha pegado os ovos – disse Ursa.

– Devem ser bebês. Eles teriam eclodido no último dia.

Ursa saltou e leu o texto na bandeira amarrada a uma muda de sicômoro.

– É um ninho de *Passerina cyanea* que fica a sete metros ao nordeste e a um metro do chão.

– Que bom. Agora vamos encontrar o nordeste com a minha bússola.

– Jo mostrou a ela como usar a bússola e a mandou na direção correta.

Quando Ursa se aproximou do ninho, o pai e a mãe pássaro começaram a chamar, alarmados. – Você está ouvindo aqueles piados altos, abruptos? Isso é o que os *Passerina cyanea* fazem quando alguém se aproxima demais do ninho. – O macho agitado equilibrou-se em uma planta chamada capitão-de-sala; suas penas cor de safira estavam iluminadas por um sol que finalmente havia emergido das nuvens de chuva em fuga. – O macho está bem ali na sua frente. Está vendo?

– Ele é azul! – disse Ursa. – Tem todos os tons diferentes de azul!

Seu entusiasmo era intenso e real. Mas, se ela fosse daquela estrada ou de qualquer outra estrada próxima, teria visto aquele pássaro antes. *Passerina cyanea* eram comuns nas estradas do sul de Illinois.

– Estou vendo o ninho! – disse Ursa. – Posso olhar dentro dele?

– Vá em frente.

Com todo cuidado, Ursa abriu bem as ervas daninhas na altura de sua barriga e espiou o ninho.

– Ai, meu Deus! – disse ela. – Ai, meu Deus!

– Eles saíram dos ovos?

– Sim! Eles são realmente pequenos e cor-de-rosa! E estão abrindo o bico para mim!

– Eles estão com fome. Os pais tiveram problemas para encontrar insetos para eles na chuva de hoje. – Jo olhou para os quatro pássaros *Passerina cyanea* recém-eclodidos. – Temos que deixar os bichinhos em paz. Está ouvindo como os pais deles estão chateados?

Ursa não conseguia tirar os olhos dos minúsculos passarinhos.

– Isso é um milagre! É isso: o primeiro milagre!

– Você nunca viu bebês de passarinhos em um ninho?

– Como poderia? Eu venho de um planeta que não tem passarinhos nem ninhos.

– Vamos embora – disse Jo. – Os pais deles precisam alimentá-los enquanto ainda há luz.

Quando chegaram ao carro, Jo perguntou:

– Foi realmente o primeiro ninho de filhotes de *Passerina cyanea* que você já viu na vida?

– Foi. É o pássaro mais bonito que já vi na Terra até agora.

Elas verificaram o próximo ninho, que continha quatro ovos. Depois disso, foi um ninho de vireonídeos de olhos brancos. Vireonídeos não eram a espécie-alvo de Jo, mas ela coletava dados de qualquer ninho que encontrasse. O ninho ainda estava ativo, com três filhotes de vireonídeos e um ninho de chupins, e, no caminho de volta para o carro, Jo falou a Ursa sobre chupins de cabeça marrom e como eles colocavam seus ovos nos ninhos de outras aves, chamadas de hospedeiras, que criavam esses filhotes.

– Por que os chupins não querem cuidar dos próprios bebês? – Ursa perguntou.

– Colocando seus ovos nos ninhos de outras aves, eles podem fazer muito mais bebês, porque outras aves fazem todo o trabalho. Na natureza, o vencedor é o que produz mais jovens.

– Os vireonídeos não ficam bravos por criar os bebês dos chupins?

– Eles não sabem que estão criando chupins. São enganados e levados a fazer isso. E, muitas vezes, os bebês do hospedeiro não recebem comida suficiente porque os bebês de chupins são maiores, crescem mais rápido e choram mais alto pedindo comida. Às vezes, os filhotes da espécie hospedeira morrem.

– Os bebês vireonídeos vão morrer?

– Eles pareciam bem. Os pais deles estão fazendo um bom trabalho para manter todos alimentados.

Ursa parou antes de entrar no carro para ver o último ninho. Ela parou para olhar as flores, perguntou a Jo sobre um besouro e fingiu estar fascinada por uma pedra que encontrou nas ervas daninhas. Ursa permaneceu preocupada com a rocha em sua mão enquanto elas seguiam de carro até o último ninho, passando pela pista da casa do Homem dos Ovos no caminho. Elas deixaram o carro, mas, antes de Ursa ter tempo para ler a fita de sinalização, um Suburban branco com uma placa universitária vinha dirigindo ao redor da curva. De trás do volante, o Dr. Shaw Daniels, com seus cabelos brancos, acenou para Jo. Ele estacionou o carro atrás do dela e inclinou o corpo magricela para fora da porta.

– Trabalhando a essa hora?

— Não está tarde — disse Jo. — São só seis horas. Eu não esperava sua chegada até perto das oito.

— A última reunião foi cancelada por causa de intoxicação alimentar.

— Você está brincando!

Ele balançou a cabeça em negativa.

— Foi alguma coisa que as pessoas comeram na recepção na noite anterior.

Jo olhou pela porta do lado do motorista aberta para Tanner; ele estava sentado na parte de trás do Suburban com Carly Aquino. A culpa estampada no olhar que ele voltava para ela estava óbvia, assim como sua tentativa de escondê-la atrás de um sorriso adulador. Do que Jo havia gostado nele além de seu rosto bonito? Ela desviou o olhar dele, voltando-o para Leah Fisher, que estava no banco do passageiro da frente.

— Algum de vocês passou mal?

— Estamos todos bem — disse Leah.

— Felizmente não ficamos na recepção por muito tempo porque tínhamos jantado com John Townsend e dois dos alunos dele. — Shaw olhava de relance para Ursa. — E quem é essa? — quis saber.

— A Ursa mora por aqui. Eu estava mostrando para ela como faço o monitoramento dos ninhos.

— Prazer em conhecê-la, Ursa. Eu sou o Shaw. O que você tem aí?

— É uma pedra com cristais cor-de-rosa nela — respondeu Ursa.

— Legal — disse Shaw, com seu olhar se voltando para os chinelos maiores do que os pés da menina.

— Ela estava descalça — disse Jo. — Eu emprestei o chinelo para ela não machucar os pés. Você está com fome?

— Muita — disse Shaw. — Tudo o que comemos no almoço foram algumas batatas fritas no carro.

— Certo. Você pode ir até a casa e tomar uma cerveja enquanto checo este último ninho.

— Eu ouvi a palavra *cerveja*? — indagou Tanner, de dentro do carro.

— Ouviu — disse Jo. — Muita cerveja. A porta da casa está destrancada.

Enquanto Shaw se afastava, Jo caminhava em direção ao ninho, suas preocupações com Ursa momentaneamente apagadas pela aparente culpa de Tanner. Uma conversa estranha estava a caminho, e, considerando o covarde que era, ele prolongaria a tensão pelo maior tempo possível.

Latidos ferozes soaram na estrada. Jo nunca tinha ouvido o filhote de cachorro meio crescido latir assim, mas tinha que ser ele.

– Droga, o cachorro está indo atrás deles – disse ela.

– Ele não vai machucar ninguém – disse Ursa.

– Como você sabe disso? Ele está defendendo a casa dos Kinneys como se morasse lá. Eu nunca deveria ter deixado você trazê-lo para a varanda.

– Vou ensinar o Ursinho a não latir.

– Você vai tirar o Ursinho da propriedade... quando for embora.

Os latidos não tinham parado. Jo correu na direção do último ninho.

– Shaw é legal – disse Ursa atrás dela.

– Ele é, mas isso não significa que não vai fazer você ir para a sua casa.

– Eu não tenho uma casa aqui!

Jo parou de andar e encarou-a.

– Nem pense em falar para ele que você é de outro planeta. Não diga isso a nenhum deles. Está me entendendo?

6

Relâmpagos brilhavam em nuvens distantes ao sul.

– Espero que seja um raio de calor – disse Jo. – Não quero perder mais um dia no campo.

– É bom para você fazer uma pausa – disse Shaw.

A doença dela de novo. Todos os quatro perguntaram como ela estava se sentindo. E Carly e Leah sugeriram que ela arrumasse um assistente de campo para ajudá-la. Eles nem a deixaram colocar os hambúrgueres na churrasqueira. *Sente-se, Joanna. Vamos cozinhar o jantar enquanto você descansa.*

– É melhor eu fechar as janelas do meu carro, por precaução – disse Jo, afastando-se do fogo.

– Vou tomar outra cerveja. Alguém quer uma? – Tanner perguntou atrás dela.

– Não, obrigado – disse Shaw.

– Estou de boa – disse Carly.

– Esta é a minha última – disse Leah.

Ursa estava pegando vaga-lumes e colocando-os em um frasco que Jo tinha dado a ela. Quando viu Jo deixar o grupo em volta do fogo, ela a seguiu a distância. Jo havia deixado Ursa jantar com eles e ouvir sua conversa em torno da fogueira, mas logo teria que fazê-la ir embora. Já havia evitado perguntas sobre por que a menina estava rondando o chalé, e, quinze minutos antes, Shaw havia dito: "Não está na hora de aquela garotinha ir para a casa dela?".

Jo sentou-se no carro escuro, na entrada de carros, apertou o botão de ignição e fechou as janelas que tinha deixado abertas na pressa para resgatar seus visitantes do ataque de Ursinho. O cachorro se acalmou instantaneamente depois que Jo e Ursa chegaram, mas ela teve de explicar que ele era um vira-lata que não iria embora. "Provavelmente você deu comida para ele, o que significa que está presa a ele", Shaw havia dito em tom de crítica.

Se ele soubesse...

– Belo carro. – A voz de Tanner surgiu na escuridão.

Ele havia tomado pelo menos seis cervejas, o suficiente para lubrificá-lo para o discurso pelo qual Jo havia esperado a noite toda. Ela trancou o carro enquanto o rosto bonito de Tanner emergia das sombras lançadas pelas luzes da varanda.

– Eu sei – disse Jo. – É o primeiro carro novo que já tive. Mas na verdade eu me sentiria melhor se estivesse com meu velho Chevy aqui. Essas estradas de cascalho estão destruindo o meu carro novo.

Tanner colocou a mão no capô vermelho brilhante do SUV da Honda.

– Era da sua mãe?

– Ela insistiu para eu aceitar, e o meu irmão não queria ficar com ele.

– Peguei outro vaga-lume, Jo. Eu tenho quatro agora – disse Ursa de sob a nogueira.

– Mas você tem que libertar todos logo – disse Jo.

– Vou fazer isso – disse ela.

– Garota fofa – disse Tanner. – Os pais dela não vão ficar preocupados porque ela está fora de casa assim tão tarde?

– Acho que a situação na casa dela é um pouco questionável – disse Jo.

– Isso é um saco.

– É...

– Jo...

Ela cruzou os braços sobre o peito e esperou. Tanner se aproximou dela, as feições dele obscurecidas pela sombra de uma árvore, e a proximidade sem rosto fez com que a escuridão úmida parecesse um daqueles confessionário de igreja.

– Sinto muito por não ter ido até Chicago para ver você – disse ele. – Mas eu pensei que...

– O que foi?

– Eu achei que você não gostaria que eu a visse daquele jeito.

– De que jeito?

– Você sabe... doente. Sem cabelo e tudo o mais. – Quando ela não respondeu, ele torceu o pescoço de um lado para o outro para estalá-lo, seu gesto padrão quando ficava nervoso. – Eu estava errado?

– Você estava certo. Eu não queria ver ninguém. – Se ela havia aprendido alguma coisa nos últimos dois anos, era que a vida poderia ser difícil o suficiente sem o acréscimo de ressentimentos mesquinhos.

Ele tomou um gole de cerveja para lavar o último de seus pecados.

– Você queria uma? – perguntou, estendendo a cerveja para ela. – Quer que eu pegue uma para você?

– Não, obrigada.

Ele tomou outro longo gole da garrafa.

– Você está ótima, a propósito.

– Ótima para alguém que sobreviveu a um câncer?

– Simplesmente ótima.

– Obrigada.

– Você vai fazer a reconstrução quando estiver se sentindo melhor?

– Estou me sentindo melhor.

– Mas provavelmente você tem que esperar um pouco...

Jo tirou os braços do peito.

– É assim que eu quero. Agora que experimentei a liberdade no peito que um cara tem, nunca mais vou voltar atrás.

Ele meio que sorriu, presumindo que o humor dela vinha da amargura.

– Eu posso entender por que você desejaria isso depois de tudo o que aconteceu. Mas pelo menos a sua mãe foi diagnosticada a tempo de salvar você. – Ele inclinou a cabeça para um lado para estalar o pescoço. – Eu quero dizer...

– Eu sei o que você quer dizer, e você está certo. Ela mesma havia dito isso. Ninguém faz mamografia aos vinte e quatro anos de idade. Se ela não tivesse ficado doente e descoberto que tinha a mutação, possivelmente meu câncer não teria sido descoberto até que fosse tarde demais.

– Espero que não se importe que eu saiba, mas ouvi dizer que você os fez tirar tudo.

– Eles não tiraram tudo. Eu mantive o meu útero. Tenho certeza de que eles deixaram a maior parte do meu cérebro também.

Dessa vez ele não sorriu.

– Talvez você devesse ter esperado para tomar essa decisão.

Ele provavelmente estava expressando opiniões trocadas entre professores e estudantes de pós-graduação durante os dois anos em que ela havia estado fora.

– A mãe e a irmã da minha mãe morreram de câncer de ovário antes dos quarenta e cinco anos – disse ela. – Eu não ficaria sentada esperando que essa bomba-relógio explodisse.

– Você não guardou os óvulos ou algo assim?

– Por quê? Para eu poder passar essa desgraça para uma filha?

– Entendi. Mas e os hormônios?

– O que têm os hormônios?

– Não ter ovários não faz você entrar na menopausa?

Ele definitivamente estava discutindo as decisões médicas dela. Ele provavelmente nunca tinha pronunciado a palavra *menopausa* antes do diagnóstico dela.

– Estou fazendo terapia de reposição hormonal – disse Jo.

– Isso faz com que você se sinta normal?

Ela imaginou que dar um chute no saco dele não pareceria muito normal. Em vez de fazer isso, disse:

– Sim, eu me sinto ótima.

Ele assentiu, levou a garrafa aos lábios e secou-a.

– Você sabe que aquela atriz... – ele tentou lembrar o nome da mulher, mas suas células cerebrais estavam muito embriagadas – ... ela tinha uma dessas mutações e mandou tirarem tudo. Ela fez a reconstrução, e dizem que ficaram muito bons... você sabe...

– Ela tem peitos muito bonitos porque é rica o suficiente para fazer o corpo dela ficar do jeito que quiser. E ela nunca teve câncer. Ela podia salvar os mamilos e quaisquer peles e tecidos que não estivessem em risco.

Ele foi corajoso o suficiente para olhar para o peito dela.

– Mas você não acha que um dia você vai...?

– Não! Supere isso! Se estou feliz com a minha aparência, você deveria ficar feliz com isso. Está me entendendo, Tanner? É pelo menos possível que você me veja como uma pessoa inteira?

– Merda... Jo, me desculpe...

– Volte para a Carly. E vocês dois podem parar de fingir que não estão juntos para me poupar da dor. Não existe nenhuma. – Ela se afastou dele em uma nuvem negra entorpecente de ruídos de grilos e gafanhotos. Era como ser anestesiada, com a escuridão ficando cada vez mais profunda conforme ela caminhava. Quando saiu dali, estava ao lado do riacho. Ela estava chorando.

– Jo?

Ela se virou rapidamente. À luz da lua sombreada, a menina parecia um *changeling* novamente, seu rosto pálido marcado com as veias de galhos da floresta.

– Você está bem? – ela quis saber.

– Claro – disse Jo.

– Eu acho que você está mentindo.

O som do Ursinho lambendo a água do riacho preenchia o espaço entre elas.

– Ursa, você tem que...

– Eu sei. Eu vou... – disse ela.

– Você vai para a sua casa?

Ela desenroscou a tampa do frasco e segurou o vidro erguido no ar. Seus vaga-lumes depararam-se um a um com a liberdade, uma constelação em expansão na floresta escura. Ela colocou a tampa de volta no frasco e o entregou a Jo.

– Venha, Ursinho – disse.

Jo observou a menina e o cachorro subirem a ladeira, devagar, em direção à estrada.

– Aonde você vai?

– Estou indo para onde você quer que eu vá – disse ela.

7

Jo trabalhou durante exaustivas quinze horas na Floresta Shawnee, no dia seguinte, tanto para tirar Tanner Bruce da cabeça quanto para compensar pelo tempo perdido após o dia chuvoso. Talvez também tivesse feito isso para provar que não estava doente. Ela monitorava e procurava ninhos em todos os seus locais de estudo dentro dos "limites naturais" – os mais difíceis de trabalhar, pois tinham que estar longe de distúrbios humanos, e, uma vez que ela chegasse até eles, muitas vezes tinha que atravessar matas ribeirinhas de smilax e urtiga picante.

O sol tinha se posto atrás da copa das árvores quando ela – e a variedade de criaturas que haviam se ligado a ela – subiu no Honda. Exercício e o mundo verde a rejuvenesceram, como sempre fizeram. Tanner e suas opiniões grosseiras ainda estavam com ela, mas eram ignoráveis, como uma luz defeituosa no painel de um carro.

Mas Jo não conseguia tirar a pequena alienígena dos pensamentos. Desde o momento em que acordou, ela se puniu por não ter visto a menina à sua porta, embora duvidasse de que ela tivesse ido para a casa dela. Quando Ursa se afastou, ela havia dito: *estou indo para onde você quer que eu vá*. Quanto mais Jo tentava interpretar o que isso significava, mais sinistro soava. Ainda assim, ela havia simplesmente ficado parada e visto a menina desaparecer noite adentro.

Ela virou o carro para a Rodovia Turkey Creek, certa de que a menina estaria no Chalé dos Kinneys esperando por ela. Então desejaria que a menina *tivesse* desaparecido. No último pedacinho de crepúsculo cinza, parou na entrada de carros de cascalho. Olhou para a nogueira no jardim da frente. Nada da menina. Nada do cachorro.

Ela largou o equipamento na varanda e caminhou até o local da fogueira.

– Ursa? – chamou.

A única resposta foi o *piint!* de um falcão noturno vasculhando o campo em busca de alimento atrás da casa.

Havia um carro chegando. Ninguém dirigia tão longe assim na estrada a menos que estivesse perdido. Uma placa onde se lia "Sem saída" no início da estrada impedia que a maioria das pessoas confundisse aquela estrada com outra. Jo caminhou até a frente da casa enquanto a picape branca do Homem dos Ovos, mal reconhecível na avançada escuridão crepuscular, virava a esquina. Os pneus dele soaram ruidosos, esmagando o cascalho ao parar atrás do carro dela, e ele desligou o motor. O que quer que ele tivesse ido até lá para dizer levaria algum tempo.

Jo foi ao encontro do comerciante quando ele saiu da caminhonete.

– Ouvi você descer a estrada – disse ele. – Eu estava esperando por você.

Ela manteve distância entre eles.

– O que aconteceu?

Ele se aproximou dela.

– Eu acho que você sabe o que aconteceu. Você jogou a alienígena para cima de mim.

– Eu não disse para ela ir para a sua casa!

– Por que não levou a garota até a polícia?

– Você fez isso?

Ele andou e chegou mais perto dela – perto o suficiente para que ela sentisse aromas fortes de cozinha. O que quer que ele tivesse comido no jantar cheirava bem o suficiente para deixá-la com fome.

– Você deveria mandar consertarem essa luz – disse ele, olhando para o poste.

– Ela apagou há duas semanas, e decidi que gosto mais dela escura assim.

– Não vai gostar quando alguns desordeiros decidirem que uma casa escura é um alvo mais fácil do que uma iluminada.

Desordeiros. Quem ainda usava palavras como essa?

Ele esfregou a mão para a frente e para trás em um dos lados da barba que cobria-lhe o rosto.

– Essa menina é uma verdadeira figura. Sabe o que ela está fazendo agorinha mesmo?

– Lendo *Guerra e paz*?

– Então você sabe.

– Sei o quê?

– Como ela é estranhamente inteligente.

– Eu disse isso a você no dia em que conversamos sobre ela.

– Sim, mas agora eu vi isso de perto. A minha mãe também acha que ela é muito inteligente.

– Sua mãe?

– Eu cuido dela. Ela está doente.

– Sinto muito – disse ela, ecoando o que tantas pessoas haviam dito a ela própria.

Ele assentiu.

– A alienígena contou o nome dela para você? – Jo quis saber.

– Ela se refere a si mesma como Ursa Maior porque é de onde ela veio.

– O mesmo nome que ela me deu. Acho que Ursa pode ser o nome verdadeiro dela.

– Também penso que sim – disse ele. – Procurei por toda a internet uma garota desaparecida chamada Ursa.

Jo se aproximou dele.

– Você viu aquele site de Crianças Desaparecidas e Exploradas?

– Vi – respondeu ele.

– Você viu a foto dos sapatos?

– Você viu aquilo também? Como pode? Como é que ninguém sente falta daquele garoto morto?

– Parece que você está passando pelo mesmo processo que eu passei – disse ela.

– Por pelo menos cinco vezes eu quase liguei para o escritório do xerife. Mas decidi falar com você primeiro.

– Não tenho conselhos para dar – disse ela. – A menos que você esteja disposto a trancafiá-la em um quarto.

– Como assim?

– Exatamente o que eu disse. Eu liguei para o xerife na noite em que eu e você conversamos. Ela não contou isso a você?

– Não. O que aconteceu?

– Ela fugiu, como disse que faria. O delegado nem chegou a vê-la.

– Droga – disse ele. – Eu tinha uma sensação de que isso aconteceria se eu ligasse. O que o delegado disse? Ele sabia de alguma criança desaparecida?

– Não sabia. Agiu como se eu o estivesse fazendo perder tempo. Ele não disse que tentaria encontrá-la nem quando contei sobre os hematomas.

O corpo dele ficou visivelmente tenso.

– Ela tem machucados?

– No pescoço, no braço e na perna. Eles ficam cobertos pelas roupas dela.

– Meu Deus! As contusões parecem ser de abuso?

– Há marcas de dedos em uma delas.

– Você disse isso ao policial?

– Deixei claro que tinha certeza de que alguém tinha machucado a menina. Mas o cara é tendencioso: ele é contra a ideia de as crianças serem tiradas de casa. Ele me contou uma história sobre um amigo dele no ensino médio. O menino foi colocado com pais adotivos abusivos e acabou se matando.

– Ele disse para você não entregar a garota?

– Não com essas palavras. Mas falou que as pessoas muitas vezes aceitam crianças adotivas pelo dinheiro. Ele disse que, mesmo que as contusões de Ursa fossem resultado de abuso, ela mentiria sobre isso. E falou que um lar adotivo poderia ser tão ruim quanto de onde ela veio, e que ela saberia disso.

– Que tipo de conselho imbecil é esse vindo de um policial?

– É?

– Você concorda com ele?

– Eu não sei... – disse ela. – Não tive tempo de pensar no assunto desde que falei com o cara. Recebi visitas ontem...

– A Ursa me contou.

– Sabe o que eu descobri ontem? Acho que ela não é daqui.

– Estranho você dizer isso... – ele disse.

– Por quê?

– Eu pensei a mesma coisa hoje. Quando mostrei para ela os gatinhos recém-nascidos, ela ficou doidinha. Disse que eram um milagre. Ela obviamente nunca tinha visto filhotes de gatos, e as crianças do campo veem muitos deles.

– Ela teve outro milagre?

– Só faltam três, pelo que ela disse.

– O primeiro milagre dela foram os bebês pássaros.

– Ela me contou – ele disse.

– Como você disse, uma criança do campo teria visto filhotes de pássaros pelo menos uma vez por volta da idade dela. Acho que ela é da cidade e talvez tenha sido jogada de um carro.

– Ela fala como se fosse daqui.

– Talvez de Saint Louis – disse Jo.

– Eles não têm um sotaque tão forte por lá.

– De Paducah?

– Eu procurei em todos os estados do sul que pudessem ter esse sotaque, até mesmo na Flórida – disse ele. – Ela não está listada como desaparecida.

– Se os cuidadores jogaram a menina de um carro, obviamente não vão reportar o desaparecimento dela.

– Talvez ela tenha fugido – disse ele. – Ela é muito esperta para qualquer idiota ter feito isso com ela. Ainda nem contei a você no que ela está trabalhando.

– No quê?

– Ela viu alguns livros sobre Shakespeare nas nossas prateleiras e perguntou se eu gostava dele. Quando eu disse para ela que amo Shakespeare...

Jo perdeu as próximas palavras enquanto absorvia o fato de que o Homem dos Ovos amava Shakespeare.

– ... ela ia nomear os seis gatinhos em homenagem às pessoas nas peças de Shakespeare. Ela pediu para usar o meu computador para ler sobre os personagens shakespearianos para que pudesse decidir quais nomes usar. É o que ela está fazendo agora: estudando as peças.

– Ela fez isso comigo, meio que ligada ao meu interesse em pássaros... Até leu um pouco do meu livro de *Ornitologia*. Acho que ela faz isso para as pessoas se apegarem a ela.

– Talvez seja assim que ela sobreviva a essa família disfuncional.

– Eles obviamente não são apegados.

– Nem a pau!

Jo se apoiou na caminhonete dele e pressionou a testa com a mão.

– Você está bem? – perguntou ele.

– Estou muito cansada para lidar com isso agora.

– Parece que você precisa se sentar.

Ela se afastou da caminhonete.

– Eu trabalhei por quinze horas hoje. Preciso é de um banho, jantar e dormir.

– Você falaria com ela antes?

– Sobre o quê?

Ele cruzou os braços sobre o peito.

– Eu tenho uma confissão a fazer. Eu e a Ursa fomos procurar você duas vezes esta noite.

– Por quê?

– Ela está preocupada. Ela disse que você tem câncer.

– Droga! Vamos noticiar isso de todas as torres de celular!

Ele descruzou os braços.

– Eu não sabia que isso fosse possível.

– Eu não acho que seja, mas os alunos de pós-graduação e o meu orientador foram meticulosos o suficiente.

– Você está em remissão?

– Acho que é assim que chamam essa fase.

– Você deixaria a Ursa ver que você está bem e talvez dizer isso para ela? Ela tem medo de que você morra.

– Nós todos vamos morrer!

– Vamos fazer uma versão da história para uma criança de nove anos.

– É... eu tenho que falar com ela de qualquer forma. Eu me senti mal por mandar que ela fosse embora na noite passada.

– Você teve que fazer isso. Ela disse que você teria problemas com o seu orientador se ela ficasse por lá.

– Há algum detalhe da minha vida que vocês dois não discutiram?

– Em nenhum momento falamos sobre as suas preferências de *lingeries*. *Lingeries*. A mãe dele deve estar influenciando esse vocabulário.

– Vou levar você na minha caminhonete – disse ele.

– Eu estou imunda.

– A minha caminhonete, também.

Ela não sabia nada sobre o Homem dos Ovos, também conhecido como Gabriel Nash, além de que um cara que amava Shakespeare deveria ter estudado demais para vender ovos em uma estrada rural. Ela se lembrou da repentina demonstração de raiva dele depois que Ursa perguntou se ele estava fazendo doutorado. E Jo não tinha visto nenhuma evidência da suposta mãe. Talvez ele tivesse matado Ursa e a estivesse usando como isca para atrair Jo para a mesma armadilha. Pela centésima vez naquele dia, Jo se repreendeu por ter deixado uma criança de nove anos ir para a floresta sozinha.

Ele viu a hesitação dela.

– Pode me seguir no seu carro, se preferir.

– Acho que vou fazer isso.

– Você é inteligente para ser cautelosa – disse ele.

– O que você quer dizer com isso?

Ele considerou como responder à pergunta dela.

– Se eu quisesse machucar você, tive muitas oportunidades desde que você veio morar aqui.

– Eu também, se quisesse machucar você – disse ela, porque ele não tinha o direito de ver uma mulher morando sozinha no meio do mato como um convite à violência.

Ele abriu um leve sorriso, uma sugestão de dentes brancos na escuridão.

– Geralmente mais pessoas alugam a casa. Por que é só você neste verão?

– Simplesmente foi assim que as coisas aconteceram – disse ela.

A verdade era que um aluno de pós-graduação que estudava insetos nas pradarias tinha planejado morar na casa dos Kinneys naquele verão, até que soube que a dividiria com Jo. Ele usou o dinheiro de sua pesquisa para alugar outra casa, alegando que queria ficar mais perto de seus locais de estudo. Mas Jo suspeitava de que ele não queria viver confinado com uma mulher que não era mais exatamente uma mulher. Mais do que alguns dos alunos de graduação do sexo masculino tinham ficado estranhos em relação a ela desde seu retorno – especialmente aqueles que costumavam flertar com ela. Sua psicóloga a havia alertado sobre tais reações por parte dos homens, mas o prejuízo não poderia ser aliviado por nenhum número de sessões de terapia. Lidar com a dor era uma provação diária. A natureza e sua pesquisa eram alguns de seus únicos momentos de descanso.

– Que pena – disse o Homem dos Ovos. – Deve ser meio solitário.

– Não é, não – disse ela. – Eu prefiro morar sozinha quando estou fazendo pesquisas. Ter pessoas por perto me distrai.

Ele abriu a porta da caminhonete.

– Acho que essa foi uma indireta. Pode me seguir.

8

A estrada sulcada que levava à propriedade do Homem dos Ovos não tinha mais cascalho havia anos, e apenas a largura da caminhonete impedia a floresta de conquistá-la. Jo pegou a estrada lentamente, o Honda balançando e rangendo enquanto os pneus afundavam em depressões profundas. Ela ouviu latidos altos antes que os olhos de Ursinho aparecessem, brilhando à luz dos faróis. Ele continuou latindo, correndo entre a caminhonete e o SUV, enquanto a pressão da floresta escura se abria, dando para um quintal iluminado pela luz de um poste.

O Homem dos Ovos saltou da caminhonete e tentou calar o cachorro.

– Vejo que você herdou o Ursinho junto com a Ursa Maior – disse Jo, descendo do carro.

– Eu disse à Ursa que ele não pode ficar na minha propriedade.

– Boa sorte com isso.

– Eu sei – disse ele. – Eu a deixei dar comida para ele.

– Estou vendo um padrão aqui.

– Eu tive que fazer isso. Não queria que ele ficasse com uma barriga faminta em volta das minhas galinhas e dos meus leitões.

– Você tem porcos?

– Você não sentiu o cheiro deles?

– Eu não saberia diferenciar o cheiro de um porco do cheiro de um cavalo.

– Como a maioria do povo da cidade.

Povo da cidade doeu nos ouvidos dela novamente.

– Você come os seus porcos? – ela perguntou.

– Na verdade, eu leio Shakespeare para eles. – Ele sorriu para ela. – Sim, eu como. Nós vivemos da terra tanto quanto possível. Eu odeio entrar em mercadinhos.

– Aversão problemática essa.

– Você não faz ideia – disse ele, mas ela não entendeu o que ele quis dizer com isso.

Ele olhou de relance para as janelas iluminadas da cabana.

– A minha mãe acha que a história da Ursa é que ela mora por aqui, mas os pais dela têm problemas. Ainda assim, ela não está feliz pelo fato de a menina estar aqui.

– A Ursa não contou para ela a história dos alienígenas?

– Contou, mas isso só fez a minha mãe sentir mais pena dela. Ela disse que a Ursa está criando uma fantasia para escapar de sua realidade.

– O que é verdade.

– Não, não é – disse ele. – A Ursa não acredita nessa porcaria.

– Então por que ela se apega a isso?

– Porque ela é inteligente.

– Como é coisa de pessoa inteligente fingir que é uma alienígena?

– Não sei. Eu sou muito tonto pra já ter descoberto isso.

Ursa saltou pela porta da frente da casa, correu pela varanda e saltou os três degraus, como se já estivesse fazendo isso há anos.

– Ele encontrou você! – Ela envolveu a cintura de Jo com os braços e deitou a cabeça em sua barriga. – Eu senti sua falta, Jo! E sabe o que mais? Eu vi outro milagre!

– Eu fiquei sabendo... gatinhos – disse Jo.

– Ela pode ir ver os bichinhos? – Ursa perguntou a Gabe.

– Não vamos perturbá-los à noite, e a Jo precisa comer. – Ele disse para Jo: – Temos bastante sobras do jantar.

– Oh, obrigada – agradeceu Jo –, mas eu...

– Você nos faria um favor. Eu fiz comida demais.

– Costeleta de porco, molho de maçã, feijão verde e purê de batata – disse Ursa. – Gabe cultiva tudo na propriedade. Ele faz até o molho de maçã. Ele tem macieiras aqui, Jo! Eu escalei várias hoje!

– Gatinhos, leitões, macieiras... um mundo de fantasia para uma criança – disse Jo.

– Ela tem andado bem feliz – disse ele.

– Estou vendo.

Ursa arrastou Jo pela mão escada acima, embaixo de uma placa de madeira onde se lia "Propriedade da Família Nash". Elas passaram por uma fileira de cadeiras de balanço na varanda coberta e entraram na casa. O interior da cabana era um espaço atraente, com paredes de toras, piso de madeira, uma lareira de pedra e móveis feitos de madeira de árvore. A casa era mais elegante do que Jo teria imaginado, especialmente considerando a entrada de carros negligenciada e a placa decrépita de "Não ultrapasse". A cabana tinha aparelhos de cozinha modernos e belos balcões de granito. E, ao contrário do Chalé dos Kinneys, que era resfriado com velhos condicionadores de ar de janela, a propriedade dos Nash tinha ar central.

Uma bela mulher de cabelos brancos, provavelmente a avó de Gabe, estava sentada à mesa da cozinha, e havia uma bengala com quatro apoios de chão perto dela.

– Eu sou Katherine Nash – disse ela, examinando Jo com penetrantes olhos azul-celeste. Ela estendeu uma mão que tremia, talvez pelo mal de Parkinson.

Jo segurou a mão dela.

– Prazer em conhecê-la. Eu sou Joanna Teale, mas você pode me chamar de Jo.

– A Ursa tem falado de você o dia todo.

– Sinto muito por isso – disse Jo, e Katherine sorriu.

Gabe já estava servindo comida quente tirada das panelas e frigideiras que estavam no fogão. Ele colocou o prato na mesa e puxou uma cadeira.

– Tem certeza? – perguntou Jo. – As minhas botas estão sujando todo o seu chão.

– Bobagem – disse Katherine. – O meu marido costumava dizer que as cabanas de madeira não parecem autênticas sem um pouco de terra no chão.

– Uma filosofia que funcionou bem para uma criança que vivia coberta de terra – disse Gabe.

Jo se perguntou se ele havia sido criado pelos avós. Mais cedo ele havia dito que a mãe estava doente. Talvez ela tivesse uma doença de longa duração, algo que a tivesse deixado incapacitada desde que ele era uma criança.

Jo sentou-se, cortou a tenra carne assada e engoliu um delicioso pedaço de costeleta de porco temperada.

– Esta cabana é linda – ela disse a Katherine. – Ela já estava aqui quando vocês compraram a propriedade?

– O Arthur, meu marido, e alguns dos amigos dele a construíram – disse ela. – O George Kinney, dono do imóvel que você está alugando, também ajudou. Ele e o meu marido eram grandes amigos, sabe?

– Eu não sabia disso – disse Jo.

– Eles se conheceram quando eram colegas de quarto, enquanto faziam suas graduações na Universidade de Illinois. Depois da pós-graduação, eles acabaram indo parar em Illinois novamente. O meu marido ensinava literatura inglesa na Universidade de Chicago, e tenho certeza de que você sabe que o George é entomologista na Universidade de Illinois.

– Sim – disse Jo.

Ela olhou de relance para Gabe, notando que ele a observava da cozinha. Agora ela entendia alguns dos mistérios dele. O avô que o havia criado era professor de literatura. Isso explicava sua conexão com Shakespeare e talvez a razão pela qual ele reagira à pergunta de Ursa sobre o doutorado. Gabe, constrangido, desviou os olhos do olhar contemplativo dela e colocou um recipiente de plástico dentro da geladeira.

– Foi o Dr. Kinney ou o seu marido quem comprou terras aqui primeiro? – Jo perguntou a Katherine.

– Eu e o Arthur compramos primeiro. Nós queríamos um refúgio da cidade, e o Arthur sonhava em construir uma cabana de toras desde menino. O George e a esposa dele compraram a propriedade ao lado da nossa quando ela foi colocada à venda alguns anos depois. O George adorava poder estudar seus insetos aquáticos no Turkey Creek, a poucos passos de sua porta.

– Quantos anos os seus filhos tinham quando vocês construíram a cabana? – Jo perguntou.

– Quando nós terminamos, o Gabe ainda não tinha nascido, e a irmã dele estava no colégio. – Ela sorriu para a confusão de Jo. – Acho que você pensou que eu fosse a avó do Gabe, não?

Jo estava com vergonha demais para admitir isso.

– O Gabe é o que costumavam chamar de bebê da "mudança de vida" – disse Katherine. – Eu o tive com quarenta e seis anos, e o pai dele tinha quarenta e oito. A irmã dele é dezenove anos mais velha que ele.

– O seu pai ainda está vivo? – Jo perguntou a Gabe.

Antes que o filho respondesse, Katherine disse:

– O Arthur faleceu há dois anos.

– Sinto muito – sussurrou Jo.

– Ele estava em boa forma – disse Katherine –, mas um aneurisma o pegou inesperadamente.

Ursa estava ouvindo a conversa, mas correu para outra sala quando Jo começou a comer. Ela voltou com um papel nas mãos.

– Tenho três nomes até agora – disse ela a Gabe. – Quer saber quais são?

– Com certeza. – Ele se sentou em uma cadeira de frente para ela.

– Um dos gatinhos tem que ser o Hamlet.

– Ele pode ter um destino triste – disse Gabe.

– Eu sei. Li o que aconteceu com ele – disse Ursa –, mas Hamlet é uma pessoa importante.

– Ele é mesmo – disse Gabe. – Qual deles será o Hamlet?

– O cinza, porque cinza é uma cor meio triste.

– Faz sentido – disse Gabe.

– A gatinha branca será Julieta, de *Romeu e Julieta*. Eu gosto muito desse nome.

– Eu também – disse Gabe. – Mas a Julieta também teve um destino triste.

– Pare de dizer isso! São só nomes!

– Você tem razão. Afinal de contas, a famosa pergunta de Julieta diz: "O que há num nome?". O que mais você tem?

– Macbeth.

– Tudo bem, e sem comentários sobre o destino dele. Qual gatinho?

– O preto e branco.

– Você tem andado ocupada. Isso engloba três das melhores peças de Shakespeare.

– Sim, eu pesquisei quais peças dele eram as mais importantes. O próximo é *Júlio César*. Mas você não acha que "Júlio" vai ficar muito parecido com "Julieta"?

– Você poderia chamá-lo de César.

– Talvez. Mas primeiro eu tenho que ler sobre ele para saber qual gatinho combina com o nome.

– Não é bom... quero dizer, em termos de destino.

Ursa apertou os lábios, irritada, e Gabe escondeu um sorriso com a mão. Jo adorou isso. Eles já pareciam velhos amigos, brincando com o humor um do outro.

– Talvez você deva passar para as comédias – disse Gabe.

– Ela deveria ir para a casa dela – disse Katherine. – Você ou a Jo vai levá-la?

Gabe olhou de relance e nervoso para Jo.

– Não tínhamos discutido isso ainda.

– Os seus pais devem estar enlouquecidos a essa altura – disse a mãe de Gabe.

– Não estão, não – disse Ursa. – Eles estão felizes por eu estar aqui, porque estou fazendo doutorado.

Os penetrantes olhos azuis de Katherine fixaram-se no filho.

– Eu sei, eu sei – disse ele. – Deixe-me falar com a Jo sobre isso.

– O jantar estava delicioso. Obrigada – disse Jo, levantando-se da cadeira.

Gabe gesticulou em direção à porta da frente, e, quando Ursa tentou segui-lo, ele disse:

– Você me faria um favor? Pode levar os pratos da Jo para a pia e lavá-los?

– Você só está dizendo isso para vocês poderem falar de mim – disse Ursa.

– Estou dizendo isso porque odeio lavar louça. Por favor.

Ele levou Jo para fora pela porta da frente e desceu os degraus da varanda para ter mais privacidade.

– Ela não pode ficar aqui em casa. A minha mãe não sabe que ela dormiu aqui ontem à noite.

– Como assim ela não sabe?

– Eu também não sabia. Quando fui ordenhar a vaca, o cachorro veio latindo do celeiro para mim.

– Ela dormiu no celeiro?

– Sim.

– Ela estava dormindo no galpão da propriedade dos Kinney.

– Tenho a sensação de que ela já passou por coisas piores – disse ele.

– Obrigada por ajudá-la. Ela está parecendo uma menina diferente esta noite.

– Sim, mas ela não pode ficar. A minha mãe vai me fazer denunciá-la se descobrir que a gente não sabe onde ela mora.

– Acho que nós temos que descobrir como fazer isso. Mas eu não posso tirar folga amanhã. Tenho muitos ninhos que precisam ser monitorados.

– Bem, não espere que eu faça isso. Não estou prendendo a garotinha como se ela fosse um animal.

– Eu sei disso. É horrível de imaginar, não é?

Ele olhou para o Ursinho, tão manso quanto Jo o vira, lambendo o cheiro de costeleta de porco nos dedos dela.

– E se a gente esperar? – ele sugeriu.

– Esperar o quê?

– Você não acha estranho que ela tenha fixado esse prazo com os cinco milagres? Por que fazer isso?

– Para protelar, é claro.

– Mas talvez exista um motivo. Talvez ela esteja esperando que alguém em quem ela confie volte para casa ou algo assim.

– Mas a gente não constatou isso, de que ela não é daqui?

– Ela pode ter se mudado para cá na semana passada. – Ele olhou para a porta para ter certeza de que Ursa não estava ouvindo. – Talvez a avó cuide dela e esteja no hospital. Talvez, quando a avó dela adoeceu, ela tenha tido que ir morar com um parente abusivo e fugiu.

– Eu também penso em histórias assim.

– Ela se encaixa na situação.

– E se a avó nunca melhorar? – questionou Jo.

– E se ela melhorar e nós colocarmos a coitada em um lar adotivo?

– Por quanto tempo a gente esperaria até que a avó teórica reaparecesse?

– Eu só estou dizendo que precisamos pensar nisso por alguns dias. Talvez ela acabe confiando em nós e nos conte a verdade.

Ursa enfiou a cabeça para fora da porta da frente.

– Vocês terminaram de falar de mim?

– Não. Volte para dentro – disse ele.

A porta se fechou.

– Acho que a gente pode se encrencar se esperar – disse Jo.

– Ninguém relatou o desaparecimento dela. Ninguém dá a mínima para ela, nem mesmo aquele tira com quem você falou. E, conforme ele mesmo disse, ela poderia ficar presa em um lar adotivo de merda, e eu não vejo razão para apressar isso, se podemos encontrar uma solução melhor.

– Se nós a entregarmos, podemos nos certificar de que o lugar para onde ela vá não seja uma merda.

– Como?

Ela não teve resposta.

– Se você quer entregar a garota, faça isso – disse ele.

– Eu, não.

– Então leve a menina de volta para a casa dos Kinneys.

– E deixá-la sozinha quando eu for trabalhar de manhã?

– Pode deixar a Ursa na minha estrada quando você passar por ela. Eu vou cuidar dos animais pela manhã.

– É bem cedo.
– Eu sei disso. Ouço quando você passa por perto. Ela vai conseguir lidar com isso.
– Como você vai explicar isso para a sua mãe?
– Que ela é uma criança local que gosta de ficar na nossa fazenda.
– Eu não me sinto bem fazendo isso – disse ela.
– Você não se sente pior com a ideia de trancafiar a garota em um armário e chamar a polícia para ela?
– Droga, sim, é pior.

9

Durante quatro dias, Jo e Gabe secretamente se alternaram cuidando de Ursa. Às vezes parecia que ela e Gabe eram um casal divorciado passando uma filha de uma casa para a outra. Porém, com mais frequência parecia algum tipo de comércio ilegal, porque eles entregavam Ursa nas horas escuras da madrugada e do crepúsculo. Jo checava sites de crianças desaparecidas toda noite quando chegava em casa, esperando ver os olhos castanhos assustadores de Ursa a cada rolagem do dedo. No entanto, depois de mais de uma semana, ninguém havia relatado o desaparecimento dela.

No terceiro dia, Gabe levou Ursa a uma liquidação de garagem para comprar roupas, o que resultou em um guarda-roupa fortemente inclinado para a cor roxa e estampas de animais de olhos grandes. No quarto dia, vestida com roupas decentes, bem alimentada e brincando ao ar livre por longas horas, Ursa não parecia mais um *changeling*. As olheiras desapareceram, a pele ficou rosada e ela ganhou alguns quilos.

Toda noite, depois do banho, Ursa contava a Jo sobre as coisas divertidas que havia feito na fazenda, e às vezes Jo ficava com um pouco de ciúme do quanto Ursa adorava estar com Gabriel no País das Maravilhas. Foi quando ela sentiu como se fosse um divórcio, embora mal conhecesse Gabe.

A tensão entre os dois "pais" se tornou mais real na quinta noite, quando Ursa disse:

– Adivinhe o que o Gabe me deixou fazer hoje.

– Você ordenhou a vaca?

– Eu já faço isso.

– Montou em um unicórnio bebê?

– Quem me dera! Mas atirar com as armas dele foi quase tão divertido quanto isso.

Jo colocou o garfo de lado.

– Eu acertei perto do meio do alvo três vezes!

Jo empurrou a cadeira.

– Espere aqui. Volto em alguns minutos. – Ela pegou as chaves e calçou as sandálias.

– Aonde você vai?

– Falar com o Gabe.

– Por que você está tão brava?

– De onde você tirou a ideia de que eu estou brava?

– Os seus olhos ficam parecendo trovões.

– Eu não estou brava com você. Fique aqui.

Jo colocou o Ursinho na varanda para ele não a seguir. Ela amaldiçoava o Homem dos Ovos toda vez que o precioso Honda de sua mãe raspava naquela estrada negligenciada.

Gabe abriu a porta usando um avental rosa, e, se ela não estivesse com raiva, poderia ter rido do cara barbudo e musculoso no estilo Martha Stewart.

– Você deveria consertar aquele Grand Canyon que chama de estrada – disse ela.

– Você veio até aqui para me dizer isso?

– Não.

– A Ursa está bem?

– Ela está ótima – disse Jo –, e eu gostaria que ela continuasse assim, então, por favor, mantenha suas armas longe dela de agora em diante.

– Quem é? – perguntou a mãe dele de dentro da cabana.

– É a Jo. Ela precisa de um pouco de açúcar. Espere aqui – disse ele a Jo. Ele voltou em menos de um minuto, sem o avental, com um saquinho de açúcar na mão. – Você é uma daquelas militantes do controle de armas? – perguntou, com um sorriso aparecendo em meio à barba.

– Eu sou contra colocar uma arma nas mãos de uma menina que não tem como entender o perigo das armas de fogo.

– Ela estava usando proteção nos olhos e nos ouvidos, e eu ensinei a ela todas as regras de segurança.

– Ela é uma criança, e crianças fazem coisas inesperadas. Às vezes, elas entram sorrateiramente no armário de armas do pai e atiram no irmão mais novo.

– Ela é muito esperta para fazer uma coisa dessas. E quem sabe aonde ela vai parar? Algum dia ela pode precisar dessa habilidade.

– Para matar seus irritantes pais adotivos?

– Eu acredito em estar preparado – disse ele.

– Certo, para o apocalipse.

– Talvez.

– Você é um desses? Você é um louco da sobrevivência, que se prepara para o colapso social? Como um cara que lê Shakespeare reduz a capacidade cerebral a esse ponto?

– Então você acha que todos os donos de armas são pessoas idiotas que não leem Shakespeare? Essa realmente vai ser a sua posição?

– Estou cansada demais para isso. Só mantenha as armas trancafiadas e longe da Ursa. – Ela começou a descer a escada, mas voltou e arrancou o açúcar da mão dele. – Eu preciso mesmo disso para o meu café. Acabou.

Todas as dúvidas que ela havia tido em relação a deixar Ursa ficar com eles ressurgiram durante o caminho de volta para o chalé, especialmente suas reservas em relação ao Homem dos Ovos. De fato, ela não sabia nada sobre o homem.

Ursa estava do lado de fora, no passadiço, esperando Jo voltar.

– Você gritou com o Gabe? – ela perguntou.

– Claro que não – disse Jo.

– Ele vai continuar me deixando ir até lá?

Jo estava mais angustiada com a discórdia do que o esperado. Ela se agachou na frente da menina e segurou as mãos dela.

– Está tudo bem. Eu só tive um pequeno desentendimento com o Gabe.

– Sobre atirar com as armas? – ela quis saber.

– Sim. Os meus pais me criaram de uma forma diferente da qual ele foi criado. Eu nunca vi armas como algo *divertido*. Aprendi que o único propósito delas é matar.

– Nós só atiramos nos alvos.

– E por que as pessoas usam esses alvos? Assim, elas podem aprender a apontar a bala para um coração ou cérebro. Ele estava ensinando você como matar alguém.

– Não pensei assim.

– Bem, é disso que se trata; isso ou matar um cervo, e não vejo você fazendo isso.

– Eu nunca mataria um cervo!

– Que bom. Mas sem armas daqui para a frente, ok?

– Ok.

Jo reaqueceu o prato de comida no micro-ondas, mas, assim que começou a comer, o Ursinho começou a latir na varanda.

– E agora, o que foi? – Ela foi até a varanda e viu a caminhonete de Gabe parar, rangendo, atrás de seu carro. – Não acredito nisso – falou, assim que ele se aproximou. – Você veio até aqui para continuar a discussão?

– Eu não estava discutindo – Gabe respondeu.

– Você defendeu o que fez.

– Isso não é exatamente discutir.

– Eu gostaria de terminar o meu jantar.

– Você deveria mesmo fazer isso – disse ele, subindo devagarinho pelo passadiço.

– Por que você está aqui?

– Para fazer as pazes. Nada como as estrelas para nos mostrar que as nossas pequenas discussões não têm sentido. Eu trouxe o meu telescópio.

– A Galáxia do Cata-vento! – Ursa disse, atrás de Jo. – Ele me prometeu! Ele me disse que qualquer noite a mostraria pra gente!

– E esta é uma noite perfeita para isso – disse Gabe. – Sem lua, atmosfera clara, sua luz apagada convidando ladrões para a sua casa desprovida de armas...

Ela tentou fazer uma cara de que estava irritada, mas o sorriso dele venceu.

– Termine o seu jantar enquanto eu me preparo – falou ele. – Quer aprender a montar um telescópio? – perguntou ele a Ursa.

– Sim!

Jo segurou a porta telada aberta enquanto a menina passava em disparada por ela.

– Essa é a única maneira como você pode olhar por um cano de metal com o Gabe. Está me entendendo?

– Sim – Ursa respondeu, e Gabe fez continência.

Depois que Jo terminou de comer e lavar os pratos, se juntou a eles na beira do campo e descobriu que o telescópio de Gabe era muito mais sofisticado do que esperava. Tinha pertencido ao pai dele, um entusiasta da astronomia, que ensinou os filhos a encontrarem objetos no céu noturno. Gabe também havia levado binóculos e mostrou a Ursa como localizar a Galáxia do Cata-vento usando as estrelas da Ursa Maior. Jo ouvia tudo de uma cadeira de praia, cansada demais de seu longo dia no campo para tentar encontrar uma mancha borrada de galáxia.

Mesmo com o alcance impressionante, eles demoraram um pouco para localizar a Galáxia do Cata-vento, pois ela tinha algo que Gabe chamou de baixo brilho de superfície. Isso não significava nada para Jo, exceto que ela poderia adormecer na cadeira antes que ele a encontrasse.

– Certo, aqui está. Messier 101, também conhecida como Galáxia do Cata-vento – Gabe falou para a menina.

Ursa subiu em uma caixa que ele havia levado e olhou pela ocular.

– Estou vendo! – Ela ficou em silêncio enquanto estudava a galáxia. – Sabe o que parece, Jo?

– Um cata-vento?

– Parece um ninho de *Passerina cyanea* cheio de bandeirinhas. E as estrelas brancas são os ovos.

– Eu tenho que ver isso. – Jo saiu da cadeira e olhou pelo telescópio. Ursa estava certa. O redemoinho etéreo era um ninho celestial cheio de ovos de estrelas brancas. – Tudo bem, essa é a coisa mais legal que eu já vi na minha vida. É como um ninho de *Passerina cyanea* cheio de bandeirinhas visto de cima. Eles costumam ter aquele formato confuso nas bordas.

Gabe olhou mais uma vez.

– Estou vendo. E o centro do ninho desce em espiral até o infinito. Gosto muito mais disso do que de um cata-vento. O Ninho do Infinito. De agora em diante, é assim que vou ver essa galáxia.

– É onde eu moro – disse Ursa. – Eu moro no Ninho Infinito.

– Garota de sorte – disse Jo, despenteando os cabelos da menina com os dedos.

Ursa saltou loucamente, como se estivesse prestes a explodir nas estrelas.

– Posso tostar *marshmallows*?

– Ursa... Estou muito cansada para acender uma fogueira.

– Eu acendo – disse Gabe. – Pegue os *marshmallows*, Senhora do Ninho.

Ursa foi correndo até a porta dos fundos.

– Está tudo bem? – ele perguntou.

– Estou acordada desde as quatro e meia da manhã – disse Jo. Ursa também estava, mas a visita inesperada de Gabe a energizara.

– Sente-se e descanse – disse Gabe. – Vou monitorar a tostagem dos *marshmallows* com um julgamento melhor do que fiz hoje cedo. – Ele começou a jogar gravetos na fogueira. – A propósito, isso foi um pedido de desculpa.

– Ok. – Ela voltou para a cadeira de praia. – E peço desculpa por dizer que você é um leitor idiota de Shakespeare.

– Eu sou um leitor de Shakespeare que vende ovos na estrada, o que meio que dá na mesma. – Ele analisou o rosto dela. – Você deve estar se perguntando por que eu vendo ovos e não tenho um emprego fixo.

– Isso não é da minha conta – Jo respondeu, embora já tivesse pensado com muita frequência nessa questão.

– Eu vendo ovos porque as minhas galinhas produzem muito mais do que consigo usar. – Ele desviou o olhar dela e tirou mais gravetos da pilha de lenha. – Mas a banquinha de ovos também é uma forma de terapia.

– Como assim, terapia?

Ele olhou para ela novamente.

– Para ansiedade social, depressão e um toque de agorafobia.

Ela se sentou na cadeira para ver quão sério ele estava falando.

– Não se preocupe, estou bem com a Ursa. Não a machucaria nem nada.

Ursa correu para fora e jogou o saco de *marshmallows* em uma cadeira de praia.

– Pode trazer um isqueiro, por favor? – pediu Gabe.

Ela correu de volta para a casa.

– Por que eu acharia que você machucaria a Ursa só porque está com depressão? – perguntou Jo.

Ele encolheu os ombros.

– Muitas pessoas não entendem doenças da mente.

– Onde está o isqueiro, Jo? – Ursa gritou da porta dos fundos.

– Na gaveta, perto da torradeira.

– Não está lá.

– Isso significa que Shaw e companhia colocaram o isqueiro no lugar errado. Você vai ter que procurar por aí. – Ela se voltou para Gabe novamente. – Medicação ajuda? – ela perguntou.

– Eu ignorei os médicos quando eles tentaram fazer com que eu tomasse medicamentos.

– Quando foi isso?

– Alguns anos atrás. Quando eu estava no segundo ano, na Universidade de Chicago, tive o que os meus pais pitorescamente chamaram de "colapso nervoso". Não consegui me recompor desde então.

– Universidade de Chicago? Onde seu pai dava aula?

– É. Um enorme constrangimento, não é? E todos os sonhos dele para seu único filho indo pelo ralo. – Ele quebrou um galho sobre o joelho e jogou os pedaços na fogueira.

– Gabe, eu sinto muito.

– Por quê? Não é culpa de ninguém. Não dá para escolher nossa genética.

– Nem me diga. Meu câncer de mama foi causado pela mutação BRCA1, se você sabe o que significa.

– Que merda... sim, eu sei.

Ursa voltou com o isqueiro.

– Sabe onde eles tinham guardado isto? Na gaveta da sua escrivaninha.

– Que bizarro – disse Jo. – Espero que não tenha sido um julgamento sutil sobre a minha pesquisa.

Gabe acendeu uma chama no isqueiro e abriu um largo sorriso.

– Eu prometo que não vou chegar perto dos seus dados.

– É melhor mesmo você não fazer isso – riu Jo.

Enquanto ele acendia os gravetos na fogueira, Ursa saiu em busca de um palito de *marshmallow*.

– Eu não deveria ter falado sobre o câncer. Não tive a intenção de minimizar o que você me disse.

– Ah, pode minimizar... se ao menos adiantasse... – ele falou.

– Você nunca me parece ansioso. Você é mais sociável do que muitas pessoas que eu conheço.

– É? Acho que a barraquinha de ovos ajudou. Mas é só alguém me tirar do meu reino e... bum!

– É por isso que você odeia os mercadinhos?

Ele assentiu.

– Se a fila for longa, às vezes eu tenho que sair.

– Por quê?

– O terrível esmagamento da humanidade na minha alma. Você nunca sentiu isso?

– Acho que sim... no Walmart.

– Sim! Aquele lugar é o pior!

Ursa voltou com um palito e espetou três *marshmallows* nele.

– Legal – disse Gabe. – Um para mim, um para Jo e outro para mim.

– Todos para mim! – disse Ursa.

Jo adormeceu vendo-os assar *marshmallows*, pensando em como eram fofos juntos. Ela acordou com os dedos de Gabe roçando sua face.

– Tinha um mosquito em você – disse ele.

– Eu provavelmente alimentei toda a floresta.

– Isso não aconteceu, não. Eu fiquei de olho em você.

Ela tentou se livrar da sonolência.

– Ficou de olho em mim?

– Sim, de olho em você. – Ele estava olhando para ela como se fosse beijá-la, e a onda de adrenalina direta do sono fez com que ela se sentisse estranha. Quase zonza. O coração dela saltou contra os ossos do peito, como se estivesse tentando escapar.

Ela se sentou para ver se Ursa tinha visto Gabe tocá-la. Ela estava adormecida em uma cadeira de praia do outro lado da fogueira, com *marshmallow* derretido grudado no queixo.

Jo ficou em pé, trêmula.

– Ursa tem que ir dormir. Ela acorda cedo.

– Eu sei – disse ele, levantando-se ao lado dela. – Eu queria levá-la, mas não sabia para onde. Ela dorme na sua cama ou no sofá?

– No sofá.

Ele ergueu a menina da cadeira.

– Gabe? – Ursa resmungou.

– Não acorde – disse ele. – Vou levar você para a cama.

Depois que eles desapareceram dentro da casa, Jo jogou água para apagar o fogo.

– Eu poderia ter feito isso – disse Gabe, da porta da cozinha. Ele saiu, pegou a mangueira da mão dela e enrolou-a na torneira.

– Onde está o telescópio? – ela perguntou.

– Eu o guardei.

– Por quanto tempo eu dormi?

– Por cerca de quinze graus de movimento estelar.

Gabe ficou perto dela, com o rosto iluminado pela luz fluorescente do fogão dentro da casa. Ela viu o que ele queria. Ele queria dormir com ela.

A batida irregular em seu peito voltou. Seria hormonal? Teria algo a ver com as cirurgias? Por que um homem vindo até ela, um homem de bom coração e boa aparência, tinha feito seu corpo reagir como se ela estivesse enfrentando um urso irritado?

Jo tentou se lembrar de como costumava reagir quando um cara por quem ela se sentia atraída pegava pesado demais ou acelerava demais as coisas. Ela teria feito uma piada para amenizar um pouco as coisas. O humor viria facilmente porque estaria confiante e relaxada. E provavelmente um pouco excitada com o interesse dele. Mas Jo não conseguiu encontrar a piada certa, aquela mulher controlada que costumava ser, e a descoberta de sua ausência a fez estremecer como se tivesse sido dominada por uma febre. Teve de abraçar o corpo para tentar pôr um fim a essa sensação.

Ela não tinha ideia de como Gabe estaria vendo seu terror. O que quer que ele tivesse visto fez com que recuasse, seus olhos brilhando com o pânico fluorescente.

– Eu acho melhor você ir embora – disse Jo.

Gabe desapareceu tão rapidamente que ela poderia ter sonhado que ele estava bem ali na sua frente, caso não tivesse ouvido o barulho da picape desaparecendo ao longe.

10

Jo esperou até as cinco para acordar Ursa, porque ela fora dormir tarde.
– Posso ir com você hoje? – Ursa perguntou, enquanto elas comiam cereal em uma tigela.
– Por quê?
– Quero ver o que você faz.
– Você viu.
– Eu quero ver aqueles lugares que ficam bem na floresta. Você vai lá?
– Vou.
– Por favor!
– Não seria tão divertido quanto ir para a fazenda do Gabe.
– Seria, sim.
– Se você odiar, não vou ter como voltar. Você vai ficar presa lá comigo.
– Eu prometo que não vou odiar.
Jo não viu nenhum mal nisso, e ter alguém com quem conversar, para variar, poderia ser agradável.
– Precisamos dizer ao Gabe que você vai comigo, porque ele está esperando você.
– Vamos fazer isso – disse Ursa.

– Eu não tenho o número do celular dele.

– A gente tem que ir lá contar para ele. Nem sei se ele tem telefone.

Jo preparou dois sanduíches e embalou mais água e lanches. Ela fez Ursa trocar de roupa e vestir uma calça e uma camiseta de manga comprida que Gabe havia comprado para ela na liquidação de garagem. Depois que Ursa calçou seus amados tênis de ginástica roxos, Jo mostrou a ela como enfiar a calça nas meias e a camisa na calça para evitar que carrapatos entrassem nas roupas.

Antes de trancarem a casa, Ursa encheu uma grande tigela de comida de cachorro. Jo havia cedido e comprado a tigela quando decidiu "esperar um pouco" com a Ursa. Todas as manhãs, elas alimentavam o cachorro na porta dos fundos para distraí-lo, enquanto faziam uma saída rápida pela Rodovia Turkey Creek.

Jo parou o Honda na pista esburacada de Gabe, com os insetos noturnos atacando os faróis do carro.

– Odeio esta estrada. Ela destrói o meu carro.

Ursa desafivelou o cinto de segurança.

– Então pode esperar aqui. Você não saberia como encontrar o Gabe, de qualquer maneira. – Ela saltou e desapareceu correndo pela entrada de carros escura. Minutos depois, voltou sem fôlego e entrou no carro.

– O que foi que ele disse?

– Ele disse que tudo bem.

– Só isso?

– Ele estava ocupado.

– Fazendo o quê?

– Consertando o portão do chiqueiro. Mas pode ser que ele esteja bravo – acrescentou ela, afivelando o cinto de segurança.

– Por que você está dizendo isso?

– Ele costuma ficar feliz quando me vê de manhã, mas desta vez não estava. Acha que ele queria que eu ficasse com ele em vez de ir com você?

– Tenho certeza de que ele só está ocupado com o portão.

Havia algo mais nessa história. Agora descansada e pensando com clareza, Jo repassou os eventos da noite anterior em sua mente e concluiu que havia interpretado mal o comportamento de Gabe. Se ele tinha ansiedade social, de forma alguma desejaria dormir com uma mulher que mal conhecia. Provavelmente ele também não tinha quase a beijado. Jo havia entrado em pânico talvez porque sentisse uma conexão com ele, a primeira desde as cirurgias. Ela deu ao pobre rapaz sinais confusos, e, pior ainda, ele poderia achar que ela o havia rejeitado por causa do que ele confessou sobre sua depressão. Se ela tivesse se aberto com um homem sobre seu câncer e de repente ele a rejeitasse, teria ficado tão magoada...

– Merda – Jo disse baixinho.

– Qual é o problema? – perguntou Ursa.

– Nada.

Elas começaram em North Fork Creek, o mais distante dos locais de estudo dentro dos limites naturais. Como sempre, Ursa não se incomodou com as adversidades de um novo ambiente. Por mais densa, úmida ou espinhosa que fosse a vegetação ao lado do riacho, em momento algum ela reclamou. Mesmo os mosquitos e os carrapatos irritantes subindo pelas roupas dela não a incomodavam.

Jo explicou seus três objetivos: monitorar os ninhos que já havia encontrado, encontrar novos ninhos e baixar dados das câmeras dos ninhos em seu *laptop*. Ela mostrou a Ursa como procurar ninhos observando os movimentos dos pássaros e ouvindo os chamados de alarme, o que poderia significar que estavam protegendo um ninho próximo. Ursa imediatamente reconheceu como os gritos de alarme eram diferentes dos sons de outros pássaros, e muitas vezes saía sozinha para investigar quando ouvia um.

Depois de North Fork, elas foram para o sítio de estudo de Jessie Branch e, depois disso, para Summers Creek, o mais bonito dos locais de estudo de Jo. Ursa não encontrou um ninho o dia todo, mas viu muitos ovos e passarinhos. Ela também avistou uma corça e seu cervo filhote, pegou um sapo-leopardo, observou um colibri bebendo néctar de flores cardeais e nadou com peixinhos vairões em um lago de riacho para se refrescar.

O lago era o ponto de descanso favorito de Jo. Enquanto Ursa brincava na água, Jo ligou o celular e deparou-se com três mensagens de Tabby.

A primeira mensagem dela, às nove e meia da manhã, dizia: *Ai, meu Deus, a casa de peônia e íris está para alugar.*

A segunda mensagem veio à uma e quinze da tarde: *Conversei com a dona. Muito interesse. Vai ser rápido.*

A terceira mensagem, enviada um minuto depois, dizia: *Responda, maldita! E arraste essa sua bunda para cá!*

Jo e Tabby tinham dividido um apartamento durante vários anos, mas, quando Jo voltou para a pós-graduação após o tratamento contra o câncer, elas decidiram que procurariam uma casa para alugar, um lugar com árvores de verdade ao redor. A casa de peônia e íris ficava em uma pista de corrida na qual elas corriam em Urbana desde o primeiro ano da graduação. Era uma casinha de madeira branca com varanda e, na primeira vez em que a viram, uma profusão de peônias e íris coloria o jardim da frente da casa, que, idealmente, ficava localizada no bairro pitoresco logo a leste do *campus* conhecido como "ruas estaduais".

Você consegue resolver isso?, Jo escreveu para Tabby, e a mensagem levou cerca de vinte segundos para ser enviada. Tabby parecia uma sentinela ao lado do telefone. Ela respondeu imediatamente: *Ela diz que precisa que nós duas assinemos. Com pressa para alugar. Alguém no Maine está doente e ela está indo para lá.*

Jo conhecia aquela repentina reviravolta muito bem.

Tabby enviou: *Por favor, venha logo! Eu amo essa casa! Você tem que ver por dentro! E o quintal, ai, meu Deus!*

Enquanto tinha alguma recepção no celular, Jo verificou o tempo para o dia seguinte: setenta por cento de chance de chuva. Ela provavelmente teria um dia curto de campo, de qualquer maneira.

Chego aí amanhã por volta do meio-dia. Peça para ela segurar.

Tabby mandou uma mensagem de volta: *Vou tentar. Nos vemos na casa. Amo vc!* Ela mandou um emoji de macaco com as mãos na boca e outro de lábios, seu "beijo enviado por um macaco".

Jo colocou o celular na mochila e observou Ursa tentando pegar peixes com as mãos.

– Você precisa de uma rede – gritou ela.

– Você tem uma?

– Eu vi uma lá no chalé dos Kinneys. Talvez um dia a gente possa levá-la até Turkey Creek e ver o que encontra.

– Eu quero fazer isso! Tem um peixe muito bonito aqui, mas eu não consigo chegar perto o suficiente para conseguir ver direito.

– É melhor você sair agora. Precisa estar seca antes de a gente voltar para o carro.

Ursa saiu da água, que batia na altura do peito, e cruzou o leito seco do riacho até as grandes rochas musgosas onde elas haviam almoçado. Ela estava com uma mancha de lama que lhe tomava o nariz e a face, assim como Jo naquela idade: uma pequena galinha de barro, como seu pai a chamava.

– Aonde a gente vai agora? – Ursa perguntou.

– Infelizmente, a melhor parte acabou. Agora vamos monitorar e procurar ninhos próximos a um milharal até escurecer.

– Isso também vai ser divertido.

– Vai estar quente. Que bom que você se refrescou.

– Por que você não faz o mesmo?

– Ficar molhada não é bom para lidar com fichas de dados.

Ursa pegou uma pedra que chamou sua atenção.

– Ursa... amanhã tenho que ir até onde eu moro.

Ursa parou de caçar pedras e olhou para Jo.

– O lugar chamado Champaign-Urbana?

– Sim.

– Posso ir com você?

Levar a filha de outra pessoa em uma viagem era errado em muitos níveis. Mas Ursa não poderia ficar com Gabe, porque talvez Jo retornasse depois do horário em que a menina teria permissão para ficar na fazenda dele. A mãe de Gabe já estava fazendo perguntas preocupantes sobre Ursa e por que ela estava na fazenda todo dia.

– Posso?

– Tem certeza de que quer ir? – Jo perguntou.

– Sim!

– Vai ser chato. Vou dar uma olhada em uma casa.

– Por quê?

– Porque eu provavelmente vou alugá-la. A minha amiga e eu queremos nos mudar do nosso apartamento quando o aluguel terminar, em agosto.

– É uma casa de verdade?

– É, e por isso é tão bom. Ela tem até um balanço na varanda.

Ursa virou de costas para Jo e jogou na água as pedras que encontrou.

– Eu não quero que você vá morar nessa casa.

– Sei que não, mas eu tenho que ir embora quando terminar o meu trabalho de campo. É por isso que você precisa me dizer por que saiu de casa. A gente precisa pensar no que fazer antes de eu ir embora.

Ursa a encarou.

– Eu já disse por que saí de casa.

– Eu gostaria que você confiasse em mim.

– Eu confio, mas isso não muda nada.

– O que isso não muda? Pode falar.

– Eu provavelmente vou ter ido embora quando você se for, de qualquer forma. Já vou ter visto os cinco milagres.

11

    Jo estacionou o Honda na sombra do carvalho atrás do Volkswagen Bug vermelho de Tabby. Ela saiu do Volkswagen usando botas Dr. Martens roxas, uma calça jeans rasgada e uma camiseta laranja da Universidade de Illinois que pertencia a Jo. Embora usasse um *piercing* de ametista no nariz e seu cabelo castanho tivesse mechas azuis e roxas, Jo raramente a tinha visto vestida de forma tão conservadora. Ela encontrou Tabby na rua, no meio do caminho entre os dois carros, e lhe deu um abraço.

    – Você está ótima... toda bronzeada e essas merdas – disse Tabby. – Mas o mais importante de tudo é que parece convencional. Talvez a senhora queira alugar a casa para a gente quando vir você.

    – É por isso que você está usando a minha camiseta?

    – Estou mostrando o meu espírito escolar. O pai da senhora era professor de faculdade aqui.

    – É uma falha sua.

    – Só porque você sabe que eu não faço, haha. – Ela olhou para o para-brisa do carro de Jo. – Você sabia que tem uma menininha no seu carro?

    – Estou ciente disso.

Tabby ficou encarando Ursa.

— Ai, meu Deus! — Ela se voltou para Jo. — Essa é a menina, aquela com hematomas, que não queria ir para a casa dela?

— Sim. Fale baixo.

— Achei que você tinha dito que ela fugiu, não foi? — Tabby sussurrou.

— Obviamente, ela voltou.

— Por que raios ela está com você?

— É complicado.

— O que você quer dizer com isso?

— Exatamente o que eu disse.

Tabby olhou de relance para Ursa novamente.

— Então é assim que as coisas são feitas na Terra do Banjo? Vocês simplesmente coletam crianças aleatoriamente?

— Pare de chamar a cidade por esse nome. A Terra do Banjo fica bem ao sul de Illinois.

— Você tem que chamar os tiras! — ela sussurrou.

— Eu disse a você que já fiz isso! Ela simplesmente vai fugir de novo. Estou tentando descobrir o que fazer.

— Você já tem muito com que lidar!

— Eu sei, mas eu tinha que fazer alguma coisa. Seja legal com ela. — Jo deu a volta pela frente do carro até a porta do passageiro. Normalmente, a essa altura, Ursa já teria saído do carro, mas ela esteve reticente a manhã inteira, provavelmente porque ver a casa a deixava assustada em relação a seu futuro. Jo abriu a porta. — Ursa, essa aqui é a Tabby. Tabby, conheça a minha amiga Ursa.

— Saia daí, pessoinha de nome importante — disse Tabby, enfiando a mão no carro e puxando Ursa para fora. — Você tem tanta sorte de se chamar Ursa, como o bichinho!

— Eu sei — disse Ursa. — Você tem sorte de ter um nome que significa gato rajado! O Gabe tem um gatinho rajado que eu chamo de César.

— Que legal, mas eu não tenho o nome de um tipo de gato. A minha mãe completamente louca me deu o nome de uma bruxa da TV.

– É mesmo?

– Verdade, e é por isso que, se alguém me chamar pelo meu nome verdadeiro – ela se abaixou e sussurrou o nome Tabatha[3] no ouvido de Ursa –, eu dou um soco no nariz da pessoa.

Ursa sorriu pela primeira vez naquele dia.

– Ela está falando a sério – disse Jo. Em seguida, virou-se para a casa, tão encantadora como sempre, e perguntou: – Quanto é o aluguel? Você ainda não me disse.

– O aluguel é só um pouco alto – esquivou-se Tabby –, especialmente considerando que não precisamos comprar móveis. Mas ela quer alugar agora porque está indo embora.

– Agora? A gente teria que pagar por dois lugares até agosto.

Tabby caiu de joelhos na calçada e estendeu as mãos para Jo em um gesto de súplica.

– Por favor, por favor, use um pouco daquele dinheiro maravilhoso que você herdou para nos ajudar a conseguir esta casa. Estou implorando!

Ursa provavelmente nunca tinha visto um adulto agir de forma tão boba, mas adorou isso. Uma covinha se formou na bochecha esquerda dela quando abriu um grande sorriso.

– Levante, sua idiota – disse Jo.

– Por favor!

– Deixe-me ver a casa e falar com a senhora.

Tabby levantou-se de um salto.

– É a casa dos nossos sonhos! Quantas vezes a gente desejou morar aqui quando passou correndo por ela?

Jo caminhou até a frente da casinha e olhou para o passadiço ladeado por um arco-íris de íris barbadas.

– Imagine a gente bebendo vinho e refletindo sobre os mistérios do universo naquele balanço da varanda – disse Tabby.

– Vamos ter dinheiro para comprar vinho? – perguntou Jo.

---

[3] Nome de personagem da série *A Feiticeira*. (N.T.)

– Se a gente priorizar corretamente a nossa lista de compras, sim.

Frances Ivey, a fisioterapeuta aposentada que era a dona da casa, cumprimentou-as à porta, lançando um olhar cauteloso para Ursa.

– Quem é essa? – ela quis saber.

– Jo está cuidando dela hoje – disse Tabby.

– Ótimo – rebateu a Sra. Ivey. – Sem filhos. Nada de cachorros. Nada de fumar.

– Mas gatos tudo bem – disse Tabby. – A Sra. Ivey tem duas.

Ursa se agachou para acariciar a gata malhada que serpeava entre suas pernas.

– Espero que nenhuma de vocês seja alérgica a gatos – disse a Sra. Ivey.

– Isso seria péssimo para uma estudante de veterinária – rebateu Tabby.

– Seria – a sra. Ivey falou, com uma sugestão de sorriso. – Claro que vou levar as minhas gatas comigo para o Maine. – Ela fechou a porta da frente assim que todas entraram. – A Tabby me disse que você está fazendo sua pesquisa de doutorado na floresta Shawnee. Você estuda pássaros?

– Sim, ecologia e conservação de pássaros.

– Eu gosto de pássaros. Tenho vários comedouros nos fundos. Se vocês decidirem alugar, eu agradeceria se os mantivessem cheios. Os pássaros se acostumaram a ser alimentados por mim todos esses anos.

– Eu adoraria alimentá-los. Ter pássaros para observar seria ótimo depois de morar em um apartamento.

A Sra. Ivey levou Jo para um passeio pela casa. Subindo por uma escada de madeira com corrimãos de balaústre, três quartos, um pequeno e dois minúsculos, compartilhavam um banheiro completo com azulejos antigos e uma banheira com pés em forma de garras. No andar de baixo, na sala, havia uma lareira em funcionamento com um lindo consolo de carvalho antigo. Ao lado ficava uma sala de jantar que havia sido convertida em uma sala de leitura, e uma cozinha com copa. O lavabo do térreo era tão pitoresco quanto o banheiro do andar de cima. Os tapetes e os móveis eram simples, dando ênfase ao encanto do início do século XIX, com trabalhos em madeira entalhada, piso de carvalho polido e vigas de vitrais.

Um deque de madeira além das portas francesas da cozinha dava para um pequeno quintal, um jardim privado com canteiros de flores em estilo de chalé, cercis, arbustos de forsítia e rododendros. Uma grande bétula sombreava o lado oeste do jardim e um banco cercado por samambaias e hostas e astilbes que floresciam. Uma carriça entoava sua canção borbulhante perto de seu ninho e de uma variedade de comedouros de pássaros.

– Adoro a aparência natural do seu jardim – comentou Jo.

– Obrigada – disse a Sra. Ivey. – Você sabe cuidar de flores?

– Sei, sim. A minha mãe tinha um grande jardim.

– Eu não cresci com um jardim, mas adoro flores – falou Tabby. – Por isso a sua casa era uma das melhores na nossa pista de corrida.

– Vamos entrar e dar uma olhada no aluguel – disse a Sra. Ivey.

– A senhora vai deixar a gente alugá-la? – perguntou Tabby.

– Se vocês concordarem com os termos.

– Vamos concordar com qualquer coisa – respondeu Tabby. – Eu entrego o meu primogênito.

A Sra. Ivey sorriu.

– Fico feliz que vocês amem a casa tanto assim.

A Sra. Ivey serviu chá gelado enquanto elas conversavam sobre o aluguel na sala. Ela havia preparado leite e biscoitos para Ursa na mesa da cozinha. Também dera giz de cera e papel à menina, o que provavelmente era infantil demais para Ursa, mas ela obedientemente desenhava enquanto elas conversavam sobre negócios na outra sala.

As três logo descobriram que compartilhavam muito mais interesses do que flores, pássaros e gatos, e Frances – como insistia que a chamassem – acabou confiando nelas o suficiente para dizer por que estava deixando sua amada casa. Sua ex-parceira, Nancy, que se mudara depois que elas haviam se separado dois anos antes, tinha sofrido um acidente de carro devastador e não tinha ninguém para ajudá-la.

Embora o aluguel fosse alto e Jo odiasse pagar por duas moradias até agosto, ela assinou o contrato e pagou a parte que Tabby não podia pagar. Como Tabby havia dito, por que não usar parte do dinheiro que ela tinha herdado? Sua mãe teria adorado a casa. Cada vez que Jo se sentava no jardim, sentia-se conectada a ela.

Tabby queria sair para comer uma pizza para comemorar depois que elas assinaram o contrato. Jo a seguiu até o restaurante e, quando entrou na vaga ao lado dela, Tabby saiu do Volkswagen e tirou a camiseta no estacionamento movimentado.

– Um pouco exibicionista, não acha? – disse Jo.

– Quem liga? – disse Tabby. – E de jeito nenhum eu vou ser vista em público com aquela camiseta horrenda.

– Nossa, valeu!

– Certo, como se você estivesse tão emocionalmente ligada a uma camiseta. – Ela puxou uma camiseta com uma língua dos Rolling Stones por cima do sutiã de renda preta.

A covinha de Ursa marcou seu largo sorriso novamente. Ela levou os gizes de cera que Frances havia lhe dado para o restaurante, para poder terminar um desenho. Elas pediram fatias de pizza e Tabby pediu uma cerveja. Jo pediu água e deixou Ursa pedir uma Sprite. Quando as bebidas chegaram, Tabby ergueu a cerveja para um brinde.

– À nossa casa mais incrível!

Jo e Ursa bateram seus copos no dela em um brinde.

– Você não acha que deve ser destino isso ter acontecido? – disse Tabby. – Quero dizer, é estranho que a gente amasse tanto aquela casa e agora vá *morar* nela!

– Eu fiz isso acontecer – disse Ursa.

– Como você fez isso acontecer? – perguntou Tabby.

– Eu sou de outro planeta. O meu povo pode fazer coisas boas acontecer.

– É mesmo? – disse Tabby.

– Ela gosta de faz de conta – interferiu Jo.

– Não é faz de conta – contradisse Ursa. – E a prova é aquela casa.

– Como o seu povo faz as coisas acontecer? – Tabby perguntou.

– É difícil de explicar. Quando a gente encontra pessoas da Terra de que gosta, de repente coisas boas começam a acontecer para elas. É como a gente recompensa essas pessoas por serem legais conosco.

– Mas isso significa que você fez a Nancy sofrer um acidente de carro – disse Tabby.

– Eu não queria que isso acontecesse – disse Ursa –, mas às vezes coisas ruins ocorrem para fazer com que coisas boas aconteçam.

– Você sabe o que eu espero que aconteça? – indagou Tabby. – Espero que a Nancy saiba que ainda ama a Frances, porque a Frances obviamente ainda está perdidamente apaixonada por ela.

– Talvez isso aconteça, porque eu gosto da Frances – disse Ursa. – A Frances e a Nancy são lésbicas?

Tabby abriu um largo sorriso.

– Sim, elas são lésbicas. Você fica de boa com isso?

– Eu apoio os direitos dos gays – falou Ursa.

– Uau! – Tabby disse para Jo. – E vinda da Terra do Banjo, quem diria...

– Eu venho de Hetrayeh – informou Ursa.

– Esse é o seu planeta? – Tabby perguntou.

Ursa assentiu.

– Ele fica na Galáxia do Ninho Infinito.

– O que quer que seja isso – disse Tabby –, como é que você sabe sobre os direitos dos homossexuais se você é alienígena?

– Eu vi na internet, na casa do Gabe. Devo aprender sobre a Terra; é meio que como obter um doutorado.

– Incrível – disse Tabby. – Quem é esse Gabe de quem você vive falando?

– Ele é o dono da propriedade ao lado da minha casa alugada – disse Jo.

– *Este* é o Gabe – disse Ursa, tirando um papel de baixo de seu desenho de uma casa.

Tabby estudou o desenho feito com giz de cera de um homem barbudo de olhos azuis.

– Isso é bom, Ursa. Quantos anos você tem?

– A minha idade não faria sentido para as pessoas da Terra – disse ela.

Tabby olhou para Jo, que encolheu os ombros.

Depois de comerem, Tabby bebeu outra cerveja, e elas discutiram a mudança para a casa alugada. Ursa trabalhava em seu segundo desenho, uma vista frontal da casa de Frances Ivey. Quando ela foi ao banheiro, Tabby disse:

– Fale mais sobre essa menina.

– Eu sei tanto quanto você.

– Você tem ideia de onde ela mora?

– Não tenho. – Jo observou Ursa entrar no banheiro do outro lado do restaurante. – E ela não foi dada como desaparecida. Eu checo a internet quase todo dia.

Tabby se inclinou sobre a mesa, sussurrando:

– Você não deveria tê-la trazido até aqui. E se algo acontecer com ela enquanto ela está com você?

– Eu não queria deixá-la sozinha o dia todo.

– Você pode se meter em sérios apuros, Jo!

– Você acha que eu não consigo ver que confusão isso é? Mas eu não sei o que fazer além de literalmente amarrar e arrastar a menina até o xerife. E aí ela volta para as pessoas que a machucaram.

– Merda.

– Espero que de alguma forma a situação se resolva e tudo dê certo.

Tabby engoliu um gole de cerveja.

– Ela é normal, você acha?

– Tão normal quanto pode ser nessas circunstâncias.

– Mas ela acredita de verdade que é alienígena?

– Acho que não.

Tabby pegou o desenho da casa feito por Ursa.

– Tem algo estranho nisso.

– No quê?

– Olhe como ela desenhou com profundidade e dimensão. E ela viu a casa de fora por talvez alguns minutos, mas conseguiu captar todos esses detalhes. Ela até se lembrou do desenho nos vitrais acima das janelas da frente.

– Ela é mesmo muito brilhante.

– Como esse tal de Gabe se encaixa nisso tudo?

– Ela gosta de passar um tempo na fazenda dele.

– Ele fica de boa com isso?

– É meio aquele lance de que o vilarejo cria a criança.

– Você conhece o cara? Tem certeza de que ele não é um esquisitão?

– Ele parece ser uma boa pessoa.

– Parece?

– O pai dele dava aulas de literatura na Universidade de Chicago. Ele estudou lá por um tempo também.

– Ele ainda pode ser um esquisitão.

– Ursa me diria se ele fosse.

– Desde quando a Terra do Banjo é habitada por professores de literatura?

– Desde antes de você se tornar uma intolerante.

– Eu não sou intolerante!

– Se você acredita que todo mundo que mora na zona rural dos Estados Unidos é um caipira atrasado, você é uma intolerante.

– Ok, então talvez eles *todos* não sejam. – Ela pegou o desenho de Gabe. – Talvez esse cara não seja, embora use a barba para limpar farelos do prato.

– Ele lê Shakespeare.

– Não brinca!

– Todos os gatinhos do celeiro dele têm o nome de personagens de Shakespeare.

Tabby caiu na gargalhada.

– É sério.

Ela riu ainda mais, enxugando as lágrimas.

Ursa quase correu de volta para a mesa.

– O que é tão engraçado?

– Shakespeare – disse Tabby.

– Geralmente, não – disse Ursa. – A maioria das personagens tem destinos tristes.

– Ai, meu Deus! – exclamou Tabby. – Até ela lê Shakespeare! Retiro tudo o que eu disse sobre a Terra do Banjo!

– O que é Terra do Banjo? – Ursa perguntou.

– É onde os sapatos roxos são colhidos. – Tabby tirou a bota roxa de baixo da mesa e a colocou ao lado dos tênis roxos de ginástica de Ursa. – A gente tem o mesmo gosto de cor para sapato.

– Roxo é a minha cor preferida – disse Ursa.

– Estou vendo – Tabby falou, notando a camiseta de cachorrinho cor de lavanda e o short roxo. Ela olhou para Jo. – Ela tem que ouvir isso.

– Não – disse Jo.

– Ouvir o quê? – perguntou Ursa.

– Está vendo aquela coisa ali, alienzinha? – disse Tabby.

– Que coisa? – perguntou Ursa.

– Aquela máquina com as luzes coloridas.

– O que tem ela? – quis saber Ursa.

– É chamada de *jukebox* e toca músicas de toda a história da humanidade, desde a versão original de "Walk like an Egyptian".

Ursa fixou o olhar na *jukebox*.

– A canção mais incrível que já foi composta está lá – Tabby disse.

– Por favor, não – disse Jo.

– Que canção? – perguntou Ursa.

– "The Purple People Eater."[4] Já ouviu falar dela?

– Não – respondeu Ursa.

– É sobre um alienígena – disse Tabby.

– É mesmo?

– De verdade – disse Tabby, remexendo na carteira.

– Estamos almoçando – aparteou Jo.

– E o que é que tem isso?

– Só os bêbados acham isso engraçado.

– Pare de ser tão rígida. – Tabby pegou na mão de Ursa e a levou até a *jukebox*.

Depois de explicar como a máquina funcionava, ela deixou Ursa colocar o dinheiro nela e selecionar a canção. Quando a canção absurda começou,

---

[4] Os comedores de pessoas roxos. (N.T.)

Tabby começou a cantar e dançar na frente de todos. Ela fazia isso desde que havia descoberto essa canção no segundo ano, mas geralmente já havia bebido mais de duas cervejas. As pessoas que estavam ali comendo riram quando ela pegou na mão de Ursa e mostrou-lhe como dançar.

– Vejam a alienígena! – Tabby chamou Jo. – Jojo, venha!

– Venha dançar com a gente! – Ursa gritou.

Todos voltaram sorrisos carregados de expectativa para Jo, o que fez com que permanecer na cadeira fosse mais humilhante do que dançar. Ela pegou na outra mão de Ursa e tentou fazer parecer que estava dançando. Ursa também não tinha ideia de como dançar, mas não se importava com isso. Ela ria, pulava e balançava, tão radiante quanto Jo jamais a vira, como se a luz das estrelas brilhasse diretamente de sua alma hetrayena.

12

No início da viagem de volta ao sul de Illinois, Ursa usou seu terceiro e último pedaço de papel para fazer um desenho de Tabby. Uma hora depois, ela ainda estava trabalhando no retrato.

– Como você consegue desenhar em um carro em movimento sem ficar enjoada? – Jo perguntou.

– Eu estou acostumada a fazer as coisas na velocidade das estrelas – disse Ursa.

– Você quer dizer na velocidade da luz?

– Nós chamamos de velocidade das estrelas ou velocidade estelar. É diferente da velocidade da luz.

– Você adora desenhar, não é?

– Sim.

– Talvez eu consiga lápis de cor para você. Esses gizes de cera são muito grossos para conseguir fazer bons detalhes.

– Eu sei – disse Ursa. – Fiz a joia roxa no nariz dela grande demais.

– A arte deve representar como você vê o mundo, não exatamente copiar tudo.

– Eu gostaria de poder copiar exatamente a Tabby como ela é.

– Por quê?

– Para eu poder sempre a ter comigo.

– Sei como é. Ela é a pessoa de espírito mais livre que já conheci. Mesmo quando eu estava muito doente, ela conseguia me fazer rir.

– Acabei. – Ursa entregou a Jo o desenho por cima do assento.

Jo olhou de relance para ele enquanto dirigia.

– Isso é bom! O desenho se parece com ela.

– A Tabby é o meu terceiro milagre.

– É mesmo? A Tabby se classifica lá junto com os pássaros e os gatinhos?

– Ela é meio como um bebê. Ela não sabia que deveria crescer, e isso a torna mais divertida do que outras pessoas adultas.

– Boa avaliação.

Ursa olhou para a alça de acesso que se aproximava.

– Por que você está diminuindo a velocidade?

– Para abastecer o carro.

Ela olhou ao redor em todas as direções.

– Espere... Onde a gente está?

– Em uma cidade chamada Effingham. Eu geralmente paro aqui. Tem um posto de gasolina barato.

– Eu não quero parar.

– A gasolina está acabando. Eu tenho que parar.

– Você não pode ir para outro lugar?

– Por quê?

– Eu não gosto deste lugar.

Jo olhou pelo retrovisor.

– Você já esteve aqui antes?

Ela não respondeu.

– Esteve? – perguntou Jo.

– Eu disse que não gosto daqui porque é feio.

– Pode ser, mas vamos ficar só por dez minutos. É melhor você ir ao banheiro. Eles têm um banheiro limpo aqui.

– Eu não preciso ir.

– Você tomou duas Sprites.

Ursa se encolheu no assento.

– Vou dormir.

Jo abasteceu o carro e usou o banheiro. Ela também comprou dois pacotes de Necco, um doce que raramente via nas lojas. Esse foi o outro – mais importante – motivo pelo qual ela parou especificamente naquele posto de gasolina.

Jo achou que Ursa estava dormindo quando voltou para o carro trancado, mas ela se endireitou no assento alguns quilômetros adiante na rodovia.

– Quer um Necco? – ofereceu Jo.

– O que é isso?

– Um doce de que eu gosto. – Ela estendeu o pacote aberto para Ursa lá atrás.

– Posso ficar com um roxo?

– Quantos há até ele?

– Só três.

– Está bem, mas roxo não é de uva, se é isso o que você está esperando. É de cravo, e algumas pessoas não gostam.

Ursa pegou o biscoito roxo e o colocou na língua.

– Eu gosto!

Meio pacote de Necco depois, Ursa disse que precisava ir ao banheiro.

– Por que você não foi ao banheiro em Effingham?

– Eu não precisei ir quando a gente estava lá.

Jo parou em Salem e a levou ao banheiro. Elas percorreram todo o caminho até a Rodovia Turkey Creek sem outra pausa para ir ao banheiro. Depois que entraram na estrada, Ursa perguntou se elas poderiam ir ver os gatinhos. Mais cedo naquele dia, elas tinham passado pela casa de Gabe para avisar que estavam indo para Urbana, mas, quando viram um SUV prateado estacionado em frente à cabana, Jo decidiu que não deveriam incomodá-lo e à mãe dele quando eles estivessem com visitas.

Quando elas se aproximaram da propriedade dos Nashs, Ursa implorou para que Jo parasse. Eram 19h10, cedo o suficiente para uma visita rápida, e Jo queria ter certeza de que Gabe não tinha ficado com uma ideia errada sobre o que havia acontecido na outra noite. Mas o SUV prata ainda estava estacionado no final da entrada esburacada de carros.

– Talvez a gente devesse ir embora – disse Jo.

– O Gabe não vai se importar. – Ursa saiu pela porta antes que Jo pudesse impedi-la.

Uma mulher com um rabo de cavalo levemente grisalho entrou pela porta da frente da cabana. Ela estava na casa dos quarenta anos, suas feições eram amplas e otimistas, e os quilos extras que carregava no corpo alto e poderoso faziam com que ela parecesse mais intimidante do que gorda. Mas provavelmente foi o azul forte de seus olhos que fez Ursa recuar escada abaixo e pegar na mão de Jo. A mulher parecia zangada com elas, e Jo não conseguia imaginar por quê.

– Viemos ver Gabe – disse Jo. – Sou Joanna Teale, e esta é a minha amiga Ursa. Estou alugando a propriedade ao lado.

– Eu sei quem você é – disse a mulher, antes que Jo terminasse de falar.

– Onde está o Gabe? – quis saber Ursa.

– Ele não está bem – a mulher disse.

– Ele está doente? – Ursa perguntou.

A mulher fez uma careta de irritação.

– Posso ver o Gabe? – pediu Ursa.

– Não, não pode.

– Quem é você? – Ursa perguntou.

Jo estava pensando em uma pergunta semelhante: *Quem diabos você pensa que é?*

– Sou irmã do Gabriel.

Jo nunca teria imaginado isso. Ela não se parecia em nada com ele.

– Posso ver os gatinhos? – Ursa perguntou.

– Acho melhor vocês irem embora – disse a mulher.

– A doença dele é grave? – Jo perguntou.

Ela já estava entrando na cabana.

– Eu direi para ele que vocês passaram por aqui.

A porta fechou-se.

– Ela é má – Ursa disse, quando elas entraram no carro.

Ou o que elas haviam interpretado como maldade era angústia. Talvez a irmã de Gabe estivesse chateada porque ele estava gravemente doente.

Jo levou Ursa com ela para fazer o trabalho de campo no dia seguinte. O calor estava forte e, a maior parte do trabalho era nas estradas, mas Ursa não reclamou em momento algum. Ela encontrou um novo ninho com dois ovos de cardeais. Jo disse a ela que talvez tivesse de lhe pagar o salário de assistente de campo.

Depois que terminaram de monitorar os ninhos na Rodovia Turkey Creek, Jo dirigiu até a propriedade dos Nashs e estacionou ao lado do SUV prateado. Ela e Ursa bateram à porta da frente, aumentando a batida quando ninguém respondeu. A mãe de Gabe abriu lentamente a porta de madeira, segurando a bengala de quatro pés.

– Viemos ver como o Gabe está – disse Jo através da porta telada.

– A Lacey me disse que vocês passaram por aqui ontem à noite.

Lacey devia ser a irmã de Gabe, um nome delicado que não combinava com a aparência ameaçadora dela.

– Como está ele? – Jo perguntou.

– Não muito bem – disse Katherine.

– Lamento muito por isso. Podemos visitá-lo, talvez apenas por alguns minutos?

– Ele não ia querer isso – disse ela.

– Por que você não pergunta a ele? Podemos animá-lo.

– Acho que não – disse Katherine. – Eu sinto muito.

Jo e Ursa ficaram observando enquanto ela fechava a porta com as mãos trêmulas. Lacey descia a estrada que dava para as dependências. Ela estava vestida com roupas de trabalho sujas e botas de borracha manchadas de esterco. Provavelmente fazendo as tarefas habituais de Gabe.

– Precisam de alguma coisa? – ela perguntou.

– Nós esperávamos ver o Gabe – disse Jo.

– A minha mãe atendeu à porta?

– Sim, conversamos com ela.

– Droga – ela murmurou.

– Eu sinto muito. Se soubéssemos que você estava aqui fora, teríamos...

– Seria melhor se você não tivesse feito nada. Eu tenho um monte de bosta com que lidar, literalmente. – Ela se afastou em direção aos celeiros.

Jo estava prestes a chamá-la para lhe dizer alguma coisa, mas tudo o que ela queria dizer soaria muito combativo. Ela entrou no carro com Ursa.

– Por que elas não deixam a gente ver o Gabe? – perguntou Ursa.

– Não sei. Alguma coisa estranha está acontecendo. – Ela dirigiu até a casa dos Kinneys, incapaz de manter seus assustadores pensamentos sob controle. Talvez Gabe estivesse tendo outro colapso nervoso. Pior ainda, Jo temia que sua interação estranha com ele na outra noite pudesse tê-lo desencadeado.

Enquanto ela e Ursa estavam cuidando dos ninhos no dia seguinte, Jo decidiu que seria mais enérgica com Lacey naquela noite. Elas terminaram o trabalho de campo um pouco mais cedo e chegaram à propriedade dos Nashs cerca de uma hora antes do pôr do sol.

– Desta vez não aceitaremos não como resposta, certo? – disse Jo.

– Certo – disse Ursa.

Ursa bateu à porta da cabana. Lacey abriu a porta, enxugando as mãos em um pano de prato.

– Vocês não desistem mesmo, não é?

– Ele é nosso amigo, e estamos preocupadas com ele – disse Jo.

– Por quanto tempo ele vai ser seu amigo quando você for embora no final do verão?

Jo estava chocada demais para responder. Mas desejou ter feito isso quando Lacey acrescentou:

– Faça um favor para ele e esqueça-o agora mesmo em vez de fazer isso mais tarde. – A irmã de Gabe fechou a porta.

Parecia que ela acreditava que Jo e Gabe estavam em um relacionamento. E ela já havia concluído que Jo daria um fora nele. Jo duvidava de que Gabe tivesse dado a ela essas ideias, e isso significava que Lacey havia ultrapassado os limites de seu vínculo de irmãos. Jo tinha ouvido falar de irmãs controladoras, do tipo que não gostavam das mulheres que seus irmãos namoravam, mas isso era ultrajante. Lacey estava tentando sabotar um relacionamento que ainda nem havia começado.

Jo não percebeu que Ursa ainda estava na varanda até entrar no carro.

– Ursa, vamos embora.

Ursa subiu a escada da varanda inteira.

– Você disse que não aceitaríamos não como resposta.

– Isso é só um ditado.

– Não, não é.

– Ele não quer nos ver.

– Pode ser que ele queira nos ver, sim, e que elas não estejam deixando – disse Ursa.

– Eu sei, mas não há nada que a gente possa fazer.

– Há, sim.

– O quê?

– Ela não trancou a porta, e eu sei onde fica o quarto dele.

– Ah, meu Deus! Ursa, desça aqui agora mesmo! – disse Jo, sibilando.

– Eu não preciso dar ouvidos a você, porque não sou deste planeta. Nós temos as nossas próprias regras. – Ela correu até a porta.

– Ursa!

Ursa empurrou a porta interna entreaberta e deslizou pela abertura. Jo considerou se deveria segui-la e decidiu que não poderia deixar uma criança lidar com Lacey sozinha. Ela entrou bem a tempo de ver Ursa desaparecer atrás de uma parede de troncos. Lacey estava à pia da cozinha lavando pratos, e Katherine estava sentada à mesa, conversando com ela. Ambas estavam de costas para a porta da frente, e a conversa, junto com a água corrente, impediu-as de ouvir Ursa entrar.

Jo passou sorrateiramente pela sala, curvando-se para passar mais despercebida. Assim, ela passou pelo corredor e viu Ursa abrir uma porta no final.

– Bata primeiro! – Jo sussurrou, mas era tarde demais para impedir a menina de entrar sem avisar.

Jo e Ursa pararam na porta e analisaram Gabe. Vestindo uma calça de pijama cinza e uma camiseta azul-clara, ele estava enrolado de lado em uma cama de madeira, de costas para elas. Havia pilhas de livros por toda parte. A única decoração do quarto era um mapa estelar fixado em uma das paredes.

– Gabe? – chamou Ursa. – Você está bem?

– Ursa? – Ele se voltou na direção da menina.

– Você está doente?
– Quem disse isso a você?
– A sua irmã malvada.

Ele bufou e soltou uma risada suave e se sentou direito, tirando mechas do cabelo ondulado do rosto. Seus olhos focaram a familiar nitidez azul quando ele olhou para Jo.

– Ela deixou que vocês entrassem?
– Na verdade, não – respondeu Jo.
– A minha mãe deixou?
– Trata-se mais de uma operação de busca e resgate – disse Jo.
– Você está brincando!
– Não estou.
– Elas não sabem que vocês estão aqui?

Jo negou com a cabeça.

– A alienígena me fez fazer isso.

O sorriso dele durou pouco.

– Meu Deus, eu devo estar mal – disse ele, passando as mãos pela barba e pelos cabelos.

– Você parece estar bem – disse Ursa. – Não parece nada doente.
– Bem, existem diferentes maneiras de ficar doente. – Ele arrastou as pernas pela beirada da cama, claramente desacostumado a se mover. Seus olhos pousaram nos de Jo. – O que fez você pensar que eu precisava de um resgate?

– Elas não deixaram a gente ver você.
– Por que vocês queriam me ver?
– Precisamos de ovos.

Ele sorriu.

– Você não estava na estrada, de manhã, com os ovos. Isso causou uma crise em todo o condado.

– Não é uma emergência nacional?
– Os seus delírios são um pouco extremos – disse ela.
– Talvez sejam.

– Eu posso ir ver os gatinhos? – Ursa perguntou.

Ele ficou em pé, um pouco trêmulo.

– Tu verás os gatos shakespearianos, minha dama.

– Não precisa se levantar – disse Jo. – A gente só queria ter certeza de que você estava bem.

– Eu tenho, sim, que me levantar. Tenho que ver a cara da Lacey quando ela colocar você na mira dela.

– Estou um pouco assustada em relação a isso – disse Jo.

– Vou interferir. Mas estou avisando que ela não leva muito a sério o irmãozinho quebrado.

– Quebrado como um ovo? – perguntou Ursa.

– Ei, boa analogia. – Ele enfiou os pés em velhos *slippers* caramelo. – Vamos ver esses gatinhos.

– Os olhos deles já estão abertos? – Ursa perguntou.

– Não sei. Faz alguns dias que não os vejo. – Ele foi na frente pelo caminho, descendo o corredor. Quando chegaram ao espaço aberto entre a cozinha e a sala, ele acenou para a irmã e para a mãe. – Não liguem para nós – disse ele –, estamos só de passagem.

– Gabe! – exclamou Lacey.

– O quê?

– Como foi que elas entraram?

– Quem?

– Elas!

– Espere... você consegue vê-las? Achei que fossem fruto da minha alucinação.

Lacey caminhou até Jo.

– Você teve a audácia de entrar furtivamente na nossa casa?

– Eu, não – disse Jo. – Cem por cento da audácia veio de outra fonte.

– E ninguém vai gritar com uma garotinha, certo, Lacey? – disse Gabe.

– Então você está bem agora? Assim, do nada? – perguntou Lacey. – Você não poderia ter ficado bem antes de eu vir até aqui para fazer o seu trabalho?

– Em momento algum eu falei para você vir.

– Quem diabos deveria cuidar da mamãe?

– Podemos apertar o botão de *play* nesta gravação mais tarde? Minhas amigas não querem ouvir você. Vamos! – disse ele para Jo e Ursa.

– Aonde você vai? – perguntou Lacey.

– A Ursa quer ver os gatinhos – disse ele.

– É, e tem isso ainda. Eu já falei para não ter mais gatos.

– Os meus gatos são todos castrados. A mãe era uma vira-lata que apareceu prenha.

– Bem, eu ainda não os encontrei, mas estou pensando em levá-los para o rio.

Gabe foi para cima dela fingindo uma intimidação assustadora.

– Se fizer alguma coisa com aqueles gatinhos, as pessoas vão encontrar *você* no rio!

– Você é completamente maluco! – exclamou Lacey.

– Eu sou, então não mexa comigo! E nunca mais diga coisas assim na frente dessa garotinha!

O olhar ácido de Lacey recaiu sobre Ursa.

– Quem é ela? A mamãe diz que você dá comida para ela todo dia.

Para poupar Ursa de continuar ouvindo aquilo, Gabe a pegou no colo e cruzou rapidamente a porta.

– Desculpe – ele disse no ouvido de Ursa. – Não ligue para nada disso.

Jo deu um empurrãozinho nas costas dele na pressa para sair dali. Então, desceram apressados a entrada de cascalhos no lado oeste da casa. Na metade do caminho para o celeiro, Gabe colocou Ursa no chão.

– Foi mal – ele falou, baixinho. – Você já está grande demais para ser levada no colo.

– Tudo bem – Ursa respondeu.

Jo deu uma espiada por sobre o ombro para ver se Lacey os estava seguindo. Não estava, e a cabana havia desaparecido atrás das árvores que a cercavam por todos os lados.

– Eu sinto muito por vocês duas terem presenciado aquilo – Gabe disse, quando chegaram ao celeiro. – A minha irmã é... ela e eu nunca nos demos bem. Ela estava na faculdade quando eu nasci, e sempre pareceu muito mais ser minha madrasta má do que minha irmã.

– Você não precisa se desculpar – Jo disse.

– Posso ver os gatinhos? – Ursa pediu.

– Pode – ele respondeu.

Ursa correu para dentro. Gabe e Jo a seguiram até as pilhas de feno no fundo da construção.

– A mamãe-gato está surpreendentemente mansa – Gabe disse, pegando a gatinha rajada laranja que viera cumprimentá-lo com seus miaus. Ele a segurou no colo, e ela virou a cabeça na direção dos dedos dele conforme ele coçava atrás das orelhas dela.

– Ela obviamente não é selvagem – Jo disse.

– Eu sei. Eu acho que alguém a largou na minha propriedade quando viu que estava prenhe. As pessoas aqui ao redor sabem que eu tenho gatos no celeiro.

Jo acariciou a gata nos braços dele.

– Ela deu à luz o primeiro gatinho perto do meu depósito de ferramentas, mas me deixou levá-la ao celeiro. Os gatinhos estão a salvo de predadores aqui, porque eu mantenho a porta fechada à noite.

– Predadores como a sua irmã? – disse Jo.

– É, pior do que uma cobra, não é?

– Você acha que a gente deveria esconder os gatinhos melhor? – Ursa perguntou.

Gabe agachou-se em frente a ela.

– Eu não vou deixar que ela os machuque.

– Mas ela disse...

– Acho que ela vai embora amanhã. Ela odeia as tarefas da fazenda.

Ursa pegou na mão de Jo e conduziu-a até um ninho de gatinhos multicoloridos enfiados entre dois grandes fardos de feno.

– Aposto que há mais de um pai – disse Jo.

– Ela descobriu o seu segredo mais profundo, o seu segredo mais sombrio – sussurrou Gabe na orelha da gata-mãe.

Jo sorriu com o humor dele. Logo que elas o haviam visto, parecia que ele estava mal, mas ele havia ficado notavelmente animado nos últimos dez minutos. Ao que tudo indicava, a criança alienígena tinha instintos melhores do que os de Jo.

– Os olhos deles estão abertos! – Ursa disse, com uma gatinha branca nas mãos. Ela soltou um miado suave, com os olhinhos apertados, tentando entender o rosto humano. – Esta é a Julieta. Quer segurá-la?

Jo aninhou a gatinha no peito.

– O cinza é o Hamlet – informou Ursa, apontando para um dos gatinhos. – Esse rajado marrom é o César. O preto e branco é o Macbeth, e a laranja é a Olívia...

– De que peça é essa? – Jo perguntou.

– *Noite de reis* – disse Gabe.

– Finalmente uma comédia.

– E o preto é Otelo – falou Ursa. – Esse nome foi ideia do Gabe, porque Otelo é um mouro.

Ursa pegou Julieta das mãos de Jo.

– A Julieta e o Hamlet são os meus preferidos. – Ela retirou Hamlet do ninho e reclinou-se junto a um fardo de feno com os dois gatinhos aninhados no colo.

Balançando a gata-mãe em um dos braços, Gabe pegou Olívia e imediatamente entregou-a a Jo.

– Fique com um pouco de comédia. Nós precisamos disso.

Jo acalentou a minúscula gatinha laranja até ela se aquietar. Gabe ficou observando-a, sorrindo.

– Como você está se sentindo? – Jo perguntou a ele, mas imediatamente se arrependeu de ter feito a pergunta de que ela mesma havia se esquivado desde seu diagnóstico. – Você está a fim de jantar conosco?

Ele tentou interpretar os motivos dela para o convite.

– Eu e a Ursa vamos fazer hambúrgueres, batata-doce frita e salada. Mas preciso avisar você de que são hambúrgueres de peru. Eu não como muita carne vermelha.

– Eu não me importo que sejam hambúrgueres de peru – ele respondeu.

– Você já comeu?
– Não.
– Então venha.
– Tenho que tomar banho primeiro.
– Nós podemos começar a cozinhar enquanto você toma banho.
– Tem certeza?
– Sim.
– Querem saber, pessoal? – perguntou Ursa.
– O quê? – disse Gabe.

Ursa sentou-se direito, com a gata branca em uma das mãos e o cinza na outra.

– Eu vou escrever uma peça sobre Julieta e Hamlet.
– É uma peça sobre gatos ou pessoas? – ele quis saber.
– Pessoas. Julieta e Hamlet encontram-se em uma floresta mágica *antes* que as coisas ruins aconteçam, e isso muda o destino deles. É uma comédia, e todo mundo fica feliz no final.
– Gosto disso – riu Gabe.
– Eu gosto muito disso – concordou Jo. – Podemos comprar ingressos antecipados?

13

Ursa explorava a beirada da pradaria com uma lanterna enquanto Jo atiçava o fogo para os hambúrgueres.

– O que você está fazendo? – Jo perguntou.

– Pegando flores para a mesa.

– Eu achei que nós fôssemos comer lá fora, como geralmente fazemos quando grelhamos.

– Não! O Gabe vindo jantar é uma coisa especial.

Jo não queria que fosse. Talvez as coisas entre ela e Gabe fossem ficar estranhas novamente, e comer à mesa da cozinha sob a luz fluorescente só tornaria as coisas piores. Quando Jo entrou para ver como estavam as batatas, notou que o jantar deles não seria comido sob luz fluorescente: Ursa havia apagado todas as luzes e colocado duas velas de pilar meio queimadas na mesa, uma de cada lado do buquê de flores dela. Parecia romântico demais, porém, antes que Jo pudesse fazer alguma coisa, Ursinho estava latindo para anunciar a chegada de Gabe. Ela foi correndo lá para fora, para fazer com que o cão se calasse.

– Bom cão vigilante – disse Gabe, fechando a porta da caminhonete.

– Isso não é bom. É irritante.

Gabe deu uns tapinhas carinhosos no cachorro e subiu pela passarela. Ele ofereceu uma cartela de ovos.

– Vocês precisam mesmo deles?

– Precisamos, sim. Obrigada. – Ela pegou a cartela de ovos da mão dele, notando o cheiro fresco de sabão em sua pele. – Só para avisar, Ursa transformou isso em um caso de alta gastronomia.

– Ela encontrou caviar no riacho?

– O cardápio é o mesmo, mas ela está tentando criar um ambiente para o jantar.

– Parece bom. Espero estar bem vestido para um restaurante.

No brilho amarelo da luz da varanda, Jo avaliou a roupa dele: uma camisa azul e uma calça de cor clara, muito mais bonitas do que a camiseta e o jeans detonado que ele costumava usar. Parecia que estava vestido para um encontro. Ela suprimiu um pico de pânico.

– Está perfeito – disse ela. – Um *smoking* teria ficado exagerado.

Ela foi na frente até a casa, onde Ursa estava dobrando toalhas de papel em forma de guardanapos na mesa da cozinha.

– Eu estava com medo de que Lacey não deixasse você vir – disse ela.

– Ela fez o possível para me impedir, mas eu tirei as correntes – disse ele. Talvez não estivesse tão longe da verdade.

– Precisa de ajuda com o jantar? – ele perguntou.

– Obrigada, mas só falta grelhar os hambúrgueres – disse Jo. – Fique no ar-condicionado, se é que dá para chamá-lo assim.

Quando Ursa insistiu em comer dentro de casa, Jo ligou o ar-condicionado da janela da sala no ajuste mais alto, mas ele estava velho e ainda não tinha conseguido baixar muito a temperatura.

Jo permaneceu do lado de fora enquanto cozinhava quatro hambúrgueres de peru e grelhava os pãezinhos. Quando levou a comida para dentro, a luz da sala estava acesa. Gabe e Ursa estavam sentados no sofá, olhando para os desenhos com giz de cera que Ursa tinha feito dele, de Tabby e da casa de Frances Ivey.

– A Ursa contou que anteontem vocês foram até Urbana para alugar uma casa – disse Gabe.

– Sim, é verdade. Eu sinto muito porque não tivemos oportunidade de contar isso a você antes de sairmos. Mas, se a Tabby e eu não agíssemos logo, teríamos perdido a casa.

– Está tudo bem. – Ele retornou o olhar penetrante dela. Sabia que seu pedido de desculpa tinha a intenção de envolver mais coisas. – A Tabby deve ser uma pessoa e tanto se ela foi o terceiro milagre da Ursa.

– A Tabby é milagrosa em mais maneiras do que eu consigo explicar – disse Jo. – Eu a conheço desde o nosso segundo ano na faculdade, e dividimos quarto desde o terceiro ano da faculdade.

– A Ursa disse que ela vai ser veterinária.

– E o nome dela quer dizer gato rajado! – disse Ursa. – Isso não é engraçado?

– É – disse ele.

Jo colocou a tigela de batata-doce frita na mesa, ao lado dos pratos com os hambúrgueres.

– O jantar está servido.

Ursa apagou todas as luzes na sala e na cozinha.

– Eita, assustador – falou Gabe, para aliviar um pouco a tensão. Ursa sentou-se ao lado dele à mesa iluminada por velas, e Jo sentou-se em frente a ele.

– Eu fiz a salada – informou Ursa.

– Bom trabalho – elogiou ele.

– O hambúrguer extra sem queijo é para você – disse Jo.

– Não sei se vou aguentar. Eu não comi muito nos últimos dias.

– Porque você estava vomitando? – Ursa perguntou.

– Não, eu só não estava com fome.

Jo esperava por isso, mas havia colocado um quarto hambúrguer na grelha mesmo assim. Assim como as refeições que havia levado para sua mãe moribunda, sempre excessivas, como se pudesse com a alimentação fazer com que ela se sentisse bem novamente. Às vezes ela pensava em si mesma da mesma forma, com medo de que o câncer tivesse voltado se ela não tivesse apetite.

Ainda bem que ela nunca havia tido essas preocupações com Ursa. Ela estava faminta, sua conversa habitual silenciada por uma boca cheia de hambúrguer.

– Ouvi dizer que a Ursa se tornou uma ornitóloga – disse Gabe.

– É verdade – disse Jo. – Ela encontrou dois ninhos.

Ele ergueu a mão e esperou Ursa bater nela. Ele fingia estar se sentindo melhor do que se sentia de verdade. Tinha colocado o hambúrguer de lado antes de comer metade, e, enquanto Jo e Ursa terminavam de comer, ficou pescando algo na salada para ter algo para fazer.

– Como está indo a pesquisa? – ele perguntou.

– Melhor do que o esperado para a minha primeira temporada de campo.

– Quantas mais você vai ter?

– Pelo menos mais uma.

– Você vai morar aqui no próximo verão?

– Esse é o plano.

Ele olhou para o garfo com o qual estava cutucando a salada antes e voltou seu olhar contemplativo para o dela.

– Por que você está estudando ninhos de *Passerina cyanea*?

– Estou fazendo um estudo de aninhamento, e ninhos de *Passerina cyanea* são abundantes e fáceis de encontrar. Historicamente, eles faziam ninhos em florestas que eram perturbadas por incêndios e inundações. Hoje em dia, são atraídos pelas bordas de nossas estradas e pelos campos de cultivo, e esses hábitats não são tão bons para eles. O número de muitas aves que fazem ninhos nesses tipos de paisagens está diminuindo.

– Interessante – disse ele.

– Então estou comparando o sucesso dos hábitats criados por distúrbios naturais com o dos criados por distúrbios humanos.

Ele assentiu.

– O que levou você ao mundo dos pássaros, para começo de conversa?

– Eu teria que dizer que foram os meus pais – ela disse. – O meu pai era geólogo, e a minha mãe, botânica. Quando eu era criança, a minha família acampava e fazia trilhas por todo o país. Foi quando eu aprendi sobre os meus primeiros pássaros, principalmente com a minha mãe.

– A mãe e o pai de Jo estão mortos – anunciou Ursa.

Gabe não ficou especialmente surpreso quando Jo usou o passado para descrever seus pais. Mas, ao contrário da maioria das pessoas, ele não perguntou o que tinha acontecido com eles.

– O meu pai fazia as pesquisas dele nos Andes – disse Jo. – Ele estava em um avião que colidiu com uma montanha quando eu tinha quinze anos. Dois outros geólogos e o piloto peruano morreram com ele.

– Meu Deus! Quantos anos ele tinha?

– Quarenta e um.

– A sua mãe estava lá, fazendo pesquisa com ele?

– Não, ela estava em casa comigo e com meu irmão. Ela nunca chegou a terminar o doutorado em botânica depois que o meu irmão nasceu. O meu pai fez longas viagens de pesquisa, e ela não queria colocar o meu irmão na creche enquanto terminava o curso.

– A mãe da Jo morreu de câncer de mama – disse Ursa. – Ela salvou a vida de Jo.

– Como você pode ver – disse Jo –, a Ursa anda bem curiosa em relação à minha família. – Olhando para Ursa, ela acrescentou: – Eu gostaria que ela me contasse sobre a família dela tanto quanto eu conto a ela sobre a minha.

– Você não entenderia se eu contasse tudo sobre a minha família de Hetrayeh – disse Ursa.

– Eu entenderia. Você sabe que eu entenderia.

– Conte para o Gabe como a sua mãe salvou a sua vida.

– Mudar de assunto não vai ajudar em nada – disse Jo.

– Você mudou de assunto – disse Ursa –, porque não queria falar sobre a sua mãe. – Ela empurrou a cadeira e saiu da mesa para ir ao banheiro.

– Mais esperta do que eu, de novo – disse Jo.

Ele sorriu.

Ela deslizou para longe o prato vazio.

– Você provavelmente está se perguntando o que a Ursa quis dizer sobre a minha mãe salvar a minha vida.

– Acho que o câncer dela levou à descoberta do seu.

Jo assentiu.

– Isso foi há quanto tempo?

– Cerca de dois anos atrás. Ela faleceu no inverno passado.

– E o tempo todo você estava lidando com o seu próprio câncer. Você já era estudante de pós-graduação quando foi diagnosticada?

– Era, mas perdi dois anos... entre ajudar a minha mãe e os meus próprios tratamentos e cirurgias.

– Mais de uma cirurgia?

A falta de seios dela era óbvia, mas ela não tinha a intenção de mencionar a ooforectomia. Especialmente para um homem da idade dela. Mas ela tinha que superar tudo isso.

– Eles descobriram o meu câncer em um estágio inicial – disse ela –, mas eu ainda passei por uma mastectomia completa, e os meus ovários foram removidos, porque eu corria um alto risco de recorrência de câncer de mama e câncer de ovário.

Ele se inclinou na direção dela, com o rosto bem iluminado pela luz das velas.

– Você não precisa dizer nada.

Ele sentou-se de volta na cadeira.

– Eu também não vou dizer nada. Como sempre, as palavras falham quando você mais quer dizer a coisa certa.

– As pessoas acham que têm que dizer alguma coisa, e isso nunca faz com que eu me sinta melhor.

– Eu sei disso. Cheguei à conclusão de que a linguagem não é tão avançada quanto nós pensamos. Ainda somos macacos tentando expressar os nossos pensamentos com grunhidos enquanto a maior parte do que queremos comunicar permanece trancafiada no nosso cérebro.

– *Isso* veio do filho de um professor de literatura?

– Talvez eu não tenha herdado o gene literário dele.

Jo levantou-se para pegar os pratos, para que ele não se sentisse obrigado a comer o que não conseguia terminar. Ele ajudou-a, colocando seu prato sobre o de Ursa.

– Qual é o campo de trabalho da sua mãe? – ela perguntou.

– Ela foi professora do ensino fundamental por um tempo, mas fez o mesmo que a sua mãe: largou as aulas quando Lacey nasceu. Ela também é poeta – disse ele, seguindo Jo até a cozinha. – Tem dois livros de poesia publicados.

– É mesmo? Ela ainda escreve?

– Ela não consegue fazer isso. O Parkinson faz as mãos dela tremer demais para escrever ou digitar.

– Ela poderia recitar enquanto você escreve para ela.

– Eu sugeri isso, mas ela disse que isso arruinaria o processo criativo.

– Acho que consigo entender.

– O Parkinson provavelmente está acabando com a poesia de qualquer maneira.

– Isso é triste.

– É...

Ursa já estava com o saco de *marshmallows* na mão.

– Você nunca se cansa de *marshmallows*? – perguntou Jo.

– A gente não tem mais nada de sobremesa, e o fogo está aceso. Por favor, por favor!

– Vá em frente.

– Quer um pouco? – Ursa perguntou a Gabe.

Ele olhou para Jo.

– Talvez seja melhor eu ir embora.

– Fique mais um pouco – pediu Jo.

– Tem certeza?

– Quanto mais você puder evitar as correntes, melhor, não é?

14

Eles sentaram-se comodamente nas cadeiras de praia enquanto Ursa tostava os *marshmallows*. Gabe estava quieto, olhando melancolicamente para o fogo. Ursa também não falou muito, e sua exuberância habitual foi diminuída pelo seu silêncio.

– A Lacey vai embora amanhã? – Jo perguntou.

– Agora que estou de pé, ela provavelmente vai – disse ele, ainda olhando para o fogo.

– Onde ela mora?

– Em Saint Louis.

– Isso é bom.

Ele olhou para ela.

– Por quê?

– Porque é uma viagem curta.

– Seria melhor se fosse mais longa.

– Ela visita vocês sempre?

– Não porque queira. Ela vem quando a minha mãe liga e diz para ela vir.

– A sua mãe faz isso com frequência?

– Se eu me deitar para um longo cochilo, a minha mãe liga para Lacey. Se fico calado, ela liga para Lacey. Se eu deixar de fazer as tarefas matinais, ela liga para Lacey.

– Por quê?

– Porque ela acha que vou ter um colapso de novo. – Ele olhou de relance para Ursa, para ver se ela entendia o que estava dizendo. – Ela morre de medo de que eu vá parar de cuidar dela e dos animais.

– Isso já aconteceu?

Ele fez um som estranho.

– Não tenho como saber.

– O que quer dizer com isso?

– Eu nunca tive a oportunidade de ver se eu deixaria as coisas ficar tão ruins assim. A Lacey sempre aparece antes disso.

– E então você se desliga porque pode e porque elas esperam que você faça isso.

Os olhos dele se iluminaram com mais do que o reflexo do fogo.

– Exatamente!

– Isso é confuso. E ter a Lacey por perto faria qualquer um se fechar. Ela quase parecia irritada porque você conseguiu se levantar.

– Ela estava irritada. Ela se queixa sobre a vinda para cá quando eu fico deprimido, mas, para falar a verdade, eu acho que ela gosta disso. Tem alguma coisa relacionada a poder com ela.

– Que é o motivo pelo qual ela não nos deixava ver você. Ela foi ameaçada pela possibilidade de que você tenha amigas.

– Pessoas que poderiam me dar uma razão para sair da cama... O que vocês fizeram, a propósito, e eu agradeço a vocês por isso.

– Foi graças à Ursa. Eu não tinha coragem suficiente para fazer isso.

– Obrigado por usar as suas armas, Ursa. Quero dizer... não armas...

Jo e Ursa riram.

Ele parecia melhor, e talvez estivesse mesmo se sentindo assim, pois tostou dois *marshmallows* e comeu ambos. Mas qualquer coisa que ele tivesse ganhado seria perdida quando retornasse à atmosfera venenosa de seu lar.

– O que foi que a sua irmã disse quando você saiu para vir até aqui? – Jo perguntou quando Ursa saiu correndo atrás de um vaga-lume.

– Você pode imaginar. – Ele jogou o espeto de *marshmallow* no fogo. – Não, você provavelmente não pode imaginar, porque você é uma pessoa normal.

– O que foi que ela disse?

Ele olhou para Ursa para ter certeza de que ela não podia ouvi-lo.

– Primeiro, ela me detonou por ter comprado roupas para Ursa. A minha mãe falou para ela sobre isso enquanto estávamos no celeiro. Quando eu a ignorei, ela foi piorando, até que eu ficasse com raiva, como ela sempre faz. Ela disse que eu poderia ser acusado de ser um pedófilo se eu continuasse deixando a Ursa ir para a fazenda. Eu perguntei se isso era uma ameaça, e ela disse que talvez fosse. Ela disse que era estranho eu pegá-la no colo.

– Isso é horrível!

– Sim, foi perverso. E ela zombou de mim em relação a você, como se achasse que a gente estava envolvido ou algo do tipo.

Então Jo tinha adivinhado certeiramente sobre isso.

– Que filha da mãe! Se ela achava que você tinha encontrado alguém, deveria ficar feliz com isso.

– A minha felicidade só pode deixar a Lacey infeliz e vice-versa. Ela me odeia desde que eu estava no útero.

– Sabe o que ela me disse?

– O quê? – ele perguntou alarmado. Aparentemente, ele não confiava em nada do que a irmã dissesse.

– Ela me disse que eu deveria largar você agora, e não mais tarde, quando a minha pesquisa estivesse terminada.

– Maldita! – disse ele, olhando na direção de sua cabana.

– Não se preocupe com isso. Eu pude ver o que estava acontecendo. Mas achei que você deveria saber.

Ele analisou os olhos de Jo.

– Ela disse mais alguma coisa?

– Em essência, foi isso o que ela disse.

Ele manteve os olhos nos dela, como se procurasse a verdade além de sua resposta.

– O que você achou que ela tivesse dito?

Ele desceu o olhar até as mãos, esfregando as palmas entre os joelhos.

– Ela e a minha mãe acham que você foi o motivo da minha recaída, porque eu estava com você pela última vez antes de acontecer.

Ela tinha imaginado isso quando ele desapareceu, mas não perguntaria se era verdade. Essa pergunta poderia levar ao motivo pelo qual ela de repente esfriou na noite em que olharam para a galáxia. Ela nunca falava sobre como as cirurgias haviam mudado a visão que tinha de seu corpo. Só podia visitar aquele lugar desolado em particular.

Gabe virou o rosto na direção dela.

– Ela não tinha o direito de jogar isso para cima de você. Eu sinto muito que ela tenha envolvido você nas merdas da nossa família.

– Está tudo bem. Desculpe por eu tê-la chamado de filha da mãe. Eu não deveria ter feito isso.

– Por que não? – Ele colocou as mãos na boca e gritou: – Sua filha da mãe! – na direção de sua propriedade.

– Duvido que ela tenha ouvido.

– Nunca se sabe. Dá para ouvir barulhos altos entre essas casas. Tenho certeza de que você ouve a nossa vaca.

– Ouço, sim.

– Eu estava me referindo à Lacey.

– Certo, pare. A gente deveria sentir pena dela. Pessoas tão amargas como ela geralmente têm uma razão para isso. Ela é divorciada ou algo assim?

– Não, mas você está certa sobre ela ser amarga. Ela estava sempre desesperada pela aprovação do nosso pai e odiava que ele se gabasse de como eu era inteligente quando era pequeno. Principalmente para agradá-lo, ela se formou em inglês e tentou se tornar escritora, mas fracassou. Nessa época, ela ficou muito má comigo. Ela costumava me provocar sem parar até me tirar do sério. E gostava de tentar me fazer parecer mau na frente dos nossos pais, especialmente do nosso pai.

– Isso tudo é a típica rivalidade entre irmãos.

– É típico de uma mulher de vinte e poucos anos brincar com um menininho para poder acabar com ele e dizer quão burro ele era? Ou dizer que seu irmão recém-nascido parecia um sapo e chamá-lo de Sr. Sapo até quando ele era adulto? Perto dela, eu me sentia a coisa mais feia e estúpida da face da Terra.

– Isso é horrível. Eu sinto muito mesmo.

– Não sinta. Eu superei isso há muito tempo – disse ele, em um tom hostil que contradizia sua afirmação. – Parei de esperar que Lacey gostasse de mim no dia em que ela me abandonou na floresta. Eu estava colhendo flores para a minha mãe, e ela simplesmente foi embora. Ainda me lembro de quão aterrorizado eu fiquei.

– Quantos anos você tinha?

– Cinco. A minha mãe levou uma hora para me encontrar. Ela havia pedido à Lacey que me levasse para passear enquanto trabalhava em um poema. Lacey mentiu, disse que eu tinha saído andando. E continuou falando sobre como eu teria encontrado o caminho de casa se fosse mais inteligente.

– Meu Deus, espero que ela nunca tenha tido filhos.

– Ela tem dois filhos, e mimou os dois até estragá-los. Ambos estão na faculdade agora.

– Ela tem um emprego?

– Ela continuou escrevendo enquanto bancava a mãe que fica em casa cuidando dos filhos, mas nenhum de seus livros em algum momento fez sucesso. Ela sentia que havia decepcionado o meu pai. Mas ela não deveria ter optado por esse campo de trabalho só para agradá-lo, especialmente quando se deu conta de que o talento dela não era escrever.

Ursa havia retornado enquanto eles conversavam.

– Vocês estão falando da Lacey?

– Sim – disse Jo.

– Por que você gritou quando eu estava lá? – ela perguntou a Gabe.

– Eu estava só brincando.

– Eu achei que a Lacey estivesse aqui e tivesse vindo fazer você ir embora.

– Ela não pode me forçar a fazer isso – disse ele.

– Você vai ficar?

– Vou embora já, já. Tenho certeza de que vocês duas estão cansadas.

– Você tem que ficar! – exclamou Ursa. – Se voltar, elas vão aprisionar você de novo. Mas desta vez vão trancar a porta, e a gente não vai conseguir resgatar você.

– Não é tão terrível assim – disse ele.

– Por favor! A Jo quer que você fique. Jo, diga para ele não ir!

– Talvez você não deva voltar – Jo argumentou. – Mostre para a sua irmã que você tem vida própria. E a sua mãe precisa aprender isso também. Por que ela nunca passa um tempo com a Lacey em Saint Louis, para você poder mesmo ter um tempo seu? Ou vocês poderiam contratar alguém para ajudá-la. Quem votou em você como cuidador eterno? Você é muito jovem para carregar esse fardo.

Gabe fixou o olhar nela.

– Sinto muito – disse ela. – Eu tenho a tendência de vomitar opiniões quando estou irritada.

– Não se desculpe. Tudo o que você disse é verdade.

– Então ensine uma lição para elas e durma no sofá. A Ursa pode dormir comigo, se não se incomodar.

– Sim, tudo bem! – Ursa disse, erguendo os braços no ar. – E amanhã o Gabe pode ir conosco para o Summers Creek! É o melhor lugar, Gabe! É como uma floresta mágica!

– Eu nunca vi uma floresta mágica – ele disse.

– É mesmo muito mágico – reforçou Jo.

15

– Ei, Jo...

Gabe estava a trinta metros de distância em meio à vegetação na altura do peito.

– O que foi? – perguntou ela.

– Acho que temos um ninho aqui que perdeu a etiqueta.

Ela caminhou pelo mato em direção a ele.

– Eu não acredito nisso! Você realmente encontrou um ninho na primeira hora em que passou aqui fora?

– Ele tem três ovos brancos.

– Isso é um ninho de *Passerina cyanea*!

Ursa ouviu o que estava acontecendo e foi correndo até lá. Ela e Jo chegaram ao lado de Gabe ao mesmo tempo e olharam para o ninho construído com hastes de cana.

– Parabéns por encontrar o seu primeiro ninho – disse Jo. – Mas que droga, agora eu tenho que pagar o salário de ajudante de campo para você também.

– É bem provável que seja melhor do que o que eu ganho vendendo ovos – disse ele.

– Nós somos todos ornitólogos agora! – exclamou Ursa.

Gabe colocou um dedo em um dos minúsculos ovos.

– É meio emocionante, não é? – disse Jo.

– Eu vi ninhos antes, mas encontrar um quando você está *procurando* é muito melhor.

– Cuidado, a busca por ninhos pode se tornar viciante. Tem uma coisa especial nisso... em descobrir esses pequenos segredos da natureza.

Ele sorriu.

– Eu pareço maluca?

– Não. Eu entendo completamente.

Ele observava enquanto Ursa registrava a localização, a data e o *status* do ninho em uma nova ficha de dados conforme Jo ditava. Ela escreveu cuidadosamente *Gabriel Nash* na linha que indicava quem havia encontrado o ninho.

– Eu contribuí com um ponto de dados para a ciência. A minha existência não é mais desprovida de sentido – brincou ele.

Jo gostou disso.

– É melhor a gente ir – disse ela. – Os pais estão enlouquecendo, e não queremos trazer um predador para cá.

– Nenhum predador pode tocar no meu ninho! – Gabe gritou para a floresta enquanto eles se afastavam.

– Talvez dizer isso será a magia que protegerá o ninho – Ursa vaticinou.

– Essa poderia ser uma nova linha de pesquisa. *O uso da magia para impedir a predação em ninhos de pássaros* – Gabe falou.

– Tenho certeza de que você receberá uma bolsa da Fundação Nacional de Ciência – disse Jo.

– Ursa Maior será a minha coautora.

– Sim, você definitivamente vai conseguir financiamento – brincou Jo.

A sorte de principiante de Gabe não teve continuidade no próximo campo de estudo, mas ele tinha grandes esperanças para sua mais recente área de estudo: a floresta mágica de Ursa. Eles chegaram a Summers Creek no início da tarde. Gabe ficou imediatamente encantado com as ravinas arborizadas, as cachoeiras cobertas de musgo e as rochas com samambaias do riacho borbulhante. Ele disse a Ursa que sentia a magia, e de vez em quando afirmava ter visto uma ninfa, uma fada ou um unicórnio. Ursa também começou a ver fantasmas, e logo os dois estavam trabalhando mais para inventar criaturas fantásticas do que para procurar ninhos. Jo adorou aquilo, mesmo que atrapalhasse um pouco.

No meio do trabalho, eles se sentaram à beira da lagoa grande e clara de sempre para comer a segunda metade do almoço. Antes de Jo se empoleirar em sua pedra plana favorita para comer, Ursa estava na água, descalça e pegando peixes.

– Você deveria comer o seu sanduíche antes de molhar toda a roupa – Jo gritou para ela.

– Não quero! – exclamou, mergulhando de barriga na água mais funda.

– Lá se foram as minhas habilidades disciplinares – disse Jo, entregando a Gabe um sanduíche de peru com *cheddar*.

– Ursa é uma boa garota. Não precisa de disciplina.

– Além do fato de que ela não vai me dizer de onde é, por mais que eu implore?

Gabe se sentou na rocha ao lado de Jo.

– Ela lhe disse de onde é.

– Certo, o grande ninho no céu.

– Às vezes eu quase consigo acreditar – disse ele. – Ela não é como nenhuma criança que já conheci.

– Eu sei disso. E ainda não há ninguém procurando por ela.

– Você verifica na internet?

– Sim, eu faço isso, mas fica cada vez mais difícil. Tenho medo de vê-la em uma daquelas páginas e ela voltar para os idiotas que nunca sequer relataram o desaparecimento.

– Eles não vão conseguir a Ursa de volta. Ela irá para um lar adotivo.

Jo o encarou.

– Quanto mais vamos esperar até envolvermos o xerife novamente? Já se passaram quase duas semanas.

A mão dele segurando o sanduíche afrouxou-se como se ele tivesse perdido o apetite.

– Andei pensando muito nisso nos últimos dias.

– Eu penso nisso o tempo todo. A gente tem que descobrir uma maneira de levá-la ao xerife.

– É...

Eles terminaram de comer os sanduíches em um silêncio sombrio, observando Ursa brincar na água. Jo entregou a Gabe uma garrafa cheia de água e abriu outra para si mesma.

– Como a sua irmã e a sua mãe reagiram quando você foi para casa trocar de roupa esta manhã?

– A Lacey enlouqueceu, porque ela quer voltar para Saint Louis.

– A sua mãe disse alguma coisa?

– Ela ficou surpresa demais para falar alguma coisa.

– Por que ela ficaria surpresa?

– Você sabe o porquê.

– Não, eu não sei. Então você teve um colapso nervoso quando enfrentou uma universidade sob alta pressão. Por que isso torna a sua vida mais dispensável do que a de Lacey? Por que você não pode tirar um dia de folga com as amigas? Elas não permitem que você se recupere e siga em frente de propósito, porque se acostumaram com você sendo o cuidador em tempo integral.

– É mais do que isso.

– Não acho que seja.

Ele olhou nos olhos dela.

– Eu estou doente. Não posso simplesmente "me recuperar e seguir em frente"...

– Se você acreditar nisso, não vai mesmo.

– Como a maioria das pessoas que nunca vivenciaram isso, a sua visão da depressão é otimista e equivocada. – Ele colocou a água aos pés de Jo e foi até Ursa. Ela estava com água na altura do tornozelo, perto da margem do riacho, tentando pegar algo nas raízes torcidas de um enorme sicômoro.

– Você viu aquilo? – a menina perguntou. – Eu peguei um grande sapo, mas ele fugiu.

– O seu belo príncipe já era – disse ele.

– Quem quer um príncipe lindo e idiota?

– Que tal um príncipe bonito e inteligente?

– Não há príncipes nesta floresta mágica – Ursa falou.

– Isso é moderno.

Ela entrou em águas mais profundas.

– Você vem?

– Acho que vou – disse Gabe. – Estou me sentindo todo coçando.

– É por causa das urtigas.

– Eu sei. Agora entendo por que chamam isso de *irritação* de pele. – Ele tirou as botas e a camiseta de mangas compridas da Universidade de Chicago, mas ficou com o jeans.

Jo não pôde deixar de olhar para o torso nu, forte e bem torneado por causa do trabalho na fazenda. Quando ele entrou fundo o suficiente na lagoa, mergulhou, sumiu de vista e reapareceu fazendo farra e jogando água do cabelo.

– Está surpreendentemente fria! Você deveria entrar.

– A Jo não gosta de molhar as fichas de dados – disse Ursa.

Jo caminhou até a beira da lagoa.

– Você vem? – Ursa perguntou.

– Agora que você disse isso eu tenho de ir.

– Disse o quê?

– Que eu não gosto de molhar as minhas fichas de dados. Isso me faz parecer uma tonta.

Ursa aplaudiu e pulou nas costas de Gabe, agarrando-se a ele como se fosse um macaco bebê.

Jo tirou as botas de caminhada e enrolou as calças de campo até os joelhos. O problema era que ela *não* queria molhar as fichas de dados quando voltasse ao trabalho, e as duas camadas de camisas que mantinham as urtigas e os mosquitos longe de sua pele nunca secariam.

Ela desabotoou os botões superiores e puxou a camisa de mangas compridas e a camiseta pela cabeça. Talvez tenha feito isso porque disse a Tanner que estava feliz com sua aparência. Ou porque sua mãe havia dito: *Viva apaixonadamente por nós duas.* Talvez tenha tirado as camisas porque queria mostrar a Gabe que sabia algo sobre como se recuperar e seguir em frente. Fosse qual fosse o motivo, ela havia tirado as camisas, e a sensação da água fria que estava espirrando em seu peito quente era ótima.

Ursa mal percebeu. Ela tinha visto o peito de Jo algumas vezes quando elas estavam trocando de roupa. Mas Gabe claramente não sabia o que fazer. Primeiro ele olhou para as cicatrizes. Então, desviou o olhar. Depois olhou para ela novamente, mas apenas para o rosto.

– Será que eu seria presa por atentado ao pudor se um guarda florestal aparecesse por perto? – indagou Jo. – É indecente quando você não tem nada a expor?

– Boa pergunta – disse ele, visivelmente aliviado pelo humor.

Ela gostou de ter deixado um homem ver seu peito pela primeira vez na lagoa da floresta. Sem quarto. Sem pressão. Na floresta, ela ficava relaxada, tão completa como sempre se sentiu. Ela esticou os braços na água e deslizou pela lagoa. Ela se virou, escorregou na água e surgiu no meio da lagoa. Ursa passou das costas de Gabe para as dela, envolvendo as clavículas de Jo com os braços.

– Você não está feliz por ter entrado?

– Estou muito contente.

Ursa encostou os lábios frios e úmidos na orelha de Jo.

– Vamos espirrar água no Gabe – ela sussurrou.

– Tudo bem – Jo sussurrou de volta. – Um, dois, três!

Ursa saltou das costas dela e entrou em frenesi, jogando água nele. Jo ajudou, mas com muito menos gosto.

– Isso não é justo! Duas contra um! – ele disse.

– Você é maior – disse Ursa.

Ele enviou ondas poderosas para elas com as batidas dos braços. Ursa agarrou os ombros de Jo e remou descontroladamente com as pernas.

– Eu me rendo! Eu me rendo! – ele brincou.

– As meninas ganharam! – Ursa gritou.
– É claro que sim. Eu nunca tive chance.
– Ei, vocês ouviram isso? – perguntou Jo.
Eles ficaram quietos e ouviram o estrondo do trovão vindo do sudoeste.
– Ainda não está perto – disse Gabe.
– Mas temos uma longa caminhada de volta até o carro. – Ela saiu da água. Não gostava de quão longe os estrondos distantes se estendiam, e sua frequência pressagiava uma tempestade cheia de relâmpagos.
– Posso comer o meu sanduíche? – Ursa perguntou.
– Coma rápido enquanto Gabe e eu nos vestimos – disse Jo.
Enquanto eles se vestiram e Ursa engolia seu sanduíche, a floresta escureceu e um trovão soou muito mais alto.
– Essa tempestade está se movendo rápido – Gabe disse.
– Essas são as piores – concordou Jo.
Eles usaram o leito rochoso do riacho tanto quanto possível para evitar a densa vegetação ribeirinha, porém, mais adiante, onde o riacho tinha mais água, tiveram de caminhar pela floresta. O vento soprava nas copas das árvores, e a temperatura caiu pelo menos dez graus. O céu ficou preto-esverdeado.
– É como se tivesse ficado de noite! – disse Ursa.
– Vamos nos encolher ou sair correndo? – Gabe perguntou a Jo.
– Eu nunca sei o que fazer.
– Vamos correr! – disse Ursa. – Isso é assustador! – ela gritou, enquanto eles corriam, mas Jo sentiu o deleite da menina com o trovão estrondoso e a queda repentina da chuva. O vento e os relâmpagos aumentaram. Quando os galhos começaram a rachar, Jo procurou abrigo, mas não viu nenhum.
– Estamos quase lá! – gritou Gabe sobre o trovão e o vento. – Jo!
Jo parou e virou-se. Gabe estava ajoelhado no chão sobre Ursa. Jo foi correndo até eles, o peito latejando ao ver Ursa esparramada na vegetação, o rosto inerte, os olhos fechados.
– Ela tropeçou?
Ele passou a mão no cabelo molhado de Ursa e mostrou o sangue a Jo.
– Aquele galho a acertou.

O galho era tão grosso quanto o pulso de Jo. Ela se ajoelhou ao lado de Ursa e esfregou a bochecha da menina.

– Ursa! Ursa, você está me ouvindo?

Ela abriu os olhos, mas eles pareciam desfocados.

– Nós temos que levá-la a um hospital – disse Gabe. Ele colocou os braços sob o corpo dela e a ergueu. Jo correu à frente e destrancou o carro. Ele colocou Ursa deitada no banco de trás.

– Fique com ela. Eu sei onde fica o hospital mais próximo.

– Onde?

– Marion. Estive lá com os meus pais. – Ele pegou as chaves e deu a Jo a camiseta extra que tinha na mochila. – Use isso para aplicar pressão no corte.

Jo aninhou a cabeça de Ursa em seu colo e segurou a camiseta sobre o ferimento no couro cabeludo da menina enquanto Gabe dirigia. Os limpadores de para-brisa batiam violentamente enquanto a chuva, os trovões e os relâmpagos atingiam o carro. Tudo parecia uma tradução sensorial de seu pânico.

Ursa tentou se sentar direito.

– Você está ferida – disse Jo. – Não se levante.

– Eu estou bem. Fui atingida por um pedaço de uma árvore. – Ela ergueu a cabeça e olhou para Gabe. – Por que o Gabe está dirigindo o seu carro, Jo?

– Porque eu sei onde fica o hospital – disse ele.

– Eu não quero ir para o hospital! – Jo não conseguiu segurá-la. – Quero ir para casa! Não vá para o hospital!

– Você ficou inconsciente por pelo menos dez segundos – disse Gabe. – Provavelmente sofreu uma concussão e pode precisar de pontos no corte.

– Eu só estava fazendo uma brincadeira! Eu não estava inconsciente de verdade!

– Você estava, sim – disse Jo.

– Vai ficar tudo bem – disse Gabe.

– Não está tudo bem.

Ela estava certa. Nada ficaria bem quando eles chegassem ao hospital. Como explicariam por que Ursa esteve com eles na floresta? Pior ainda, ela estava morando no chalé dos Kinneys por quase duas semanas. Se a universidade descobrisse isso, Jo poderia ter sérios problemas.

– Vai vir a polícia? – Ursa perguntou, traindo o fato de que tinha pensamentos semelhantes.

– Sim, a polícia provavelmente virá – disse Gabe.

– Eles vão me tirar de vocês! – Ursa disse em meio a um jorro de lágrimas. – Eu não vou!

Jo tentou abraçá-la, mas Ursa a empurrou para longe.

– Sinto muito – disse Gabe –, mas temos que fazer o que é melhor para você, mesmo que você não queira.

Ursa ficou quieta, as lágrimas escorrendo pelo rosto. A chuva e os trovões diminuíram; o único som no carro era o barulho intermitente dos limpadores de para-brisa. Nos arredores de Marion, Gabe diminuiu a velocidade atrás de outro carro ao avistar uma placa de "PARE". Antes que o Honda parasse totalmente, Ursa soltou o cinto de segurança, puxou a maçaneta e bateu a porta atrás de si. Jo deslizou pelo assento, mas Ursa já havia corrido para um matagal na borda da floresta. No momento em que Jo passou pela vegetação densa, Ursa havia desaparecido.

– Ursa! – ela gritou. – Ursa, volte!

Gabe surgiu da vegetação rasteira, fazendo uma varredura nas árvores.

– Ela deve estar se escondendo. Não pode ter ido tão longe assim, tão rápido. – Ele correu por uma curta distância até a floresta e parou. – Ursa, eu sei que você pode me ouvir! – ele chamou. – Saia e vamos conversar sobre isso, ok?

– Ursa, por favor! – Jo gritou. – Por favor, saia!

Eles procuraram atrás de todas as árvores grandes o suficiente para escondê-la.

– Ela ainda está correndo – disse Jo. – Nós nunca vamos encontrá-la!

– Ursa! – Gabe gritou o mais alto que pôde. – Se você sair, nós não vamos para o hospital.

Eles esperaram. A chuva gotejava das árvores. Um chapim ralhava.

– Ela foi embora – disse Jo.

– Parece que sim. – Ele viu que Jo estava prestes a chorar. – Vamos encontrá-la. Vamos descer a estrada na direção em que ela seguiu.

– Isso foi uma promessa? – Ursa perguntou atrás deles.

Eles se viraram. Ela estava parada na beirada do matagal à margem da estrada.

– Vou sair correndo de novo se vocês não prometerem que vão me levar para casa – disse ela.

– Mas... onde é a sua casa? – perguntou Gabe.

– A minha casa na Terra é com a Jo! – ela gritou.

– Ursa...

– Vocês não são meus amigos se não fizerem o que eu falei! Vocês disseram que nós não iríamos para o hospital!

– Não vamos – disse Jo.

– Promete?

– Sim. – Jo caminhou em direção a ela lentamente para mantê-la calma. – Como está a sua cabeça?

– Está bem.

Quando Jo a alcançou, ergueu os cabelos da garota para avaliar o corte.

– Olhe, parou de sangrar – disse ela a Gabe.

– Porque ela tem a cabeça mais dura que eu já vi na minha vida. Onde diabos você estava?

– Em uma coisa de metal – disse Ursa. – Fica aqui. – Ela os conduziu até o matagal e mostrou a abertura de um cano de drenagem corrugado, com água da chuva saindo dele. Eles nunca a teriam encontrado lá.

– Desisto – Gabe disse. – Essa alienígena é muito inteligente para mim.

– Podemos ir para casa? – pediu Ursa.

– Vamos para casa – disse Jo.

16

Jo mal tinha parado o Honda quando Ursa saltou, apanhou um graveto e jogou-o para Ursinho. Durante todo o caminho para casa ela esteve eufórica, tentando provar que a pancada na cabeça não tinha causado nenhum dano.

Jo destrancou a porta da frente da casa.

– Ursa, entre aí para tomar um banho.

– Na banheira ou no chuveiro? – perguntou Ursa.

– Na banheira. Não quero que você fique em pé.

– Eu estou bem.

– No mínimo, a sua cabeça está machucada. Faça o que eu falei. Vou para o banheiro ajudar você em um minuto.

– Eu não preciso de ajuda – Ursa disse, embora tivesse obedecido e entrado no banheiro.

Ainda envolto na camisa manchada de sangue, Gabe colocou sua mochila na parte de trás da caminhonete.

– Ela parece bem.

– Acho que muito disso é falso – disse Jo.

Ele colocou ao lado da mochila a camisa ensanguentada que haviam usado para pressionar o corte de Ursa.

– Você vai voltar depois de se limpar? – ela perguntou.

– Você quer que eu volte?

– Sim, eu quero. E se eu não conseguir acordar a Ursa no meio da noite ou algo assim?

– Esse é o risco que corremos ao deixá-la comandar.

– Por favor... Eu já estou me sentindo mal o suficiente.

Ele tocou suavemente no braço dela.

– Volto logo.

– Você pode jantar conosco – disse ela.

– Você tem certeza de que tem comida suficiente? A sua geladeira parecia bem vazia quando eu estava guardando as coisas ontem à noite.

– Eu sei disso. Vamos ter que fazer omeletes com os ovos que você trouxe.

– Vou trazer algo para cozinhar. Deixe que eu cuido do jantar. Você parece abatida.

– Você deve estar quase igual.

O sorriso cansado dele foi uma confirmação do que ela disse.

– Vamos dar um jeito. A gente se vê em breve.

Jo fez Ursa se despir e sentar na água morna. Depois de limpar o ferimento no couro cabeludo da garota, ela deu a Ursa a esponja com sabão e deixou a menina lavar o corpo. Ursa saiu do banheiro vestindo o pijama rosa da Hello Kitty que ela e Gabe haviam comprado na liquidação de garagem. Ela não queria se deitar no sofá enquanto Jo tomava banho, mas Jo a obrigou a fazê-lo.

Jo tomou banho e vestiu um short e uma camiseta. Quando saiu do banheiro, Gabe já estava na cozinha, preparando a comida.

– Espero que você não se importe porque a Ursa me deixou entrar – disse ele. – Eu queria preparar o jantar o mais rápido possível. – Ele estava temperando um frango em uma assadeira e havia levado recheio de pão para cozinhar no fogão.

– Isso parece ótimo – respondeu Jo.

– Eu quero fazer o recheio, mas ele não deixa – reclamou Ursa.

– Porque você deveria estar descansando – disse Gabe. – Volte imediatamente para o sofá.

– Eu não sou nenhuma inválida – resmungou a menina a caminho da sala.

– *Inválida* – disse Gabe. – A minha irmã não usa esse tipo de vocabulário, e ela é escritora.

– Como está a Lacey?

– Cuspindo pregos, como às vezes dizem por aqui. – Ele despejou o recheio em uma mistura de água e manteiga derretida. – Acho que ela suspeita de que nós cometemos um assassinato.

– O sangue! Como você explicou isso?

– Eu disse para ela que a Ursa se machucou. E isso levou a outro sermão sobre por que eu não deveria estar saindo com a filha de outra pessoa. Ela ameaçou chamar a polícia.

– Será que ela vai fazer isso?

– Nunca se sabe com a Lacey.

– O que foi mesmo que ela disse quando você saiu de novo?

– Ela exigiu que eu parasse com o *meu lance infantil*, como se referiu a tudo isso, e que ficasse em casa. Ela diz que vai embora de manhã, não importa o que aconteça.

– Você tem que ir para casa hoje à noite?

Ele parou de mexer na comida e fixou o olhar no dela.

– Você me pediu para passar a noite, então eu vou ficar.

– Só se você quiser.

– Eu quero. Também estou preocupado com a Ursa.

– Como posso ajudar com o jantar? Acho que a gente precisa de algum vegetal.

– Eu cuido disso. A Lacey e a minha mãe tinham sobras de vagem e milho na geladeira. É só esquentar.

Uma hora depois, todos se sentaram para comer o frango, o recheio e os legumes. Gabe também havia levado um recipiente com um pouco de ganache de sorvete como sobremesa. Jo havia jantado bem, e não aceitou a sobremesa, mas Ursa e Gabe comeram uma tigela cada.

– Essa pancada na sua cabeça com certeza não afetou o seu apetite! – Ele brincou com Ursa.

– Eu disse que não precisava ir para o hospital – ela rebateu.

– Bem, você deu um baita susto na gente. Lá se foi a sua floresta mágica.

– Não é culpa da floresta. Eu fiz isso acontecer.

– Você fez um galho acertar a sua cabeça e quase a matar?

– Ele não ia me matar. Mas, como eu disse para a Tabby e para a Jo, às vezes uma coisa ruim tem que acontecer para que uma coisa boa aconteça.

– Qual foi a coisa boa que veio disso? – Gabe perguntou.

– Você vai passar a noite aqui de novo.

– Você sabia que eu passaria a noite aqui se você se machucasse?

– Eu não *sabia* exatamente. Isso tudo simplesmente acontece. As pessoas de Hetrayeh soltam essas manchas invisíveis, como *quarks*, só que diferentes, e fazem coisas boas acontecer ao nosso redor quando encontramos terráqueos de que gostamos.

Ele colocou a colher no prato vazio.

– Então eu acho que essas coisas tipo *quark* são como liberar boas vibrações.

– Elas podem mudar o destino das pessoas.

– O que há de tão bom em eu passar a noite aqui?

– Eu e a Jo gostamos de você. – Ursa pegou sua tigela e bebeu o restinho de sorvete derretido. – Você não queria estar lá com a sua irmã malvada, certo? É outra maneira de isso ser bom.

– O que você acha, senhora da ciência? – ele perguntou a Jo.

– Por que não? A gente não consegue enxergar a gravidade, e ela exerce um forte efeito sobre nós.

– Verdade. – Ele levantou-se e colocou a tigela de Ursa dentro da dele. – Talvez amanhã eu encontre um milhão de dólares debaixo do meu travesseiro.

– Provavelmente não – disse Ursa.

– Por que não?

– As coisas *quark* sabem o que você *realmente* quer.

– Eu não quero um milhão de dólares?

– Acho que não.
– Droga! – Ele foi até a pia e lavou as tigelas.
– Você tem aquele remédio que as pessoas da Terra chamam de Motrin? – Ursa perguntou a Jo.
– Você está com dor de cabeça?
– Só um pouquinho.
– Não minta. Quanto dói?
– Meio que muito. – Ela notou Jo e Gabe olharem um para o outro. – Eu vou ficar bem. Ouvi dizer que uma toalha fria e Motrin ajudam bastante.

Ela deve ter tomado esse remédio no passado. Quem cuidou dela quando ela estava doente e por que essa pessoa não relatou o desaparecimento da menina?

Eles levaram Ursa para o sofá, deram-lhe um Motrin e a deitaram com uma toalha fria sobre os olhos e a testa. Escureceram a sala e acenderam as duas velas de Ursa. Ela caiu em um sono profundo imediatamente. Jo sentou-se na beira do sofá, observando-a respirar.

– Você não pode ficar sentada assim a noite toda – disse Gabe.
– Eu tenho que ficar ao lado dela.
– Deixe-me colocar a Ursa na sua cama. – Ele a levou para o primeiro quarto e a descansou no colchão *queen* no chão de madeira. Então puxou o cobertor de Jo sobre ela, cuidadosamente o colocando em torno dos ombros da menina. Ele puxou de lado os fios de cabelo que cobriam o rosto dela, olhou para cima e captou o sorriso de Jo. – Você já vai para a cama? – ele perguntou.
– Vou ficar acordada o máximo que puder para ficar de olho nela.
– Você se importa se eu me sentar aqui, ao lado da cama?
– De forma alguma. – Jo pegou as duas velas e colocou uma na cômoda e a outra na cabeceira. Ela se sentou no colchão de frente para Ursa, e Gabe sentou-se no chão, do outro lado de Ursa.
– Eu tive um bom dia – disse ele. – Antes de a Ursa se machucar, claro.
– Você enfrentou o calor, os insetos e o mato muito bem.
– Sem falar nas urtigas.
– É, nem fale.

O silêncio permanecia entre eles. Ele pegou o livro que estava ao lado de Ursa.

– *Matadouro cinco* – disse, virando o livro nas mãos. – Eu nunca tinha visto esse livro em capa dura. Quão velho é?

– Impresso em 1969, no ano em que saiu.

Ele ergueu o olhar para ela.

– Com a capa original? Deve valer uma fortuna.

– Não está na melhor forma... mas o valor *é* inestimável. Foi passado do meu avô para o meu pai, para o meu irmão, para mim. A minha mãe também leu esse exemplar mais de uma vez. – Ela estendeu a mão sobre Ursa e pegou o livro dele, descansando-o nas pernas cruzadas. – Esse livro muitas vezes surgia nas nossas conversas – disse ela, acariciando a capa com a mão. – Era um favorito para todos nós.

– O meu pai adoraria isso.

– O quê?

– Como você ainda se conecta com os seus pais por meio de um livro.

Jo se conectava com eles dessa forma mesmo, e não só com aquele livro. Ela tinha a maioria dos livros que pertenceram aos pais, e lia passagens deles toda noite antes de dormir ou quando tinha insônia. Enquanto lia, seus dedos tocando as mesmas páginas que os deles haviam tocado, seu pai e sua mãe estavam lá com ela.

– A sua família parece interessante se todos gostavam de um livro incomum como esse.

– Nós éramos mesmo interessantes – disse ela. – Meio estranhos, para falar a verdade, e às vezes isso dificultava que o meu irmão e eu nos relacionássemos com outras crianças.

– Como assim?

Ela pensou por alguns segundos.

– Desde que eu entrei na biologia de campo, notei que a maioria dos cientistas que trabalham no mundo natural é um pouco diferente dos outros. Talvez tenha algo a ver com a forma como eles podem virar as costas para o conforto da sociedade por longos períodos de tempo. Mas não é só pelo fato de que eles *podem* abandonar a sociedade; é mais como se *precisassem* fazer isso. Para pessoas assim, o mundo natural é vital, uma experiência espiritual.

Os olhos dele, iluminados pelas velas, estavam fixos nela.

– Os meus pais eram assim. Eles raramente nos levavam para fazer as coisas que outras crianças faziam: parques de diversões e praias turísticas. Aos fins de semana, a gente caminhava e andava de caiaque ou ia procurar salamandras ou fósseis. As nossas férias geralmente eram viagens para acampamentos, às vezes para lugares distantes, como o Maine, para vermos papagaios-do-mar, ou Utah, para vermos formações rochosas. E, aonde quer que a gente fosse, procurava minerais e pedras.

– Legal – disse ele.

– Era, sim. Você tinha que ver a nossa coleção de família... A empolgação do meu pai com geologia era contagiosa, quase maníaca. Ele sempre falava da geologia das paisagens ao nosso redor. Parece chato, mas não era. A maneira como ele descrevia como as forças da natureza tinham moldado a terra era quase poética.

– Ele parece ter sido um cara interessante.

– Ele era, sim. E a minha mãe... ela também era uma força da natureza, mas de uma forma relaxada, como um rio correndo. Se eu entrasse em alguma situação complicada na escola ou com os meus amigos, ela sempre me ajudava a ver que não era nada de mais e a trazer uma luz positiva para a situação. E o jardim dela... era lindo, uma vastidão de flores e lagoas e árvores no meio do subúrbio. A minha amiga Tabby costumava dizer que tinha certeza de que as fadas viviam no jardim da minha mãe: era mágico assim.

– Onde você morava? – ele quis saber.

– Em Evanston. O meu pai dava aulas ali perto, em Northwestern.

– Sério? Não muito longe de onde o meu pai lecionava.

– Para o pessoal de Chicago, é longe – disse ela. – Você morava na cidade quando o seu pai estava na Universidade de Chicago?

– Em Brookfield, na casa em que o meu pai cresceu. Sabe onde fica?

– Sei. Fui ao Zoológico de Brookfield algumas vezes.

– A minha casa ficava a mais ou menos oitocentos metros do zoológico.

Ela contemplou o livro em seu colo.

– Isso é estranho.

– O que é estranho?

– Quando eu comprei ovos de você pela primeira vez, nunca pensei que as nossas origens fossem tão parecidas.

– Você achou que eu era apenas um caipira burro e armado?

– Eu não sabia o que você era.

Nenhum deles sabia o que dizer em seguida, mas o silêncio não parecia estranho. Jo se levantou e colocou o livro na mesinha de cabeceira. Ela pegou o travesseiro e o cobertor do sofá da sala e os colocou ao lado de Ursa na cama.

– Você parece cansado – disse Jo a Gabe. – Por que não se deita?

– Tem certeza?

– Se nós dois estivermos aqui, teremos mais contato com ela. Toda vez em que acordar, você poderá vê-la, e eu vou fazer o mesmo.

– Acho que ela está bem.

– Ela adormeceu muito rápido e, durante todo esse tempo em que estamos conversando, não se mexeu.

– Porque ela está exausta.

– Ela está exausta, sim. É melhor eu deixá-la dormir.

– Boa ideia.

Jo definiu o alarme do celular para as sete da manhã e apagou as duas velas. Ela se esticou no colchão e ouviu Gabe fazer o mesmo do outro lado de Ursa.

– Você tem espaço suficiente? – ela perguntou.

– O suficiente para dormir.

O ar-condicionado zumbia e chacoalhava na janela. Jo esperava que isso não o incomodasse. Ela preferia os sons do campo e da floresta à noite, mas dormia mal quando o quarto estava quente e abafado.

– Desculpe por eu ter falado tanto sobre a minha família – disse ela.

– Não se desculpe. Eu gostei de ouvir – disse ele.

– Eu gostaria de ouvir mais sobre os seus pais algum dia. Crescer com um poeta e professor de literatura que construiu uma cabana na floresta deve ter sido incrível.

Depois de um breve silêncio, ele disse:

– Sim, foi incrível, mas não do jeito como você está pensando.

Jo apoiou-se no cotovelo e tentou vê-lo na escuridão.

– O que você quer dizer com isso?

– Deixe para lá! – Ele rolou, virando as costas para ela.

17

As janelas chacoalhavam. Jo abriu os olhos e tentou entender o que tinha ouvido, até que outro longo estrondo de trovão sacudiu as vidraças. Ela colocou a mão em Ursa para ter certeza de que ela estava respirando e pegou o celular. Eram 6h03. Depois de alguns minutos, conseguiu sinal suficiente para verificar o clima. Os resquícios de uma tempestade tropical no Golfo estavam atingindo o sul de Illinois, e esperava-se que chovesse até pelo menos meio-dia. Mais trovões estrondeavam ao longe.

– Era só do que a gente precisava: outra tempestade – disse Gabe.

– É disso que precisamos, sim. Eu posso ficar na cama. E isso é bom para a Ursa. – Ela desligou o alarme em seu celular.

– Você não trabalha quando chove?

– Não é bom tirar os pássaros dos ninhos no tempo chuvoso.

– Faz sentido.

– Gabe? – chamou Ursa. Ela se sentou direito e o encarou com os olhos turvos.

– Volte a dormir – disse Jo. – Está chovendo. Sem trabalho de campo.

– Que bom. – Ela se enrolou de lado com o braço em volta de Gabe e voltou a dormir.

– Bem, acho que eu não posso me levantar agora – disse ele.
– Não, não pode – disse Jo. – As manhãs chuvosas são as melhores.

Eles dormiram por mais duas horas. Ursa acordou primeiro, colocando uma das mãos em Jo e a outra em Gabe.

– Isto é como um ninho. Eu me sinto como um passarinho.

– Aposto que você também está com fome, como um filhotinho de pássaro – disse Jo.

– Estou, mas não quero sair do ninho de jeito nenhum.

Gabe se sentou direito.

– Metade do seu ninho vai ao banheiro.

– Gabe!

– Desculpe, passarinha. Vou preparar um pouco de café. Fique na cama, se quiser – disse ele a Jo.

– Não, não. Vou seguir o mesmo rumo que você.

O ninho de Ursa foi para a cozinha, onde o bico dela foi recheado com ovos fritos, metade de um *muffin* e rodelas de laranja. Depois da limpeza do café da manhã, Gabe trabalhou na pia entupida da cozinha com as ferramentas que tinha na caminhonete. Acabou desmontando todos os canos. Ele os estava juntando novamente quando Ursinho começou a latir do lado de fora. Da varanda, Jo observou Lacey parar seu SUV prateado perto da picape de Gabe. Ela desceu, ignorando a chuva constante e as tentativas do Ursinho de assustá-la.

– Preciso ver o Gabe – anunciou ela, entrando na casa.

– Entre – disse Jo às costas dela.

Lacey parou na porta da cozinha. Ela olhou para Gabe no chão prendendo canos e para Ursa, sentada à mesa e desenhando um *Passerina cyanea* com seus novos lápis de cor.

– Ora, se essa não é a imagem da felicidade doméstica – disse ela.

Ursa olhou como se um *troll* das cavernas tivesse entrado na sala, e Gabe ficou de pé.

– Acho que a pia quebrada dela foi mais importante do que eu ir embora – disse Lacey.

– Acho que sim – disse ele.

Lacey focou em Ursa.

– Ouvi dizer que você se machucou ontem.

Ursa fez sutilmente que sim com a cabeça.

– O que aconteceu?

Ursa voltou um olhar de relance para Jo. Era claro que estava apreensiva.

– Houve uma tempestade. Um galho caiu...

– O que os seus pais disseram sobre isso? Aposto que ficaram bastante preocupados.

– Há algum motivo para você estar aqui? – Gabe perguntou à irmã.

– Vários motivos – disse Lacey. – Graças à sua incursão na nossa cozinha ontem à noite, precisamos de mantimentos.

– Tem muita comida no *freezer* grande – disse ele.

– Bem, não tem papel higiênico no *freezer*, e precisamos disso também. E a mamãe está sem aquele creme que ela coloca no eczema. Ela está chateada por você ainda não ter entendido a situação.

– Vou assim que terminar aqui – disse ele.

– Tarde demais. Estou a caminho.

– Achei que você estivesse indo embora, não?

– Eu também pensei que fosse, mas tem muita coisa que precisa ser feita na cabana enquanto você está de bobeira aqui no chalé dos Kinneys. – Acenando com a cabeça para a pia, ela disse: – O George vai ficar grato a você por consertá-la. Talvez devesse contratá-lo como faz-tudo.

Lacey fungou uma risada suave antes de sair da sala, e os olhos de Gabe adquiriram um brilho estranho. Ele se virou, olhando pela janela, as mãos cerradas na borda da pia. Ursinho latiu com a partida de Lacey, e Gabe se virou, e todos os traços de raiva, ou o que quer que fosse, sumiram dos olhos dele.

– O que foi aquela alfinetada sobre ser o faz-tudo de George Kinney? – Jo perguntou.

– É só a Lacey sendo ela mesma. – Ele se abaixou para terminar de cuidar do encanamento.

Pelas próximas duas horas, Jo inseriu dados de seus registros de ninhos no *laptop*, e Gabe mostrou a Ursa como jogar War e paciência com um velho baralho de cartas. Ao meio-dia e meia, a chuva ainda estava forte, e

Jo decidiu desistir do trabalho de campo. Ela precisava aproveitar bem o dia de folga com uma viagem muito necessária à lavanderia e ao mercado.

Então, perguntou a Gabe se ele poderia ficar com Ursa. Não queria correr o risco de levá-la perto da delegacia do xerife de Viena, caso encontrasse o delegado Dean. Se Ursa fosse levada sob custódia pela polícia, a transferência teria que ser feita nos termos de Jo. Ela estava bem ciente, porém, de que tudo o que tinha ocorrido até então havia acontecido totalmente nos termos de Ursa, a alienígena.

Jo enfiou dois panos de cozinha sujos na bolsa de roupa suja, já sobrecarregada com a adição das roupas de Ursa. Gabe e Ursa estavam sentados à mesa da cozinha, esperando a sopa de tomate ferver. Ele a ensinava a jogar pôquer, e os dois usavam biscoitos de ostras como fichas de aposta.

– Primeiro, armas, e agora jogos com aposta – disse Jo. – Você é uma má influência.

– Não por muito tempo – disse ele. – Não conseguimos parar de comer o nosso dinheiro.

– Sinto muito por não ter mais o que comer por aqui – disse ela. – Vou voltar com mantimentos.

– Não se esqueça do macarrão com queijo! – disse Ursa. Ela colocou sobre a mesa as cinco cartas que estavam na mão. – Tenho três ases. Ganhei de você.

– Pare de trapacear com seus *quarks*! – ele exclamou.

Quando Jo chegou à cidade, pediu uma salada do *chef* em uma cafeteria perto da lavanderia. Olhou pela janela, para a agitação lenta da vida em uma cidade pequena, relaxando na solidão de sempre. Nos momentos de silêncio do ano anterior, ela frequentemente se preocupava com aqueles que se foram, sua mãe e seu pai, ou seu eu antes da cirurgia. Naquele dia contemplava os vivos, Ursa e Gabe. Deixou-se abstrair por seu alívio pela recuperação de Ursa do ferimento na cabeça. Ela se perguntou o que teria acontecido se eles tivessem levado Ursa para o hospital, se ela e Gabe tivessem sido interrogados pela polícia. O que quer que pudesse ter acontecido, uma coisa era certa: Ursa não estaria mais com Jo, que nem queria imaginar o momento em que a menina seria forçada a deixar tanto a ela quanto Gabe. Felizmente, sua comida chegou antes que se demorasse muito nesses pensamentos.

Jo dobrou a camada superior das fatias de ovo no meio da salada. Algumas semanas atrás, nunca teria acreditado que o enigmático Homem dos Ovos faria parte de sua vida diária. Algo tão improvável que quase teve de ser causado pela intervenção de uma alienígena. Sorriu, lembrando-se de como Ursa se aninhou em Gabe naquela manhã, confiando totalmente na natureza gentil dele.

Ela parou de comer para se concentrar em uma sensação surpreendente. O tipo de calor interior que costumava sentir quando se sentia atraída por um homem. Ela ficou aliviada por seu corpo ainda poder se sentir assim. Mas talvez não fosse seu corpo. Provavelmente era obra da reposição de hormônios.

O calor desapareceu com sua avaliação fria. Assim era a vida com uma dose dupla de genes analíticos. Apaixonar-se por Gabe seria inconveniente demais, de qualquer maneira. Sua pesquisa era um projeto ambicioso que normalmente exigiria pelo menos um assistente. E por que arriscar sua recuperação emocional quando ele não demonstrou nenhum interesse além da amizade? Ele dormiu na casa dela duas vezes e não fez o menor movimento nesse sentido.

Nada. Talvez ele tivesse perdido o tesão por causa de seu corpo. Ou simplesmente pela ideia do câncer. Por mais compassivo que fosse, era improvável que ele desejasse uma mulher que não tivesse a anatomia costumeira. Ela deixou o garfo cair no último pedaço da salada, pagou a conta e saiu.

As últimas nuvens cinzentas de chuva finalmente se dissiparam quando ela chegou em casa. A floresta ao redor do chalé dos Kinneys era gloriosa, cada folha e cada galho cintilando com joias de pingos de chuva e sol dourado.

Gabe e Ursa não estavam na casa. O bilhete de Gabe dizia:

Estamos no riacho pescando com uma rede cheia de furos. É compreensível que isso possa levar algum tempo. Junte-se a nós se você gosta de frustração.

Ursa deixou um bilhete ao lado do dele, que dizia:

Espero que você tenha comprado torta!!!!

Jo havia comprado uma torta de maçã holandesa e sorvete de baunilha para acompanhar. Depois de guardar os mantimentos e a roupa lavada, decidiu preparar um jantar de espaguete em vez de ir até o riacho. Por volta das sete, Ursa irrompeu pela porta da frente, gritando:

– Você comprou torta? A gente pegou estes peixes bonitos chamados flecheiros! E o Gabe me mostrou besouros-de-água! Eles têm uma bolha de ar embaixo do corpo que fornece oxigênio para eles debaixo d'água.

– Que legal isso! – sorriu Jo.

– E encontramos essas larvas chamadas moscas caddis, que podem construir uma casa que se movimenta! Elas fazem um tubo com um material sedoso e colocam areia e pedacinhos de pedra e madeira nele. Com isso conseguem manter o corpo mole protegido dos predadores.

– Já vi isso – disse Jo. – Elas são incríveis.

Gabe chegou à cozinha e colocou dois potes de areia sobre a pia, suas roupas tão molhadas e enlameadas quanto as de Ursa. Jo tentou não pensar em como a floresta e o riacho pareciam ficar bem nele.

– Eu não sabia que você era especialista em insetos aquáticos – disse ela.

– Eu não sou – ele disse.

– Ele é, sim – retorquiu Ursa. – Ele sabe o nome de tudo!

– Você é autodidata ou alguém lhe mostrou? – Jo perguntou.

– O George Kinney fez isso. O cheiro aqui está muito bom. O que é? – Ele levantou a tampa da frigideira.

– Molho de espaguete com linguiça de peru.

– Eba, torta! – Ursa falou, levantando a massa do balcão.

– Coloque isso aí de volta – disse Jo. – É a sobremesa. Mas você só vai poder saborear se comer as coisas verdes.

Lá fora, Ursinho começou a ficar furioso.

– Droga! É a Lacey de novo – Gabe disse. Os três foram até a janela da frente e, quando viram o carro do xerife descendo a estrada de cascalho,

Ursa desapareceu. Jo vivenciou algo como um *déjà-vu* quando a porta telada dos fundos se abriu e se fechou com estrondo.

– A porra da Lacey! – exclamou Gabe. – Eu sabia que ela estava tramando alguma coisa quando veio até aqui.

– O que vamos dizer?

– A verdade, tanto quanto possível.

Jo saiu e tentou chamar Ursinho para que o cachorro não atacasse o policial. Gabe ficou na passagem da frente. O delegado não era K. Dean. Era mais velho, na casa dos quarenta anos, mas mais magro e em melhor forma do que a maioria dos jovens de vinte. Seus olhos castanho-escuros tinham uma aparência alarmante, aguçada com acusação.

– Você seria Joanne Teale? – perguntou o delegado.

– Sim, *Joanna* – disse Jo. – Como posso ajudá-lo?

O policial caminhou na direção dela, despreocupado com o vira-lata meio crescido latindo para ele, seu olhar fixo em Gabe.

– Algum problema? – Jo perguntou.

– Disseram-me para vir procurar uma menina ferida nesta propriedade.

– Quem disse isso?

– Por que você precisa saber? O relato é verdadeiro ou não?

– Tem uma garota que vem aqui – disse ela. – Liguei para o xerife para falar sobre ela há algumas semanas.

Ele não esperava que ela dissesse aquilo.

– O delegado Dean veio – disse ela.

Ele acenou positivamente com a cabeça, suavizando o comportamento severo. Estava claramente familiarizado com Dean.

– Mas a garota o viu chegar e fugiu.

– Por que ela faria isso?

– Talvez estivesse com medo de que ele a fizesse ir para a casa dela. Ela tinha hematomas.

– Você contou a Kyle, o delegado Dean, sobre isso?

– Contei.

– Ela ainda vem aqui? – ele quis saber.

– Vem. Alguém relatou o desaparecimento dela?

– Alguém relatou que ela está em perigo. Da última vez em que a viu, ela estava machucada?

– Ela estava com um corte na cabeça ontem. Eu o limpei para ela.

– O corte parecia ser resultado de abuso?

– Não era. Era de um galho de árvore que caiu durante a forte tempestade. – Os músculos do estômago de Jo se contraíram. Talvez tivesse falado demais. Como responderia se ele perguntasse onde aquilo tinha acontecido?

– Você conheceu a família dela? – perguntou o delegado.

– Não. Não sei onde ela mora e ela não quer me contar.

O delegado olhou para Gabe.

– Ele é meu amigo. Mora aqui ao lado – disse Jo.

– E você é dona desta propriedade? – ele perguntou a Jo.

– Eu a alugo. Estou fazendo uma pesquisa.

– Que tipo de pesquisa?

– Sobre pássaros.

– Bem, alguém tem que fazer isso – disse ele, sorrindo para si mesmo. Ele caminhou até Gabe. – Você viu a menininha?

– Sim – disse ele. – Ela vai para a minha propriedade também – acrescentou, sabendo que Lacey teria dado essa informação.

– O que ela quer? – perguntou o delegado.

– Ela gosta dos bichos.

– Você sabe onde ela está agora?

– Ela provavelmente está por aí em algum lugar – disse Gabe.

– Isso é *sim* ou *não*? – o policial perguntou, olhando nos olhos dele.

– Ela esteve aqui há pouco tempo, mas foi embora. Não sabemos para onde ela foi.

O delegado assentiu.

– Você se importa se eu der uma olhada dentro da casa? – ele perguntou a Jo.

O pedido foi muito além do que Jo esperava. Ela sempre achou que a polícia precisasse de um mandado de busca para entrar na casa de uma pessoa. Mas Gabe acenou com a cabeça para ela, sinalizando que ela deveria deixá-lo entrar.

— Sem problemas — disse ela, abrindo a porta da varanda.

Jo e Gabe seguiram o policial para dentro da casa. Felizmente, Jo havia colocado as roupas limpas de Ursa dentro da cômoda. Mas e se ele olhasse nas gavetas?

O delegado caminhou de cômodo em cômodo da casinha, inspecionando tudo. Quando chegou à cozinha, apontou para o desenho de Ursa de um *Passerina cyanea*, preso com um ímã na parte externa da geladeira.

— Quem fez isso? — ele perguntou.

— A garota — disse Jo.

— Você costuma deixá-la entrar em casa com frequência?

— Eu raramente estou aqui. Na maior parte do dia, estou ocupada fazendo pesquisas.

— Eu perguntei se você a deixa entrar.

— Sim, porque sinto pena dela. Acho que alguém não está cuidando bem dela.

— Essa garota tem nome?

— Ela se refere a si mesma como Ursa Maior, mas presumo que seja um nome inventado... porque esse é o nome de uma constelação.

— Eu sei que é — disse o policial. Ele saiu pela porta dos fundos e olhou ao redor da borda da pradaria antes de ir para o galpão abandonado. Jo e Gabe ficaram no jardim da frente, sob a nogueira, enquanto ele procurava ao redor do anexo, com Ursinho o seguindo por onde quer que ele fosse.

— Bem, não estou vendo nenhuma menina — disse o policial. — Mas existe uma preocupação com essa criança, então eu agradeceria se vocês ligassem para o xerife caso a vejam de novo. — Ele entregou a Jo um cartão com suas informações. — Tenham uma boa noite.

— Você também — disse Jo, em uníssono com Gabe.

Eles viram o policial entrar na viatura e partir, enquanto Ursinho o mandava embora com uma rajada de latidos.

Quando ele estava totalmente fora do campo de visão deles, Gabe disse:

— Tenho que ir para casa. Eu vou chutar a bunda da Lacey de volta para Saint Louis!

– Não a deixe irritada! Ela vai fazer algo pior.

– Não vou fazer isso. Mas, se eu for para casa, ela vai embora.

– Foi por isso que ela fez o que fez. Eu realmente não consigo acreditar que você seja parente daquela mulher intrigante!

Gabe saiu andando.

– Eu quero encontrar Ursa antes de ir.

Jo o seguiu até os fundos da casa.

– Da última vez em que isso aconteceu, ela não foi longe. Mas isso foi à noite.

Eles olharam ao redor do campo gramado, chamando Ursa pelo nome, mas não muito alto, para o caso de o policial ter parado na cabana dos Nashs ao sair. Seguindo uma trilha de caules quebrados, eles chegaram ao outro lado do campo, uma encosta que descia e dava para a floresta. Procuraram um pouquinho, mas o sol estava se pondo, e eles não tinham uma lanterna.

Parado na porta dos fundos, Gabe olhou para o campo escuro.

– A Ursa está acomodada em algum lugar. Ela vai voltar à noite para se certificar de que o carro do xerife tenha ido embora.

Eles cozinharam o macarrão, mas não comeram muito. E não cortaram a torta. Às dez, acenderam uma fogueira na cova atrás do chalé, para sinalizar que Ursa poderia voltar para casa. Eles se sentaram nas cadeiras de praia, esperando, preocupados demais para falar muito. Às dez e meia, Gabe disse:

– Ou ela está perdida ou não vai voltar. O que você acha?

– A Ursa confiou em mim o suficiente para voltar duas vezes antes, mas ela é tão esperta... É difícil acreditar que esteja perdida. Ela saberia seguir Turkey Creek para voltar até aqui, e a lua está brilhante o suficiente para ela enxergar o caminho.

– Eu tenho uma teoria em relação a isso. – Ele se levantou e ficou olhando para a pradaria. – Depois que ela saiu correndo pela porta dos fundos, provavelmente foi direto para o norte, pela grama alta, para manter a casa entre ela e o xerife. Se ela descesse aquela encosta lá atrás, iria para Guthrie Creek. – Apontando para o leste, ele disse: – Turkey Creek se divide ao redor desta colina. Se ela cruzasse Guthrie ao sair, e voltasse no escuro, talvez não visse a divisão de Turkey Creek. Ela seguiria o riacho errado, tentando nos encontrar.

— Você tem razão. Onde eles se dividem, Turkey Creek está cheio de vegetação. Dificilmente se parece com um riacho.

— Ela conhecia a configuração do terreno lá atrás?

— Acho que não. Ela ficou bem perto da casa e do galpão.

Ele ficou com o olhar fixo no campo escuro, esfregando a barba.

— Aposto que isso faz com que você se lembre do dia em que Lacey o deixou sozinho na floresta — disse Jo.

Ele pareceu surpreso, como se não esperasse que ela fizesse essa conexão.

— É exatamente disso que estou me lembrando — disse ele. — Você tem uma boa lanterna? Quero descer até Guthrie e tentar encontrar a Ursa.

Jo vasculhou seus suprimentos e encontrou um farol de led para ele e uma lanterna comum para si. Eles chamaram Ursinho e pediram que ele os seguisse, esperando que pudesse ouvir Ursa ou farejar o cheiro dela. Tendo passado muitos dias de infância vagando pela propriedade dos Kinneys, Gabe conhecia o caminho mais fácil para descer a colina até Guthrie Creek. Eles chamavam Ursa de vez em quando enquanto caminhavam. O avanço era lento no leito escuro do riacho, e eles frequentemente tropeçavam em raízes e pedras. Ursinho estava gostando do passeio, muitas vezes fugindo para a floresta escura para explorá-la, mas sempre voltando.

— Se ela caminhasse tanto, saberia que estava fora do curso. Ela teria se virado — disse Jo, depois de cerca de quarenta minutos de busca.

— Eu sei disso. Será que a gente deve voltar?

— Vou um pouco mais longe. Não posso desistir ainda.

Ele assentiu e ficou ao lado dela.

— Ursa, é a Jo! Saia! — ela chamou. Depois de mais quinze minutos, eles decidiram dar a volta. Jo tentava não chorar.

Gabe espontaneamente colocou os braços em volta dela.

— Está tudo bem — disse ele. — Ela é esperta. Vai ficar bem. — A camiseta dele havia secado desde que ele estivera no riacho com Ursa, mas ainda cheirava a água de riacho, areia molhada e peixinhos. Jo fechou os olhos e mergulhou no conforto da intimidade inesperada dele. Ele a pressionou mais para perto. Gabe parecia precisar dela também.

Ursinho correu latindo pelo riacho na direção da propriedade dos Kinneys. Jo e Gabe se separaram e foram correndo atrás dele. Os latidos do cachorro pararam abruptamente à frente, e, quando dobraram uma curva, as luzes que levavam pousaram sobre Ursa ajoelhada no leito do riacho, abraçando Ursinho.

– Jo! – ela disse. Ela saiu borrifando água de uma lagoa rasa e caiu de encontro ao corpo de Jo, um soluço explodindo dela. – A polícia vai me levar?

– Ele foi embora – disse Gabe.

Ursa transferiu os braços para a cintura dele.

– Onde você estava? Como foi que passamos sem você nos ouvir? – ele quis saber.

– Eu me perdi! – ela disse. – Tentei encontrar aquela trilha que sobe até a estrada, mas nunca cheguei a vê-la. Estava escuro, e tudo parecia diferente! Eu me virei e andei muito, mas mesmo assim não conseguia encontrá-la.

– Então você deu a volta de novo – disse ele.

Ursa assentiu, enquanto enxugava as mãos nas manchas sujas de lágrimas nas faces.

– Ela estava a sudoeste de nós quando fomos procurá-la no nordeste – disse ele.

– Você foi inteligente em seguir o riacho – Jo disse a ela. – Mas seguiu o riacho errado. Este é o Guthrie Creek, não o Turkey Creek.

– É por isso que tudo parecia diferente – Gabe disse.

– Eu estava com medo – disse Ursa, enquanto novas lágrimas caíam. – Pensei que nunca mais fosse ver vocês!

Gabe se agachou.

– Suba nas minhas costas. Eu vou carregar você um pouco.

Ursa subiu nas costas de Gabe e colocou os braços em volta do pescoço dele. Ele segurou as pernas dela e se levantou.

– Eu sou muito pesada? – ela perguntou.

– Essa mosquinha nas minhas costas está dizendo alguma coisa, Jo?

– Pensei ter ouvido um guinchinho – disse Jo.

– O Gabe e eu encontramos uma larva de mosca-da-pedra hoje – Ursa falou. – Elas comem detritos.

– Boa palavra – disse Jo.

– Eu aprendi essa palavra hoje. É um material sujo feito de plantas e animais podres.

– Parece delicioso – brincou Jo.

– Vocês comeram a torta?

– Não. Estávamos esperando você.

Quando chegaram ao chalé dos Kinneys, Gabe colocou Ursa no chão, perto da caminhonete.

– Tenho que ir – disse ele. Ele pegou o farol de led e o entregou a Jo. – Tenho de me certificar de que Lacey faça as malas esta noite.

– Acho que foi ela quem chamou a polícia – disse Ursa.

– É, também acho que sim. – Ele se voltou para Jo. – Certifique-se de que a Ursa fique fora de vista. Não a leve na estrada para olhar os ninhos por um tempo.

– Não vou trabalhar no Turkey Creek amanhã.

– Que bom. – Ele meio que se virou para a caminhonete. – Acho que eu vejo vocês...

– Quando?

– Não sei. Temos de garantir que essa situação tenha um fim.

Jo se moveu em direção a ele. Ela achou que eles se abraçariam novamente. Mas ele subiu na caminhonete e foi embora.

18

No dia seguinte, Jo deixou Ursa ficar na cama por algumas horas a mais para compensar pelo sono perdido. Mas isso a deixou ainda mais atrasada no monitoramento dos ninhos após o dia chuvoso. Elas tiveram que trabalhar até tarde para acompanhar o máximo possível, chegando à Rodovia Turkey Creek após o pôr do sol – tarde demais para pegar Gabe em sua venda de ovos na noite de segunda-feira.

– A gente pode passar na casa do Gabe? – Ursa perguntou.

– Não dá. A Lacey ainda pode estar lá.

– Eu posso entrar escondida e ver se o carro dela está lá.

– A gente não vai mais fazer isso de entrar escondida nos lugares.

Elas tiveram uma conversa semelhante no dia seguinte e no dia depois daquele. Três dias e nenhuma notícia de Gabe. Jo lamentou não ter perguntado se ele tinha um celular. Mas, principalmente, estava feliz por eles não conversarem por mensagens de texto. Por alguma razão, não conseguia se imaginar se comunicando com ele dessa forma.

Na manhã seguinte, Jo deixou Ursa dormir até a primeira luz surgir no céu.

– Está chovendo? – ela perguntou, quando abriu os olhos e viu uma luz cinza.

– Deixei você dormir até um pouco mais tarde. Vamos começar na Rodovia Turkey Creek.

– Gosto quando fazemos isso. – Ela se sentou à mesa da cozinha e, sonolenta, comeu um *waffle*.

Normalmente, elas saíam de casa na escuridão silenciosa. Mas, quando entraram na Rodovia Turkey Creek, foram saudadas por um coro de plena aurora, o canto desenfreado dos pássaros defendendo seus territórios após uma longa noite. Como sempre, elas deram comida para Ursinho atrás da casa antes de partir.

– Você deixou passar o primeiro ninho – disse Ursa, apontando para a bandeira laranja pela janela.

– Vou estacionar entre os ninhos que temos de monitorar. Vamos caminhar pela estrada e fazer uma busca por ninhos primeiro.

O início da manhã era uma ótima hora para procurar ninhos. Depois de uma longa noite, os filhotes estavam com fome, e seus pais os visitavam com frequência, às vezes levando Jo direto até os ninhos. Ela parou o carro cerca de quatrocentos metros depois da entrada da garagem de Gabe e saiu da estrada para o meio do mato. Ursa colocou o binóculo muito barato que Jo a deixou usar e saltou do carro. Ela olhou ansiosamente na direção da casa de Gabe.

– A gente pode ver o Gabe hoje?

– Vamos conseguir vê-lo muito em breve – disse Jo. – É quinta-feira. Ele vende ovos pela manhã.

– A não ser que ele esteja doente de novo – aparteou Ursa.

Jo não admitiu que essa fosse parte do motivo pelo qual estava trabalhando perto da casa de Gabe na manhã em que ele vendia ovos. Ela queria ter certeza de que ele estava bem.

Ursa ergueu os olhos para Jo enquanto elas caminhavam.

– O que faz o Gabe ficar doente?

– Não sei ao certo.

– Eu acho que a Lacey deixa o Gabe doente.

– É mais do que isso. O corpo humano é muito complicado. Dentro de nós existem todos os tipos de genes, hormônios e substâncias químicas que afetam o nosso humor, e às vezes as pessoas têm uma certa combinação dessas coisas que as deixa tristes.

– O tempo todo?

– Geralmente não o tempo todo.

– O Gabe não estava triste até a Lacey chegar.

– O nosso ambiente, o que está acontecendo ao nosso redor, tudo isso afeta os elementos químicos dentro do nosso corpo.

– A Lacey fazia com que os elementos químicos do meu corpo se sentissem mal – disse Ursa.

– Os meus também – assentiu Jo.

Elas verificaram o ninho no final da estrada e depois seguiram na direção da entrada de automóveis dos Nashs. Estavam a caminho para monitorar um ninho de cardeal, vadeando através da vegetação pulverizada com pó de calcário, quando ouviram a caminhonete de Gabe.

– Gabe! Gabe! – Ursa chamou, agitando os braços.

Gabe diminuiu a velocidade da caminhonete, sorriu e acenou de volta, mas continuou dirigindo.

– Por que ele não parou? – Ursa perguntou.

– Acho que ele não queria nos incomodar quando estamos trabalhando. Ele tem trabalho para fazer também.

– Mas ele poderia ter parado por um minuto!

Uma hora depois, elas terminaram o trabalho e dirigiram até o cruzamento onde Gabe estava sentado sob o toldo azul e a placa "Ovos frescos". Jo estacionou na vala atrás da caminhonete dele. Ursa saltou para fora e foi correndo até a mesa dele.

– Nós sentimos saudade de você! – ela disse. – Por que você não deu uma passada lá em casa?

– Achei melhor deixar as coisas se acalmarem – disse ele, com os olhos em Jo quando ela se aproximou.

Jo ficou ao lado de Ursa.

– A Lacey foi embora?

– Ela foi embora anteontem.

O que queria dizer que ela havia ficado na cabana por mais um dia.

– Como você tem estado?

– Ótimo – disse ele bruscamente, ciente do que a pergunta implicava.

– Eu posso ficar na fazenda do Gabe hoje, como antes? – Ursa perguntou. – Posso? Por favor!

– Isso cabe a Gabe responder – disse Jo.

– Isso não pode mais acontecer – disse ele.

– Por que não? – perguntou Ursa.

– Você sabe por quê. Se a minha mãe disser para a minha irmã que você está passando dias na fazenda novamente, a Lacey vai chamar a polícia.

– Eu poderia ficar em lugares em que a sua mãe não pode ver.

– Não é uma boa ideia – disse ele, observando um carro estacionar perto da barraquinha de ovos.

– Posso ir ver os gatinhos hoje à noite? Quando a Jo e eu voltarmos? A sua mãe não vai me ver no escuro.

– Como vão as coisas, Jen? – ele disse para a mulher de meia-idade que se aproximava vestida com um uniforme de enfermeira.

– Estou exausta e pronta para dormir – disse a mulher. – Vou levar uma dúzia. – Ela entregou a Gabe uma nota de cinco.

– Obrigado, senhora – disse ele, dando o troco.

A mulher pegou uma cartela de ovos da mesa.

– Tenha um bom dia, Gabe.

– Você também. – Enquanto Jen se afastava, ele pegou uma cópia danificada de *Zen e a arte da manutenção de motos* do colo.

– Posso? – perguntou Ursa.

– Você pode *o quê*? – ele perguntou de volta.

– Ver os gatinhos hoje à noite.

– Eu falei para você sobre os motivos pelos quais não pode mais ficar na minha casa. Se o xerife vier outra vez, estarão determinados a levar você até onde é o seu lugar. – Olhando para Jo, ele disse ainda: – Eles têm que fazer o que é certo.

Ursa olhou fixamente para ele, como se não soubesse quem ele era.

– Vamos embora – Jo disse.

Quando Ursa não se mexeu, Jo pegou na mão dela e puxou-a até o carro. Gabe manteve os olhos fixos no livro que tinha nas mãos.

– Por que o Gabe está tão furioso com a gente? – quis saber Ursa, quando estavam dirigindo outra vez.

– Nós não deveríamos presumir que ele esteja furioso. – Ela desejava que ele estivesse somente bravo. Porque o que ele estava fazendo era muito pior. Ele as estava fechando do lado de fora da vida dele, deixando-as congelar, blindando suas próprias emoções.

Elas trabalharam, tiveram um dia típico, mas tudo parecia estranho. Ursa estava mais desanimada do que Jo jamais a vira antes. Ela até mesmo mal reagiu quando elas viram uma raposa correr ao longo da borda de um campo de milho. No fim do dia, ela ainda estava calada, e Jo pensou que poderiam passar pela propriedade dos Nashs sem fazer referência a Gabe.

Aquele não seria o destino delas. Quando os faróis dianteiros do Honda iluminaram a entrada de automóveis escura dos Nashs, também iluminaram Gabe, que estava sentado na picape com a porta aberta. Ele ficou de pé e acenou para elas.

– O que aconteceu? – Jo perguntou para fora da janela.

– Eu estava esperando vocês. Estão chegando tarde.

– Eu tive que ir correndo ao mercado.

– Está com fome demais para ver os gatinhos?

– Não! – disse Ursa.

– Siga-me até lá dentro – disse ele.

No celeiro, Ursa saltou do carro enquanto Jo o fechava.

– Posso entrar? – perguntou ela.

– Segure a onda e espere a Jo – disse Gabe.

– Eu gostaria de ter uma onda para segurar – disse Ursa.

O interior do celeiro estava um breu, mas Gabe ligou uma lanterna para iluminar o caminho até os gatinhos. A gata-mãe emergiu das sombras, miando para Gabe enquanto ele focava a lanterna em uma pilha de feno perto do ninho dela.

– Vejam como eles ficaram grandes! – disse Ursa. – E eles meio que conseguem andar! – Ela acariciou cada gatinho enquanto dizia o nome deles. Em seguida envolveu Julieta e Hamlet nas mãos e segurou-os encostados em seu rosto. – Sentiram saudades de mim? Eu senti falta de vocês.

– Você sairia por um minuto? – Gabe perguntou a Jo.

Ursa estirou-se de barriga para baixo, observando enquanto Julieta e Hamlet lutavam desajeitadamente.

– A Jo e eu voltaremos logo – disse Gabe.

Uma vez lá fora, ele fechou a porta de celeiro e conduziu Jo para fora do alcance do que Ursa poderia ouvir.

– Eu queria me desculpar pela forma como me comportei esta manhã – disse ele.

– Você deveria dizer isso a Ursa.

– Ela ficou chateada?

– Creio que ficou.

Gabe analisou o chão, preparando-se para dizer alguma coisa. Ele olhou para ela.

– Há mais de um motivo pelo qual ela não pode vir para estes lados.

– Eu não sei ao certo ao que você está se referindo.

– Ela ficou conectada demais. E eu tenho... – Ele desviou o olhar dos olhos de Jo por alguns segundos. – Isso não pode terminar bem – ele disse. – A cada dia em que você não a entrega para a polícia, você está piorando as coisas para todos nós.

Ela ficou indignada com o fraseado que ele usou, dizendo *você não a entrega à polícia*, em vez de *nós*, como se estivesse abandonando toda a responsabilidade por cuidar de Ursa.

– Você tem pensado sobre o que está fazendo? – ele perguntou. – Você está se conectando com uma criança que vai ficar de coração partido quando você voltar à sua vida na universidade. Você está alimentando um cão que vai morrer de fome quando você for embora, e deixou a Ursa ficar conectada a ele. De jeito nenhum que aquele cachorro vai até onde ela acabar indo.

Jo não precisava desse sermão. Ela fazia esse discurso para si mesma em relação aos mesmos pontos com constância.

– Eu não posso mais fazer parte disso – ele disse. – Todo mundo vai sair machucado.

– Está mais para "já estamos machucados" e você quer que pare antes que fique pior.

– É, já estamos machucados... talvez mais ela do que nós. Isso já foi longe demais. – Ele esperou que ela respondesse. – Você não concorda?

– Concordo. Foi mais longe do que eu jamais imaginei. – Jo fez uma linha no cascalho com a ponta da bota. – Quando eu soube que a minha mãe moreria em alguns meses, tive duas escolhas... – Ela olhou para ele. – ... Eu poderia me distanciar da dor ou me aproximar dela. Talvez porque tivesse perdido o meu pai sem ter a oportunidade de lhe dizer o que ele significava para mim, eu decidi me aproximar dela. Eu me aproximei tanto que a dor e o medo dela se tornaram meus. Nós compartilhamos tudo e nos amávamos como nunca nos amamos quando a morte era algo distante. No fim das contas, uma parte minha morreu com ela. Não me recuperei disso até agora, mas fiz a escolha consciente de entrar na escuridão com ela. Todo mundo que eu conheço que perdeu alguém que ama mostrou arrependimento. Gostaria de ter feito isso ou aquilo ou de ter amado mais essa pessoa. Eu não tenho arrependimentos. Nenhum.

Ele não tinha nada a dizer.

– Acho que é impossível para você entender isso.

– O cara tonto da fazenda não é assim tão burro – disse ele. – Eu sempre pensei que o que está acontecendo com você e com a Ursa tinha algo a ver com o que você passou. Mas não é o mesmo que aconteceu com a sua mãe. No fim, você *vai* ter arrependimentos. Amar a Ursa só vai aumentar a dor dela.

– E se o fim for diferente do que você imagina?

– Como?

– Eu poderia tentar me tornar a mãe adotiva dela. – Jo nunca tinha vocalizado essa ideia tentadora. Finalmente, havia posto isso para fora. E se sentiu bem com isso.

Ele apenas a encarava.

– Eu sei que a pessoa tem que ser certificada ou o que quer que seja, mas duvido de que seja muito difícil. E, mesmo que eu seja solteira, tenho os recursos que eles vão querer de uma mãe adotiva. O meu pai tinha uma grande apólice de seguro de vida, porque o trabalho dele era arriscado. A minha mãe usou parte desse dinheiro para comprar outra apólice, porque era mãe solteira. Tenho dinheiro suficiente para contratar pessoas que possam cuidar de Ursa quando eu estiver na universidade. E também tenho um plano para o Ursinho. Não posso ter cachorros onde moro, mas a Tabby é boa em encontrar casas para animais sem lar. Espero que um dos amigos veterinários dela o adote e Ursa possa visitá-lo.

– Não importa quanto dinheiro você tenha e o que planeja para o cachorro, você não pode mudar o fato de que mentiu para a polícia.

– Eu não infringi nenhuma lei.

– Você fez isso, sim. Nós dois fizemos. Sabe o que o delegado disse à Lacey? Ele disse que deixar a filha de outra pessoa ficar em sua casa, especialmente quando ela está machucada, é considerado uma ameaça à criança. Talvez até sequestro. Você realmente acha que deixariam você se tornar mãe adotiva dela depois do que fez?

– Eu só fui boa com ela! A Ursa testemunharia que isso é verdade.

– E quando ela disser que foi trabalhar com você todos os dias, durante doze horas de calor extremo, hein?

– Ela quer ir. E deixá-la sozinha em casa seria pior.

O vazio de suas últimas palavras ecoou no silêncio dele.

– Ok, quer saber de uma coisa? Eu não vou deixar que as merdas da Lacey estraguem toda a minha vida como você faz.

– Isso não tem nada a ver com a Lacey!

– Não tem? No último dia em que ela ficou aqui, ela fez um ótimo trabalho sugando toda a sua alegria! A Ursa e eu vimos a mudança em você esta manhã. Se continuar com isso, com medo de se envolver com as pessoas, você vai acabar ficando tão amargo quanto ela, que é exatamente o que ela quer. – Jo foi andando até o celeiro, abriu a porta e chamou: – Ursa, vamos. Precisamos jantar antes de ficarmos cansadas demais para cozinhar.

Ursa apareceu por trás dos fardos de feno.

– O Gabe pode jantar conosco?

– Acho que não.

Ursa correu até Gabe, parando no meio do caminho entre os carros estacionados e o celeiro.

– Você quer vir jantar? Vamos comer pimentão e pão de milho.

– Parece ótimo, mas é melhor eu voltar para a minha mãe. – Bagunçando os cabelos dela, ele disse: – Tenha um bom jantar, amiguinha.

Ursa ficou tão quieta quanto Jo no caminho para casa. Ursinho dançou ao redor do carro enquanto ela o estacionava na garagem iluminada pela lua.

– Você e o Gabe estão bravos um com o outro? – questionou-a Ursa.

– Não exatamente bravos – respondeu Jo.

– Então, o que há de errado?

– O Gabe decidiu que não quer mais sair com a gente. Ele ainda gosta de você, nunca duvide disso, mas tem medo do que pode acontecer.

– O que poderia acontecer?

– Por um lado, ele tem medo de se meter em encrenca com a polícia.

– Ele não se meteria em encrenca. Eu diria à polícia que a minha casa fica nas estrelas.

– Você sabe que eles não vão acreditar nisso. – Jo se virou no assento para encará-la, uma forma escura na escuridão ligeiramente mais brilhante. – Espero que algum dia você me conte a verdade. Você já deve confiar em mim a essa altura do campeonato. Você sabe que eu vou lutar pelo que faz você mais feliz.

Ursa virou o rosto para a janela do carro.

– E se...?

Jo não se movia, quase não respirava, para dar a ela um refúgio de silêncio para falar. Ela tinha certeza de que Ursa estava prestes a lhe contar algo importante.

Mas Ursa só ficava olhando para a floresta escura.

– O que você ia dizer? – Jo perguntou.

Ela olhou para Jo.

– E se eu realmente for de outro mundo? Você já, até mesmo por um segundo que fosse, acreditou em mim?

Ela havia perdido a coragem. Ou nunca teve a intenção de dizer nada. Fosse o que fosse, Jo entendeu a situação dela. Ursa Maior era fictícia; apenas a forma de um urso delimitada em estrelas. A menina vivia como uma constelação paralela. Como uma criança que obsessivamente colore dentro das linhas, ela havia tido de regular cada movimento, ou poderia acabar indo parar no universo aterrorizante que estava além da forma como desenhara para se conter.

– Por que você não acredita em mim? – pressionou Ursa.

– Eu sou uma cientista, Ursa.

– Você nem sequer acredita em alienígenas?

– Considerando a vastidão do universo, é provável que haja outras formas de vida por aí.

– E eu sou uma delas.

Às vezes Jo ficava oprimida quando tentava imaginar quais eventos poderiam fazer com que uma criança deixasse de querer ser humana. E esse era um daqueles momentos. Ursa, felizmente, não podia ver as lágrimas dela na escuridão.

– Você e o Gabe vão se falar de novo? – Ursa perguntou.

– Quando comprarmos ovos, vamos falar com ele.

– Só isso?

Jo não mentiria.

– Sim, provavelmente será só isso.

19

Na manhã seguinte, Ursa não estava no sofá quando Jo entrou na sala para acordá-la. Ela também não estava no banheiro. Jo abriu a porta que dava para a varanda e encontrou Ursinho enrolado no tapete, olhando sonolento para ela. Ao lado dele havia uma tigela vazia.

Ursa sabia que não podia alimentar o cachorro na varanda. Ela devia tê--lo deixado entrar durante a noite e lhe dado comida para mantê-lo quieto enquanto se afastava. Jo não tinha dúvidas sobre aonde a menina tinha ido.

Ela voltou para casa e verificou que os sapatos roxos de Ursa não estavam lá. As roupas que Jo tinha colocado para ela vestir de manhã também haviam sumido. Jo vestiu-se apressadamente, comeu e fez a comida de seu almoço habitual. Embalou água suficiente para ela e Ursa. Quando carregava seu equipamento para fora, expulsou Ursinho da varanda e deu-lhe sua tigela de comida na laje de concreto dos fundos.

Ela dirigiu até a propriedade dos Nashs na escuridão do amanhecer. Presumiu que Gabe acordaria cedo, para ordenhar a vaca e o que mais ele fizesse de manhã. Ela só esperava não ter que ir até a porta da cabana. Enquanto o carro deslizava pela calçada arborizada e se virava em direção aos celeiros, seus faróis dianteiros recaíram sobre Gabe, com uma lanterna na mão, a calça jeans coberta até o joelho por botas de borracha. Ele a ouviu chegar. Jo baixou o vidro da janela.

– A Ursa foi embora.

– Merda. Vamos checar o celeiro dos gatinhos.

– Esse foi o meu primeiro palpite.

Ele acenou para que ela fosse até o celeiro e seguiu o carro em uma corrida a pé. Eles entraram lá e caminharam em direção à parede dos fundos. A luz da lanterna de Gabe recaiu sobre Ursa. Ela estava dormindo com os seis gatinhos, seu corpo enrolado formando um dos limites de um ninho quente, e o corpo da mãe-gato, o outro. Jo e Gabe não se mexeram: nenhum dos dois estava disposto a perturbar a beleza da cena.

A mãe-gato levantou-se e passou por cima de sua mãe companheira de covil, acordando-a. Ursa protegeu os olhos da luz da lanterna.

– Gabe? – ela perguntou.

– E Jo – ele disse.

Ursa apertou os olhos para vê-los melhor.

– Por que você está aqui? – Jo perguntou.

Ursa sentou-se direito, com feno picado em seu cabelo emaranhado.

– Eu não quero ter de me afastar dos gatinhos ou do Gabe.

– Essa não deveria ser a decisão do Gabe?

Ursa se levantou e olhou para ele.

– Sinto muito – ele disse –, mas a Jo e eu discordamos sobre aonde isso vai dar.

– Aonde *o que* vai dar? – perguntou Ursa.

– Você – disse ele. – Eu acho que você precisa encontrar um lar estável, onde quer que isso seja.

– Eu tenho um lar estável nas estrelas.

– Ele realmente não quer ouvir isso de novo – disse Jo. – Eu tenho um sanduíche de ovo no carro para você. Você vem comigo?

– Eu prefiro ficar aqui.

– Aqui na Terra nem sempre conseguimos o que queremos.

– Mas você e o Gabe não sabem o que querem.

– Não estou de bom humor, Ursa. – Ela a tirou do celeiro pela mão e a soltou. – Você vai andar até o carro ou ficar aqui e se arriscar a ver o Gabe chamar a polícia?

– Você faria isso? – ela perguntou a Gabe.

Ele não respondeu.

– Estou indo embora – disse Jo.

Ursa a seguiu até o carro e subiu no banco de trás.

– Adeus, Gabe – disse ela tristemente.

– Tenha um bom dia – disse ele, fechando a porta do passageiro.

Mais uma vez, Ursa não falou muito enquanto Jo monitorava e procurava os ninhos, mas, desta vez, Jo não a encorajou. Ela apreciou o silêncio. Sem a distração das conversas de Ursa, seus pensamentos eram mais lineares, como costumavam ser antes de Ursa e Gabe. No final do dia, ela concordou com quase tudo o que Gabe tinha dito. Não havia como alguém deixá-la ser uma mãe adotiva quando ela havia mantido Ursa consigo por tanto tempo. E isso significava que Gabe estava certo quanto a entregá-la imediatamente para reduzir a dor.

Naquela noite, enquanto Ursa fazia um desenho com seus lápis de cor, Jo fez uma pesquisa nos sites de crianças desaparecidas que não tinha verificado por alguns dias. Embora a perspectiva fosse dolorosa, ela esperava que Ursa estivesse listada. Ela teria uma razão indiscutível para ajudar a polícia a pegá-la. Mas a criança notável com uma covinha em uma bochecha ainda não estava listada como desaparecida.

Jo colocou o desenho de uma borboleta monarca feito por Ursa na geladeira ao lado do desenho do *Passerina cyanea*. Ela lembrou Ursa de escovar os dentes depois de colocar o pijama. Elas foram dormir: Ursa no sofá, e Jo, no quarto. Ursa disse para ela o costumeiro "Boa noite, Jo" depois que Jo apagou a lâmpada.

A inquietação noturna habitual de Jo foi agravada pelo abandono de Gabe. Carregar o fardo da responsabilidade por Ursa sem ele era agonizante. Bem acordada à uma da manhã, ela foi à sala para dar uma olhada em Ursa.

Ela tinha ido embora.

Jo fixou o olhar no sofá vazio, contemplando o que fazer. Caso se dirigisse a Gabe, estaria deixando que Ursa a controlasse. Se não fizesse isso e fosse trabalhar de manhã, Gabe poderia chamar a polícia quando descobrisse a menina em sua propriedade.

Se soubesse, Ursa fugiria. Jo sabia disso com certeza. Ursa possivelmente tentaria se esconder na propriedade dos Kinneys, o que traria uma tempestade de merda para cima de Jo e dos Kinneys, e talvez do Departamento de Biologia da Universidade de Illinois, responsável pelo pagamento do aluguel de seu chalé.

Se Ursa não se escondesse no chalé dos Kinneys, poderia acabar em qualquer lugar. Ela era muito confiante, e havia todos os tipos de pessoas perigosas que poderiam tirar vantagem disso.

Jo calçou um par de sapatilhas e pegou suas chaves e uma lanterna. Mais uma vez, encontrou Ursinho fechado na sala telada com uma tigela vazia. Ela o deixou lá, frustrado e latindo em sua partida.

Jo desligou os faróis dianteiros do Honda e acendeu as luzes de estacionamento ao chegar à entrada para a propriedade dos Nashs. Ela percorreu os sulcos em baixa velocidade para minimizar o ruído e apagou todos os faróis ao se aproximar da cabana. A casa estava escura, exceto pela luz da varanda, e todas as portas e janelas estavam fechadas para manter o ar-condicionado. Gabe e sua mãe provavelmente não ouviriam o carro dela se ela dirigisse devagar.

Usando a luz do poste para guiá-la, Jo desceu lentamente a estrada até as construções onde ficava o gado. Ela estacionou e fechou a porta do carro com uma leve pressão. Não ligou a lanterna até estar dentro do celeiro. Ela contornou as pilhas de fardos de feno e apontou a lanterna na direção do ninho dos gatinhos. A gata-mãe piscou e miou para ela, mas Ursa não estava lá. Jo procurou pelo celeiro, iluminando cada nicho e canto. Nada de Ursa.

Do lado de fora, ela olhou para as outras construções: um estábulo de vacas com dois pequenos pastos, um campo de porcos lamacento, um galinheiro com uma grande área externa fechada e uma pequena construção de madeira que provavelmente era o galpão de ferramentas de Gabe. Jo duvidava de que Ursa fosse para o galinheiro. Restavam as vacas e o galpão de ferramentas. Mas ela estava com medo de se esgueirar mais do que já havia feito na propriedade cujo dono tinha uma arma. Ela teria que ir até Gabe.

Jo percorreu a estrada do celeiro até a cabana. Ela parou nas sombras perto do poste de luz e olhou para a cabana, relembrando a noite que ela e Ursa haviam visitado Gabe no quarto dele. Elas haviam virado depois da sala, e o quarto de Gabe era o segundo menor à esquerda. Jo caminhou pela parede esquerda da cabana de madeira, passando pela grande janela da sala e pela pequena janela do primeiro quarto. Ela parou no próximo. Esperando que Gabe não fosse ficar feliz de pôr a mão no gatilho à noite, ela bateu levemente na janela com um dos nós dos dedos. Nada aconteceu. Ela bateu com mais força, e uma luz se acendeu. As cortinas se abriram, e Gabe apareceu no retângulo de luz.

Ela reagiu ao vê-lo. Com mais intensidade do que havia esperado.

Ela se aproximou da janela e acenou. Ele destrancou a janela e a empurrou para cima.

– Ela foi embora de novo?

– Sim. E eu já verifiquei o celeiro dos gatinhos.

– Faz sentido ela não estar lá. Ela é muito inteligente para isso. Eu encontro você lá na frente.

Ela caminhou até a varanda e ficou esperando na base da escada. Ele saiu minutos depois, vestindo uma camiseta escura, uma calça jeans e sapatos de couro. Ele havia levado uma lanterna.

– Sinto muito – disse ela.

– Espero que você veja que isso está fugindo do controle – disse ele.

– Eu sei disso. Eu acordei a sua mãe?

– Não.

Gabe passou por ela e se dirigiu aos celeiros. Jo o seguiu em silêncio. Eles verificaram o barracão de ferramentas primeiro, e o celeiro das vacas em seguida. Olhou no galinheiro, tendo em resposta cacarejos descontentes. Ele ficou na frente do galinheiro, ponderando.

– Talvez ela finalmente tenha fugido de verdade. Ela mal disse uma palavra hoje.

– Ela sabe que está desgastando o tapete de boas-vindas.
– Você acha que ela foi embora? – perguntou Jo.
– Não. É mais um dos jogos dela.
– Não vamos nos esquecer de que ela é uma menininha assustada.
– É... – Ele se afastou em uma nova direção.
– Aonde estamos indo?
– Até a casa da árvore.

Jo o seguiu por cerca de cem metros por uma trilha, até que sua lanterna atingiu uma placa decadente pintada com palavras desbotadas e escritas com letra infantil: "Casa do Gabe". Abaixo disso, na mesma estaca, havia uma placa quebrada que dizia "Não invadir". Ele apontou a lanterna para um enorme carvalho em uma incrível casa na árvore. Era alta, três vezes a altura de Gabe, e sustentada por quatro vigas de madeira também altas. Uma encantadora escada em espiral com corrimões de ramos sinuosos conduzia à sua entrada.

– Esta é a melhor casa na árvore que já vi na minha vida – disse ela.
– Eu amava esse lugar. Meu pai e eu a construímos quando eu tinha sete anos. Nós a construímos em madeira para não machucar a árvore. – Ele caminhou até a escada que circundava o tronco e bateu com o pé no primeiro degrau. – Ainda está em boa forma também.
– A Ursa sabia disso?
– Ela passou horas aqui em cima. Era aqui que ela ficava fora da vista da minha mãe quando eu ia vender ovos.
– Estou surpresa por ela não ter querido vender ovos com você.
– Ela queria.
– Por que você não deixou?

Ele a encarou.
– Engraçado que você não pense nessas coisas.
– O quê?
– Tive medo de que ela ficasse lá fora na estrada. E se a pessoa de quem ela fugiu a visse lá fora? Eu teria de deixar a pessoa levá-la, e não teria ideia se estava fazendo a coisa certa.
– Faz sentido.

– Você precisa de um pouco mais de bom senso.

O golpe doeu, mas ela não estava com humor para retaliar.

– Como posso ter bom senso quando estou sob o controle de uma alienígena?

A carranca que ele tinha desde que saiu da cabana relaxou em um leve sorriso.

– Você pode não acreditar nisso – disse ela –, mas, antes de a garota das estrelas aparecer, eu costumava ser uma pessoa sensata, quase a ponto de ficar chata.

– Eu conheço a sensação – disse ele. – Tenho lutado contra uma corrente de *quarks* desde que coloquei os olhos nela. – Ele estendeu a mão. – Você sobe primeiro. Eu quero estar atrás caso você tropece.

Ela não precisava de ajuda, mas aceitou a mão quente e a cautela dele como reconciliação. Mas, quando ele soltou seus dedos, ele a tocou novamente, dessa vez na cintura, guiando-a levemente escada acima. Ele estava sendo um cavalheiro ou desejava contato físico com ela do jeito que ela queria com ele? Com base nos dados que havia coletado até agora, ela supôs que a primeira hipótese fosse mais provável.

O corrimão era resistente e bom, porque os degraus espiralavam perigosamente altos. Jo chegou ao topo, direcionando sua luz para uma sala dividida por dois grandes ramos de carvalho. Havia uma pequena rede de corda amarrada entre uma parede e um dos troncos. Uma cadeira infantil e uma mesa feita do que parecia ser um *pallet* de madeira estavam do outro lado do espaço. A sala se abria para duas vistas da floresta, uma varanda voltada para a trilha de entrada e outra voltada para uma bela ravina arborizada. Jo iluminou o desfiladeiro, imaginando o pequeno Gabe como o rei de tudo o que avistava.

– Estranho – Gabe disse atrás dela.

Ela se virou. Sua lanterna iluminou a pequena escrivaninha. Na superfície dela havia dois lápis com borrachas, um livro ilustrado de contos de fadas e várias folhas de papel branco presas no lugar com pedras. As pedras lançavam clarões de luz dos cristais embutidos nelas, do tipo que Ursa gostava de coletar.

Jo olhou com Gabe para os desenhos de Ursa feitos a lápis: um esboço caricatural de um sapo, uma representação muito realista de um gatinho recém-nascido e o desenho que ele havia tirado de baixo destes. Era o desenho de um túmulo retangular colorido de escuro com lápis. Uma cruz branca sem letras estava sobre a terra do cemitério. Ao lado do túmulo, Ursa havia escrito "Eu amo você" de um lado e "Sinto muito" do outro.

– Há uma pessoa nessa sepultura – disse Jo.

– Eu sei disso. – Ele pegou o papel, e eles examinaram a sepultura. Ursa havia desenhado uma mulher deitada com os olhos fechados e os cabelos na altura dos ombros antes de pintar a sujeira escura sobre ela. – Meu Deus! – disse Gabe. – Você está pensando o mesmo que eu?

– Alguém de quem ela gostava morreu, e é por isso que ela está sozinha.

Ele assentiu.

Jo tirou o desenho da mão dele.

– Eu me pergunto por que ela escreveu *Sinto muito*.

– Eu sei. É assustador – disse ele.

– Por favor, não me diga que você acha que aquela menininha matou alguém.

– Quem sabe o que aconteceu? É por isso que você devia tê-la levado à polícia imediatamente.

Jo devolveu o desenho à mesa.

– Sabe, eu me cansei dessa sua virtude repentina. Acho que você se esqueceu de que foi *você* quem decidiu que deveríamos ficar com a Ursa até descobrirmos mais sobre ela.

– Você está fazendo isso de novo – disse ele.

– O que eu estou fazendo?

– Você me ataca para evitar o problema com a Ursa.

– Quem evita o problema com a Ursa mais do que você? Você nos largou como se fôssemos gatos de rua com os quais não quisesse mais lidar! Só que eu sei que você teria tratado melhor os gatos.

Ele chegou perto, bem na cara dela.

– Foi uma coisa de merda isso que você disse!

– Foi uma coisa de merda isso que você fez.

– Eu tinha que fazer alguma coisa. Nós já estamos bem encrencados. Você não entende isso, Jo? Podemos ser detidos por sequestro e ir parar na prisão.

Ela manteve os olhos nos dele.

– Não foi por isso que você nos largou.

Ele não conseguia manter contato visual, o que revelou muito mais do que ele havia tentado esconder ao olhar para longe. Percebendo que ela estava ciente disso, ele se virou para ir embora.

Sem pensar, ela agarrou o antebraço dele.

– Não! – disse ela.

Ele a encarou, suas feições cuidadosamente esculpidas.

– Não *o quê*?

– Não se feche para mim. Nós precisamos conversar sobre o que está acontecendo entre nós.

A fachada isolada dele transformou-se em medo absoluto.

Pelo menos ele sabia do que ela estava falando.

– Não podemos ser honestos um com o outro?

Ele recuou, soltando o braço da mão dela.

– Eu fui extremamente honesto. Eu sou um fodido. Você sabe que eu não posso fazer isso.

– Você não é um fodido.

– Não? – Ele cruzou os braços em volta do peito. – Eu nunca estive com uma mulher. O quão fodido é isso?

– Inteligente – disse ela.

Ele descruzou os braços.

– O que é inteligente?

– Você me lembra a Ursa, sempre fortificando as muralhas da fortaleza, mesmo contra as pessoas que lutam ao seu lado.

– O que isso tem a ver?

– Você espera que eu fique chocada e desanimada com um cara de vinte e cinco anos que nunca esteve com uma mulher. Você disse isso para se livrar de mim, assim como usa a sua doença para me manter a distância.

Ele cerrou o maxilar e olhou de relance para a escada.

– Por favor, não fuja de mim agora.
– Nós temos que encontrar a Ursa – ele disse.
– Isso é mesmo tudo o que você tem a dizer?
– O que você quer que eu diga?

Ela observou o desenho da sepultura feito por Ursa. No retângulo escuro que envolvia a falecida, ela viu a caixa crematória vazia que anteriormente abrigava os restos mortais de sua mãe. Depois de realizar o último desejo dela, que era despejar suas cinzas na ondulação da espuma fria do Lago Michigan, Jo não conseguiu descartar a caixa, polvilhada com o pó claro do corpo de sua mãe. Ela ainda a tinha. Seu vazio estava sempre lá, escondido dentro dela, um vazio onde o amor de sua mãe estivera e, mais tangivelmente, onde as partes de seu corpo feminino estiveram.

Ele estava olhando para o túmulo com ela.

– Tenho tanto medo quanto você, sabe? – disse ela.

Ele ergueu os olhos do desenho para os dela.

– Lembre-se daquele sentimento que você descreveu como o "terrível esmagamento da humanidade" na sua alma. Talvez seja outra maneira de dizer que você tem medo de que as pessoas o machuquem se permitir que elas se aproximem.

Ele se manteve em silêncio. Mas como ele saberia como responder se nunca havia vivenciado intimidade?

– Quando você disse que nunca tinha estado com uma mulher, isso incluía beijos? – ela perguntou.

– Eu não sabia ficar com garotas no colégio. Eu tinha ansiedade social.

– Nunca beijou?

– Nunca.

Onde eles estavam, no alto da floresta escura, parecia um ponto de apoio, um pináculo de honestidade que finalmente haviam alcançado. Ursa os havia conduzido para onde ela queria, mas, a qualquer segundo, suas emoções instáveis poderiam desviá-los daquele pequeno ponto de equilíbrio. Ursa tinha que ser encontrada, certamente, mas Jo sabia que ela estava escondida com segurança e não corria nenhum perigo real. O único perigo do momento era que Jo – e Gabe – deixassem aqueles segundos passar sem os ver como Ursa os via, como seu próprio ajustezinho do destino em um universo vasto e milagroso, como um presente maravilhoso que ela estava oferecendo a eles.

Jo desligou a lanterna e colocou-a na escrivaninha ao lado dela. Ela puxou a lanterna da mão dele e a apagou. Ele se assustou, recuando na escuridão repentina.

– O que você está fazendo? – ele perguntou.

– Facilitando as coisas para você.

– Facilitando o quê?

– O seu primeiro beijo.

20

    Ela não teve problemas para encontrá-lo na escuridão. O corpo dele irradiava calor... e talvez medo. Ele recuou um pouco quando ela colocou as palmas das mãos no tórax dele. Ela deslizou as mãos pelo pescoço dele. A pele dele estava quente e úmida, como a noite de verão que os cercava. Ela passou as mãos pela barba dele e tocou seus lábios nos dele. Assim que ele pegou o jeito, ela se aproximou. Ele havia tomado banho antes de ir para a cama, mas o cheiro de seu corpo em forma, com tons de floresta e fazenda, sobrepujava a leve fragrância de sabonete.

– Adoro o seu cheiro.

– Verdade?

– Eu tenho um olfato estranhamente primitivo. – Jo deslizou as mãos sob a barra da camiseta dele e a levantou. Ela colocou o rosto junto da pele dele e respirou fundo. – Hummm...

– Jo...

Ela ergueu o rosto para o dele.

– O quê?

Ele tocou com sua boca na dela. Um beijo excepcional.

Depois que separaram os lábios, ela pressionou seu corpo contra o dele. Ele também queria isso, segurando-a com mais força. Eles se encaixaram com facilidade, como se seus corpos soubessem desse resultado e tivessem se preparado para isso desde o dia em que haviam se conhecido na estrada. Eles se fundiram na noite. Ela não tinha acreditado que a escuridão poderia ser tão boa novamente.

– Isso é esmagador demais para a sua alma? – ela quis saber.

– É a quantidade perfeita de esmagamento de almas – disse ele.

Mas Ursa estava lá com eles. Jo estava assombrada com o desenho da sepultura.

– Eu gostaria que pudéssemos fazer isso a noite toda – ela disse –, mas nós temos que encontrar a Ursa.

Ele se afastou dela, mas manteve uma das mãos em sua cintura.

– Acho que eu sei onde ela está. É o único lugar que resta para olharmos.

– Então é melhor que ela esteja lá.

Ele tateou em busca de uma lanterna. Jo encontrou uma primeiro e a ligou. Com frequência, um homem parecia diferente para ela após a primeira liberação de tensão sexual, como se ele ficasse de alguma forma mais suave, especialmente nos olhos, e ela se perguntou se Gabe a via de forma diferente. Ele estava olhando fixamente para algum lugar.

– Onde você acha que ela está?

– Na pequena cabana. O meu pai a construiu quando a nossa família ficou grande demais para caber toda na grande cabana. Os meninos da Lacey adoravam ficar lá fora sozinhos quando tinham idade suficiente para isso.

– A Ursa sabia disso?

– Eu mostrei a cabaninha para ela um dia. Temos sempre que manter o cérebro daquela garota estimulado.

– Com certeza.

Ele segurou a mão dela no caminho para a escada, soltando-a com relutância enquanto liderava o caminho para baixo. Eles desceram da atmosfera vertiginosa das copas das árvores para a terra fofa da floresta.

– Por aqui – disse ele.

Eles passaram pela placa "Casa do Gabe" e viraram para uma nova trilha. Depois de alguns minutos, Jo viu a pequena cabana sob a luz da lanterna de Gabe. A estrutura rústica de telhado de zinco a lembrava de uma cabana de acampamento de verão. Era feita de telhas de cedro sem pintura e elevada a cerca de um metro do solo em postes de madeira.

– Isso é lindo – disse ela. – Quem diria que um professor de literatura seria tão bom em construir coisas?

– Arthur Nash era o que chamaríamos de um homem da Renascença. Ele poderia fazer qualquer coisa.

Ela o seguiu pela escada de madeira acima até uma varanda telada com duas cadeiras de balanço voltadas para o bosque. Ele abriu lentamente uma porta de madeira, suas dobradiças enferrujadas gemendo por falta de uso. A porta dava para uma pequena área aberta com uma mesa e cadeiras, atrás da qual havia dois dormitórios. Gabe iluminou o quarto esquerdo, enquanto Jo olhava para o direito.

– Aqui – disse Gabe. Jo foi até ele e viu Ursa encolhida de lado na parte inferior de um beliche. Ela ainda estava com o pijama de estampa floral azul que usou para dormir e havia trazido a manta do sofá da varanda para usar como travesseiro. Suas pálpebras tremiam em um estado de sonho.

– Não diga nada sobre o desenho do túmulo – sussurrou Jo. – Não esta noite.

Ele assentiu.

Jo apagou a luz e sentou-se na beirada da parte inferior do beliche. Ela acariciou o cabelo de Ursa.

– Vamos, Grande Ursa, acorde – disse ela.

Os olhos castanhos comoventes de Ursa se abriram, e suas primeiras palavras sonolentas confirmaram a estratégia por trás de sua fuga.

– O Gabe está aqui?

– Estou – disse Gabe. Ele se aproximou de Ursa, mantendo a lanterna longe dos olhos dela. – A Jo e eu decidimos que você tem que dormir em uma jaula de cachorro trancafiada de agora em diante.

Ursa se sentou direito.

– Não, não tenho, não.

– Você vai se acostumar com isso.

Ela sorriu sonolenta.

Ele se agachou na frente dela do mesmo modo como tinha feito na noite em que ela se perdeu no riacho.

– Suba nas minhas costas que eu vou levar você para casa.

– É muito longe para carregá-la – disse Jo.

– Então vou levá-la até o seu carro e vou para casa com vocês.

– Você vai? – perguntou Ursa.

– É. Suba a bordo. O Expresso Gabriel está saindo.

Ursa subiu nas costas dele.

– Olhe quem está dando trela para ela agora – Jo murmurou. – Como foi que isso aconteceu?

Ele carregou Ursa porta afora, um sorriso disfarçado aparecendo sob sua barba. Jo pôs a manta nos braços e os seguiu. Quando eles chegaram ao carro, Gabe colocou Ursa no banco de trás e sentou-se ao lado dela.

– Você tem certeza de que pode deixar a sua mãe? – perguntou Jo. – E se ela tiver de ir ao banheiro?

– Ela ainda consegue fazer isso sozinha, graças a Deus. Mas o equilíbrio dela está piorando, e ela se recusa a usar o andador que a Lacey comprou.

Jo olhou para ele pelo espelho retrovisor quando começou a dirigir. Ursa estava aninhada junto ao peito de Gabe, e ele estava com os braços ao redor dela. Ela odiava ter de parar de olhar para ele, mas precisava enfrentar a estrada esburacada à frente.

– Droga – disse ela quando o chassi raspou no fundo. – A sua estrada está arruinando o carro da minha mãe.

– Este carro era dela? – ele perguntou.

– Sim. – Jo dobrou à esquerda na Rodovia Turkey Creek e dirigiu até a propriedade dos Kinneys, onde Ursinho, trancado na varanda telada, latia ruidosamente.

Gabe carregou Ursa para dentro da casa. Ele tentou deitá-la no sofá, mas ela se sentou.

– Você tem que dormir – disse ele.

– Não vá embora – pediu ela.

– Eu vou ficar bem aqui. Vá dormir.

Ele a cobriu com um cobertor enquanto ela colocava a cabeça no travesseiro. Jo manteve a casa às escuras, acendendo apenas a luz do fogão.

– Por que você está legal de novo? – Ursa perguntou a ele.

– Eu sou sempre legal – disse ele.

– Às vezes não é, não.

– Feche os olhos.

Ele se sentou na beirada do sofá, descansando o braço sobre Ursa enquanto ela adormecia. Jo se sentou na cadeira ao lado deles. Quando a respiração de Ursa se tornou profunda e regular, Gabe apontou para a porta da frente. Eles saíram do chalé frio para a floresta abafada.

– Vou levar você de carro para a sua casa – disse Jo.

– Prefiro ir andando – disse ele.

– Precisa gastar a energia do primeiro beijo?

– É disso que se trata? Para gastar tudo, eu teria que andar uns cinquenta quilômetros.

– A mesma coisa comigo. Talvez um selinho de boa noite ajude. – Ela colocou os braços em volta dele e deu-lhe mais do que um selinho.

– Acho que piorou tudo. – Ele a abraçou, olhando para a casa por cima do ombro. – É tão estranho eu adorar vir aqui agora. Eu costumava odiar esta casa. Fazia anos que não olhava para ela, até aquele dia em que você me pediu para trazer os ovos.

Jo saiu dos braços dele.

– Por que a odiaria? Achei que você fosse próximo dos Kinneys, não?

– Na verdade, não.

– Você disse que George Kinney lhe ensinou sobre insetos aquáticos.

– Ele fez isso.

– Bem, a sua mãe obviamente gosta dele, então devia ser o seu pai que não gostava dele.

– O Arthur e o George tinham uma estranha relação de amor e ódio.

– Por quê?

– O Arthur tinha o tipo de inteligência confiante que sempre exibia. Ele tinha que ser o cara mais inteligente da sala, aquele que tinha a última palavra brilhante sobre qualquer assunto. O George é tão inteligente e confiante quanto ele, mas de uma forma tranquila. Não sei como ele está agora, mas, quando eu era criança, o George Kinney era... era como se ele conhecesse os verdadeiros mistérios do universo, mas era muito relaxado para se preocupar em compartilhá-los.

– As águas calmas são profundas?

– Definitivamente, e a confiança silenciosa do George incomodava o Arthur, que tentava miná-lo com uns golpes desleais disfarçados de piada. Por exemplo, ele costumava dizer que o George era um "catador de insetos" na Universidade de Illinois, enquanto ele era um estudioso de literatura na Universidade de Chicago.

– Nossa, coitado do George.

– Você não precisa sentir pena dele. O George passava ileso por isso. Ele ria junto, e o Arthur acabava parecendo um babaca. De alguma forma, o George sempre teve a vantagem. O Arthur dominava as situações sociais com histórias engraçadas e discussões intelectuais, e então havia o George, silenciosamente reunindo as pessoas mais inteligentes da sala com suas poucas palavras cuidadosamente selecionadas.

– Ele não precisava se esforçar para isso.

– Exato.

– É por isso que o seu pai e o George deixaram de ser amigos?

– Eles foram amigos até o dia em que o Arthur morreu.

– Então por que você odiava esta casa?

Ele contemplou pensativamente a floresta.

– Você já viu o antigo cemitério entre estas duas propriedades?

– O que... você achava que o cemitério era assombrado quando você era pequeno?

Os lábios dele se torceram em um sorriso irônico.

– Sim, devo dizer que é assombrado.

– É mesmo? Qual é o nome do fantasma?

O sorriso dele desapareceu.

– Pegue a sua lanterna, e eu mostro para você.

21

Jo precisava dormir, mas ela tinha que descobrir o que havia causado a mudança de humor enigmática de Gabe. Ela foi checar como Ursa estava na sala e pegou uma lanterna, ligando-a ao encontrar Gabe na calçada.

– Por aqui – disse ele, levando-a em direção à floresta. Ursinho os seguiu abanando o rabo, pronto para um passeio mesmo àquela hora tardia.

Gabe iluminou o lado oeste da entrada de carros de cascalho.

– Já faz um tempo, mas acho que a entrada é por aqui.

Eles abriram caminho empurrando a vegetação densa na beira da entrada de automóveis. Mas, uma vez que estavam mais fundo, a floresta se abriu e ficou mais fácil andarem por ela.

– Os meus pais e eu vínhamos aqui pelo menos um fim de semana por mês durante o ano letivo, e ficávamos na maior parte do verão – Gabe disse enquanto caminhavam. – O George e a Lynne, a esposa dele, não visitavam a propriedade deles com tanta frequência, mas estavam sempre por perto quando eu era criança.

Após uma breve pausa, ele disse:

– Quando eu tinha onze anos, percebi que a minha mãe e o George tinham uma piada interna estranha. A minha mãe quase sempre começava. Ela usava as palavras *esperança* ou *campos* quando falava com ele.

– Não tenho certeza se entendi o que você quis dizer.

– Ela dizia *Só podemos ter esperança* em resposta a algo que George havia dito, ou *Veja aquele pôr do sol nos campos*.

– Que bizarro – murmurou Jo.

– Sim, isso me intrigava. – Ele e Jo pisaram em um tronco juntos. – Fez com que eu prestasse mais atenção neles. A maioria dos adultos não percebe que as crianças estão ouvindo ou o quanto elas entendem.

– Com certeza.

Gabe parou de andar e direcionou a luz para a frente e para trás para se orientar. Ele seguiu em direção a um afloramento rochoso à esquerda.

– Então, quanto mais eu espionava os dois, mais via que isso me incomodava.

– Oh-oh.

– Sim, oh-oh. Quando eu tinha doze anos, estava convencido de que eles estavam tendo um caso. Naquele verão, eu estava no riacho olhando insetos com o George, e ele comentou que estava cansado porque havia tido insônia na noite anterior.

– E daí?

– A minha mãe costumava ter insônia, e ela dizia que a única coisa que resolvia era sair para dar uma longa caminhada.

– Isso dificilmente seria prova de que eles tinham um caso.

– Eu sei. Mas, algumas poucas semanas depois, eu explorei um novo pedaço de floresta entre a propriedade dos Nashs e a dos Kinneys. Eu sempre pegava a estrada, geralmente de bicicleta, quando ia para a casa dos Kinneys.

– Você estava aqui, neste bosque?

– Estava, e foi nisto que eu tropecei. – Ele apontou a luz para a esquerda, iluminando um aglomerado de lápides. – No século XVIII, havia uma igrejinha aqui, e algumas pessoas foram enterradas no cemitério dela antes que fosse queimada em 1911.

Eles caminharam até os túmulos, com Gabe iluminando a lápide mais alta. Era uma cruz feita de pedra branca gasta que imediatamente trouxe o desenho de Ursa à mente. Tinha sido desgastada pelo tempo, mas ainda era legível. As letras gravadas no meio da cruz diziam: *"Esperança Campos, 11 ago. 1881 – 26 dez. 1899"*.

– *Esperança Campos* – disse Jo.

– Entende a conexão?

– Sim, mas tem certeza de que se trata de uma conexão? Talvez seja uma coincidência.

– Eu pensei nisso, mas concluí que tinha que estar ligado à piada interna da minha mãe com o George.

– Era aqui…? – Ela odiava dizer isso.

– Onde eles se encontravam?

– Era?

– Eu estava determinado a descobrir – disse ele. – O George e a Lynne chegaram uma semana e meia depois que eu encontrei este lugar, e, como sempre, vieram para a cabana para beber e jantar. Eu fiquei ao alcance do que o George e a minha mãe diziam a noite toda, mas não ouvi o que estava esperando até o George e a esposa dele irem embora. A minha mãe e o George saíram antes do meu pai e de Lynne. Eu fui sorrateiramente para fora e me sentei na cadeira de balanço da varanda para ouvir os dois. O George disse algo sobre como estava quente, e a minha mãe disse: *Tenho esperança de que chova esta noite.* O George sorriu, mas não disse nada. *Você não ama quando temos tempestades nos campos?*, a minha mãe disse, e o George respondeu: *Sim.*

– Então você achou que esse era o código para eles se encontrarem nesta lápide?

– Claro que sim.

– Tudo soa infantil demais. Tem certeza de que o caso deles não foi arquitetado pela sua mente hiperativa de doze anos?

– Eu fiquei de olho nos dois.

– Como?

– Eu montei a minha barraca no bosque lá embaixo, na ravina. Naquela época, a cabana e a casa na árvore eram muito sem graça para mim.

– Você saiu furtivamente da barraca e veio até aqui?

– Eu não precisei disfarçar. Os meus pais me deixavam andar por estas propriedades o quanto eu quisesse. – Ele iluminou uma pilha de grandes pedras próximas. – Essas pedras provavelmente foram escavadas desde a fundação, quando construíram a igreja. Foi aí que eu fiquei vigiando os dois. – Ele caminhou até as pedras, e Jo o seguiu. – Está vendo que boa vista eu tinha?

– É verdade. Conte o que aconteceu. O suspense está me matando.

– Eu cheguei logo depois do pôr do sol e esperei. Eu tinha trazido água, salgadinhos e um livro de palavras cruzadas porque sabia que teria dificuldade para ficar acordado.

– Palavras cruzadas enquanto espionava se a sua mãe estava ou não tendo um caso?

– O meu pai e eu adorávamos palavras cruzadas. Eu era um grande *nerd*.

– Conte o que aconteceu!

– Faltando cinco minutos para a meia-noite, eu vi uma lanterna vindo da direção da minha cabana. Era a minha mãe. Ela estava levando um cobertor e usando um vestido florido do qual eu sempre gostei.

– Ai, meu Deus.

– Ela estendeu o cobertor sobre o túmulo da Esperança e olhou em direção à propriedade dos Kinneys. Cerca de cinco minutos depois, outra luz se aproximou, vinda do lado dos Kinneys da floresta. A minha mãe colocou a luz no chão para ela ser refletida na cruz branca. O George Kinney apareceu segurando um velho lampião a querosene. Ele pôs a lanterna no chão, e eles se beijaram.

– Nossa, Gabe, eu sinto muito...

Ele não a ouviu. Estava com o olhar fixo na cruz branca.

– A minha mãe disse *O fantasma da Esperança sentiu a nossa falta* enquanto abria a calça dele, e o velho George mostrou tanta emoção quanto eu jamais tinha visto nele.

– O que você fez?

– O que eu poderia fazer? Fiquei parado. Um movimento e eles me ouviriam esmagando folhas e galhos. Tudo o que eu pude fazer foi assistir àquilo. – Ele olhou para a cruz novamente. – Eu aprendi muito sobre sexo naquela noite. Eles fizeram praticamente tudo o que se pode fazer.

Jo segurou a mão dele.

– Vamos embora!

– Você não ouviu a melhor parte – disse ele, em um tom sarcástico que não soava como ele. – Depois eles conversaram. No início, não disseram nada muito interessante. Mas então o George falou: *Você sabia que o Gabe e eu tiramos amostras do riacho novamente? O apetite dele pelo mundo natural é insaciável.* A minha mãe disse: *Tal pai, tal filho, não é? Estou tão feliz que você possa passar um tempo com o seu filho.*

Jo tentou segurá-lo, mas era como se o corpo dele fosse de madeira. Ele não tirava os olhos da cruz. Ela tentou desviar o rosto dele com a mão, mas ele não se mexeu.

– Acontece que todo mundo sabia – disse ele. – Sou a cara dele. Foi por isso que eu deixei crescer a barba, para não ter que ver esse homem refletido no espelho todos os dias. Eu não vejo o meu rosto desde que deixei crescer uma barba cheia... desde os meus dezesseis anos.

– O seu pai sabia?

– Ele tinha que saber. O caso deles era óbvio. Eu descobri isso aos doze anos, embora não soubesse nada sobre coisas do gênero. E, como eu disse, sou uma réplica do George. A única pessoa que provavelmente não sabia era a Lynne, esposa do George. Ela não era a pessoa mais brilhante do mundo, e acho que essa é parte da razão pela qual George foi atrás da minha mãe. A Katherine é inteligente, mas muito ardilosa. A Lacey é muito parecida com ela.

– A Lacey sabe?

Por fim, ele olhou para ela.

– Claro que sim. É por isso que ela me odeia. Ela tem o rosto do nosso pai, o queixo e o nariz pesados, e eu tenho as feições regulares do George. Naquela noite, eu descobri por que ela me torturava desde que eu era um bebê.

– Tenho certeza de que tem mais coisa por trás disso do que parece.

– Sim. Eu sou prova dos fracassos de Katherine e Arthur. A Lacey reverenciava o pai dela e odiava que ele continuasse amigo do George mesmo depois de esse "amigo" transar com a esposa dele. Foi doloroso ver que criatura lamentável o Arthur era.

– Você já conversou com ela sobre isso?

– Esta noite é a primeira vez que conto isso para alguém.

– Você não contou isso ao seu psicólogo quando teve o colapso nervoso?

– Por que eu faria isso?

– Para ajudar você a aceitar o que aconteceu. Antes de saber que o George era seu pai, você gostava dele. Ele e a sua mãe nunca quiseram que você visse o que viu.

– Mas eu vi! Sabe que, quando finalmente acabou, eu vomitei? Não saí da cama por dois dias inteiros. Eles não conseguiam descobrir por que eu não estava com febre.

– Então foi aí que começou.

– O quê?

– A usar a sua cama para fechar o mundo do lado de fora quando algo o incomoda.

Ele ficou olhando para ela com os olhos "parecendo trovões", como Ursa havia dito.

– Talvez tudo tenha a ver com aquela noite – disse ela.

– Certo, e você nunca teve câncer. Você cortou os seios fora só para se sentir infeliz.

– Gabe!

– Viu como é? – Ele saiu andando.

– Não estou dizendo que você não tenha depressão – disse ela às costas dele. – Eu estava falando sobre a causa. A depressão pode vir da genética, do ambiente ou dos dois.

Ele continuou andando.

– Eu não acredito! Você está fazendo isso de novo. Foi por isso que você me trouxe aqui e me contou essa história, para ter outro motivo para eu me afastar de você?

O corpo dele desapareceu entre as árvores, o brilho da lanterna esvanecendo-se com ele. Ela caminhou até o túmulo de Esperança Campos e iluminou a cruz com a lanterna. Esperança morrera aos dezoito anos, um dia depois do Natal, pouco antes do início de um novo século. Não dava para ser mais triste do que isso. O túmulo era um lugar estranho para encontrar um amante.

Mas talvez não fosse. Katherine era poeta. Ela poderia ter visto isso como uma metáfora, uma renovação da esperança e da juventude, depois de abrir mão de muitos sonhos em prol de seu casamento e de seus filhos.

Jo movimentou a luz da lanterna sobre mais lápides desbotadas, espantada com a quantidade de mortos que eram bebês e crianças, muitas vezes enterrados ao lado dos pais que os viram morrer. Talvez Katherine estivesse prestando homenagem a eles. Gabe pode ter sido concebido ali mesmo, com o fantasma de Esperança vendo.

Jo caminhou de volta para a casa de George Kinney e foi seguida por Ursinho. Eram três e quarenta quando chegou, e Ursa dormia profundamente. De jeito nenhum Jo poderia se levantar dentro de uma hora. Ela não programou o alarme.

Quando tentou dormir, seus pensamentos giraram loucamente em torno de tudo o que havia acontecido nas últimas horas. Às quatro e meia, ela estava delirando. Precisava desesperadamente dormir e aliviar seus pensamentos. Pensamentos sobre os túmulos e a mulher enterrada de Ursa obscureceram sua intimidade com Gabe na casa da árvore. Tudo estava errado. Ela não deveria ter beijado Gabe. Não deveria ter deixado Ursa ficar. Por que deixou que tal confusão interferisse em sua pesquisa?

22

– Jo?

Ursa ficou parada ao lado dela, ainda de pijama. Jo pegou o telefone e viu que horas eram: 9h16!

– Você está doente? – Ursa perguntou.

– Não – respondeu Jo. – Você acabou de se levantar?

– Sim.

– Você devia estar tão cansada quanto eu.

– Onde está o Gabe?

– Em casa.

– Ele disse que ia ficar aqui.

– Ele não pôde ficar. Ele tem que cuidar de tudo na casa dele. Você sabe que a mãe dele está doente.

– A gente vai ver o Gabe hoje?

– Não sei.

Jo se levantou, fez café e preparou o café da manhã. Elas só saíram de casa às 10h20. Ela diminuiu a velocidade do Honda quando viu Gabe parado no meio da Rodovia Turkey Creek. Ele tinha um ancinho de metal nas mãos enluvadas, e suas roupas estavam encharcadas de suor. Gabe ergueu os olhos, surpreso ao vê-las. Jo parou o carro, e seus olhos foram atraídos para a entrada de carros chocantemente branca, com a sujeira e os sulcos cobertos por uma espessa camada de cascalho branco novo. Ela abriu a janela.

— Você está começando tarde hoje — disse ele, passando a manga da camisa pela testa molhada. — Achei que estivesse fora.

— Eu precisava dormir um pouco mais.

— Sei como é. — Ele gesticulou com o queixo em direção à sua estrada. — O que você acha?

— Você fez tudo isso nesta manhã?

— O entregador fez um pouco. Eu ajeitei tudo e aparei as árvores.

— Você precisa de um novo sinal de "Não ultrapasse" para acompanhar as melhorias.

— Ou uma placa de "Boas-vindas" — disse ele, olhando rapidamente para os olhos dela. Ele olhou para Ursa, que estava no banco de trás. — Ei, coelhinha foragida, como você está?

— Bem — disse Ursa. — Gostei da sua estrada.

— Você tem que experimentar fazer isso um dia.

— A gente pode jantar com o Gabe esta noite? — Ursa perguntou a Jo.

Os olhos de Jo e de Gabe se encontraram.

— Desculpe por ter fugido — disse ele, inclinando-se mais para perto delas.

— Peço desculpas também... pelo que falei.

— Não precisa se desculpar. — Ele recuou e colocou as mãos enluvadas no cabo do ancinho. — Então, jantar?

— Vamos voltar tarde, porque eu tenho que recuperar o atraso.

— Eu posso comer só um pouco com a minha mãe. — Quando Jo não respondeu imediatamente, ele recuou ainda mais. — Avise se você quiser. É melhor vocês irem.

Jo acenou com a cabeça e colocou o carro em movimento. Elas trabalharam nas margens ribeirinhas de North Fork e Jessie Branch. Summers Creek foi o próximo, mas uma tempestade de fim de tarde havia escurecido o céu a oeste quando elas chegaram lá.

– Está parecendo o dia em que a gente veio aqui com o Gabe – disse Ursa.

– Eu sei. Dizem que um raio não cai duas vezes no mesmo lugar, mas não vou arriscar. – Jo tirou o Honda da vala.

– Aonde estamos indo?

– Para casa. Essa tempestade parece ameaçadora.

A tempestade caiu enquanto elas voltavam para o chalé dos Kinneys. Jo teve que encostar porque não conseguia ver a estrada com o aguaceiro. Ursa amou aquilo. Enquanto esperavam, Jo a ensinou a contar os segundos entre o relâmpago e o trovão para estimar a distância do centro da tempestade.

Elas chegaram à Rodovia Turkey Creek às quinze para as cinco, quando o tempo pesado ficou limpo. Como era de se esperar, enquanto elas estavam chegando perto da propriedade dos Nashs, Ursa começou com suas súplicas.

– Nós vamos jantar com o Gabe? Ele disse que era para a gente falar com ele sobre isso.

Jo parou o carro e contemplou as boas-vindas brancas e brilhantes do cascalho em sua entrada de carros. Ele estava enviando uma mensagem clara. Mas o status do relacionamento deles estava longe de ser transparente. E, se quisesse ir mais longe, ela teria que enxergar seu caminho pelo menos um pouco melhor. Ela virou o Honda na pista abaixo.

– Yuhuu! – disse Ursa.

O trajeto até a cabana levou menos da metade do tempo que levava com todos os sulcos.

– Abaixe-se – disse Jo, antes de parar ao lado da caminhonete de Gabe.

– Por quê? – perguntou Ursa.

– Você sabe por quê. Não quero que a Katherine veja você. Ela pode mencionar isso para a Lacey.

Ursa se encolheu embaixo da janela.

– Volto em cinco minutos – disse Jo.

– Tudo isso?

– Fique abaixada.

Ela subiu a escada da varanda e bateu à porta. Gabe respondeu, liberando um aroma de rosbife da casa. Ele estava usando o avental rosa novamente.

– Posso dar um beijo no cozinheiro? – ela disse.

Ele sorriu, mas olhou ansiosamente para trás antes de deixá-la beijar seus lábios.

– Acho que a tempestade trouxe você para casa mais cedo – disse ele.

Jo assentiu.

– Estávamos em Summers Creek quando a vimos pela primeira vez.

– Não me admira que vocês tenham voltado.

– Você comeu? – ela perguntou.

– Eu estava preparando o jantar, mas posso passar na sua casa depois.

– Está ótimo. Você gosta de *mahi-mahi* grelhado? Estou preparando para Ursa experimentar nesta noite.

– Adoro.

– A sua mãe está na cozinha?

– Está, por quê?

– Eu quero dizer oi para ela.

– Você realmente não precisa fazer isso – disse ele, bloqueando a porta com o corpo.

Ela passou por ele e entrou na casa. A mãe dele estava sentada à mesa da cozinha e sorriu ao ver Jo.

– Como você está, Katherine? – perguntou Jo.

– Bem – ela respondeu. Com um olhar inquisitivo, analisou as roupas de campo e o cabelo bagunçado de Jo. – Como está indo a sua pesquisa sobre os pássaros?

– Bem. O Gabe disse que saiu comigo um dia desses? Ele até encontrou um ninho.

– É mesmo?! – ela indagou, surpresa, olhando para Gabe.

Gabe fez um movimento evasivo quando Jo esticou a mão para tocar nele, mas ela o capturou pela cintura antes que ele fugisse.

Os olhos azuis brilhantes de Katherine se aguçaram.

– Posso pegar o seu filho emprestado esta noite? – Jo perguntou. – Eu o convidei para jantar.

– Oh… sim… Tudo bem – disse ela.

Jo beijou o rosto de barba cerrada de Gabe.

– Você pode estar lá por volta das seis?

– Claro – disse ele, tenso, ciente de que sua mãe observava atentamente cada gesto de intimidade de Jo. Quando Jo o soltou, ele foi correndo para o fogão e se ocupou com uma panela fervendo.

– Tenho outro pedido a lhe fazer, Katherine – disse Jo –, e espero que não pareça insistente demais.

Gabe se virou, com uma expressão de pânico estampada no rosto.

– O Gabe me disse que você escreve poesia...

– Ora, por que você faria uma coisa dessas? – ela disse a Gabe.

– Eu adoraria lê-las – disse Jo. – Você tem exemplares dos seus dois livros que eu possa pegar emprestados?

O tremor nas mãos de Katherine piorou, como se fosse causado por sua agitação.

– Acho que ele fez com que elas soassem melhor do que são.

– Como bióloga, serei totalmente acrítica. Eu só gosto da ideia de ler poesia que tenha raízes neste lugar. Você já escreveu sobre a natureza do sul de Illinois?

– De fato, eu fiz isso, sim – disse ela. – Há até alguns pássaros em meus poemas. Uma é sobre um ninho que encontrei.

– De que tipo?

– De cartaxo.

– Adoro cartaxos. Encontrei um ninho deles no mês passado.

– Bem, já é alguma coisa, não? – Ela disse a Gabe: – Você sabe onde estão os exemplares extras. Pegue um de cada para ela.

Depois que ele saiu da sala, Katherine perguntou:

– O que aconteceu com aquela garotinha que costumava aparecer?

– Ela ainda vai e vem – disse Jo.

Gabe voltou e entregou a Jo dois livros de capa mole: um intitulado *Criatura silêncio*, e o outro, *O fantasma da esperança*. Ele observou Jo para ver como ela reagia ao segundo título.

– Obrigada – disse ela.

– Pode ficar com eles – disse Katherine. – Ninguém os quer, muito menos eu.

– Bem, nós sempre somos os nossos piores críticos, eu acho. É melhor deixar você voltar para o jantar antes que algo queime. Tenha uma boa noite, Katherine.

– Você também – disse ela.

Gabe a acompanhou até a porta.

– Eu sei o que você está fazendo, sua sorrateira – disse ele, assim que saíram.

– O quê?

– Você a está trazendo para o seu canto.

– Se é um ringue de boxe, quem são os dois lutadores?

Ele ponderou sobre a pergunta dela.

– Sabe, não tenho certeza... porque você é tão ardilosa quanto ela.

– Por que os homens costumam chamar as mulheres inteligentes de *ardilosas*?

– Ok, você é tão *inteligente* quanto ela.

Ela o beijou.

– Guarde essa conversa sexy para depois.

23

Gabe levou as sobras de couve-flor com molho de queijo para o jantar.

– Não quero eca-flor! – exclamou Ursa. – A Jo me fez comer isso ontem à noite!

– Esta tem queijo derretido – disse ele –, e o queijo derretido faz qualquer coisa, até mesmo terra, ter um sabor delicioso.

– Posso comer terra em vez disso?

– Eu amo mulheres com a inteligência afiada – ele respondeu. – Embora eu esteja muito em desvantagem numérica em relação a elas ultimamente. – Ele colocou a tigela de couve-flor na mesa da cozinha. – Como posso ajudar?

– Você já preparou um jantar inteiro – disse Jo. – Você vai sair para o calor escaldante, fortemente intensificado pelo fogo, e desfrutar de uma cerveja gelada e canapés com a Ursa. Só que a Ursa não pode tomar cerveja. – Ela entregou um prato de bolachas de água e sal com cheddar para Ursa.

– Eu preparei isso – falou Ursa.

– Parecem ótimas – Gabe elogiou.

Jo tirou uma cerveja da geladeira, abriu-a e colocou-a na mão dele.

– Vão lá para fora. Vou começar a grelhar em alguns minutos.

– A Jo está querendo me fazer comer uma coisa chamada *mahi-mahi* – Ursa disse, enquanto eles dois saíam pela porta dos fundos.

– Já ouvi falar disso... acho que são lagartas gigantes – Gabe falou, fechando a porta.

Jo temperou manteiga derretida e levou-a para fora junto com os espetos de peixe e legumes. Ela colocou os espetos sobre o fogo primeiro. Quando eles estavam quase terminando de cozinhar, ela colocou os filés de *mahi-mahi*, regando-os com manteiga enquanto grelhavam. Apesar do calor, eles comeram lá fora, sentados nas cadeiras de praia gastas, que provavelmente datavam da época da ocupação da casa pelos Kinneys.

– Eu li alguns poemas da sua mãe depois que tomei banho – Jo disse, enquanto terminavam de comer.

– De que livro?

– *Criatura silêncio*. Eu quero ler tudo em ordem cronológica.

– É o único que li. Saiu dois anos antes de eu nascer.

– Você nunca leu nenhum dos poemas do *O fantasma da esperança*?

– Não. Ele foi publicado quando eu tinha treze anos... apenas um ano depois...

– Depois do quê? – perguntou Ursa.

– Depois que eu descobri o sentido da vida – disse ele.

Ursa o analisou, tentando entender o que ele quis dizer com aquilo. Ela era como Gabe quando criança, altamente sintonizada com todas as nuances do comportamento adulto. Tentar manter em segredo o romance que estava nascendo seria inútil. Certamente ela já havia percebido a diferença neles.

– Nossa, um prato limpo – Jo disse a ela. – Até a couve-flor acabou.

– O queijo deixou tudo mais comível – a menina falou. – Você deveria fazer isso quando for preparar eca-flor.

– Obrigada – Jo disse a Gabe. – Você estabeleceu um patamar muito alto para as minhas habilidades culinárias simplistas.

– De nada. Mas vou colocar a mão no fogo pela sua comida simples. O peixe estava delicioso.

– Posso ir pegar os *marshmallows*? – Ursa perguntou.

– Vamos esperar um pouco – respondeu Jo.

Ursa relaxou na cadeira.

– Eu queria perguntar uma coisa a você – Jo disse a ela.
– Sobre o quê?
– Na noite passada, quando o Gabe e eu estávamos procurando você, nós fomos olhar na casa na árvore e encontramos alguns dos seus desenhos.
Ursa continuou relaxada, a expressão dela impassiva.
– No desenho da sepultura, quem estava enterrada embaixo da sujeira?
– Uma pessoa morta – Ursa disse.
– Sim, mas quem?
Ela se sentou.
– Era eu.
– Você? – Gabe disse.
– Quero dizer, este corpo. Eu tomei o corpo de uma menina morta, lembram?
Jo e Gabe esperaram mais explicações.
– Eu me senti mal por tomar o corpo. Eu sabia que as pessoas neste planeta deviam ser enterradas, então eu fiz isso. Eu fiz o desenho e então eu enterrei a menina e coloquei uma daquelas coisas em cruz sobre ela, como a gente vê nos cemitérios.
– Por que o desenho diz: "Eu amo você" e "Sinto muito"? – Jo perguntou.
– Porque eu a amo. É por causa dela que eu tenho um corpo. E eu disse sinto muito porque ela nunca tinha sido enterrada.
Gabe olhou para Jo e ergueu as sobrancelhas.
– Quem você achou que fosse? – Ursa perguntou.
– Alguém do seu passado – Jo respondeu.
– Eu não tenho passado neste planeta. – Ela se levantou da cadeira. – Posso tomar mais leite?
– É claro – Jo disse.
– Ela deu uma resposta plausível – Gabe falou, depois que Ursa entrou na casa.
– Eu a achei nervosa quando perguntei.
– Ela é esperta demais para cair em contradição mesmo quando comete um erro.
– Bem, preciso que ela fale antes de eu ir embora.

– Quando será isso?

– Em mais ou menos um mês, no início de agosto.

– Merda – praguejou ele.

– Eu sei. Começar isso foi masoquismo, né?

– Por falar *nisso*... – Ele se inclinou sobre ela e a beijou. – Não vejo a hora de fazer aquilo. Você estava muito atraente enquanto se matava de trabalhar sobre o fogo.

– Você é um verdadeiro homem das cavernas.

– Sem dúvida.

Eles se beijaram novamente.

– Você nunca vai conseguir tirar esse cheiro de peixe da sua barba – ela disse.

– Como uma mulher das cavernas, você não deveria ligar para isso.

– Eu não sou uma mulher das cavernas.

– Você não gosta de barba?

– Na verdade, não. Eu amo um rosto recém-barbeado.

Ele passou a mão na barba.

– Eu poderia apará-la.

– Você poderia raspá-la.

– Não.

– Sente-se – ela disse.

– Por quê?

– Sente-se.

Ele se sentou exatamente quando Ursa saiu com seu leite.

– Se você não a raspar, eu mesma faço isso – Jo disse. E, antes que ele pudesse se levantar, ela se sentou de lado no colo dele.

– Jo, o que você está fazendo? – Ursa perguntou.

– Estou fazendo o Gabe de refém. Traga uma tesoura e uma lâmina do banheiro para mim.

– Por quê?

– Você e eu vamos raspar a barba dele.

– Sério? – Ursa perguntou.

– Não – Gabe disse.

– Você não acha que ele vai ficar bonito? – Jo perguntou.

– Eu não sei... – Ursa respondeu.

– Viu só? – ele disse.

– Mas eu quero! – Ursa exclamou. – Vai ser divertido!

– Ursa! Você deveria ficar do meu lado – ele rebateu.

– Vou pegar as coisas! – Ela correu até a porta, o leite espirrando todo na mão.

– Vou precisar daquela espuma de barbear que alguém esqueceu embaixo da pia! – Jo gritou para ela. – E de uma tigela com água morna!

– Jo, pare...

– Pare você. Você disse que não vê o seu rosto desde que começou a deixar a barba crescer.

– Você sabe por quê.

– Você não acha que está na hora de parar de se esconder de quem você é?

– Eu não quero ver a cara dele todo dia.

– Você não é ele. De qualquer forma, o seu rosto tem muito da sua mãe, também. Os seus olhos são iguais aos dela.

– Eu sei. Tentei deixar a barba crescer por cima deles, mas a tentativa não deu certo.

Ela alisou os pelos abaixo dos olhos dele com os dedos.

– Quase deu. – Ela o beijou com suavidade. – Por favor, deixe-me fazer isso. Se você odiar, pode deixar crescer de novo. – Ela o beijou novamente. – Você não quer ficar irresistível para mim?

– Como o George?

– Eu já vi o George. Ele não faz o meu tipo.

– Onde você o viu?

– No Departamento de Biologia. Ele é um professor emérito; aposentado, mas ainda faz pesquisas.

– Faz sentido. Ele vai fazer pesquisas até o dia em que morrer.

– O meu orientador disse isso sobre ele. Ele é uma lenda entre os entomologistas.

– É, e por aqui também.

Jo segurou a barra da camiseta dele e a levantou.

– Você vai raspar o meu peito também?

– Não, eu gosto de cabelo no peito. Mas você vai precisar tirar isto, senão vai ficar molhado.

Ele deixou que ela puxasse a camiseta por cima da cabeça. Ela a jogou na cadeira e colocou as mãos nos músculos peitorais dele.

– Que beleza – ela disse. – Você tem mais aqui em cima do que eu.

– O seu corpo é lindo.

Ela saiu de cima do colo dele.

– Mas é, você sabe.

– É, as cicatrizes mostram quão corajosa eu sou e blá-blá-blá...

– Eu não ia dizer isso.

– Não importa o que você diga, eu não vou acreditar. Você também poderia não dizer nada.

– Isso não é justo.

– Não diga...

Ursa saiu, a espuma de barbear pressionada no peito dela enquanto ela segurava uma tigela de água em uma mão e uma lâmina e uma tesoura na outra. Jo foi ajudá-la. Elas colocaram as coisas em uma mesinha de plástico perto de Gabe.

– É melhor pegarmos uma toalha – Jo sugeriu.

– Eu vou buscar – Ursa disse –, mas não comecem sem mim! – Ela correu novamente até a porta.

– Pelo menos alguém vai se divertir com isso.

– Vou deixar tudo o mais divertido possível – Jo rebateu.

Ursa retornou com a toalha, e Jo a enrolou no pescoço de Gabe. Ela puxou uma cadeira de praia na frente dele e se sentou com as pernas abertas em volta das dele. Ele pareceu bastante atraído pelas pernas abertas dela no short jeans curtinho, mas eles sabiam que tinham de manter as coisas em "classificação livre" na presença de Ursa. Jo pegou a tesoura para trazer os olhos dele a um nível mais decente.

– Pronto?

– Não – Gabe brincou.

– Sim! – Ursa exclamou.

Jo começou a cortar o pelo escuro, que ganhava um brilho dourado com o pôr do sol. Ela tinha de ser cuidadosa para não beliscar a pele dele enquanto aparava mais rente à face. Depois que Jo acertou a barba, ela molhou os pelos e deixou Ursa chacoalhar a espuma de barbear. Ela espirrou uma grande bola de espuma na mão de Ursa.

– Espalhe por todo o pelo – Jo disse.

– Isso é divertido! – Ursa riu, espalhando a espuma à vontade.

– Preciso respirar, mocinhas!

Jo usou a toalha para tirar a espuma de barbear das narinas e dos lábios dele e em seguida pegou a lâmina.

– Lá vamos nós…

– Posso fazer isso? – perguntou Ursa.

– De jeito nenhum! – ele exclamou.

– Lâminas devem ser manuseadas por adultos – disse Jo.

Ursa se aproximou deles para observar os primeiros riscos da lâmina.

– A pele dele parece normal por baixo – ela disse.

– Você achou que seria pele alienígena verde? – ele perguntou.

– Eu sou alienígena, então isso não teria me surpreendido.

– O seu povo tem pele verde? – ele perguntou.

– Nós nos parecemos com a luz das estrelas por fora.

Jo gostou de descobrir o rosto de Gabe. Era uma reminiscência de George Kinney, mas muito mais bonito. A testa alta, o nariz forte e sutilmente adunco e o queixo quadrado eram todos herdados de George. Mas a leve inclinação dos olhos profundamente azuis veio de Katherine, assim como a curva bem definida de seu lábio superior e o contorno de seu sorriso. Jo passou o dedo sobre uma linha de um centímetro e pouco na face esquerda dele, mal resistindo à sua vontade de beijá-lo ali.

– Como você conseguiu essa cicatriz?

– Você nunca acreditaria se eu contasse.

– Como?

– Correndo com uma tesoura.

– Então é verdade.

– Sim, eu quase arranquei o meu olho quando tinha seis anos.

Ursa despejou a água com espuma de barbear e pelos e pegou mais água morna. Depois de Jo ter raspado suavemente os pelos e dado os toques finais, umedeceu uma das pontas da toalha e limpou o rosto de Gabe. Ele contemplava os olhos de Jo enquanto ela o enxugava.

– Muito bem – ele disse.

– Você deveria ser multado por ter coberto esse belo rosto por todos esses anos.

– A quem eu pagaria?

– A mim. – Ela se sentou no colo de Gabe, colocou os braços atrás do pescoço dele e o beijou nos lábios.

– Eu consegui! Eu consegui! Eu consegui! – Ursa entoou, sacudindo os punhos fechados e dançando ao redor deles.

– O que você conseguiu? – quis saber Gabe.

– Eu fiz com que você e a Jo se apaixonassem. Os meus lances *quark* fizeram isso. Eu sabia! Eu sabia!

Jo e Gabe se beijaram novamente, enquanto Ursa continuava sua dança *quark* e Ursinho latia e brincava com ela, saltitando.

– Se é assim que uma alma esmagada se sente, não é tão ruim – Gabe sussurrou ao ouvido de Jo.

– Esse é com certeza o meu quarto milagre! – disse Ursa.

– Isso significa que você só tem mais um – comentou Gabe.

– Eu sei disso. Vou guardá-lo para algo realmente bom.

Depois de lavar e guardar toda a louça do jantar, Gabe e Ursa assaram *marshmallows*. Jo os observava, curtindo o novo rosto de Gabe e as brincadeiras divertidas entre ele e Ursa.

Gabe sentou-se ao lado de Jo, segurando a mão dela.

– Olhe, pessoal – disse Ursa. – Estou fazendo estrelas. – Ela enfiou o espeto várias vezes no fogo, e eles viram cascatas de faíscas que desapareceram no céu negro estrelado. Jo queria viver como ela, em cada doce momento. Mas cada segundo que passava com Ursa era ofuscado pela incerteza do futuro dela. E agora Gabe fazia parte desse destino impetuoso, com o verão já minguando.

Quando Ursa estava de pijama e pronta para dormir, Gabe foi até a caminhonete e trouxe uma cópia surrada de *O coelhinho foragido*.

– Eu me lembro desse livro – disse Jo.

– Toda criança se lembra desse livro. Os hetrayenos conhecem esse livro? – ele perguntou a Ursa.

– Não – ela disse.

– Eu pensei nele quando chamei você de "coelhinha foragida" esta manhã.

– É um livro para bebês – disse Ursa.

– Mas é ótima literatura mesmo assim. O meu pai era professor de literatura e adorava esse livro.

– Sério? – disse Jo.

– Ele gostava de como essa obra encapsulava os desejos conflitantes de proteção dos pais *versus* o desejo de independência de uma criança. Ele costumava ler a história para mim à noite, mesmo quando eu estava mais velho.

– A minha mãe também leu a história para mim – disse Jo.

– Vá para a cama, alienígena – Gabe disse. – Este livro pode ensinar aos hetrayenos algo importante sobre os seres humanos.

Ursa subiu no sofá e puxou o cobertor. Gabe leu sobre o coelhinho que contou à mãe sobre os muitos lugares em que se esconderia dela quando fugisse, enquanto a mãe contava todos os seus planos com maneiras inspiradas de encontrá-lo. Jo sempre amou quão paciente a mãe-coelha era, como ela amava seu bebê incondicionalmente.

Quando ele terminou, Ursa disse:

– Agora entendi por que você me chamou de "coelhinha foragida".

– É um bom nome para você, não é? Mas fique na cama esta noite. Jo e eu estamos cansados demais para correr atrás de você de novo.

– Você vai ficar aqui?

– Talvez por um tempinho.

– Eu vou ficar na cama para você e a Jo poderem se beijar.

– Parece um plano decente – disse ele.

24

    Gabe foi jantar com Jo e Ursa na noite seguinte... E na outra noite seguinte também. Quando Ursa adormecia, eles se aconchegavam na varanda à luz das duas velas que Ursa encontrara para o primeiro jantar deles juntos. Até aquele momento, resolver a atração deles não tinha ajudado na situação com Ursa. Na verdade, a indecisão deles piorou. A palavra *xerife* não fazia mais parte do vocabulário. Eles nunca falavam sobre o futuro de Ursa ou o que fariam quando Jo se mudasse. Saboreando seu primeiro relacionamento, Gabe começou a viver como Ursa, em um presente infinito desconectado do passado ou do futuro.

    Jo deixou que ele tivesse sua fantasia. Assim como deixou que Ursa ficasse com a dela. Trabalhar doze horas por dia a deixava com pouco tempo ou capacidade mental para pensar em perder os dois. Ela voltava para casa cansada, contente por se aninhar com Gabe e Ursa em sua bolha iridescente.

    Na terceira noite em que Gabe apareceu, Jo levou o segundo livro de Katherine, *O fantasma da esperança*, para a varanda, depois que Ursa foi dormir. Ela havia terminado de ler os poemas mais cedo naquele dia. Gabe fez uma careta quando viu o livro na mão dela.

    – Achei que nós poderíamos ler alguns desses poemas – disse ela. – Você disse que nunca leu este livro.

– Por boas razões.
– Parte da poesia é sobre você. Eu acho que você deveria ver isso.
Ele jogou o livro no chão.
– Não vamos perder nosso precioso tempo falando da minha família ferrada. – Ele a puxou para o sofá e a beijou.
– Muitas famílias são ferradas – ela disse. – O que importa é quanto amor existe. – Ela pegou o livro do chão. – A sua mãe teve coragem o bastante de expor o amor dela nesses poemas. Se você não vai ler, eu vou. Apenas alguns.
Ele reclinou-se nas almofadas como se estivesse prestes a ouvir uma propaganda comercial maçante. Dois dos poemas eram sobre quando Gabe era pequeno. As referências de Katherine ao filho de seu amante eram metafóricas, mas fáceis de serem interpretadas, agora que Jo sabia da história. Eles revelavam uma intensidade do amor maternal de Katherine que levaram Jo a chorar. O terceiro poema fazia referência a George e a quão profundamente ela o amava. O poema do título do livro, "O fantasma da esperança", expressava alguns dos pesares de Katherine sobre sua família dividida.
Gabe tinha deixado cair sua fachada desinteressada quando Jo terminou o quarto poema. Ele mal conseguia se controlar para não chorar.
– Acredito que ela escreveu isso depois que você descobriu sobre o envolvimento dela com George – disse Jo. – Ela sabia que havia estragado tudo e afastado você do seu pai.
– Ele não é meu pai.
– Ele é o seu pai biológico, e você é filho dele. Eles *todos* amavam você, Gabe. Por tudo o que você me contou sobre a sua infância, tenho certeza de que o Arthur, a Katherine e o George amavam você. Cada um deles incentivou os seus interesses e os seus talentos o máximo possível, e somente pais muito bons fazem isso.
– Eles de fato me incentivaram – disse ele. – Mas então eu virei um merdinha quando tinha doze anos... depois que descobri... Eles acharam que se tratava da puberdade, e nenhum deles tinha a menor ideia do que fazer comigo.
Jo largou o livro e esfregou o braço dele.
– É claro que depois eles chegaram à conclusão de que o meu problema era uma doença mental.

— Você fala como se não acreditasse mais nisso.

— Eu me sinto muito melhor com você. Você acha que isso é temporário?

— Não sei dizer.

— A Lacey ligou hoje.

— Por quê?

— Ela estava preocupada porque não tinha notícias da minha mãe. Acho que a minha mãe não queria que ela soubesse o que estava acontecendo com a gente. Ela tem medo de que a Lacey venha e atrapalhe tudo. A minha mãe quase me empurra da porta para eu vir aqui toda noite.

— Eu sabia que uma mulher que fazia amor no cemitério tinha que ser uma romântica incrível.

Ele lançou um olhar penetrante para ela.

— O amor não é crime, Gabe.

— Ela disse votos para o Arthur Nash. Deveria ter deixado o cara ir embora, em vez de transformá-lo em um corno... com o melhor amigo dele, ainda por cima.

— E o que tem isso? O melhor amigo dele. Você já considerou que o Arthur estivesse de boa com isso?

— Você não pode estar falando sério.

— A poligamia é comum no mundo animal, e mais comum entre os humanos do que a gente imagina.

— Assim como coisas como infanticídio e estupro. Você quer glorificar isso também?

Jo olhou para o livro de poemas em suas mãos. *O fantasma da esperança*. Esperança Campos, morta aos dezoito anos, em uma noite fria de inverno, em 1899. Será que ela já tinha se apaixonado? Feito amor? Naquela época, se ela fosse solteira, provavelmente não. Ao contrário de muitos poetas do passado, Jo não encontrou nada de romântico na morte de uma jovem virgem. Ou de um homem virgem.

Ela colocou o livro de lado e pegou as duas velas.

— Venha – disse ela.

— Aonde vamos?

Ela o levou para dentro de casa. Eles passaram por Ursa e entraram no quarto de Jo, que colocou uma vela no chão e a outra na cabeceira da cama. Ela trancou a porta depois de Gabe entrar.

Ele ficou perto da porta.

– O que você está fazendo? Eu não sei se estou...

– Relaxe – disse ela. – Só vamos nos deitar. – Ela tirou o short e se sentou de pernas cruzadas, com uma calcinha rosa e uma camisola branca, olhando para ele. Ele nunca a tinha visto de calcinha antes. Mas apenas ficou lá, parado, em pé.

Ela se esticou de lado.

– Venha, eu não mordo. A não ser que você queira.

Ele sorriu, observando a extensão do corpo dela. Ela deu umas batidinhas com a mão no colchão onde o queria.

Ele tirou os sapatos.

– A calça também – disse ela.

– Tenho bastante certeza de que estou sendo seduzido – disse ele.

– Você sabe como eu fico cansada depois de um dia no campo. Eu posso adormecer.

– Ah, não, não vai, não. – O jeans saiu rapidamente. Quando ele se reclinou de costas, ela o envolveu com seu corpo.

– Ainda está bravo comigo?

– Nunca estive.

Ela se inclinou sobre ele.

– Prove.

Gabe beijou ternamente os lábios de Jo e depois o pescoço dela. Jo adorava a maneira dele de amar. A inexperiência o deixava curioso, atento a pequenos detalhes. Um padrão de sardas no ombro dela o intrigou. Ele olhou para as marcas de perto, à luz das velas, conectando-as com o dedo.

– Estas parecem as estrelas da Ursa Maior.

Ela nunca desejou tanto um homem antes. As cirurgias não haviam mudado nada. Exceto em uma coisa: ela estava profundamente consciente da paixão que sentia por ele, um milagre do corpo e da mente que ela costumava subestimar.

Jo tirou a camiseta e a cueca de Gabe e se deitou sobre o corpo quente e másculo.

Ele passou os braços em volta dela.

– Eu sei o que você está fazendo.

Ela beijou a face dele.

– O que eu estou fazendo?

– Você acha que me mostrar quão bom é o sexo vai me fazer perdoar a minha mãe e o George.

Ela se sentou, montada na barriga dele, e olhou para ele.

– Alguma chance de continuarmos sem a presença metafórica da sua mãe e do George no quarto? – Antes que ele pudesse responder, ela se levantou, tirou a calcinha e sentou-se novamente. – O que você acha?

– Eles se foram... totalmente. – Ele se sentou e a aninhou em seu colo. – Alguma chance de você tirar essa blusa?

– Tenho certeza de que você preferiria que eu ficasse com ela.

Ele segurou o rosto dela entre as mãos.

– Eu quero você exatamente do jeito que você é. Está me entendendo?

Ela o deixou levantar a camisola pela cabeça.

– Não falta nada – disse ele. – Você é a pessoa mais completa que eu já conheci. – Ele colocou as mãos com ternura, quentes e ásperas, nas cicatrizes do peito dela. – É muito sensível aqui? Não devo tocá-los?

– Eu não me importo, se você não se importar.

Ele ergueu as mãos e passou o dedo indicador sobre a cicatriz perto do coração dela. Ela não viu nenhum sinal de pena ou de tristeza nos olhos dele. Ele traçou a linha da mesma forma como conectou as estrelas no ombro dela, com uma admiração amorosa. Como se quisesse conhecer e explorar todos os segredos do corpo dela.

Ele moveu a mão para a cicatriz direita, deslizando os dedos quentes sobre ela.

– De certa forma, essas cicatrizes nos uniram – disse ela.

Ele olhou nos olhos dela.

– A minha também. E o que poderia ser mais bonito do que isso?

– Nada. – Ela gentilmente o pressionou contra o colchão. – Exceto talvez isso...

25

Com o passar da primeira semana de julho, Jo entrou totalmente na fantasia. Ela cedeu ao vórtice de Ursa, o turbilhão atemporal de estrelas que Gabe havia batizado de Ninho Infinito. Nada poderia tocar os três naquela rotação ilimitada de amor. Não o passado deles. Nem o futuro. Jo parou de verificar os sites de crianças desaparecidas e suspeitou de que Gabe também tinha feito isso.

Mas nem mesmo as galáxias duram para sempre. A primeira oscilação no universo deles começou com um telefonema de Tabby. Uma amiga dela estava namorando um britânico, e ele tinha vindo para os Estados Unidos para ficar com ela. O casal queria dormir no apartamento de Jo e Tabby e estavam dispostos a pagar o último mês de aluguel. Era uma ótima notícia, mas os pertences de Jo ainda estavam no apartamento. Tabby tinha começado a morar na casa alugada algumas semanas antes. Jo havia planejado se mudar depois que sua temporada de campo terminasse, mas agora ela teria que tirar um dia de folga.

Ela largou o trabalho mais cedo para pegar Gabe na venda de ovos na noite de segunda-feira. Ele sorriu por baixo do dossel azul quando ela parou atrás da picape.

– Você terminou cedo – disse ele. – Um desejo repentino por uma omelete?

– Um desejo repentino por você – disse ela, inclinando-se sobre as caixas de ovos para beijá-lo.

– Adivinha o que aconteceu! – disse Ursa. – Amanhã nós vamos para Champaign-Urbana, e você vem conosco!

– Mais devagar – disse Jo. – Eu disse que íamos perguntar para ele se queria ir conosco.

A faísca nos olhos dele esmaeceu.

– Por que vocês vão até lá?

– Eu tenho que tirar as minhas coisas do apartamento antigo. Encontramos locatários para ele.

– Eles vão se mudar já?

– Eles já estão lá, e eu não gosto que mexam nas minhas coisas.

– Como você pode perder o trabalho de campo?

– Um dia não vai ser tão ruim assim. Não tenho tantos ninhos ativos como tinha algumas semanas atrás.

– Mas ir até lá para mexer em algumas coisas? A Tabby não pode fazer isso por você?

– Eu não posso pedir para ela fazer isso. É mais do que só algumas coisas. Alguma chance de você se animar para ajudar?

Ele esfregou a face como se a barba ainda estivesse lá.

– Eu adoraria lhe mostrar as coisas por lá.

– Você pode encontrar a Tabby e ver a casa bonita – Ursa disse, saltitando na ponta dos pés.

Jo não conseguiu interpretar o que viu nos olhos dele, mas não era bom.

– Podemos falar sobre isso depois? – ele perguntou.

– Claro. A que horas você vai passar lá em casa?

– Talvez por volta das oito.

Jo não ficou surpresa quando ele não chegou às oito. Ele não apareceu até as nove. Enquanto Ursa adormecia, eles se sentaram no sofá da varanda para conversar, como de costume.

– Já pensou se vem conosco amanhã? – indagou Jo.

– Sim – disse ele.
– Isso é um *sim, eu vou*?
– Eu não posso deixar a minha mãe sozinha o dia todo.
– Foi por isso que eu tentei falar sobre isso no início do dia, para você ter tempo de ligar para a Lacey.
– Achei que a gente tinha combinado que a Lacey não deveria vir aqui.
– Não vamos deixá-la ver a Ursa.
– É tarde demais para ligar para ela.
– Em momento algum você pensou nisso, não é?
Ele olhou pela tela para a floresta escura.
– Precisamos descobrir como fazer com que você se torne parte da minha vida quando eu estiver por lá.
– Eu sabia – disse ele. – Não se trata de transportar algumas caixas.
– Do que se trata?
– Você quer que eu me mude para lá.
– Eu sei que você não pode fazer isso. Não estou pedindo que deixe a sua mãe e a sua fazenda. Só estou pedindo que imagine uma maneira de ficarmos juntos.
Ele virou o corpo em direção a ela.
– Você realmente quer isso?
– O que nós temos não acontece todos os dias. Tenho medo de que isso nunca aconteça novamente na minha vida.
– Eu sei disso. Eu também tenho medo disso.
– Então faça algo para manter a gente junto. – Ela entrelaçou as mãos. – Por favor, tente.
– Se você acha que vai ajudar, eu vou.
– Vai ajudar. Eu nem sempre posso ir até você na fazenda. Você tem que estar disposto a enfrentar o mundo.
Ele assentiu, mas tenso.
– Quem vai cuidar da sua mãe amanhã? – ela perguntou.
– Vou ligar para a Lacey agora mesmo.
– São nove e meia da noite.
– Isso não importa: ela vem quando a minha mãe diz que ela tem que vir.

– É isso o que você vai fazer, mandar a sua mãe ligar?

– Não sei. – Ele se levantou do sofá. – Deixe-me ir para casa falar com a minha mãe. Mas já sei que ela vai querer que eu vá lá com você.

Jo ficou em pé ao lado dele.

– Porque ela ama você.

– É... – Ele beijou a face dela e saiu pela porta telada.

– Como vou saber se você vai? – Jo lhe perguntou de longe.

– Eu vou. A Lacey vai vir.

26

Gabe viu a cidade de Mount Vernon passar. Ele havia dito pouca coisa desde que partiram, e Jo achou melhor deixá-lo ter seu momento de quietude. Ele provavelmente teve uma interação menos que agradável com Lacey. Ela tinha vindo de Saint Louis às seis da manhã.

Jo olhou pelo espelho retrovisor. Ursa ainda estava colorindo um desenho para Tabby, do gatinho rajado que ela havia chamado de César. Ursa tinha dito que levaria muito tempo para desenhar todas as listras dele. Jo não duvidava de que ela se sairia bem nessa tarefa.

Gabe limpou as palmas das mãos na calça jeans.

– Você está bem? – perguntou Jo.

– Estou – ele respondeu.

– A interestadual 57 deve trazer memórias de volta.

– Claro que sim.

– Boas no geral?

– Eu acho que sim.

Ela o deixou em paz.

Eles passaram por Salem, Farina e Watson, e, quanto mais dirigiam em silêncio, mais culpada Jo se sentia em tirá-lo de sua zona de conforto. Mas ela precisava saber quão ruins eram as coisas com ele. Ela estava profundamente envolvida. E, se a viagem provasse que ele não conseguiria lidar com o mundo exterior, ela teria que começar o doloroso processo de cortar laços.

Quando eles chegaram ao limite de Effingham, onde Jo muitas vezes parava para abastecer e comprar doces Necco, Gabe se animou.

– Nós costumávamos comer em uma boa pizzaria aqui.

– Fica perto da rodovia?

– Não, não tão perto assim.

– Como vocês a descobriram?

– O meu pai odiava redes de restaurantes, tipo franquias. Ele era um conhecedor de restaurantes locais, especialmente em cidades pequenas. Ele na verdade fez uma pesquisa para encontrar lugares que tivessem uma atmosfera caseira. Eu comi em lojas de tortas típicas e lanchonetes antigas por todo o Estado.

– Seu pai era um cara interessante.

– Você teria gostado dele.

Ela esperou por mais, mas ele caiu em silêncio novamente. Ela olhou para Ursa pelo retrovisor. A garotinha havia adormecido, o que era raro para seu cérebro ocupado.

– Essa vista entediante até faz a Ursa dormir – disse ela. – Se é que dá para chamar campos de milho e soja de *vista*...

– É uma vista se você não a vê há algum tempo – afirmou ele. – Agora que vivo na floresta, não estou acostumado a ver tanto céu. Foi meio chocante no começo.

Uma vez ele disse que tinha um toque de agorafobia. Talvez fosse por isso que estivesse tão quieto. Ela tentou puxar conversa mais algumas vezes, mas teve poucas respostas e desistiu.

Eles chegaram a Urbana no horário, por volta do meio-dia. O plano era encontrar Tabby no antigo apartamento e colocar os pertences de Jo em seu Volkswagen e no Honda. Jo esperava que precisassem de apenas uma viagem, porque subir e descer as escadas para o apartamento do terceiro andar tornaria a movimentação bastante lenta.

Quando Jo viu o prédio em que ela e Tabby moraram desde o último ano de faculdade, ficou aliviada por estarem se mudando. Além da conveniência de ficar relativamente perto do *campus*, o prédio feio e a localização congestionada estavam longe do tipo de casa relaxante que Jo havia desejado desde as cirurgias.

– Olhem o carro da Tabby, ali! – exclamou Ursa.

– Ela deve estar lá em cima – disse Jo, envolvendo a cintura de Gabe com o braço. Então, beijou o rosto dele e em seguida caminharam em direção à escada. – Estão com fome?

– Ainda não – ele respondeu.

– Eu estou – disse Ursa.

– Vamos comer sanduíches em casa com a Tabby.

Ursa foi pulando pelo resto do caminho até a escada. Os três subiram até o terceiro andar e caminharam pela varanda externa até o apartamento 307. Jo bateu à porta em vez de usar a chave para o caso de os novos locatários estarem lá dentro. Tabby abriu a porta usando uma regata de renda azul, calça verde enrolada do exército e tênis All-Star Converse vermelhos rasgados.

– Jojo! Você está maravilhosa! – ela exclamou, jogando os braços em volta dos ombros de Jo.

– Obrigada. Você também. Gostei da nova cor – disse ela, sobre o cabelo azul pálido cor de jeans de Tabby.

Tabby mal conseguia desviar os olhos de Gabe para cumprimentar Ursa. Jo não havia contado a ela que estaria levando Gabe e Ursa – nem mesmo que estava em um relacionamento. Tudo tinha sido muito complicado para explicar, especialmente a situação com Ursa. Ninguém no mundo exterior, nem mesmo a amiga mais próxima de Jo, poderia entender. E explicar sua vida na casa da floresta – sendo forçada a defendê-la – certamente arruinaria a frágil beleza de tudo.

– Ursa, minha alienígena favorita! – exclamou Tabby, inclinando-se para abraçá-la. – Como está indo, amiga?

– Bem – disse Ursa. – Eu trouxe um desenho para você.

– Que massa! E você usou a nossa cor! – Ela bateu com a palma na de Ursa por causa da camiseta roxa dela.

– Tabby, este é Gabe Nash – disse Jo. – Gabe, esta é Tabby Roberti.
Gabe abriu um sorriso tenso e apertou a mão de Tabby.
– Espere... *Gabe*? – Tabby disse. – O cara no desenho da Ursa?
– Sim, menos a barba – disse Jo.
– É, nós raspamos toda a barba dele! – Ursa disse.
– Quem fez isso? – quis saber Tabby.
– A Jo e eu. Mas eu só ajudei. Eu não tive permissão para usar a lâmina.
Tabby não conseguiu esconder seu choque. Ou sua mágoa. Se Jo era íntima o suficiente de um cara para barbeá-lo, Tabby esperava saber disso. E deve ter soado muito estranho que Ursa tivesse ajudado na remoção da barba.
– Vamos indo – disse Jo. – Já está muito quente aqui.
– Acho que eu poderia deixar que vocês tivessem acesso ao ar-condicionado – disse Tabby. Ela recuou e os conduziu para dentro. – Alguém quer água? Não posso oferecer mais nada além disso porque as coisas na geladeira pertencem aos novos locatários.
– Eles estão aqui? – Jo perguntou.
– Eles saíram para nos dar espaço.
– Tem certeza de que eles não vão destruir o lugar? Nós vamos ser responsáveis por tudo se fizerem alguma coisa.
– Eu confio nela. Eu não o conheço, mas ele parece o tipo britânico bem-educado. – Ela pronunciou as últimas palavras com um sotaque britânico abafado que fez Ursa rir.
– Eles pagaram? – perguntou Jo.
– Dinheiro na mão – disse Tabby. – Precisa usar o banheiro? – ela perguntou a Gabe. – Quero falar sobre você pelas costas com a Jo.
Ele sorriu – o primeiro sorriso dele durante todo o dia.
– Onde fica o banheiro?
– Primeira porta à esquerda, naquele corredor.
Assim que a porta do banheiro se fechou, Tabby disse:
– Vadia! Você sempre consegue esses caras realmente gostosos. Por que não me contou?
– Eu não tinha certeza para onde as coisas estavam indo.

Ela arqueou as sobrancelhas, pedindo mais.

– Onde foram até agora?

– Eles estão apaixonados – disse Ursa. – Eu fiz isso acontecer.

– Com seus poderes alienígenas – disse Jo, piscando.

– Isso mesmo! – Ursa exclamou.

– Não me importa quem fez isso acontecer. É verdade? – Tabby perguntou, em um sussurro.

Jo olhou na direção do banheiro.

– Você sabe que não posso falar sobre isso agora.

– É – Tabby disse. Ela puxou a camisa de Jo logo abaixo do pescoço. – Mas vou arrancar essa história de você mais tarde. Está me ouvindo?

– Estou.

Tabby largou a camisa de Jo e a abraçou.

– Estou feliz por você, Jo.

A porta do banheiro se abriu.

– Ele toca banjo? – Tabby sussurrou ao ouvido da amiga.

– Cale a boca. – Jo passou por ela e levou Gabe até seu quarto. Lá, encheu os braços dele com roupas do armário e mandou-o ir para o carro. Jo pegou uma braçada e o seguiu antes que Tabby pudesse encurralá-la e fazer mais perguntas.

Com os quatro trabalhando, os pertences de Jo foram colocados nos dois carros em menos de uma hora. Então, eles se dirigiram para a nova casa, e Jo fez um *tour* com Gabe enquanto Tabby e Ursa faziam sanduíches e preparavam limonada. Jo lhe mostrou o quintal por último.

Gabe colocou a mão em concha sobre uma flor de lírio vermelha.

– Este lugar combina com você.

– Algum dia prefiro morar no mato como você. Mas, se eu tiver que morar na cidade, não é ruim.

– Você prefere morar no mato? – ele perguntou.

– Claro. Ou nas montanhas ou em um lago. Eu quero a natureza na minha porta da frente.

– É assim que os humanos deveriam viver. – Olhando para uma casa próxima, ele disse: – Não fomos feitos para viver um em cima do outro.

Ela pressionou o corpo contra o dele, envolvendo seu pescoço com os braços.

– Achei que você gostasse quando ficávamos um em cima do outro.

Ele olhou de relance nervosamente para a porta dos fundos.

– A Tabby sabe – disse ela. – De qualquer forma, o que temos a esconder?

– Eu não sei. Estou tentando me acostumar com tudo isso.

Ela manteve as mãos na nuca dele.

– Você está tentando se acostumar a confiar na gente.

– Talvez.

Ela o beijou.

– Eu tenho que confiar em tudo. Não quero arrependimentos se… – Ela não conseguiu dizer aquilo em voz alta. Nunca tinha conseguido.

– Se o quê?

– Se o câncer voltar.

O corpo dele ficou tenso junto ao dela.

– Isso poderia acontecer?

– É sempre uma possibilidade, mas o prognóstico é bom. Eles descobriram cedo.

Ele segurou-a tão forte que chegou a doer. Mas foi um excelente tipo de dor.

– Ei, cracas![5] – Tabby chamou-os do deque. – O almoço está pronto.

Gabe entrou no lavabo para lavar as mãos, e Jo puxou Tabby para a sala.

– Não faça muitas perguntas – ela sussurrou. – Há algumas coisas sobre as quais ele não vai querer falar.

– Tipo o quê? Aquele assassinato com machado que ele cometeu no mês passado?

– Ele passou por uns maus bocados. Apenas mantenha a conversa leve.

– Por maus bocados piores do que você?

– É um tipo diferente de coisas ruins.

– Meu Deus. Vocês dois são um páreo duro.

– É… estranho que a gente tenha se encontrado, não é?

---

[5] Cracas refere-se aos crustáceos marinhos que costumam viver fixados a rochas, conchas, corais, etc.; metáfora de Tabby para dizer que os dois não se desgrudavam. (N.T.)

Tabby a abraçou.

– Vou me ater ao clima e à política. Mas espere! Ele é liberal ou conservador?

– Sabe, não sei ao certo.

– O quê? Essa é a primeira coisa que eu preciso saber!

– Não veio à tona em nenhuma conversa – disse Jo.

– Ai, caramba! O sexo é tão bom assim?

– Shhhh! – Jo voltou para a casa, aliviada quando encontrou Gabe na cozinha com Ursa. O desenho de Ursa do gatinho rajado, excepcional como sempre, já estava preso à geladeira com um ímã veterinário que dizia: "*Please don't litter.*"[6] "*Spay and neuter your critter!*".[7]

Durante o almoço, Tabby só fez a Gabe algumas perguntas neutras como: *Há quanto tempo você mora no sul de Illinois?* Ela direcionou a conversa para a política, e elas descobriram que Gabe tinha inclinações para visões libertárias. Jo poderia lidar com isso.

Eles terminaram de descarregar os carros por volta das três da tarde. Jo não teve tempo de desempacotar suas coisas porque precisava fazer algumas tarefas no *campus*. Ela teve que deixar tudo empilhado no chão e na cama que Frances Ivey tinha deixado para trás. Tabby havia tirado o dia para a mudança e insistiu que Jo levasse Gabe para o *campus* sem Ursa.

– A alienígena e eu vamos fazer coisas de meninas humanas – disse ela.

– A Tabby vai pintar as minhas unhas – disse Ursa. – Vamos pintar de roxo.

– Tem certeza de que quer ficar aqui? – Jo perguntou a Ursa.

– Quero, sim!

Jo queria poder ir caminhando com Gabe até o *campus* pelo bairro da rua estadual, mas ela teria que chegar ao escritório de biologia e a seu banco na Rua Verde antes que fechassem. Na saída, Gabe disse:

– Na última vez em que estive aqui, eu era criança, mas essas ruas me parecem familiares. Acho que o George Kinney mora neste bairro.

---

[6] Um trocadilho de "Por favor, não jogue lixo" com "Por favor, não deixe que se reproduzam", para conscientizar as pessoas a castrar seus pets. (N.T.)

[7] Castre sua criatura/seu bichinho. (N.T.)

– É possível – disse Jo. – Alguns alunos chamam as ruas estaduais de Gueto dos Professores.

– Eu me lembro disso. O meu pai fez piadas sobre isso nas duas vezes em que viemos aqui.

– Mais cutucadas no George?

– Com certeza.

Ela estacionou perto de Morrill Hall, onde ficava o Departamento de Biologia Animal. Jo tinha que apresentar a papelada para suas aulas de outono, mas primeiro queria mostrar a Gabe o pátio. Ela segurou na mão dele enquanto caminhavam até o grande espaço retangular cercado por prédios antigos.

– Belo *campus* – disse ele.

– Aquela é a União Illini, o centro estudantil – disse ela, apontando para o norte. – E o grande edifício com domo na extremidade sul é o Auditório Foellinger.

Eles caminharam por uma das rotas diagonais. O pátio estava quase vazio, algo típico do meio do verão. Alguns estudantes estavam sentados na grama, e, no extremo sul, um cara sem camisa jogava um *frisbee* para seu cão.

– Isso aqui me lembra o pátio da Universidade de Chicago.

– Eu nunca a vi.

– É bonito.

– Você já pensou em voltar para a faculdade?

– Não.

– Essa foi uma resposta rápida.

– Por que não seria?

– Porque manter o seu cérebro talentoso escondido na floresta é tão criminoso quanto esconder o seu rosto atrás da barba.

Ele parou de andar e ficou cara a cara com ela.

– Eu sabia que era por esse motivo que você havia me trazido até aqui.

– Este é o meu mundo, Gabe. Se você pudesse encontrar uma maneira de estar nele, tudo seria muito mais simples.

– Você disse que queria viver na floresta.

– Vai levar anos até eu me formar e encontrar um emprego em uma universidade.

Ele sentou-se em um banco e colocou as mãos na cabeça.

– É impossível. Por que em algum momento chegamos a começar isso?

– Eu não me lembro de ter muito controle sobre isso.

Ele olhou para ela.

– Eu também não. Você sabia que eu me senti atraído por você desde a primeira vez em que comprou ovos na minha barraquinha?

– Você com certeza não transpareceu isso.

– Não tinha como você me ver analisando você quando estava indo embora.

– Quer dizer a minha bunda?

Ele apenas sorriu.

Ela puxou-o pela mão para que ele ficasse em pé.

– Ainda bem que você é um homem que curte bundas em vez de peitos.

– Eu sou um homem que curte bundas?

– Sim, como o cara em *Sonho de uma noite de verão*.

– Nick Bottom.

Ela o puxou pela calçada.

–Venha, Nick. Eu tenho coisas para fazer.

Eles entraram no Hall Morrill e subiram a escada que dava para o Departamento de Biologia do quinto andar. Jo deixou Gabe no corredor para ele não ter que jogar conversa fora com a secretária enquanto ela fazia sua papelada.

– Agora, o banco – disse ela, quando saiu do escritório.

Gabe começou a se dirigir à escada que eles tinham usado no caminho para cima.

– Não, por aqui – disse Jo, gesticulando em direção à escadaria ao leste. – Vamos chegar mais perto do meu carro. – Eles andaram por um longo corredor, deixando as portas do departamento para trás. A maioria dos professores de biologia e estudantes de pós-graduação estava longe do *campus*, trabalhando em suas pesquisas de verão.

– Depois do banco, vamos pegar a estrada? – Gabe perguntou.

– Não sem luta.
– Por quê?
– A Ursa está determinada a ir jantar com Tabby em um restaurante de que ela gosta. Tudo bem?
– Eu acho que sim.
Jo ficou de mãos dadas com ele.
– É uma pizzaria… bem casual.
– Gabe? – disse um homem atrás deles.
Eles se viraram, e Jo e Gabe soltaram as mãos. O Dr. George Kinney estava em frente a uma sala aberta. Ele caminhou em direção a eles, claramente confuso, mas sorrindo, seu olhar fixo em Gabe.
– Eu achei que estivesse imaginando coisas quando vi você passar por aqui. – Ele parou na frente de Gabe. Era como um estranho espelho do tempo, o idoso revivendo o rosto de sua juventude, o jovem confrontando seu futuro.

27

George e Gabe eram mais parecidos do que Jo tinha se dado conta. Eles tinham mais ou menos a mesma altura. O Dr. Kinney também tinha olhos azuis, mas de uma tonalidade mais clara. Seus cabelos brancos eram longos, como os de Gabe, só que ele os repartia do lado direito, enquanto Gabe o fazia do lado esquerdo. O Dr. Kinney era mais magro do que Gabe, mas robusto, tão em forma quanto um homem poderia estar aos setenta e três anos de idade.

– Eu quase não o reconheci sem a barba – disse o Dr. Kinney.

Gabe não deixou de notar a ironia no comentário. Mas não disse nada. Para aliviar o estranho silêncio, o Dr. Kinney virou-se para Jo.

– Bom ver você, Jo. Como está indo a sua pesquisa?

– Muito bem – disse ela.

– Fico feliz com isso. Espero que o ar-condicionado da sala não esteja lhe causando muitos problemas. Preciso trocá-lo?

– Está bom. Eu não o uso muito.

– Estou vendo que conheceu os vizinhos – disse ele, olhando para Gabe de relance.

– Sim – disse Jo.

– É melhor irmos embora – Gabe disse a Jo, como se Kinney não estivesse lá. Seu desprezo era palpável, chocante até mesmo para o Dr. Kinney, que deveria estar acostumado com isso. Porém, em vez de recuar e se refugiar em seu escritório, Kinney disse:

– Gabe...

Gabe olhou com relutância para ele.

– Eu gostaria de falar com você – ele apontou com o braço para a porta aberta no corredor –, no meu escritório. – Relaxando o tom, ele acrescentou: – Se é que podemos chamar aquilo de escritório. Quando se é emérito, eles dão um armário para a gente. Às vezes, o zelador coloca sem querer o esfregão lá dentro.

Jo sorriu. Gabe, não.

O Dr. Kinney manteve os olhos fixos nos de Gabe.

– A Lynne está muito doente. Ela tem um mês de vida, no máximo.

– Sinto muito – Gabe disse por fim.

O Dr. Kinney assentiu.

– Por favor, venha ao meu escritório. Eu preciso conversar com você.

– Parece que vocês dois precisam de privacidade – disse Jo. – Eu vou correndo até o banco enquanto vocês conversam. Você me encontra nos bancos, na frente, quando terminarem – concluiu, olhando para Gabe.

– Parece uma boa ideia – disse o Dr. Kinney.

Ela saiu andando antes que Gabe pudesse recusar.

– Demorem quanto for preciso – falou ela por cima do ombro.

Ela esperava que Gabe estivesse ao seu lado a qualquer segundo, mas chegou lá fora sozinha. De alguma forma, ela encontrou seu carro e conseguiu chegar ao banco, embora cada pedaço de seu cérebro estivesse focado em Gabe e no Dr. Kinney.

Ela voltou dirigindo para o Hall Morrill. Gabe não estava nos bancos. Ou havia fugido em pânico e esquecido o ponto de encontro, ou ainda estava conversando com o Dr. Kinney. Ela sentou-se em um banco e esperou. Depois de quinze minutos, ela começou a navegar no celular.

Quando quarenta minutos haviam se passado, suas preocupações se intensificaram. Talvez Gabe tivesse surtado e fugido. Ela pensou em entrar, para ver se ele ainda estava no escritório de Kinney, mas interrompê-los seria estranho e inoportuno. Ela também considerou a ideia de ligar para Tabby, para ver se ele tinha ido para casa, mas não teria como explicar um telefonema desses.

Dez minutos depois, Gabe saiu, andando devagar, do Hall Morrill.

Jo se aproximou dele, mas ele continuou andando.

– Você está bem?

– Sim – disse ele.

– E então?

– Conversamos. Sobre tudo. – Ele continuou andando, sem parecer que estava pensando em algum lugar específico aonde ir.

Jo permaneceu em silêncio enquanto eles caminhavam. Quando chegaram à grande extensão do pátio, ele parou e ficou com o olhar fixo, parecendo registrar onde estava. Ele começou a andar novamente, rápido, como se estivesse correndo para algum destino conhecido. Ele parou na árvore mais próxima e deixou-se cair no chão, na longa sombra. Ficou deitado de costas na grama, pressionando os olhos com as palmas das mãos. Jo sentou-se ao lado de Gabe, acariciando o peito dele.

– Você estava certa – disse ele, pressionando os olhos ainda com as mãos. – Meu pai... o Arthur... ele sabia e deixou tudo acontecer.

Jo pensou em dizer *Sinto muito*, mas não fazia sentido.

Ele tirou as mãos dos olhos e voltou seu olhar para ela.

– Ele estava *feliz* porque George deu um filho para Katherine. O Arthur também estava feliz por ter um filho. Ele era impotente. A Lacey aconteceu em uma das raras vezes em que ele conseguiu chegar lá.

Ele colocou a palma das mãos sobre os olhos novamente.

– O fígado da Lynne foi afetado. Eu nunca soube disso, mas durante todos esses anos ela era alcoólatra. Quando eu era criança, achava que o rosto de pedra e o silêncio dela eram sinais de como ela era tola e desinteressante. Mas eu acho que ela estava bêbada.

– Ele mantém isso em segredo – disse Jo. – Só ouvi boatos de que a esposa dele estava doente.

Ele ainda estava com as mãos nos olhos.

– Adivinhe o que ele me perguntou.

– O quê?

– Ele quer se casar com a minha mãe quando Lynne morrer. Ele pediu a minha permissão.

Por essa Jo não esperava. Ela supôs que era por isso que Kinney tinha sido tão determinado a fazer Gabe conversar com ele.

– O que foi que você disse?

Ele tirou as mãos dos olhos e voltou o olhar para ela.

– Você me levou para passar em frente ao escritório dele esperando que isso acontecesse?

– Não! Eu nem sabia que aquele era o escritório dele. Só falei com ele duas vezes, ambas na sede.

– Ele disse que se mudou para o espaço menor há dois anos. Ele teve que se aposentar mais cedo do que queria para cuidar da Lynne.

– Há dois anos eu estava fazendo tratamento contra o câncer. Quando saí, o escritório dele ainda ficava no Departamento de Entomologia.

Gabe assentiu, reconhecendo que Jo não havia guiado o encontro.

– Ele sabe que a sua mãe tem Parkinson? – ela perguntou.

– Sabe, sim, e mesmo assim quer se casar com ela. – Ele se sentou e olhou para Jo. – Você está chorando?

– Estou tentando não chorar.

– Por quê?

– Acho essa história linda. Mas também muito triste. Talvez a Lynne soubesse que George não a amava. Talvez tenha sido por isso que ela começou a beber.

– É por esse motivo que não há nada de belo nisso. O egoísmo deles dois destruiu a vida das pessoas.

O *amor* deles dois tinha mudado vidas. Isso importava para Jo.

– Ele me contou como tudo aconteceu. Como ele passou a ir à Floresta Shawnee com os alunos de biologia, começou a falar da área com empolgação para o meu pai. Em um fim de semana no último ano, o George e a Lynne e o Arthur e a Katherine acamparam ali. Você já pode deduzir o que aconteceu.

– O George e a Katherine se apaixonaram.

– Sim, mas eles ignoraram esse sentimento. O George e o Arthur ficaram próximos enquanto estavam em diferentes programas de pós-graduação... Padrinhos no casamento um do outro e tudo o mais. E, mesmo depois que as famílias começaram a sair juntas, o George e a Katherine ainda não tinham ficado juntos... Pelo menos foi o que o George disse.

– Por que ele mentiria quando isso acabou acontecendo?

– Verdade.

– Quando eles ficaram juntos?

– Depois que o meu pai comprou a propriedade no sul de Illinois. O Arthur ainda estava trabalhando na cabana quando a propriedade ao lado foi colocada à venda. Ele considerou comprá-la, mas a minha mãe sugeriu que perguntassem ao George e à Lynne se eles estavam interessados. Assim poderiam ficar juntos quando estavam de férias por lá.

– Sinto uma segunda intenção nisso.

– É mesmo? – ele disse, com sarcasmo.

– Quando o Arthur descobriu sobre o caso deles?

– Quando a minha mãe engravidou. Ele sabia que não era dele porque eles não faziam sexo havia anos. Quando a minha mãe estava grávida de quatro meses de mim, ela fez o Arthur e o George se sentarem com ela e falarem sobre o que iam fazer.

– Sabe, gosto ainda mais da Katherine agora? Foi uma coisa legal de fazer.

– Eles decidiram contra o divórcio. E concordaram que a Lynne não poderia saber, porque com o alcoolismo ela havia se tornado frágil. Até hoje o George nunca contou nada para a esposa ou para as duas filhas dele.

– Elas não notaram quanto vocês são parecidos?

– Acho que a Lynne estava muito envolvida nos próprios problemas, e as filhas deles raramente me viam. Elas tinham a idade da Lacey quando eu nasci.

– Aparentemente, eles decidiram não contar isso a você também.

— Essa foi uma das duas estipulações do Arthur: eu seria criado como filho dele, e o George e a Katherine não tinham permissão para fazer amor na propriedade dele.

— É por isso que eles se encontravam na floresta.

— Isso mesmo. O cemitério fica na propriedade de Kinney, a poucos metros da fronteira da propriedade dos Nashs. Sem dúvida, isso fazia parte da piada de se encontrarem lá.

— Você realmente acha que foi uma piada? — ela disse. — Eu posso dizer, pela poesia dela, que a sua mãe é uma pessoa compassiva. A Katherine tinha de saber quanto o Arthur estava sofrendo.

— Sim, sem dúvida ela sabia — ele disse, com amargura —, mas, ei, ele ganhou o prêmio de consolação, certo? Ele ficou comigo.

Jo acariciou o braço dele.

— Sim, ele ficou com você.

Ele arrancou um torrão de grama e jogou-o no chão.

— Sabe o que o George me disse? Ele disse que quer ser um pai de verdade para mim.

— E o que foi que você disse?

— Nada, porque isso é conversa fiada. Diz ele que as filhas nunca podem saber. Quão *real* seria isso?

— Por que você o odeia tanto, agora que sabe tudo o que aconteceu? O George e a sua mãe obviamente ficaram com pessoas que não amavam para fazer seus parceiros felizes. Talvez tenham percebido que não deveriam ter feito isso, mas então eles tinham filhos que seriam prejudicados pelo divórcio. Quando finalmente ficaram juntos, tentaram fazer isso de uma forma que machucasse o mínimo de pessoas possível. Você não consegue ver a beleza nos sacrifícios que eles fizeram? E na força de um amor que resiste a tantos anos?

— Se fossem os seus pais, você entenderia — disse ele.

— Entenderia, sim. Se eu pudesse ter os meus pais de volta, eu os deixaria amar qualquer um que quisessem.

Ele arrancou mais grama e rolou-a na palma das mãos.

– Precisamos ir logo – disse ela. – Já deixamos a Ursa com a Tabby por muito tempo.

Ele estava muito absorto em seus pensamentos para ouvi-la.

– Quando eu estava saindo, o George disse que foi como alguma estranha providência eu ter passado pela porta dele hoje. Ele disse que, um pouco antes de passarmos, estava pensando em mim. – Gabe tirou a grama das mãos e olhou para Jo. – Você sabe no que eu estava pensando? Eu estava pensando nos *quarks* da Ursa. Há algo muito estranho sobre o que está acontecendo desde que aquela menininha apareceu.

28

    Gabe estava com pressa de ir para casa. Ursa queria comer pizza no restaurante onde tinha a música "The Purple People Eater", mas ele não estava com humor para jantar ou para conversa. Nem saiu do carro quando voltaram para a casa. Jo disse a Ursa e a Tabby que ele não estava se sentindo bem e fez Ursa sentar-se no banco de trás, apesar dos protestos e das lágrimas dela.

– Vamos parar para comer no caminho para casa – disse Jo. – Talvez no McDonald's, e você pode tomar sorvete.

– Eu quero comer pizza com a Tabby! – Ursa exclamou.

– Eu sinto muito.

– Posso falar com você lá dentro um minuto? – Tabby disse, antes de Jo entrar no carro.

Jo a acompanhou para dentro de casa, temendo o que ela teria a dizer. Se Tabby quisesse discutir sobre Gabe ou Ursa, ela seria intensa, e Jo tinha pouca energia sobrando.

– Fiquei surpresa por você trazer a Ursa hoje – Tabby disse, fechando a porta da frente.

– Ficou?

– Não finja que isso não é estranho. Que diabos está acontecendo? Ela me disse que mora com você.

– Acho que sim.

O branco dos olhos verdes de Tabby dobrou de tamanho.

– Você tem de levá-la à polícia!

– Você sabe que ela foge.

– Então você a coloca no carro e não fala para onde a está levando.

– Ela é esperta demais. Ela saltou do carro quando tentamos fazer isso.

– Ela fez isso?

– Quase não a encontramos.

– O que é esse *nós*? Ela me disse que o Gabe está dormindo na sua casa.

– E o que é que tem isso?

– Você não pode brincar de casinha com a filha de outra pessoa! Pode ter grandes problemas. E o que você vai fazer quando a sua temporada de campo terminar?

– Eu não contei para a Ursa ainda... Não surte...

– O que foi?

– Eu posso tentar me tornar mãe adotiva dela.

Tabby deu um tapa na própria testa.

– Puta merda. Você está falando sério.

– Estou.

– A Frances Ivey disse "nada de filhos".

– E você acha que isso vai me deter? Eu amo essa menina.

Ambas ficaram em silêncio, Jo tão chocada quanto Tabby.

– Jo...

– O que foi?

– Acho que você deveria ligar para aquela médica que atendeu você em Chicago.

– Eu tive muitos médicos e médicas.

– Você sabe de quem eu estou falando – disse Tabby.

– A psicóloga? Aquela que você chamava de Dra. Morte?

– Sim, ela.

– Você sabe o que foi que ela me disse? Ela disse que os sobreviventes podem viver e amar mais plenamente do que as pessoas que não encararam a morte.

– Sério que é isso o que você está fazendo?

– Creio que eu esteja sendo uma sobrevivente. – Ela abriu a porta e desceu pelo passadiço.

– Amo você, Jojo! – Tabby chamou da varanda.

– Amo você também, Tabs.

Com feridas grandes e pequenas, os três permaneceram em silêncio durante o trajeto até a Interestadual 57. Nem uma palavra foi dita até a cidade de Mattoon.

– O meu pai gostava de uma churrascaria aqui – Gabe disse.

Jo pisou no pedal do freio.

– Devo parar? Precisamos de gasolina, e a Ursa está com fome.

– Eu queria pizza! – Ursa choramingou.

Gabe se virou para olhar para ela.

– Há uma boa pizzaria descendo a estrada. É um daqueles lugares antiquados que tem uma *jukebox*.

– Eu quero a Tabby!

– Não acho que sirvam isso lá – disse ele.

– Cale a boca!

– Ei, isso não é legal – disse Jo.

Gabe se virou de frente para o para-brisa. O carro ficou em silêncio novamente. Jo passou por Mattoon.

– Desculpe, Gabe – Ursa disse, alguns minutos depois.

– Desculpas aceitas. E eu sinto muito por ter estragado os seus planos. – Ele se virou para olhar para ela novamente. – Quer experimentar a pizzaria mais à frente? Eu costumava ir lá quando tinha a sua idade. E também gostava de tocar as músicas na *jukebox*.

– Aposto que eles não têm "The Purple People Eater".

– A gente vai encontrar algo bom.

– É melhor você confirmar se esse lugar ainda está em funcionamento – disse Jo.

– Vai estar. Era imenso, com os moradores locais e sempre lotado.

Ele usou o celular para encontrar o restaurante. Jo olhou de relance para Ursa pelo retrovisor. Ela estava desenhando novamente. Os lápis de cor e o bloco de arte tinham sido ótimas compras.

– O que você está desenhando? – Jo perguntou.

– Um comedor de gente roxo.

A arte era uma forma de autoapaziguamento para Ursa. Quando ela queria algo ou sentia falta de alguém, frequentemente desenhava o que quer que fosse para satisfazer sua necessidade.

Eles chegaram a Effingham ao anoitecer. Àquela hora, Jo preferia comer *fast-food* a parar para um jantar à mesa. Mas, se Gabe queria ver um refúgio da infância, ela também iria. Conectar-se com o pai dele poderia ser exatamente aquilo de que ele precisava.

Enquanto Gabe guiava o caminho até o restaurante, Ursa se curvou sobre o bloco de arte, totalmente focada em seu desenho, apesar da luz fraca.

– Pode trazer as suas coisas de arte – Gabe disse, enquanto Jo estacionava. – A pizza demora um pouco para ficar pronta, e você vai ter o que fazer.

Jo examinou a longa fila de motocicletas estacionadas sob as lâmpadas multicoloridas penduradas ao longo do beiral do restaurante.

– Você tem certeza de que este é o lugar certo...?

– É esse mesmo – disse Gabe. Ele abriu a porta de Ursa. – Graças a Deus que eles não mudaram o lugar. O estacionamento ainda é todo de cascalho. E olhe quantos carros estão aqui.

– Olhe quantas Harleys estão aqui – disse Jo.

– Eu sei. Isso não é o máximo? Saiu direto dos anos 1960.

– Eu não saberia quão autêntico é.

– O Arthur sabia. Pena que ele não está aqui. Ele amava este lugar à noite.

– Parece um pouco rústico.

– Sabe, esse é o problema das pessoas agora. Elas vislumbram um pouco de cor em seu mundo cinza de *fast-food* e entram em pânico. Lugares como este são reais demais para elas. Mas este é o tipo de lugar onde as histórias realmente interessantes da humanidade se desenrolam.

– Acho que estou recebendo uma das palestras literárias do Dr. Nash.

– Está, e eu concordo plenamente com ele. Imagine este lugar descrito em um livro que você está lendo e tente trocá-lo por McDonald's.

– Acho que esses dois restaurantes seriam usados para propósitos muito diferentes em um livro.

– Exatamente. Sem comparação. Um deles seria uma metáfora para tudo o que é chato na nossa vida, e o outro, uma metáfora para a pouca imprevisibilidade que ainda existe.

– Contanto que a imprevisibilidade não inclua uma luta de facas entre motoqueiros, estou preparada para isso.

– Uma luta de facas entre motoqueiros! Isso seria o máximo!

– Sabe, o seu lado Arthur é um pouco assustador – disse ela.

– Ursa, você planeja sair do carro em algum momento deste século? – ele perguntou.

– Eu não quero comer aqui – disse ela.

– Você também, não!

– Eu não estou com fome – disse ela. – Quero ir para casa.

– Este lugar é perfeitamente seguro.

– Não é isso. Eu só não estou com fome.

– O que há com ela esta noite? – ele perguntou a Jo.

– Ela está sofrendo de abstinência de Tabby... pode ser difícil. Entre, pegue uma mesa e deixe que eu falo com ela.

– Devo dar a chave de roda para você se proteger primeiro?

Ela deu um tapinha leve no ombro dele.

– Ande. Certifique-se de que haja uma mesa antes que eu gaste energia demais aqui.

Jo se inclinou para a porta aberta e disse a Ursa:

– O Gabe quer muito fazer isso. Você pode cooperar, por favor, só por ele? Mesmo se não estiver com fome?

– Esse lugar parece idiota – disse ela.

– Traga os seus lápis e o papel e não olhe para o lugar.

Ela não se mexeu.

– Você ouviu o que o Gabe disse... O pai dele amava este lugar. O pai dele morreu há dois anos, e esta é uma maneira de o Gabe se conectar com ele. Você entende como isso seria?

– Sim – respondeu ela.

– Então venha. Faça isso pelo Gabe. Ele está lá esperando.

Com relutância, Ursa saiu do carro. Jo estendeu a mão e pegou a caixa de lápis de cor e um bloco de papel. Ela olhou para o comedor de gente roxo no topo do bloco.

– Esse desenho está ótimo – disse ela. – Adoro como você fez a boca dele.

– Tem que ser assim grande porque ele consegue comer uma pessoa inteira.

– Os dentes são bem assustadores.

– Ele não come mais gente, na verdade. Ele foi para a floresta mágica onde a Julieta e o Hamlet vivem, e eles o ensinaram a ser bom.

– Ele vai estar na sua peça sobre Julieta e Hamlet?

– Eu não sei. Eu apenas fingi que ele estava na floresta mágica enquanto o desenhava.

Elas subiram em uma varanda de tábuas gastas iluminada por lâmpadas coloridas. Jo puxou para trás a pesada porta de madeira e, assim que entrou, entendeu o fascínio de Arthur pelo lugar. O interior era feito principalmente de madeira, com pisos de tábuas, paredes com painéis e cabines e mesas de madeira, e a madeira lavada parecia impregnada com o cheiro do tempo, das histórias das pessoas, como Gabe havia dito. O lugar cheirava a pinho e gordura de pizza, e a suor, uísque e tabaco, os cheiros misturados envelhecendo como vinho em um velho barril de carvalho. O *hit* dos anos 1960 de Nancy Sinatra, "These boots are made for walkin", estava tocando na *jukebox*, que piscava. Combinava perfeitamente com o clima do local, mas a música quase foi abafada por risos e vozes. A atmosfera estava escura, na maior parte iluminada por luzes coloridas, exceto por lâmpadas de bilhar sobre três mesas de sinuca no fundo da sala. Em torno das mesas, homens e mulheres tatuados bebiam cerveja e tagarelavam enquanto observavam as bolas de bilhar rolarem.

Muitos olhos seguiram Jo e Ursa até Gabe, que estava sentado a uma mesa no meio do salão. Os clientes, na maior parte moradores locais, pelo que Jo podia ver, provavelmente sabiam que ela e Gabe eram turistas. O jeans e a camiseta deles se misturava bem com as roupas do pessoal lá, mas a camisa da Sociedade Ornitológica Americana de Jo certamente a fazia destacar-se.

Jo sentou-se em frente a Gabe, e Ursa sentou-se na cadeira entre eles, em volta de uma mesinha quadrada.

– O máximo, não é? – disse Gabe.

– Tenho de admitir que eu sinto como se tivesse voltado a uma outra época. Mas acho que todos sabem que somos viajantes do tempo.

– Eles não ligam. Estamos apoiando a economia local. – Ele pegou na mão de Ursa e olhou para as unhas dela cor de lavanda. – É uma cor bonita. A Tabby fez as unhas dos seus pés também?

Ursa assentiu.

– Nelas a gente usou um roxo mais escuro. – Com um lápis na mão, ela se curvou sobre seu comedor de gente roxo novamente, seu rosto pairando perto do papel para que pudesse enxergar na luz fraca.

Gabe abriu o cardápio.

– Você quer pizza do quê, Ursa?

Ela não levantou a cabeça.

– Do que você quiser.

Como Jo comia pouca carne vermelha, especialmente embutidos, eles pediram uma pizza grande metade vegetariana, metade calabresa.

– O que você quer beber, querida? – perguntou uma garçonete quarentona com maquiagem pesada e marias-chiquinhas vinho.

Ursa continuou desenhando.

– Que tal um coquetel infantil? – Gabe perguntou. – Eu comprava isso aqui.

– Tudo bem – disse Ursa, sem erguer os olhos.

Jo olhou para o que a havia deixado completamente focada. Ela estava desenhando plantas e árvores ao redor do comedor de gente roxo.

– Essa é a floresta mágica? – Jo perguntou.

– Sim.

– É como uma selva.

– Ela é mágica. E o protege.

– Ele não pode usar todos aqueles dentes para se proteger?

– Não quando há coisas ruins ao redor.

Gabe ergueu as sobrancelhas para Jo, notando o humor estranho da garota.

– Quer escolher uma música na *jukebox*? – ele perguntou. – Ninguém está usando agora.

– Você pode fazer isso, se quiser – disse Ursa.

– Vou ver se tem a sua canção nela. – Ele se levantou da mesa e parou diante da *jukebox*.

– Algum problema, Ursa? – Jo perguntou.

– Eu não queria vir aqui – disse ela.

– Eu sinto muito. Obrigada por fazer isso pelo Gabe.

A primeira canção escolhida por Gabe, "Smells like teen spirit", começou a tocar antes de ele retornar à mesa.

– Você é fã do Nirvana? – ela perguntou, quando ele se sentou.

– Não um fã dedicado. Mas eu gosto desta música.

A água de Jo, a cerveja de Gabe e o coquetel infantil de Ursa chegaram. Erguendo seu copo, Gabe disse:

– Quero propor um brinde.

Jo pegou sua água.

– A quê?

– Ao casamento de Katherine e George. Que seja longo.

– Mesmo?

– É uma ótima ideia. Pelo menos alguém da minha família vai ter um encerramento nessa coisa toda.

Ele estendeu o copo.

– Ursa, vamos fazer um brinde – disse Jo.

– Eu não entendo. A Katherine é sua mãe – disse Ursa, prova de que estava ouvindo.

– Com certeza ela é – disse ele.

– Ela vai se casar? – Ursa perguntou.

– Talvez – disse Jo.

– Quem é o George?

– George Kinney – disse Jo.

– O dono da nossa casa?

– A casa não é nossa – disse Jo. – Mas, sim, é ele. Pegue o seu copo e vamos fazer um brinde.

Ursa bateu o copo nos deles e bebeu. Depois de seu primeiro gole da bebida doce, a maior parte desceu rapidamente.

– O George não é casado?

– Ele é – disse Gabe –, mas logo não vai estar mais.

– Eles estão se divorciando?

– Algo assim.

– A sua mãe está meio velha para se casar – disse Ursa.

– As pessoas podem estar apaixonadas em qualquer idade – comentou Jo.

Ursa não estava mais ouvindo. Ela ficou sentada, imóvel, olhando para o outro lado da sala. Jo seguiu sua linha de visão. Ela estava olhando para o bar. Um jovem desalinhado com um celular pressionado ao ouvido olhou de relance na direção deles. Quando viu Jo e Ursa olhando em sua direção, ele girou seu banquinho para ficar de frente para o bar. Ursa continuou olhando para alguma coisa, mas Jo não conseguia descobrir o que era.

– Com o que vocês duas estão tão hipnotizadas? Tem um cara bonitão lá ou o quê? – Gabe perguntou.

Ursa pegou um lápis verde e desenhou outra folha em sua floresta mágica.

– Você é o cara mais bonitão daqui – disse Jo.

– Só porque os meus rivais são velhos motoqueiros.

Ele estava enganado. A multidão era bastante jovem, especialmente as pessoas sentadas no bar. O cara para o qual Ursa parecia estar olhando saiu da banqueta e passou pela mesa deles, com o olhar fixo neles enquanto passava. Ursa o observou sair do restaurante.

– Você conhece aquele homem? – Jo perguntou.

– Que homem? – ela disse.
– Aquele para quem você estava olhando agora mesmo.
– Eu estava olhando para aquela coisa por cima da porta.
– A ferradura?
– Por que aquilo está lá? – Ursa perguntou.
– Para dar boa sorte às pessoas que entram pela porta. É uma superstição.

Ursa ficou com o olhar fixo na ferradura por mais alguns segundos antes de voltar ao desenho.

Agora que Gabe havia abraçado o futuro de Katherine e George, ele estava de bom humor. O restaurante provavelmente também contribuiu para isso. Ele e Jo ficaram conversando sobre música e outras coisas até a pizza chegar, mas Ursa continuou desenhando – a floresta protetora ao redor de seu alienígena roxo ficando cada vez mais elaborada.

Gabe elogiou a pizza. Jo gostou bastante dela, mas tinha a sensação de que o entusiasmo de Arthur sobre o restaurante tinha adicionado mais sabor à pizza do que Gabe percebeu. Ele insistiu em pagar a conta e deixou uma boa gorjeta para a garçonete.

Na saída da cidade, Jo parou para abastecer e fez Ursa usar o banheiro porque ela se recusou a usar o do restaurante. Ela ainda estava agindo de forma estranha e retraída. Jo achava que o cansaço poderia ser a raiz do mau humor da menina e esperava que ela dormisse na maior parte do caminho de volta para o chalé.

Jo e Gabe vagaram por vários tópicos durante suas conversas na viagem, mas evitaram falar sobre o que havia acontecido com George, porque Ursa ainda estava acordada. Ela estava inquieta, mudando de janela em janela, e mais de uma vez Jo teve que lhe dizer para colocar o cinto de segurança de volta.

Quando Jo entrou na rodovia municipal, viu luzes em seus espelhos. O carro atrás deles virou com eles e seguiu-os pelos seis quilômetros até a Rodovia Turkey Creek.

– Não me diga que eles vão virar aqui também – disse ela.
– Quem? – Gabe perguntou.

Ursa olhou pela janela traseira.

– Aquele carro que está atrás de nós – disse Jo. – Posso jurar que está conosco há um bom tempo.

Quando Jo dobrou a esquina da Rodovia Turkey Creek, o carro acelerou de repente e desapareceu.

– Eles estão perdidos – Gabe disse. – Viram a placa de "Sem saída" e perceberam que essa não é a estrada que procuravam.

Jo dirigiu até a entrada de automóveis recém-coberta de cascalho de Gabe, mas parou na estrada para se certificar de que Lacey não visse Ursa. Ela saiu do carro para se despedir dele.

– Foi uma boa viagem, não foi, apesar de você ter visto o George?

– Foi interessante, com certeza. Duvido de que eu durma muito.

Ela sorriu.

– Isso é uma indireta? Devo deixar a porta da frente destrancada?

Ele a beijou.

– Coloque a chave no lugar de costume. Você deve manter as portas trancadas à noite.

29

Ursa queria dormir na cama de Jo, mas Jo não podia deixar que ela fizesse isso. Ela dormiu no quarto de Jo apenas duas vezes: na primeira noite em que Gabe ficou lá e quando machucou a cabeça. Jo precisou ter cuidado ao manter as camas separadas, especialmente agora que poderia se inscrever para se tornar sua mãe adotiva. As pessoas poderiam interpretar as coisas de forma errada se ela dormisse com Ursa. Se isso acontecesse, eles provavelmente fariam perguntas desagradáveis a Ursa sobre o relacionamento dela com Jo.

Depois que Ursa vestiu o pijama da Hello Kitty e escovou os dentes, Jo apagou todas as luzes, exceto a do fogão, e aninhou Ursa no sofá, colocando uma coberta sobre ela. Então beijou a face de Ursa.

– Bons sonhos, Ursona.

– O Gabe vem para cá?

– Acho que não. Ele está mais cansado do que imagina. Todos nós estamos.

– Eu queria que ele estivesse aqui.

Jo se levantou do sofá.

– É hora de dormir. Nós vamos levantar mais tarde do que de costume porque está muito tarde agora.

Quando Jo foi se afastando, Ursa disse:

– Deixe a sua porta aberta.

– Ok.

– Eu posso ir dormir com você?

– Você conhece as regras. É hora de dormir. – Jo desejou que pudesse ceder. Ela nunca tinha visto Ursa com medo na hora de dormir, nem mesmo logo que ela havia chegado. Talvez tivesse algo a ver com o desenho do alienígena com dentes grandes. O humor dela mudou depois que o desenhou.

O zumbido alto e monótono do ar-condicionado fez com que Jo dormisse rapidamente. Mas, depois de apenas algumas horas, ela foi acordada pelo Ursinho. Ela olhou para o celular. Eram 2h10, tarde demais para que o cachorro estivesse saudando Gabe. Ele provavelmente estava latindo para um guaxinim ou um cervo. O ar-condicionado estava na fase de seu ciclo de ficar desligado, e Jo desejou que ele voltasse a ligar para mascarar o ruído.

Ursinho ficou furioso de repente: seus latidos estavam tão rápidos que ele mal conseguia respirar. Ele acordaria Ursa, se já não a tivesse acordado. Jo teve que se levantar e acalmá-lo.

Ela parou com tudo na entrada da sala. Ursa estava parada ao lado do sofá olhando para ela, seu corpo anormalmente congelado. O rosto dela parecia um azul fantasmagórico projetado pela luz fluorescente do fogão, e os olhos dela pareciam dois buracos negros. Ela havia se tornado uma *changeling* novamente.

– Jo... – disse ela.

Jo ignorou as fortes batidas irracionais de seu coração.

– Volte para a cama – disse ela. – Talvez haja um coiote lá fora. É melhor colocar o Ursinho na varanda.

Quando Jo se moveu em direção à porta da frente, Ursa correu até lá e lançou as costas contra ela com os braços abertos.

– Não saia!

– Por que não?

O choro mesclado com soluços ficou preso na garganta da menina.

– Os homens maus! Os homens maus estão aqui!

O corpo de Jo ficou frio.

– Que homens maus?

Ela começou a chorar.

– Eu sinto muito. Eu devia ter contado a você. Eles vão matar você também! Eu sinto muito! Eu sinto muito!

Ursinho parou de latir por cerca de dez segundos, mas começou de novo, desta vez muito mais perto da casa. Jo agarrou os ombros de Ursa.

– Pare de chorar e conte o que está acontecendo. Foi aquele homem no restaurante?

– Sim! Mas não é ele!

– Isso não faz nenhum sentido. – Jo sacudiu-a de leve pelos ombros, tentando extrair algo mais claro dela. – Conte o que está acontecendo! Eu tenho que saber.

Dois tiros soaram e Ursinho soltou um som horrível.

– Ursinho! – Ursa gritou. – Ur...

Jo tapou a boca da garota com a mão.

– Quieta! – ela disse, sibilante.

Os uivos e gritinhos de Ursinho não pararam. Outro tiro foi disparado, e ele ficou em silêncio. Ursa quase desmaiou em soluços ofegantes. Jo colocou as mãos no rosto da menina para focar a atenção dela.

– Quantos homens estão lá fora? Você sabe?

– Eu... acho que são dois. Naquele carro. Não sei direito! Eles mataram o Ursinho!

– Aquele carro que nos seguia desde Effingham?

Ursa assentiu, seu corpo estremecendo com soluços fortes.

– Você tem que parar de chorar! Por favor! Se eles ouvirem você, vão saber onde estamos!

Ursa engoliu seu choro em goles, e o silêncio deu a Jo uma chance de se concentrar. Na parte de seu cérebro que conseguia funcionar fora do instinto de sobrevivência, ela compreendeu que os homens deviam ter algo a ver com o passado de Ursa. Mas não conseguia pensar em nada além disso ou de seu desejo de manter Ursa em segurança. Os homens poderiam atirar dentro da casa a qualquer segundo. Ligar para o número de emergência e descrever sua localização remota seria uma perda de tempo. Ela esperava que Gabe tivesse ouvido os tiros e chamado a polícia, mas não havia nenhuma garantia de que isso tivesse acontecido.

Para entrar, os homens teriam que usar a porta de madeira da frente ou a dos fundos. O velho chalé fora erguido sobre blocos de concreto, e as janelas ficavam localizadas na metade da parede – muito altas para que o acesso fosse fácil pelo lado de fora. Jo arrastou Ursa para longe da porta, com medo de que uma bala pudesse passar. Ela ficou na entrada de seu quarto, tentando pensar. Os homens saberiam que seus tiros as haviam acordado. Ursinho frustrou um ataque surpresa. Agora os homens estavam na defensiva. Eles presumiram que Gabe ainda estava com elas porque não tinham visto Jo deixá-lo em sua cabana. Eles ficariam com medo de que Gabe e Jo tivessem uma arma.

Mas eles ficariam mais ousados quanto mais tempo houvesse silêncio na casa. Saberiam que tinham suas presas na armadilha e chutariam as portas. Jo e Ursa teriam que sair por uma janela, mas isso as forçaria a correr para a área aberta ao redor da casa antes que pudessem se esconder na floresta. As duas lâmpadas anti-inseto nas varandas dariam aos homens bastante luz para vê-las e mirar nelas.

Uma frase da música do Nirvana que Gabe tocara na *jukebox* passou pela cabeça de Jo. A escuridão seria menos perigosa.

– Abaixe-se e fique aqui – sussurrou ela para a Ursa.

Ursa obedeceu-a, encolhendo-se no chão na porta da entrada. Jo foi até a cozinha e rapidamente desligou o botão da luz do fogão. Ela se agachou na escuridão, esperando para ver se algo acontecia. Talvez eles fossem ficar preocupados quando vissem a luz se apagar. Imaginariam alguém de tocaia com uma arma.

Ela rastejou no chão até a porta dos fundos, deu um pulo para desligar a lâmpada anti-inseto e abaixou-se de novo. Agora a parte dos fundos da casa estava escura. Apenas a fraca lâmpada na porta telada da frente permanecia acesa, mas ela não conseguiu desligá-la, porque o interruptor ficava na varanda. Do chão, ela abriu a gaveta de facas e tirou a maior lâmina que havia ali.

Ela voltou rastejando até Ursa com a faca na mão.

– Levante-se e fique quieta – sussurrou Jo, puxando a mão fria e úmida da menina.

Ursa se levantou, seu corpo tremendo. Embora estar perto de uma janela fosse arriscado, Jo precisava preparar uma saída. A parte inferior da janela de seu quarto estava bloqueada pelo ar-condicionado. A janela do outro quarto era uma escolha melhor de qualquer maneira, porque ficava no lado escuro dos fundos da casa. Quando os homens entrassem pelas portas, Jo e Ursa saltariam pela janela e sairiam correndo para o bosque.

Era um bom plano. Funcionaria. A menos que mais de dois homens tivessem cercado a casa. Mas, se houvesse tantos, com certeza a essa altura eles já teriam atacado.

Jo puxou Ursa para o quarto vazio e empurrou a janela. Estava emperrada. A umidade do verão devia tê-la feito dilatar. Ela a empurrou com todas as suas forças, e a estrutura de madeira finalmente cedeu. O ar-condicionado estava ligado novamente, e ela esperava que tivesse mascarado o som.

Jo usou a faca para cortar a tela.

– Se eles entrarem, pule pela janela e corra para a casa do Gabe pela floresta – Jo sussurrou no ouvido de Ursa. – Não vá pela estrada. Fique na floresta. Esconda-se se achar que alguém a está seguindo. Eles nunca vão encontrar você lá fora, na escuridão.

Quando Jo começou a se preparar para sair, Ursa agarrou o braço dela.

– Vou pegar o meu celular e os seus sapatos – explicou ela, mas teve que puxar a mão para soltá-la da de Ursa.

Ela foi rastejando até o quarto e tateou em busca do celular no chão. Quando o encontrou, trancou a fechadura e fechou a porta. Depois de pegar os sapatos de Ursa na sala, ela voltou para o quarto de hóspedes, fechou a porta e trancou a maçaneta. Agora os homens tinham mais duas portas trancadas para arrombar. Isso daria a Jo e Ursa tempo para chegarem à floresta sem serem vistas.

Jo calçou os tênis roxos nos pés descalços de Ursa e os amarrou com as mãos trêmulas. Ela percebeu que tinha se esquecido de pegar seus próprios sapatos, mas não se arriscou a ir buscá-los.

Ela pressionou Ursa contra a parede próxima à janela aberta. Apenas alguns minutos se passaram desde que os tiros haviam sido disparados, mas parecia uma hora. Mesmo se tivesse ouvido, Gabe não poderia ter dirigido até lá tão rápido assim. Jo discou o número da emergência no celular. A chamada não foi completada. Ela foi para um lugar diferente na sala e digitou os números novamente. Ficou observando enquanto o telefone tentava se conectar, cada nervo seu mais eletrizado a cada segundo desperdiçado.

Um pé chutou a porta da frente com força. Jo saltou e quase deixou cair o celular.

– Jo! – Ursa disse.

Jo colocou o celular no chão e a abraçou bem próxima a si.

– Vai ficar tudo bem. Faça o que eu disse. Fique na floresta até chegar à casa de Gabe. Se não conseguir encontrar a cabana dele, corra para longe e se esconda. Vamos encontrar você quando for seguro. – O homem continuou chutando a porta da frente. O som aterrorizante foi amplificado por mais chutes na porta dos fundos. Agora Jo sabia onde os dois homens estavam, mas ainda não podia mandar que Ursa saísse. O homem na porta dos fundos poderia vê-la correndo. Jo ergueu Ursa e colocou-a sentada no parapeito da janela. As portas estavam se quebrando. Jo e Ursa estavam pressionadas, juntas, compartilhando os mesmos batimentos selvagens do coração. Um dos homens entraria a qualquer segundo. Jo esperava que fosse o da porta dos fundos.

Um tiro espocou, e depois, outro. O homem na porta da frente estava usando a arma para destruir a fechadura. Ele disparou novamente. Quase simultaneamente, a fechadura da porta da cozinha cedeu com um estrondo de madeira se quebrando. Jo baixou Ursa para o chão, mas ela ficou petrificada, olhando para Jo.

– Corra! – Jo sussurrou. – Não perca tempo! Eu vou seguir você!

Ursa partiu em direção ao lado oeste do bosque. Enquanto Jo se arrastava para fora pela janela, ela ouviu o barulho de um motor na Rodovia Turkey Creek. Ela caiu no chão e foi correndo em direção ao bosque no momento em que a caminhonete de Gabe dobrava a esquina, espalhando cascalho. Ele soltou um tiro no ar, tentando atrair os homens armados para longe da casa.

O *timing* dele não poderia ter sido pior para Jo. Ela estava a céu aberto. Mas pelo menos Ursa havia chegado à floresta.

Gabe derrapou a caminhonete até parar perto do Honda de Jo, saltou e se agachou, usando a cabine como cobertura.

– Gabe! Cuidado! – Ursa gritou.

– Não! Volte! – Jo gritou, quando Ursa irrompeu pela fileira das árvores.

Ainda correndo, Jo ouviu pés batendo com força atrás dela. Tiros foram disparados. O homem da porta dos fundos estava atirando em Ursa. Ou talvez em Jo. Gabe estava tentando cobrir Ursa enquanto ela corria, mas o homem na porta da frente estava atirando nele.

Jo corria em meio a um campo de batalha. Armas estalavam ao redor dela. Ela desmaiou, a parte de trás de sua coxa esquerda queimando. Não conseguia se mover, em choque com o ferimento de bala. O homem que atirou nela passou por ela com tudo.

Ele estava indo atrás de Ursa. Jo se levantou, sem sentir dor, mas a perna machucada a impedia de correr tão rapidamente quanto precisava. Na pálida luz celestial, ela viu Ursa correr em direção à caminhonete de Gabe. Ela quase a havia alcançado quando o homem atirou. Ursa caiu. Jo parou e levou a mão à boca para cobrir seu grito. Mas o homem sabia que ela estava lá. Ele se virou, sua arma apontada diretamente para ela.

Gabe berrou, um som primitivo de fúria, e disparou sua arma. Ele estava a céu aberto, incitando o homem a desviar a atenção em Jo. O homem se afastou de Jo para responder ao fogo, mas tropeçou para trás e caiu no chão antes de disparar mais de dois tiros.

Gabe ainda estava de pé.

– Abaixe-se! – ele gritou.

Jo se deitou no chão e o observou correr até o homem. Ele tirou a arma do homem e deu tapinhas no corpo dele, procurando algo. Ele encontrou outra arma e a pegou.

– Quantos são? – ele perguntou para Jo.

– Acho que são dois. A Ursa está ferida!

– Eu sei, mas fique abaixada! – Gabe correu até Ursa, sua arma em prontidão para qualquer acontecimento.

Jo ficou aliviada quando o ouviu falar com Ursa. Ela devia estar bem. Gabe deixou Ursa e correu até Jo.

– Você está ferida?

– Só um pouco. E a Ursa?

Ele não respondeu.

– Diga!

– Ela está mal.

– Ai, meu Deus! Ela se levantou e foi correndo até Ursa, arrastando a perna esquerda.

– Você tem que ficar abaixada! – disse ele, correndo com ela. – Eu matei dois, mas pode haver mais.

Jo afundou no chão ao lado de Ursa, e Gabe se agachou sobre ela, procurando por mais agressores. Ursa estava de costas. Jo não precisava de luz para ver onde ela estava ferida. No brilho fraco das estrelas, ela viu a mancha escura ensopada no tecido do pijama rosa da Hello Kitty. Ela foi baleada uma vez, no lado direito do estômago. Ela respirava, mas estava em choque. O corpo dela tremia, e seus olhos fitavam Jo, mas ela não parecia vê-la.

– Uma ambulância está vindo?

– A Lacey ligou para a emergência quando ouvimos os primeiros tiros.

– Eles podem não trazer uma ambulância!

– Ela ouviu todos os tiros. Vão trazer uma ambulância – disse Gabe, mas parecia preocupado. Ele largou a arma para ligar para Lacey. – A polícia está vindo? – ele perguntou. – E uma ambulância? Não para mim. A Ursa está ferida, bem mal. – Depois de uma pausa, ele disse: – Sim, a menina. – Ele a ouviu por mais alguns segundos antes de encerrar a ligação.

– A Lacey ligou para a emergência duas vezes – disse ele. – Primeiro ela disse que precisávamos da polícia. Quando ouviu o tiroteio, ela ligou de volta e disse que precisavam enviar muitos policiais e ambulâncias.

– E se eles não chegarem a tempo? – Jo chorava.

– Vão chegar.

– Ninguém encontra essa estrada!

– O xerife sabe onde fica. E a Lacey disse que ligaria de volta para dizer a eles que a Ursa está ferida. – Ele tirou a camiseta. – Use isto para pressionar o ferimento. Pressione com firmeza, mas não tanto a ponto de machucá-la. – Ele pegou a arma novamente.

Jo segurou a camisa no horrível ferimento, sem saber ao certo com que força aplicar a pressão.

– E se houver um ferimento de saída?

– Provavelmente há – disse ele. – Ele atirou à queima-roupa.

Mantendo a pressão no ferimento frontal, Jo deslizou a mão sob o lado direito do corpo de Ursa. Ela sentiu o sangue escorrer nas costas da menina. A bala poderia ter entrado por qualquer um dos lados. Ela também tirou a camiseta e a enfiou embaixo do corpo de Ursa, mantendo a pressão em ambas as feridas.

– Você vai ficar bem, meu vírus do amor – disse ela, tocando com os lábios na face de Ursa. – Fique comigo e com o Gabe, ok? Esforce-se ao máximo para ficar conosco.

Ursa estava acordada, seus olhos focados em Jo.

– N-não chore – disse ela, batendo os dentes. – Jo... Pare de chorar!

– Não consigo – disse Jo. – Desculpe, mas eu não consigo.

Ursa fitava os olhos dela.

– Você está ch-chorando porque me ama?

– Sim! Eu amo tanto você!

Ursa sorriu.

– Este é... o quinto milagre. Era o que eu m-mais queria... e eu f-fiz isso acontecer.

Jo chorou ainda mais, e lágrimas escorreram dos olhos de Ursa.

– Jo...

– O que foi?

– Se eu morrer, não fique triste. N-não sou eu – disse ela.

– Você não vai morrer!

– Eu sei. Eu posso v-voltar agora. Eu vi cinco milagres. Não fique triste se isso acontecer.

– Você vai ficar aqui! Quero ser a sua mãe adotiva. Eu ia lhe contar...

– Ia? – Os olhos dela brilharam. Ela parecia a familiar Ursa feliz.

– Você vai morar comigo e com a Tabby na casa bonita. Gostaria disso?

– Sim... mas eu me sinto mal. Pode ser que... Pode ser que eu tenha que voltar para as estrelas.

– Eles chegaram! – Gabe disse.

Jo ouviu um comboio de sirenes ao longe. Mas o som estava muito distante. Ursa havia fechado os olhos.

– Ursa? – chamou Jo. – Ursa, fique comigo!

– Estrelas... – Ursa murmurou. – Jo... Eu estou vendo estrelas.

– Ursa, não! Fique conosco! – Ela tentou manter a pressão sobre as feridas de Ursa, mas seus braços não tinham força. Suas pernas cederam. Ela desabou de lado e caiu de costas. Ela também viu estrelas. Onde estava a Ursa? Onde ficava a Ursa Maior? Que estrelas eram aquelas?

As mãos de Gabe a ergueram.

– Jo! Você está perdendo muito sangue! A sua calça está encharcada!

Gabe estava certo. Jo estava lutando contra a névoa em sua mente desde que o homem havia atirado nela. Ela fechou os olhos e deixou a escuridão chegar. Ela encontraria Ursa. Haveria de encontrá-la, mesmo que tivesse que subir ao céu e ela mesma puxá-la para baixo das estrelas.

30

Ursa. Ursa. Ursa. Foi esse o mantra que tirou Jo dos efeitos da anestesia. Quando abriu os olhos, ela não ficou surpresa ao ver um quarto de hospital. Ela também não estava com medo. O ambiente era familiar demais.

Uma enfermeira de meia-idade que estava mexendo em sua bolsa de soro intravenoso olhou para ela.

– Já acordou? Eu não esperava que isso fosse acontecer por pelo menos mais uma hora.

– Você sabe se a garotinha que entrou comigo está bem?

– Você está perguntando à pessoa errada.

– Quer dizer que eles falaram para você não me dizer.

– Como você está se sentindo? – a enfermeira perguntou, levantando o pulso de Jo para encontrar sua pulsação.

– Bem o suficiente para saber o que aconteceu.

– Você sabe o que aconteceu com você? – Ela provavelmente tinha que estabelecer que Jo poderia lidar com a notícia.

– Eu levei um tiro na parte de trás da perna.

– Você sabe onde está?

– Em Marion?

– Você está em Saint Louis.

– Saint Louis?

– Você não lembra? Você veio para este hospital por meio de evacuação médica.

Agora que sabia, ela lembrou. Ela havia achado que o zumbido alto do helicóptero fizera parte de seu delírio.

– O que está acontecendo com a minha perna?

– Você recebeu várias unidades de sangue, e a cirurgia envolveu reparo vascular e de tecidos. O cirurgião explicará quando vier.

– Tem um homem chamado Gabriel Nash aqui?

– Você está com vontade de receber visitantes?

– Sim, eu quero vê-lo.

– Tem certeza de que está bem o suficiente?

– Sim!

A enfermeira saiu do quarto. Poucos minutos depois, a porta se abriu. Não era Gabe. Um policial uniformizado e um homem vestido com uma camisa branca e calça cáqui entraram. Cada um dos homens portava uma arma, o que significava que aquele à paisana devia ser um investigador. Ambos estavam na casa dos quarenta anos, mas suas aparências eram opostas. O policial tinha cerca de 1,80 metro, olhos escuros e cabelos pretos curtos, e o investigador era cinco centímetros mais baixo, com olhos claros e cabelos loiros presos em um rabo de cavalo grosso. O rosto solene deles fez Jo desejar não ter acordado.

– Joanna Teale? – perguntou o investigador.

– Sim – respondeu ela.

– Sou o investigador Kellen, de Effingham, e este é o senhor delegado McNabb, de Viena.

– Preciso saber sobre a Ursa. Ela morreu? Conte logo.

– Como você sabia que o nome dela é Ursa? – ele perguntou.

– Ela me disse.

– Ela lhe disse o nome completo dela?

– Vocês realmente vão fazer isso comigo? Vão me fazer cem perguntas sem me responder à única que importa?

– Não podemos responder, porque ela ainda está em cirurgia ou no pós-operatório. Não sabemos se ela vai sobreviver.

Jo colocou as mãos no rosto, a única privacidade disponível. Ela pensou que Ursa tivesse morrido na propriedade dos Kinneys.

– Ela está aqui... neste hospital?

Após uma pausa, o investigador disse:

– Sim.

O outro policial, McNabb, lançou a Kellen um olhar de desaprovação. Por alguma razão, ele não queria que o investigador revelasse o paradeiro de Ursa.

– Você sabe por que aqueles homens atiraram na Ursa? – Jo perguntou.

– Por favor, pode nos deixar fazer as perguntas, Sra. Teale? – o delegado McNabb disse.

– Você está se sentindo bem o suficiente? – Kellen perguntou.

Ela consentiu, e, durante os vinte minutos seguintes, respondeu às muitas perguntas deles. McNabb, que estivera na cena do crime, perguntou principalmente sobre o tiroteio, enquanto Kellen se concentrou mais na história de Jo com Ursa. Embora eles não tivessem dito isso, muitas de suas perguntas visavam claramente a corroborar as declarações que Gabe havia feito. Jo tentou mantê-lo fora de sua história tanto quanto possível, mas os dois policiais o traziam à tona na conversa com frequência.

– Gabriel Nash estava lá quando isso aconteceu? – o investigador frequentemente perguntava.

Quando Jo falou sobre Ursa e como a menina tinha ido morar com ela, tudo soava errado. Ela viu o julgamento nos olhos dos homens e ouviu-o nas perguntas que eles faziam. À medida que o interrogatório continuava, Jo começou a pensar que poderia estar em sérios problemas com a lei. A ansiedade, combinada com as muitas outras tensões em sua mente e em seu corpo, deixou-a rapidamente esgotada. A polícia percebeu que ela estava perdendo a coerência e decidiu desistir pelo momento.

– O Gabe está aqui? – Jo perguntou, antes de eles saírem.

– Ele estava, há uma hora – disse Kellen. – Descanse um pouco. – Ele e o delegado saíram pela porta afora.

Jo apertou o botão de chamada.

– Tem como você ver se um visitante está na sala de espera e trazê-lo aqui? – Jo perguntou à enfermeira quando ela chegou.

– É um membro da família?

– Não.

– Por ora, apenas a família tem permissão para entrar.

– Essa decisão não caberia a mim?

– Você terá de falar com o seu médico.

– Tudo bem, deixe que eu fale com ele.

– Não posso dizer quando ele vai estar aqui. Ele vai ver você quando fizer a ronda dos pacientes.

O hospital era burocrático. Jo conhecia isso bem. Mas estava cansada demais para discutir. Ela parou de lutar contra a medicação e não resistiu ao sono.

Quando acordou, horas depois, descobriu que havia perdido a visita do médico. Jo estava desesperada para saber notícias sobre Ursa, mas chegou uma enfermeira nova ainda menos comunicatva que a anterior. A medicação para dor que a enfermeira havia lhe dado a anestesiou novamente.

Jo achou que estivesse sonhando quando sentiu lábios tocando sua face. Ela venceu uma batalha contra suas pálpebras pesadas e avistou olhos verdes familiares.

– Tabby!

– Essa coisa de hospital já está cansando, Jojo – Tabby disse. Ela olhou na direção de uma janela escura e disse: – Vá em frente, beije a moça. Ela precisa disso. – Ela ficou de lado, e lá estava Gabe, o rosto dele abatido e escurecido por uma barba. No início, ele e Jo só conseguiram ficar olhando um para o outro.

– Vamos, Nash, dê logo um beijo nela – Tabby disse.

Ele se inclinou sobre ela e a abraçou. Eles ficaram abraçados por um longo tempo antes de obedecerem a Tabby com um selinho.

– Como vocês entraram? – Jo perguntou. – Eles estavam barrando os visitantes desde que eu acordei esta manhã.

— Foi a Tabby quem conseguiu — Gabe disse. — Em coisa de dois minutos, ela conseguiu que os seguranças abrissem a porta, e eu tinha ficado tentando o dia todo.

— Como você conseguiu fazer isso? — ela perguntou a Tabby.

— Eu disse que você era órfã e uma sobrevivente de câncer que não tinha ninguém em quem confiar a não ser nós dois.

— Ela foi persuasiva — Gabe disse. — A enfermeira no balcão já estava com os olhos cheios de lágrimas.

— Já sou uma *expert* em ogros de hospital — Tabby disse —, porque a Jo vem para esses lugares com frequência. Ela deve gostar da comida.

— Como você ficou sabendo que eu estava aqui?

— O Gabe.

— Eu sabia que você ia querer ela aqui — ele disse —, e ela estava listada no registro de membros da universidade.

— Estou sempre na lista — disse Tabby. — Nunca se sabe quando um cara gostoso vai precisar do seu número. — Ela piscou para Gabe.

— Ninguém conseguiu encontrar o número do seu irmão — Gabe disse.

— Ótimo — disse Jo. — É melhor que ele não saiba.

— Você tem que ligar para ele — disse Tabby.

— Você sabe que ele acabou de começar a residência em Washington. Os meus problemas de saúde já causaram transtornos suficientes na vida dele.

— Jo... — disse Gabe.

— Tudo bem, eu ligo para ele. Eles falaram alguma coisa sobre a Ursa a vocês?

— Eles não querem me contar nada — disse Gabe. — E o noticiário local também não ajudou. Foi reportado como tentativa de roubo. Tudo o que disseram foi que dois homens foram mortos a tiros e uma criança e uma mulher foram levadas por via aérea para um hospital, por causa de ferimentos à bala.

— Isso de fato diz alguma coisa — disse Jo. — A Ursa deve ter sobrevivido à cirurgia! Se uma menininha morresse em um assalto, a notícia se espalharia rápido.

– Você tem razão – disse Tabby. – A mídia nunca perde uma oportunidade de explorar a tragédia que ocorre com uma criança. Essa notícia provavelmente chegaria a Chicago.

– Gabe... – disse Jo.

– O que foi?

– Acabei de me dar conta de que... você matou duas pessoas. Você está bem?

– Sim.

– Por que as expressões sombrias no rosto de vocês? – Tabby disse. Dando tapinhas nas costas de Gabe, ela continuou: – Este cara é um herói. Ele salvou a sua vida e a de Ursa.

– Ela está errada, não é? – ele disse. – Eu quase fiz com que vocês duas fossem mortas. Se eu não tivesse aparecido na hora em que apareci, a Ursa não teria levado um tiro.

– Você não pode se sentir culpado por isso. Não havia como você saber – disse Jo.

– Sim, eu me sinto culpado. A Ursa saiu do esconderijo para me avisar. Eu nem sabia onde você estava quando ela gritou e saiu correndo da floresta. Eu tentei cobri-la, mas estava na linha do fogo do cara que estava na porta da frente quando o outro saiu pela porta dos fundos. Eu não poderia cobrir os dois.

– Era uma situação impossível – disse Jo.

– Não para você – disse ele. – Quando entrei na casa com a polícia, a gente juntou os pedaços e entendeu o que você fez. Você esperou até que eles invadissem o chalé para mandar a Ursa sair pela janela. Ela com certeza ficaria em segurança, e você provavelmente também. Eles não haviam arrombado a porta do quarto em que você estava se escondendo. Encontramos o seu celular lá. Ainda estava conectado ao número da emergência, e eles ouviram todos os tiros. Foi quando despacharam os helicópteros.

– Quando eu penso em você trancada naquele quarto com a Ursa... – Tabby disse. Ela abraçou Jo e a beijou novamente. – A sua perna vai ficar bem? O osso não deve estar quebrado, senão você estaria com um gesso.

– Foi principalmente vascular. As enfermeiras dizem que vou ficar bem, mas não tive oportunidade de falar com o médico. Quase não consigo manter os olhos abertos.

– Você perdeu muito sangue – disse Gabe. – Ontem à noite, quando você desmaiou... Tive medo de que você e a Ursa morressem.

– Eu gostaria que pudéssemos visitá-la – disse Jo. – Imagine como ela está chateada.

– Veja isto – disse Tabby. Ela puxou o celular da bolsa, deslizou o dedo sobre ele e ergueu a tela para que Jo a visse. Era uma foto escolar de Ursa sorrindo, e, sobre a foto, estava a palavra DESAPARECIDA e um nome: Ursa Ann Dupree.

– Eu olhei aquele site quase todos os dias! – disse Jo.

– Devem tê-la reportado recentemente – Gabe disse.

– Eu não deveria ter parado de olhar – disse Jo.

– Eu também parei – disse ele.

Jo tirou o celular da mão de Tabby e leu as informações abaixo da foto de Ursa. Ela havia desaparecido em 6 de junho de Effingham, Illinois. E tinha oito anos. Seu nono aniversário seria em 30 de agosto.

– Não acredito que ela só tenha oito anos! – disse Jo.

– Eu sei – disse Tabby, pegando o celular de volta. – Isso é idade para estar no terceiro ano do ensino fundamental.

– Não parece possível – Gabe disse.

– Na primeira noite em que conversei com a Ursa, ela usou a palavra *saudação* – disse Jo.

– Talvez ela seja realmente uma alienígena inteligente no corpo de uma criança – disse Tabby.

Um enfermeiro entrou para registrar os sinais vitais de Jo.

– Quando eu vou poder sair da cama? – Jo perguntou a ele.

– Amanhã de manhã você fará fisioterapia – disse ele.

Depois que o enfermeiro saiu, Gabe sentou-se na beira da cama e segurou a mão de Jo.

– Eles falaram que só podemos ficar mais alguns minutos, e eu preciso contar uma coisa a você.

– Isso não pode ser bom.

– Não é. Estamos encrencados. Mas é pior para você, porque a Ursa dormiu na sua casa alugada e foi trabalhar com você.

– A polícia disse isso a você?

– Eles insinuaram, embora eu tenha dito a eles que eu era tão responsável quanto você por ter deixado a Ursa ficar. – Ele apertou a mão dela. – Odeio dizer isso quando você mal se recuperou, mas preciso. Ligue para o seu advogado, se tiver um. Eu acho que você vai ser acusada de um crime por colocar uma criança em perigo.

A lei de perigo infantil. Não era possível. Não quando tudo o que ela havia feito fora dar comida, abrigo e amor a uma garotinha abandonada.

Mas então ela viu Ursa correndo sob as estrelas. Uma arma disparava sem parar, e Ursa tropeçou e caiu no chão. Tudo porque Jo não a entregou ao xerife.

Ela colocou o braço sobre os olhos e chorou.

31

Na manhã seguinte, alguém bateu à porta de Jo.

– Entre – disse ela, puxando a camisola hospitalar sobre a perna enfaixada.

Ela estava esperando Gabe e Tabby. Eles tinham passado a noite em um hotel próximo. Em vez disso, seu orientador de pesquisa entrou.

– Então... quando você ia me dizer que levou um tiro e quase morreu? – Shaw perguntou.

– Nunca, se possível. Achei que você estivesse cansado da minha desgraça e tristeza infinitas.

– Não estou, e, se tivesse ficado sabendo, teria estado aqui em um piscar de olhos. – Ele arqueou o longo corpo na cadeira na frente dela. – O seu irmão está aqui?

– Falei com ele ontem à noite. Ele queria vir, mas eu disse que estava perfeitamente bem e que ficaria brava se ele viesse.

– Perfeitamente bem? – Shaw disse, olhando para a perna escorada.

– Estou. Como vocês ficaram sabendo?

– O George Kinney nos contou. A polícia teve que entrar em contato com ele, pois isso aconteceu na propriedade dele.

– Deve ter sido uma notícia surpreendente... um tiroteio e dois caras mortos na propriedade dele.

– O *timing* foi ruim. A esposa dele tinha morrido mais cedo, naquela mesma noite.

– A Lynne morreu?

As sobrancelhas brancas de Shaw se arquearam em confusão.

– Você conheceu a Lynne?

– Não... Na verdade, não.

Ele analisou-a por alguns segundos.

– O George me contou que você levou alguém que ele conhece ao *campus* naquele mesmo dia... Gabriel Nash?

Jo assentiu.

– Ele me ajudou a mudar as minhas coisas para a nova casa.

– O George disse que o Gabriel Nash mora na propriedade ao lado da dele. A família dele e a de George têm uma história antiga. – Ele esperou que Jo explicasse como ela conhecia Gabe, mas ela permaneceu em silêncio. – O George me disse que o Gabe pode ter salvado a sua vida.

– Tinha uma arma apontada direto para mim, e ele matou o cara antes que ele disparasse.

– Meu Deus! – Shaw disse, enfiando os dedos entre os cabelos brancos e sedosos. – Tenho que conhecer esse cara e agradecer a ele.

– Você pode realizar o seu desejo. Ele deve estar aqui a qualquer minuto.

– Eu deveria sair?

– Não, visitantes são tudo o que torna um hospital suportável.

– Achei que bons medicamentos fizessem isso...

– Estou cheia dos medicamentos. Eles já estão perdendo os efeitos.

– Por que eu não fico surpreso em ouvir isso? – Ele relaxou contra as costas da cadeira. – Ouvi dizer que a garotinha está bem.

– Está?

– Eles não lhe contaram?

– Não. Eles não querem me dizer nada.

– Ela está na UTI, mas fora de perigo. Eles têm esperança de que ela vá viver.

Se seu orientador não estivesse sentado à sua frente, ela teria chorado de alívio.

— A polícia contou ao Dr. Kinney por que aqueles homens estavam atrás dela?

Shaw sentou-se ereto.

— Ela não foi atingida por acidente?

— Tenho certeza de que eles foram até lá para matá-la.

— Você contou isso à polícia?

— Eu contei tudo a eles.

— Eles disseram a George que provavelmente foi um roubo.

— Acho que estão dizendo isso porque se trata de uma investigação criminal e eles não podem deixar vazar nenhuma informação. Está tudo conectado a alguma coisa que aconteceu em Effingham. Um investigador de lá me fez um monte de perguntas.

O olhar azul de Shaw era penetrante.

— O George disse que a polícia perguntou se ele sabia que a menina estava morando na propriedade dele.

Ela não conseguia pensar em nada para dizer.

— Ela estava?

— Sim.

Ele bagunçou o cabelo novamente.

— Acho que estou encrencada.

— O que diabos você estava fazendo?

— Eu fiquei com pena dela. Uma noite ela apareceu com fome e vestindo um pijama sujo. Ela nem tinha sapatos.

— Eu me lembro disso... você deu a ela as suas sandálias.

— Eu liguei para o xerife no dia seguinte, mas ela correu para o mato quando ele chegou.

— Mas isso foi... há mais de um mês!

— Eu sei.

Ele esperava mais explicações.

— Eu odiava a ideia de que ela fosse parar em um lar adotivo. A gente ouve todas aquelas histórias ruins...

— Você tinha certeza de que os pais dela não estavam procurando por ela?

– Se estivessem, nunca contaram para a polícia. Eu verifiquei a internet todos os dias nas primeiras semanas. E então... Eu sei que isso vai parecer loucura, mas eu realmente me importava com ela. Eu estava até pensando em tentar adotá-la.

– Meu Deus, Jo, não posso acreditar! O seu coração é grande demais para este mundo mesquinho.

– Se eu for acusada de alguma coisa, isso vai causar problemas na universidade?

– Talvez.

– Posso ser expulsa da pós-graduação?

– Nunca se sabe, com o nosso chefe de departamento que tem a bunda no lugar do cérebro. – Ele viu quão devastada ela ficou. – Você sabe que vou lutar por você. E eu sei pelo que você passou... Como isso poderia ter... influenciado no que você fez.

Por que todo mundo pensava isso? Ela manteve a boca fechada, mas queria dizer que não teria feito nada diferente se ainda tivesse a mãe, os seios e os ovários. Ela amaria Ursa tanto quanto.

Shaw viu que a perturbou e mudou de assunto.

– Precisa de ajuda para finalizar a sua pesquisa?

– Para falar a verdade, eu não consigo parar de me preocupar com os registros do meu ninho, o computador e tudo o que está naquela casa.

– Eu estaria como você. Se a minha cabeça fosse arrancada do meu corpo, o meu cérebro ainda estaria se preocupando com os meus dados.

– Sem dúvida.

– Vou direto para a casa dos Kinneys quando sair de Saint Louis. Eu tenho uma chave para entrar lá.

– Acho que não sobrou muita porta para destrancar.

– Meu Deus, eu preciso ir até lá.

– Não é uma cena de crime? Você acha que pode entrar?

– Posso ter que pedir ajuda ao xerife. Os seus registros de ninho estão evidentes?

– Estão em cima da escrivaninha, em uma pasta marcada como *Registros de ninho*.

– Acho que estão evidentes.

– O meu *laptop* e os binóculos também estão na escrivaninha. Você os levaria de volta ao *campus* e os colocaria em um lugar seguro?

– Farei isso. E eu queria perguntar... Você se importaria se terminássemos de monitorar os seus ninhos ativos?

– Se eu me importaria? Eu ficaria emocionada com isso! Mas você não tem tempo para isso.

– Eu, não. – Ele esfregou o cotovelo esquerdo artrítico que havia quebrado uma vez, geralmente um sinal de que estava prestes a dizer algo que não queria dizer. – Tanner e Carly disseram que viriam monitorar os seus ninhos enquanto você estivesse no hospital.

– Eles não podem ficar no chalé. Como eu disse, as portas estão quebradas, e tenho certeza de que é considerado uma cena de crime.

– Eles acampariam em algum lugar próximo.

Provavelmente onde Jo e Tanner tinham feito amor no riacho, o acampamento favorito de Tanner desde que um grupo de estudantes de pós-graduação o havia levado até lá.

– Você tem certeza de que eles podem tirar uma folga?

– Você está de brincadeira? Quando os alunos terminam suas pesquisas, fazem todo o possível para evitar escrever suas teses. Eles disseram que planejavam ir acampar de qualquer maneira.

– Se eles querem tirar férias para trabalhar, fico feliz com a ajuda.

– E a Carly conhece os seus locais de estudo... Ela trabalhou em muitas dessas mesmas áreas.

– As câmeras dos ninhos podem ser removidas se eles não quiserem lidar com elas. E eu tenho tudo claramente marcado nos mapas que estão nas pastas.

– Claro que sim – disse ele. – Faremos cópias de...

Alguém bateu à porta.

– Entre – disse Jo.

Gabe entrou.

– Desculpem-me – disse ele ao ver Shaw. – Eu volto mais tarde.

– Não, fique. Gabe, este é o meu orientador, Dr. Shaw Daniels. Shaw, este é Gabriel Nash.

Shaw saltou da cadeira e apertou a mão de Gabe.

– É bom conhecer você! – ele disse. – Obrigado por ajudar a Jo! Você salvou a vida dela! E a da garotinha!

Gabe não negou, mas seus olhos traíam seus sentimentos de culpa. Jo analisou Shaw, procurando sinais de que ele via George Kinney no rosto de Gabe. Se ele percebeu a semelhança, sua reação não foi óbvia.

– Eu estava esperando você há muito tempo – disse Jo. – Onde está a Tabby?

Gabe olhou de relance para Shaw.

– Ela está... na loja de presentes.

– O quê? É melhor ela não comprar para mim nenhuma dessas porcarias com preço exorbitante!

Shaw enxugou a testa em um falso gesto de alívio.

– Graças a Deus que eu não comprei aquele balão que dizia "Melhoras"!

– Eu já ia falar: a não ser que seja um balão.

– Droga! – Ele se inclinou para baixo e abraçou-a levemente. – Acho melhor eu ir embora. Quero ir até a propriedade dos Kinneys e me certificar de que os seus dados estejam seguros.

– Eu coloquei os registros de ninho dela na gaveta de arquivos da escrivaninha para deixá-los menos evidentes – disse Gabe. – E a polícia me deixou trancar o *laptop* e o binóculo dela na gaveta de baixo, que tem uma fechadura com chave. Escondi a chave dentro de uma caixa de clipes, na gaveta de cima.

– Gosto desse cara – Shaw disse a Jo. – Ele pensa na segurança dos dados como um cientista.

– Acabou pegando a doença, eu imagino – disse Jo, sorrindo para Gabe.

– Espero ver você de novo – disse Shaw, apertando a mão de Gabe mais uma vez. – Vamos tomar uma cerveja um dia desses. Eu pago.

– Parece ótimo – disse Gabe. Ele estava mais relaxado com um estranho do que Jo jamais tinha visto. Passar um tempo com Tabby causava esse efeito nas pessoas.

– Ele parece ser um cara legal – Gabe disse depois que Shaw saiu.

– Ele é um cara legal. É por isso que eu fiquei na Universidade de Illinois em vez de me inscrever em outro programa de doutorado. Eu só queria trabalhar com ele. – Jo ergueu os braços em direção a Gabe. – Venha aqui e me dê um beijo.

– Você só está dizendo isso porque estou barbeado e irresistível de novo.

– Você sabe disso! – Eles se beijaram por cima da perna escorada dela.

– Fico feliz em ver que você saiu da cama.

– Eu também. O que está acontecendo com a Tabby? Por que você pareceu nervoso quando falou que ela estava na loja de presentes?

– Você não perde uma, não é? Igualzinho à Ursa. Eu nunca conseguiria dar um passo sem vocês duas perceberem.

– E que passo você gostaria de dar?

– Não sei, porque eu nunca tentei. – Ele sentou-se na cadeira. – Então... em relação à Tabby...

– Oh-oh.

– É.

– Oh, Deus, o que ela está fazendo agora?

– Eu tive a sensação de que ela faz coisas assim com frequência.

– O que ela está fazendo?

– Ela roubou a blusa de uma camareira de uma sala dos funcionários no nosso hotel...

– O quê?!

– Ela queria que parecesse oficial...

– Ela queria que *o que* parecesse oficial?

– Ela vai comprar um presente para a Ursa na loja e vai fingir que é entregadora de uma floricultura. Ela vai tentar ver a Ursa.

– A Ursa está na UTI. A porta estará trancada.

– Eu tentei impedi-la – disse ele.

– Não há como impedir a Tabby quando ela tem uma das ideias malucas dela. Ela contou que uma vez escondeu um cordeiro no hospital?

– Espere... você acabou de dizer *um cordeiro*?

– Ahã. A especialidade veterinária dela são animais de grande porte. Um dos cordeiros do rebanho de pesquisa dela perdeu a mãe, e ela estava ajudando a alimentá-lo com mamadeira. Ela sabe que amo os filhotes de animais com os quais trabalha, então embalou o cordeiro no carro dela com o leite, foi dirigindo até Chicago e o enfiou no meu quarto dois dias depois que os meus seios foram removidos. Ela tirou esse minúsculo cordeiro de uma bolsa de ombro, colocou-o na minha cama e me entregou a mamadeira. *Pronto*, ela disse, *quem precisa de tetas? Existem outras maneiras de dar leite.*

Gabe desviou o olhar e piscou.

– Eu sei. Eu chorei como um bebê. No início, ela pensou que eu estivesse chateada. Mas eu amei isso que ela fez e disse. Foi uma das melhores coisas malucas que ela já fez.

– Ela me fez sair com ela quando saímos do hospital ontem à noite – disse ele. – Ela queria explorar e acabamos...

– Em algum lugar estranho.

– Sim!

– Deixe eu tentar adivinhar... uma casa de massagens *hippie*? Um bar de *karaokê* japonês?

– Ela levou você a esses lugares?

– Em Chicago. Ela me fez fazer muitas coisas estranhas quando a minha mãe estava morrendo. Ela disse que eu precisava me lembrar de que havia um grande mundo incrível além das fronteiras do meu triste país... Ela usou exatamente essas palavras. Eu sempre achei que a Tabby deveria ser romancista.

– Eu sei. Esse lance de veterinária não parece certo para ela.

– Faz mais sentido se você souber que ela cresceu em um apartamento na cidade. Ela mal tocou o pé em uma folha de grama e foi trabalhar com vacas, cavalos e ovelhas. O pai dela é dono de uma oficina automotiva, e ele acha isso a coisa mais doida do mundo.

– Ele está zangado com isso?

– Não, ele acha *engraçado* mesmo. Ele é um cara ótimo, peculiar, como ela. Ele criou a Tabby e a irmã dela sozinho quando a mãe das duas se separou dele.

– A Tabby é o tipo de figura de que o Arthur gostaria.

– Conte aonde ela levou você ontem à noite.

– Primeiro fomos a um restaurante galês chamado "Taverna", onde comemos e bebemos a uma mesa comunal.

– Uau, como foi a experiência para você?

– Foi divertido, acredite se quiser. Conhecemos dois caras muito legais... e foi assim que acabamos no bar gay.

– Isso é bem a cara da Tabby!

– O que é bem a cara da Tabby? – Tabby perguntou, enfiando a cabeça na porta. Ela entrou, ainda vestindo a camisa azul da camareira.

– Você viu a Ursa? – Gabe perguntou.

Ela sentou-se na cama.

– Eu quase consegui.

– Você passou pelas portas da UTI? – Jo quis saber.

Ela assentiu.

– Eu comprei um balão e um bicho de pelúcia e escrevi um bilhete que dizia: *Ursa, Nós te amamos! Melhore rapidamente!* Assinei: *Abraços e beijos, Jo, Gabe e Tabby*. O bicho de pelúcia era um gato rajado, aliás... não é incrível?

– Conte a história! – disse Jo.

– Eu procurei a funcionária do hospital que tem a lista dos pacientes, mas o nome de Ursa não estava nela. A mulher olhou para o meu brinquedo e perguntou se a paciente era uma criança. Quando eu disse que sim, a senhora disse que a Ursa provavelmente estava no hospital infantil a alguns quarteirões de distância. Ela verificou isso para mim, mas eles não a listaram lá também.

– Que bizarro!

– Foi exatamente o que eu pensei. Fui até a UTI desse hospital para dar uma olhada, mas as portas estavam trancadas. Eu esperei até uma enfermeira sair com um cara em uma cadeira de rodas...

– Não!

– Sim! Entrei correndo. Antes que alguém percebesse que eu não deveria estar lá, fui procurar a Ursa. Foi quando eu vi o quarto dela.

– Como você sabe que era o quarto dela? – quis saber Gabe.

– Tinha um tira guardando a porta dela.

– Um tira! – disse Jo.

– Você tem certeza de que era o quarto dela? – quis saber Gabe.

– Antes de eu chegar à porta, uma enfermeira me parou e perguntou quem eu era. Eu disse que tinha um presente para Ursa Dupree. Eu disse a ela que deveria entregar o brinquedo e o balão e cantar uma música para ela. Presumi que o tira estava mantendo a guarda de Ursa, então comecei a andar rápido em direção a ele. A enfermeira gritou *Pare essa moça!*, e adivinhem o que aconteceu?

– Ai, meu Deus – disse Jo.

– É, o tira sacou a arma e a apontou para mim. Eu fui arrastada até tipo um escritório de segurança, e eles me fizeram um monte de perguntas sobre como eu sabia para qual quarto ir... o que significa que aquele é realmente o quarto onde a Ursa está. Provavelmente ela não está no hospital infantil porque a polícia sabe que isso é óbvio demais.

– Como você mentiu para escapar da segurança? – Jo quis saber.

– Eu não menti. Mentir seria muito perigoso. Eu disse a eles que conhecia a Ursa por intermédio de você e que fiquei chateada porque o hospital não me deixou vê-la. Eu admiti que tramei o plano para entrar sorrateiramente no quarto dela.

– O que foi que eles fizeram?

– Eles pegaram o meu nome e endereço, mas só queriam me assustar. E disseram que eu seria presa se tentasse de novo.

– Não consigo acreditar numa coisa dessas – disse Jo. – A Ursa está sob guarda policial.

– Eu acredito – Gabe disse.

– Eu também – disse Tabby. Ela baixou a voz e se inclinou para a frente. – Aposto que o governo sabe que ela é uma alienígena no corpo da Ursa Dupree!

32

    Jo havia folheado todas as revistas da sala de espera da UTI, até mesmo *Armas e jardins*, o que teria divertido sua mãe, uma jardineira pacifista. Seu assento favorito era aquele ao lado de uma mesa adjacente na qual ela podia apoiar a perna enfaixada. Ela se exercitava de hora em hora, andando em círculos com suas muletas pela sala. Usava a cabine para pessoas com deficiência no banheiro da sala de espera para se banhar e escovar os dentes e dormia no sofá. Ela comia quando Gabe levava sua comida. Ele ainda estava no hotel próximo e lavava e secava as roupas dela em seu quarto todas as noites.
    Tabby queria se juntar a Jo em seu protesto de ficar lá sentada, mas não mais podia ficar longe de seu emprego. Gabe queria que Jo fosse embora. Ele disse a Jo que a polícia nunca a deixaria ver Ursa, mas ela não conseguia aceitar isso. Ela precisava ver Ursa novamente. Ela sabia, sem a menor sombra de dúvida, que Ursa queria vê-la também.
    A notícia de seu protesto espalhou-se pelo hospital. No terceiro dia, o cirurgião de Jo foi falar com ela. Ele disse que ela estava se arriscando a contrair uma infecção por causa do estresse e talvez um coágulo sanguíneo por passar tempo demais sentada. A segurança do hospital também veio no terceiro dia. Eles disseram para ela ir embora, mas Jo disse que não

sairia dali até que visse Ursa. Disseram que mandariam a polícia removê-la fisicamente, mas isso ainda não havia acontecido.

Jo observava todos os que desciam pelo corredor da UTI da Ursa. Ela prestou atenção na polícia e nas pessoas de aparência oficial que atravessavam as portas. Uma mulher com cabelo afro e mecha branca fazia visitas frequentes, e Jo começou a suspeitar de que ela fosse a conselheira designada pelo tribunal para Ursa. A mulher frequentemente olhava para Jo enquanto esperava as portas da UTI se abrirem. A princípio, avaliou Jo com uma aparente frieza. Mas, no terceiro dia, parecia haver alguma admiração relutante em seu olhar fixo.

Gabe apareceu com o almoço no quarto dia de protesto dela. Estava com olheiras, e as maçãs do rosto dele pareciam mais proeminentes. Ele estava em contato com Lacey e com sua mãe, mas não tinha contado a elas a verdade: que Jo tinha recebido alta do hospital depois de três dias.

Gabe tirou sua mochila e se sentou ao lado de Jo.

– Peru, provolone, abacate e alface com trigo – disse ele, entregando-lhe um saco de papel branco.

– Você não vai comer?

– Não estou com fome.

– Eu gostaria que você fosse para casa.

– Eu gostaria que você parasse com essa insanidade – disse ele.

– Não consigo.

– A Ursa provavelmente não está mais aqui. Tenho certeza de que eles a levaram para algum outro lugar.

– Ela ainda deve estar aí dentro. Aquela mulher de cabelo afro entrou há mais ou menos uma hora.

– Você nem sabe se aquela mulher tem alguma ligação com a Ursa!

– Acho que tem. Ela sempre me encara.

– Todo mundo faz isso... porque o que você está fazendo é uma loucura. Você precisa sair daqui e arrumar um advogado.

– Não preciso de advogado nenhum.

Em vez de discutir sobre isso novamente, ele balançou a cabeça e desviou o olhar.

– Você trouxe roupas limpas para mim?

– Sim, mas ainda estão úmidas.

Quando ela terminou o sanduíche, Gabe fechou os olhos e recostou-se na cadeira. Jo beijou a face dele.

– Você não quer voltar para os seus pássaros? – ele perguntou, os olhos ainda fechados.

– Não posso fazer isso de muletas, e o Tanner e a Carly estão terminando o meu trabalho.

Ele abriu os olhos e olhou para ela.

– Eu achava que você ia querer se certificar de que eles estejam fazendo tudo certo.

– O Tanner tem que fazer as coisas direito.

– Por quê?

– Ele está usando os meus ninhos para voltar a cair nas graças do Shaw, que ficou puto quando ele me largou depois do meu diagnóstico como se eu fosse a Mary Typhoid.[8]

– Eu ainda não consigo acreditar que ele fez isso.

– Eu consigo. O Tanner é...

As portas da UTI se abriram. Jo olhou nos olhos penetrantes da mulher com cabelo afro. Ela estava vestindo uma saia de tom cinza claro com uma camisa cor de pêssego que combinava muito bem com sua pele morena. Sua forma era como a de Lacey, encorpada e forte, mas não tão alta.

Ela caminhou diretamente até Jo e Gabe.

– Joanna Teale, certo? – ela disse.

– Sim – disse Jo.

– E você sem dúvida, deve ser Gabriel Nash – disse a mulher, parando na frente deles.

– Sim – disse ele, com tensão nas cordas vocais.

Ela cruzou os braços e olhou para Jo.

---

[8] A imigrante Mary Mallon, também conhecida como Maria Tifoide, foi condenada a viver vinte e seis anos em quarentena por doença assintomática, a febre tifoide. O apelido, Typhoid Mary, foi criado pela imprensa para ela, que sofreu muito e não se considerava culpada pelos contágios, e, ainda em 1915, iniciaram-se outros vinte e três anos de quarentena para ela, que só terminariam com sua morte. (N.T.)

– Então... desde quando vocês estão aqui?

– Este é o quarto dia – disse Jo.

– Depois da cirurgia, por incrível que pareça. Vocês são tão teimosos quanto ela.

– A Ursa? – perguntou Jo.

– De quem mais eu estaria falando? Nunca conheci uma criança mais teimosa em toda a minha vida.

– Eu sei como você se sente – disse Jo. – Ela me chutou por um bom tempo antes de eu decidir recuar.

– Sabe, quando ouvi essa história pela primeira vez, não consegui imaginar por que você fez o que fez. Como você pôde não a levar até a polícia por um mês inteiro? Como você poderia não saber que isso era errado?

– Eu sabia que era errado.

– Mas a alienígena entrou na sua cabeça... com os poderes dela... certo?

– Ela ainda diz que é alienígena?

– Ah, sim, eu sei tudo sobre o planeta dela. Hetrayeh é o nome dele, e a pele do povo dela parece a luz das estrelas.

– Ela contou a você sobre os cinco milagres?

– Certamente. Você sabe por que ela não voltou para o planeta dela depois do quinto milagre?

– Como ela explicou isso?

– Ela disse que decidiu ficar quando descobriu que você a amava. O quinto milagre a fez ficar em vez de ir.

Jo teve que desviar o olhar.

A mulher esperou que ela se recuperasse.

– Quer saber um segredinho? Diga Hetrayeh ao contrário.

Jo e Gabe se entreolharam, tentando entender.

– Não é fácil, é? – disse a mulher. – Pessoas com cérebro normal fazem isso devagar.

– Eyarteh? – quis saber Gabe.

– Um som de *th* em inglês não pode ser revertido, a menos que você insira uma vogal. Tente fazer isso no final.

– *Earth*! Terra! – disse Jo.

A mulher assentiu.

Jo tentou inverter o nome de Ursa.

– Ursa Ann Dupree é Eerpud Na Asru. Ela disse que esse era o nome alienígena dela.

– É isso aí – disse a mulher. – Mas ela faz isso rápido. Se lhe der um livro, ela poderá ler as palavras de trás para a frente com a mesma rapidez com que pode lê-las normalmente. – A mulher sorriu com a confusão de Jo e Gabe. – Não, ela não é alienígena. Mas, de certa forma, ela é... pelo menos para o resto de nós. Ela é um gênio. Na primeira série, o QI dela media mais de 160.

– Isso explica tanta coisa! – disse Jo.

– Não é mesmo? – Ela estendeu a mão para Jo. – Sou Lenora Rhodes, dos Serviços de Cuidados com Menores e Família. – Jo e Gabe apertaram a mão dela. – Eu recebi a tarefa impossível de fazer a Ursa me contar o que aconteceu na noite em que ela fugiu.

– Ela não quer lhe contar nada? – Jo quis saber.

Lenora puxou uma cadeira e colocou-a na frente deles.

– Ela disse que só vai contar para você, Jo. Por cinco dias tentamos, e ela diz que tem que ser você.

– Esperta – disse Gabe.

– Estou prestes a arrancar os meus cabelos... ela é esperta demais – disse Lenora. – Vou contar o que sei a vocês em troca de sua ajuda.

– Ela tem família? – Jo quis saber.

– Os únicos parentes vivos conhecidos dela são uma avó viciada em drogas que mora em um *trailer* e um avô com Alzhèimer que vive em um asilo. Ela também tem um tio cujo paradeiro é desconhecido porque ele é procurado pela polícia.

– Se ela não tiver para onde ir, eu gostaria de me candidatar para ser mãe adotiva dela.

– Calma. Vamos dar um passo de cada vez. Você concorda em falar com ela?

– Claro. Você sabe o que aconteceu com os pais dela?

Lenora olhou em volta para se certificar de que ninguém a estava ouvindo. Ela se inclinou para a frente na cadeira.

– Sabemos tudo sobre os pais dela. Ambos cresceram em Paducah, Kentucky. A Ursa deve ter herdado a genialidade do pai, Dylan Dupree. Ele estava em uma ótima trajetória, um daqueles garotos que tinham sucesso em tudo... até se apaixonar por Portia Wilkins no segundo ano do ensino médio. De alguma forma, um dos alunos mais inteligentes daquele colégio se envolveu com uma das alunas mais problemáticas. Portia era extremamente atraente... Talvez tenha sido assim que aconteceu.

– Ou ela era tão inteligente quanto ele, e isso o atraía – disse Jo. – Muitos jovens espertos se metem em encrencas.

– Verdade – disse Lenora. – Seja qual for o motivo, tudo foi por água abaixo para o Dylan quando ele começou a sair com a Portia. Ele se envolveu com drogas e álcool, as notas dele caíram, e ele estava sempre em apuros. No verão entre o primeiro e o último ano, a Portia engravidou. Quando ambas as famílias se recusaram a apoiar a decisão deles de ficar com o bebê, o Dylan e a Portia fugiram. Eles pegaram carona e saíram do Kentucky e acabaram indo parar em Effingham, Illinois.

– Eles se casaram? – Jo quis saber.

– Sim, mas só depois que a Ursa nasceu. Portia era garçonete, e o Dylan trabalhava como empreiteiro. Quando a Ursa tinha dois anos, a renda combinada dos pais dela era alta o suficiente para que eles se mudassem para um apartamento decente. Não há registros de prisão durante esse período, mas acreditamos que o Dylan e a Portia usassem drogas e álcool regularmente.

– Por que vocês acham isso? – Jo quis saber.

– Porque o Dylan se afogou, e eles encontraram drogas pesadas no sistema dele. Isso aconteceu quando a Ursa tinha cinco anos de idade.

– Coitadinha da Ursa – Gabe disse.

– Os amigos que estavam no lago verificaram que ele estava chapado quando foi nadar. A Ursa estava na praia com a mãe, que também estava embriagada.

Lenora parou de falar quando um casal saiu do elevador. Ela esperou até que eles passassem pelas portas da UTI antes de continuar.

– O Dylan era quem mantinha a família unida, e, quando ele morreu, tudo desabou. Durante os três anos seguintes, a Portia esteve constantemente em apuros. Ela foi demitida de vários empregos como garçonete, presa por delitos relacionados a drogas e investigada por passar cheques sem fundos. Ela também perdeu a carteira de motorista depois de ser pega por dirigir bêbada. Quando a Ursa estava no segundo ano, a escola dela investigou a Portia por negligência infantil. A Ursa estava aparecendo na escola com roupas sujas, e mais de uma vez foi encontrada vagando pelos arredores de lá por muito tempo depois do fim das aulas. O comportamento dela se tornou cada vez mais estranho...

– Crianças espertas costumam ser consideradas estranhas – disse Jo.

– Eles levaram isso em consideração. Mas ela interrompia a aula com frequência. Lia as coisas obsessivamente de trás para a frente e levantava a mão para contar histórias loucas para os professores.

– Ela estava entediada – Gabe disse. – Você consegue imaginar como seria um currículo de segundo ano para uma pessoa com um QI desses?

Lenora sorriu.

– Adoro o modo como vocês dois a defendem. Mas, quando uma criança está agindo assim, geralmente é sinal de uma situação familiar estressante. Durante a investigação domiciliar, as assistentes sociais tiveram a impressão de que a Ursa basicamente cuidava de si mesma. Ela sabia cozinhar coisas fáceis, como macarrão com queijo, e fazia a lição de casa, arrumava-se para ir para a escola e ia para o ponto de ônibus sem nenhuma ajuda. As roupas dela estavam sujas porque ela não conseguia chegar à lavanderia sozinha. Depois que o Dylan morreu, a Portia teve que se mudar para um apartamento barato que não tinha lavadora nem secadora.

– As assistentes sociais consideraram tirá-la da mãe? – Jo quis saber.

– A situação tem que ser muito ruim para isso acontecer. Eles decidiram que o que estava acontecendo não era tão atípico para uma criança com uma mãe solteira. O que não sabiam é que a Ursa mentiu quando perguntaram se a mãe dela usava drogas e álcool. O vício em drogas da Portia tinha piorado tanto que ela estava se prostituindo para conseguir dinheiro para pagar por elas. Ela era garçonete em um bar-restaurante...

– Como se chama... o restaurante? – Jo quis saber.

– Não é o lugar onde vocês pararam na noite do tiroteio.

– Você sabe disso?

– Eu sei de tudo – disse Lenora. – Achamos que a Ursa já tinha ido àquele restaurante antes, mas não porque a mãe dela tinha trabalhado lá. O último lugar onde Portia trabalhou foi um local grosseiro onde ela encontrou homens que a ajudaram a sustentar seu vício em drogas. Como ela não tinha carteira de motorista, uma amiga que trabalhava com ela costumava levá-la de carro para o trabalho. Um dia, em junho, ela foi buscar a Portia no apartamento e não obteve resposta. Quando a Portia não apareceu para trabalhar por dois dias, a amiga convenceu o senhorio da Portia a deixá-la olhar o apartamento. Lá dentro, eles encontraram um bilhete na geladeira que dizia que ela e um amigo haviam levado a Ursa para passar as férias em Wisconsin.

– Isso foi depois que as aulas acabaram? – Jo quis saber.

– Sim, a Ursa estava fora da escola. Mas a amiga da Portia não conhecia nenhum amigo que pudesse levá-las para Wisconsin. Ela também sabia que a Portia e a Ursa não deixariam as roupas para trás. Durante uma semana, ela importunou a polícia, mas, quando eles finalmente começaram a fazer perguntas, ela recuou de repente. Ela ficou assustada porque também era usuária de drogas e prostituta. A polícia praticamente largou o caso depois disso.

– Quando a vida de uma garotinha estava em jogo?! – espantou-se Jo.

– Eles não tinham pistas, e a mãe tinha deixado um bilhete. E, na segunda semana, eles não tinham nenhuma evidência para fazer uma busca, porque o senhorio da Portia despejou todos os pertences dela e limpou o apartamento para receber novos locatários. A Portia não pagava o aluguel havia dois meses.

– A polícia não deveria ter deixado o proprietário fazer isso – disse Jo.

– Eles se deram conta disso há duas semanas, quando o corpo da Portia foi encontrado em uma vala.

– Meu Deus! – disse Gabe.

– Eles sabem como ela morreu? – perguntou Jo.

– O corpo estava decomposto, mas há indícios de trauma do lado direito do crânio. A decomposição coincidiu com a data em que ela desapareceu. Ela provavelmente morreu na noite de 6 de junho.

– E a Ursa apareceu no meu quintal no dia 7 de junho – disse Jo.

Lenora assentiu.

– E há uma semana você parou em Effingham para jantar e notou que a Ursa parecia sentir medo de um homem. Possivelmente foi aquele homem quem chamou os dois que seguiram vocês até em casa. Você informou à polícia que a Ursa tinha dito *Eles vão matar você também* logo antes de os homens começarem a atirar.

– Aqueles homens assassinaram a Portia – Gabe disse.

– Provavelmente – disse Lenora, baixando o olhar. – Achamos que a Ursa viu isso acontecer.

– Por que a Ursa está sendo vigiada se os presumíveis assassinos estão mortos? – Jo perguntou.

– Vai saber se só esses dois estavam envolvidos nisso? Talvez o homem ao telefone do restaurante tenha participado do assassinato. Achamos que a Ursa sabe quem é aquele homem e o que aconteceu na noite em que a mãe dela morreu. – Lenora se inclinou na direção de Jo. – Para conseguirmos essa história, precisamos da sua ajuda.

– Quando?

– Hoje. A segurança dela depende de você, Joanna. Você tem que fazer a Ursa falar.

33

Os seguranças da UTI abriram as portas para os dois desgarrados em sua sala de espera. Mas havia regras. Eles não poderiam discutir sobre o que havia acontecido na noite em que a mãe de Ursa morreu até que o investigador Kellen e o delegado McNabb chegassem. O depoimento de Ursa teria de ser testemunhado por policiais para garantir que ela não fosse coagida. E Jo e Gabe não poderiam dizer a Ursa que sabiam tudo sobre o passado dela. Mais importante ainda, não poderiam revelar que o corpo da mãe dela havia sido encontrado. Lenora disse que isso poderia alterar a forma como Ursa contaria sua história.

Quando Jo se aproximou do balcão central da UTI com as muletas, um balão prateado chamou a atenção dela. Estava amarrado a um gatinho rajado de pelúcia. Jo se desviou de Lenora Rhodes e de Gabe.

– Jo, o que você está fazendo? – quis saber Gabe.

Jo tinha que ir atrás do balcão para alcançar os presentes.

– Você não tem permissão para ir até aí – disse um homem. – Senhora...

Jo apoiou uma muleta no corpo, agarrou o gatinho rajado e encarou a equipe indignada.

– Por que isto não foi entregue à Ursa?

Ninguém respondeu.

– Vocês estão vendo este bilhete? Diz claramente o nome dela. Isso significaria muito para ela, e está aqui há uma semana. – Jo olhou ao redor para eles. – Por que vocês esconderiam isso de uma garotinha doente que precisa disso?

– Queríamos dar a ela... – disse uma enfermeira.

– Eles não tinham permissão para fazer isso – Lenora disse.

– Por que não?

– Eu acho que você sabe por quê.

– Vocês estavam tentando nos apagar... Gabe, Tabby e eu. Vocês queriam que ela nos esquecesse.

– Achamos que seria mais doloroso do que útil que ela se lembrasse de vocês – Lenora disse.

– Isso é simplesmente errado. E *sou eu* quem está em apuros!? – Jo segurou o gatinho junto ao cabo da muleta e saiu de trás da mesa, o balão batendo na cabeça dela.

Lenora balançou a cabeça.

– Ah, você não é páreo para a dona Ursa, não é?

Eles continuaram descendo pelo corredor, passando por quartos ocupados na maioria por idosos acoplados a máquinas. O estômago de Jo se contraiu de ansiedade ao ver o tira sentado na entrada do quarto de Ursa. O policial se levantou, a mão no coldre.

– Está tudo bem – disse Lenora. – Eles têm autorização para entrar.

O oficial desferiu a ela um olhar questionador.

– A minha menina não vai falar se não fizermos isso – disse ela. – Acho que estabelecemos isso muito bem.

O oficial deixou Jo passar. Ursa estava sentada na cama do hospital, os restos do almoço espalhados em uma mesa com rodinhas à frente dela. Ela estava estudando atentamente o medicamento intravenoso em seu braço.

– Ah, não, mocinha! – Lenora disse. – Nem pense em tirar isso de novo.

Ursa ergueu os olhos com culpa. Mas, quando viu Jo e Gabe, a expressão dela se transformou em pura alegria.

– Jo! Gabe! – ela exclamou.

Jo se moveu em direção a ela tão rápido quanto as muletas lhe permitiam, colocou o gatinho na cama e se apoiou nos braços estendidos de Ursa. Elas choraram e se abraçaram por alguns minutos. Então Gabe fez o mesmo que Jo, e uma enfermeira ficou observando da porta.

Quando Gabe soltou Ursa, Jo mostrou a ela o gatinho e o balão.

– Isto é da Tabby – ela disse.

Ursa pressionou o gatinho contra a face.

– Eu adoro esse gatinho! Ele parece o César! A Tabby está aqui?

– Ela ficou aqui por muito tempo, mas precisava voltar a trabalhar – explicou Jo.

– Você e o Gabe também estavam aqui?

– Desde que tudo aconteceu – disse Jo.

Ursa olhou furiosamente para Lenora.

– Eu sabia! Eu sabia que eles estavam aqui!

– Você me pegou, mocinha – disse Lenora. – Mas tudo o que eu sempre quis era apenas que você melhorasse.

– Você vai me deixar morar com a Jo e a Tabby?

– Vamos aproveitar o momento – disse Lenora. Ela se sentou em uma cadeira no canto.

– Vai terminar o seu almoço? – a enfermeira perguntou a Ursa.

– Não gosto disso.

– Você pediu macarrão com queijo.

– Você tem que fazer o da caixa azul – Ursa disse –, e o formato deixa o gosto melhor.

– Tente o formato de *Star Wars* da próxima vez – Jo disse à enfermeira.

– Não creio que a nossa cozinha tenha isso – disse a enfermeira, pegando a bandeja.

– Agora que a Jo está aqui, ela pode trazer algumas caixas – disse Ursa.

Jo empurrou a mesa para longe e sentou-se na beirada da cama. Gabe puxou uma cadeira. Jo segurou a mão de Ursa.

– Você está se sentindo bem?

Os olhos castanhos dela derreteram na escuridão.

– O Ursinho está morto?

Jo segurou a mão de Ursa nas suas e a apertou.

– Está. Eu sinto muitíssimo.

Um soluço mesclado com choro irrompeu do peito de Ursa, e as lágrimas escorreram pelas faces dela.

– Estou tão orgulhosa dele – disse Jo. – Ele salvou a minha vida e a sua. Você sabe disso, certo?

Ursa acenou com a cabeça, chorando.

– Quando você melhorar, vamos fazer um belo funeral para ele.

– Com uma cruz?

– Eu posso fazer uma – disse Gabe.

– Onde ele está? – ela perguntou a Gabe.

– Ele está enterrado na floresta perto da casa dos Kinneys – ele respondeu.

Ursa chorou ainda mais, e Jo a abraçou novamente.

– O que há de errado com a sua perna? – Ursa perguntou quando suas lágrimas diminuíram.

– Um dos homens atirou na parte de trás da minha coxa.

Mais lágrimas.

– Desculpe, Jo! A culpa é minha! É minha culpa você ter se machucado e o Ursinho ter morrido!

– Não, não é! Nada do que aconteceu foi sua culpa. Nunca, jamais pense assim.

– Eu deveria ter contado a você! Eu tinha total certeza de que eles estavam nos seguindo...

– Você estava com medo. Tudo bem.

Ursa olhou para Gabe.

– A polícia disse que você os matou.

– Sim – disse ele.

– Você está em apuros?

– Não.

Jo tirou lenços de papel da caixa sobre a mesa e enxugou o nariz de Ursa, que escorria. Ursa usou outro para enxugar as lágrimas.

– Eu amo você, Jo – disse Ursa.

– Eu também amo você, meu vírus do amor.

Ela sorriu.

– Você me chamou assim na noite em que eu levei um tiro. Foi quando eu descobri que você me ama.

– A minha mãe costumava me chamar de vírus do amor... até mesmo quando eu já estava grande.

– Eu gostaria de ter os meus lápis aqui. Acabei de ter uma ideia de algo para desenhar.

– O quê?

– Um vírus do amor. Vai ser rosa com manchas roxas. Os olhos dele vão ser grandes, e ele vai ter antenas longas.

– Parece fofo.

– Eu vou desenhar corações cor de rosa e vermelhos ao redor dele.

– Tem uma papelaria perto do meu hotel – Gabe disse. – Que tal se eu trouxer uns lápis de cor e papel?

– Agora não! Você tem que ficar aqui! – Ela se virou para Jo. – Eu esqueci! Esqueci de contar por que fiquei depois do quinto milagre.

– Por que você fez isso?

– Porque eu decidi ficar com você. Quando você disse que me amava e que talvez me adotaria, eu quis isso mais do que qualquer coisa no mundo. Ainda mais do que o meu próprio planeta. Eu estava nas estrelas quando decidi voltar.

– Estava?

– Sim! Era tudo cintilante, preto e muito lindo. Mas eu só queria você, e tentei muito voltar para você.

Jo deu um beijo no rosto dela.

– Fico feliz por você ter voltado.

Ursa olhou para Lenora.

– Não vou continuar por aqui se eles não me deixarem ficar com você.

– Não vamos nos preocupar com isso ainda, ok? – disse Jo.

– Eu me preocupo, sim, com isso, o tempo todo. Quando eles mentiram e disseram que você não estava aqui, eu tentei fugir e encontrar você.

– Duas vezes, para falar a verdade – Lenora disse.

– Por falar nisso... – disse Gabe. Ele remexeu na mochila e tirou sua cópia detonada de *O coelhinho foragido*. – Eu trouxe isso para você.

– Você vai ler? – Ursa perguntou.

– É claro que vou.

Jo trocou de lugar com Gabe para ele poder mostrar as ilustrações a Ursa enquanto lia.

– Leia de novo! Por favor! – Ursa implorou, quando ele terminou.

Gabe começou de novo. A história teve o mesmo efeito calmante de quando ele a leu para ela no chalé dos Kinneys. Ursa estava quase dormindo quando ele terminou. Ele e Jo acariciaram suavemente o braço dela até que ela caiu em um sono profundo.

Lenora caminhou até a cama.

– O analgésico dela foi reduzido, mas ainda a deixa sonolenta. As emoções tendem a desgastá-la também.

Ela olhou para a porta.

– Bem, preciso almoçar antes que os outros cheguem, e lamento dizer que vocês têm que voltar para a sala de espera. Ela não tem permissão para visitantes sem vigilância.

Eles saíram da UTI.

– Correu tudo bem. Ela fica muito confortável com vocês dois. Acho que vocês vão fazer com que ela diga o que Josh Kellen precisa saber. – Uma enfermeira abriu as portas externas para eles. – Não há nada que Kellen odeie mais do que assassinos de crianças – disse Lenora. – Ele tem que resolver isso. – Ela apontou para a cadeira habitual de Jo na sala de espera. – Sentem-se, e, por favor, não vão a lugar nenhum. Assim que todos chegarem, vamos entrar e falar com a Ursa. Que bom que ela vai estar bem descansada.

Jo e Gabe estavam sentados lado a lado na sala de espera.

– Por que eu sinto que estou prestes a fazer uma merda? – indagou Jo.

– Porque vai ser uma merda – disse ele. – Vamos fazê-la falar sobre o assassinato da mãe.

– Não foi isso o que eu quis dizer. Eu sinto que estamos sendo forçados a enganar a Ursa. Ela está com medo de se separar de nós, e eles vão usar isso a favor deles.

– Eles estão tentando resolver um assassinato, Jo.

– Eu sei, mas tem uma menininha ali. Ela não é apenas uma ferramenta para desbloquear o caso deles.

34

Duas horas depois, Lenora Rhodes quase correu do elevador para as portas da UTI.

– O que está acontecendo? – perguntou Jo.

– Ela acordou e viu que vocês não estavam lá. Está causando novamente.

– Eu posso ajudar – disse Jo.

– Não, é melhor ela aprender que os acessos de raiva não funcionam. – Lenora saiu correndo pelas portas.

– Que raios? – disse Jo.

– É – disse Gabe. – Por que não dar a uma criança doente o que a faz se sentir melhor? Especialmente antes de ela ter que falar sobre a mãe morta?

– Porque eles estão com a cabeça enfiada no rabo!

Eles se sentaram e esperaram novamente. Meia hora depois, o inspetor Kellen, o delegado McNabb e uma mulher com cabelos bem descoloridos na altura dos ombros saíram do elevador. Jo e Gabe se levantaram.

– Esta é a Dra. Shaley – disse Kellen, gesticulando em direção à loira. – Ela é a psicóloga nomeada pelo Estado para a Ursa.

Jo e Gabe apertaram a mão da mulher.

– Fiquei sabendo da sua vigília – Shaley disse a Jo. – Estou impressionada com a sua dedicação. Quatro dias na sala de espera de um hospital! Ouvi dizer que você tomou banho no banheiro.

– Pessoas que não têm voz precisam de outros para falar por eles – disse Jo.

– Você está se referindo à Ursa?

– Sim, estou falando da Ursa.

– Por que você acha que ela não tem voz?

– Porque ela está pedindo para me ver há uma semana e não tinha permissão para isso.

– Nós estamos tentando fazer o que é melhor para ela, não só agora, mas no futuro.

– Sabe, ela tem plena consciência de que o futuro dela está em jogo, e é inteligente o suficiente para saber o que é melhor para ela. Quando ela fugiu, em junho, acho que ela estava procurando um novo lar. Ela queria escolhê-lo, em vez de deixar alguém escolher por ela.

Shaley e os dois oficiais ficaram incrédulos.

– E você acredita que é o lar que ela procurava? – Shaley perguntou.

– Eu adoraria ser. Mas a escolha é dela.

– Ela não tem nem nove anos de idade – disse McNabb.

– E que escolha ela teve quando você foi a primeira pessoa que ela encontrou? – Shaley disse. – Há muitos pais adotivos maravilhosos que adorariam dar a ela um excelente lar.

– Eu espero que você tenha razão – disse Jo. – Ela vai embora se não gostar e pode não dar de cara com gente boa na segunda vez.

– Nós sabemos o que estamos fazendo, Joanna. Tenha fé em nós – disse Shaley.

Shaley e os dois homens saíram andando.

– Vamos chamar vocês assim que verificarmos que a Ursa está bem o suficiente para dar uma declaração – disse Kellen antes de seguir os outros até a UTI.

Jo queria jogar uma muleta neles.

–*Vamos mandar chamar vocês!* Você está vendo como estamos sendo usados?

– Acalme-se – Gabe disse. – Dizer essas coisas para eles só pode machucar você.

– Por quê? Tudo o que eu disse era verdade. A Ursa *estava* procurando seu novo lar. Esse era o propósito dos cinco milagres: dar a ela tempo para decidir e nos dar tempo para criarmos laços com ela.

– Jo… você não é a única pessoa neste mundo que pode amá-la.

– Eu sei disso! Mas por que procurar mais se é o que ela e eu queremos?

– Você é solteira, para começo de conversa. Eles vão tentar colocá-la com uma mãe e um pai.

– Sim, e que besteira é essa, a propósito? Por que isso é melhor? E se fosse um casal gay? Eles vão considerar isso?

– Jo…

– O quê?

– Você está desmoronando emocionalmente. Está nesta sala há muito tempo. Precisa sair daqui e descansar um pouco.

– Não até nós fazermos com que ela fale. Vão deixar a gente ver a Ursa depois de resolverem o assassinato? Talvez eles também estejam nos enganando.

– Eles nunca disseram que poderíamos vê-la depois.

– Eu sei disso. – Ela caiu em uma cadeira. – Maldição!

Gabe sentou-se ao lado de Jo e segurou a mão dela.

Alguns minutos depois, Lenora saiu e viu Jo encolhida na cadeira.

– Você está bem? Está preparada para fazer isso?

Jo não tinha escolha. Se não coagisse Ursa a contar a história, ela nunca mais a veria de novo. Se o fizesse, pelo menos teria uma chance.

– Sim, estou preparada.

Lenora os levou para a UTI. O investigador Kellen, o delegado McNabb e o policial sentinela estavam conversando em voz baixa fora do campo de visão de Ursa. Shaley estava dentro do quarto falando com ela.

– Jo! – Ursa gritou quando a viu. Ela saltou de joelhos, esticando bem o fio intravenoso.

– Cuidado! – uma enfermeira disse. – Você não vai gostar se eu tiver que colocar isso de novo! – Ela puxou Ursa de volta para os travesseiros.

Jo colocou as muletas de lado e a abraçou.

– Por que você foi embora? – Ursa perguntou junto ao peito dela.

– Eles disseram que tínhamos de fazer isso. Nós não queríamos ir.

Ursa se soltou dos braços dela e lançou um olhar amargo para a enfermeira.

– Você mentiu! Disse que não sabia por que eles tinham ido embora!

A enfermeira saiu da sala murmurando:

– Essa menina ainda vai acabar comigo...

Os olhos de Ursa estavam vermelhos. Ela havia chorado muito.

– Você tirou o seu fio intravenoso? – Jo quis saber.

Ela assentiu.

– Eu queria encontrar você e o Gabe.

– Nós estávamos na sala de espera. Você tem que parar de tirar o fio intravenoso. Dói quando eles o colocam de volta, não é?

– Sim! Eles são malvados aqui! Eles me seguraram!

– Eles tiveram que fazer isso porque não podíamos sedá-la – explicou Lenora.

Porque eles tinham de mantê-la acordada para sua declaração.

– Eu quero ir embora! – Ursa disse. – Eu odeio isto daqui! Quero ir com você e o Gabe!

– Você ainda não está bem o suficiente – disse Jo.

– Posso ir com vocês quando estiver? Por favor?

Jo não mentiria.

– Eu gostaria que sim, mas não depende de mim.

A Dra. Shaley apertou bem os lábios vermelhos, claramente infeliz com a resposta de Jo.

– Depende de quem? – quis saber Ursa.

– Você tem visitas, Ursa – disse Lenora, para distraí-la. – Você se importa se eles entrarem?

Ursa voltou um olhar cheio de suspeita para a porta.

– Quem?

– Você se lembra de Josh Kellen?

– O homem com a arma?

– Ele usa a arma porque é um policial – disse a Dra. Shaley. – Ele é um dos mocinhos.

Ela havia dito isso com um tom de voz que se costuma usar para falar com uma criancinha. E Ursa era mais esperta que todas elas.

Lenora deu um passo para fora e disse para Kellen e McNabb entrar. Jo olhou para Gabe. Ele parecia tão consternado quanto ela. Dois tiras, uma conselheira e uma psicóloga encarariam Ursa enquanto ela estivesse falando sobre como sua mãe tinha morrido.

Os olhos de Ursa inundaram-se de medo. Sabia por que eles estavam lá. Lenora se aproximou da cama.

– Ursa... A Jo e o Gabe querem que você conte a eles o que aconteceu na noite em que você fugiu.

Ursa virou um olhar atordoado para Jo, como se de repente a visse como o inimigo. Jo assentiu para Gabe, fazendo um gesto para que ele se sentasse em um lado da cama de Ursa enquanto ela se sentava do outro. Ele viu o que ela tinha em mente. Ele sentou-se perto de Ursa, e seu corpo e o de Jo estavam obstruindo a visão dela das outras quatro pessoas que estavam no quarto.

Jo segurou a mão de Ursa.

– Todo mundo quer manter você em segurança – disse ela. – E, para isso, a polícia tem que saber o que aconteceu na noite em que você fugiu de casa.

– Você sabe por que eu deixei Hetrayeh. Eu deixei a minha casa para fazer o meu doutorado.

– Ursa... eu sei que *Hetrayeh*[9] é *Terra* soletrado ao contrário.

– Eu tinha que fazer isso! As pessoas na Terra não conseguem dizer como o meu planeta se chama. Não usamos palavras.

– Você também me disse o seu nome ao contrário.

– Você não percebe? Eu faço tudo o que a Ursa costumava fazer. O cérebro dela é o meu cérebro.

---

[9] Terra em inglês. (N.T.)

– Joanna... – disse a Dra. Shaley.

Jo olhou para ela.

– Nós não precisamos falar sobre isso agora. Estou ajudando a menina com isso.

Jo voltou-se novamente para Ursa.

– Eles precisam saber o que aconteceu porque têm medo de deixar você sair daqui. Eles estão preocupados que haja outros homens que possam estar atrás de você.

Ela olhou para Gabe.

– Você matou os homens.

– Eu matei todos eles? – ele perguntou.

Ela assentiu.

– E o homem que vimos no restaurante? – perguntou Jo.

Ursa não respondeu.

– A polícia está preocupada com a possibilidade de que ele possa ser perigoso. Eles têm medo por você, assim como o Gabe e eu.

– O Gabe matou os caras realmente maus – disse Ursa.

– Mas por que o homem no restaurante os chamou e disse a eles que você estava lá?

– Ele era amigo deles.

O investigador Kellen se aproximou, desastrosamente tirando o foco que Ursa tinha em Jo.

– Você sabe o nome do homem? – Kellen perguntou.

– Diga para ele – Jo disse. – Está tudo bem.

– Se eu disser, ele vai sair?

– Não. A polícia precisa saber o que aconteceu com a sua mãe.

– Eu não tenho mãe – Ursa disse baixinho.

Jo apertou a mão dela.

– Por favor coloque isso para fora. Manter isso dentro de você está lhe fazendo mal. Não faça isso por eles ou por mim e pelo Gabe. Faça por você.

– Eu disse para eles que eu só contaria se eles me deixassem ir morar com você e a Tabby em Urbana.

– Nós estamos trabalhando nisso – Lenora disse.

Jo reprimiu um impulso de chamá-la de mentirosa.

– Eu vou sair correndo se vocês não me deixarem – Ursa disse a Lenora.

– Eu sei disso. Você me falou isso algumas vezes – disse Lenora.

Jo colocou as mãos no rosto de Ursa.

– Conte para nós para podermos tirar você deste hospital sem sentirmos medo de que algo lhe aconteça. Esqueça que estão todos aqui e simplesmente diga isso ao Gabe e a mim. Por que você fugiu naquela noite? Aconteceu alguma coisa com a sua mãe?

– Ela não era minha mãe.

– A Portia não era sua mãe?

Ursa reagiu ao nome, aparentemente surpresa que Jo soubesse disso. Mas Jo não podia se preocupar em quebrar uma das regras deles. Ela teve que seguir seus instintos.

– Por que você diz que a Portia não era sua mãe?

– Porque ela era mãe da Ursa. Eu ainda não estava no corpo da Ursa. Eu só tomei este corpo depois que os homens a mataram.

– Quer dizer que mataram a sua mãe?

– Eu quis dizer a Ursa.

– E a Portia?

– Eles a mataram primeiro.

– Você viu isso acontecer?

– A Ursa viu isso acontecer. E, quando eu entrei no corpo dela, vi o que tinha acontecido porque ainda estava no cérebro dela.

Jo de alguma forma continuou sem chorar.

– Conte o que você viu no cérebro dela. Conte tudo o que aconteceu naquela noite.

Ursa desviou o olhar de Jo. Ela agarrou o gato de pelúcia que Tabby havia lhe dado, a única distração a seu alcance, e inclinou a cabeça para trás enquanto esfregava o corpo do animal de pelúcia sobre seu rosto.

– Ursa... – disse Jo.

Ursa apertou o gatinho no rosto com as duas mãos e fechou os olhos.

– Vou chamá-lo de César – disse ela. – Gosto do cheiro dele, como o perfume da Tabby.

Jo tirou com delicadeza o brinquedo do rosto de Ursa e colocou-o sobre as cobertas.

– Ursa, você consegue fazer isso. Diga para o Gabe e para mim o que aconteceu naquela noite.

Ela ficava com o olhar fixo no gatinho.

– Que tal você fingir que está escrevendo uma peça? – sugeriu Gabe.

Ursa ergueu o olhar para ele com olhos brilhantes, aparentemente intrigada com a sugestão.

– Qual é a primeira coisa que acontece? – ele perguntou.

– É de noite e eu desço das estrelas – disse ela. – Estou procurando um corpo para usar.

– E depois? – ele perguntou.

– Eu vejo uma menininha pular da janela de um prédio. – Ela viu o choque de Jo. – Não era tão alto – Ursa explicou. Ela voltou-se para Gabe. – A menina cai em arbustos. Foi assim que ela ficou com algumas das contusões. Ela está assustada porque está sendo perseguida por dois homens. Eles saem e sufocam a menina. Eu vejo quando eles a matam.

Olhando para Jo, ela mudou abruptamente da peça para a realidade – para a fantasia que havia se tornado sua realidade.

– Foi então que eu entrei no corpo da Ursa, porque odiava a ideia de que ela tivesse que morrer. Queria que o corpo dela estivesse vivo, mesmo que ela não estivesse.

– O que aconteceu depois que entrou no corpo dela? – perguntou Jo.

– Primeiro eu tive que fazê-la respirar novamente... com os meus poderes. Eu a fiz melhorar e levantei. Eu sabia que os homens pensariam que eu era a Ursa, então fugi. Eu me antecipei a eles porque eles estavam meio com medo de que a Ursa ainda estivesse viva. Tinha um posto de gasolina perto da casa da Ursa, e eu corri para lá. Eu vi uma caminhonete, como aquela que o Gabe tem, mas maior...

– Uma picape de caçamba aberta? – perguntou Gabe.

Ela assentiu.

– Ela estava estacionada ao lado da loja no posto de gasolina, e eu subi na parte de trás dela. Tinha umas coisas lá e vi que eu poderia me esconder embaixo delas. Eu estava com medo de me mexer e, de repente, o dono da caminhonete entrou e começou a dirigir. Acho que ele foi para aquela estrada que você pega para Champaign-Urbana, aquela chamada 57. Eu sentia muito medo porque a caminhonete estava indo tão rápido, e eu estava em um corpo novo e tudo o mais.

Jo e Gabe olharam um para o outro.

– Foi assim que eu encontrei você – disse Ursa. – Meus lances *quark* fizeram isso, com certeza. Eles fazem com que coisas boas como essa aconteçam.

– Como, exatamente, você me encontrou? – perguntou Jo.

– O dono da caminhonete ficou dirigindo por um bom tempo. Antes de parar, ele desceu por uma estrada esburacada. Depois eu descobri que era a Rodovia Turkey Creek.

– De que cor era a caminhonete? – quis saber Gabe.

– Vermelha.

– Estava detonada? Meio como a minha?

Ela assentiu.

– Provavelmente é a caminhonete do Dave Hildebrandt. A propriedade dele fica do outro lado da minha.

O investigador Kellen tinha um caderno na mão.

– Dave Hildebrandt? – ele disse, enquanto escrevia.

– Sim – disse Gabe. – Ele viaja por aí procurando autopeças. Ele reconstrói carros.

– O Dave viu você? – Gabe perguntou a Ursa.

Ela balançou a cabeça em negativa.

– Ele me assustou. Quando chegou em casa, ele logo começou a gritar com alguém. Eles tiveram uma briga e tanto.

– Essa seria a Theresa, a esposa dele – disse Gabe.

Kellen rabiscou em seu caderno novamente.

– Quando você saiu da caminhonete? – perguntou Jo.

– Eu esperei até ele parar de gritar. Mas, quando saí, um cachorro grande ficou latindo para mim. Eu corri porque tinha medo de que ele me mordesse. Fiquei caindo o tempo todo porque estava escuro, e eu estava em uma floresta. Eu parei quando cheguei até a água.

– Turkey Creek, o riacho? – quis saber Gabe.

– Sim, mas eu ainda não sabia o nome. Eu o segui e fui parar naquele lugar onde a estrada termina na colina, bem ao lado da casa da Jo... Quero dizer, dos Kinneys. Eu estava com muito medo de ir até a casa, então fui para o galpão. Tinha uma cama lá dentro... só a parte do colchão... e eu me deitei nela. Eu dormi e não acordei por um bom tempo. Quando eu acordei, estava de dia e vi um cachorrinho, que era o Ursinho. – Os olhos dela encheram-se de lágrimas. – Ele foi o meu primeiro amigo. O Ursinho foi o meu primeiro amigo depois que eu desci das estrelas. E agora ele está morto.

35

Agora eles sabiam como Ursa tinha viajado de Effingham para o chalé alugado por Jo. Mas ainda havia um grande buraco na história dela: a pior parte. Por que ela pulou da janela do apartamento? Jo odiava fazê-la passar por mais, mas a polícia nunca a deixaria em paz até que colocassem um carimbo de "encerrado" no caso do assassinato de Portia Dupree.

Gabe passou de leve a borda do lençol no rosto de Ursa para limpar as lágrimas, e Jo segurou a mão dela.

– Vamos acabar logo com isso. Diga para o Gabe e para mim por que você teve que pular pela janela.

– A *Ursa* fez aquilo. Ela ainda estava no corpo dela quando aquilo aconteceu.

– Ok, então conte por que a Ursa teve que fazer algo tão perigoso.

– Eu já contei. Aqueles dois homens iam matar a Ursa.

– Quais dois homens?

– Os que o Gabe matou.

– Diga o nome deles.

Ursa virou-se para Kellen, ciente de que os nomes importavam principalmente para ele.

– O menor era Jimmie Acer... as pessoas o chamavam de Ace. O mais forte se chamava Cory. A Ursa não sabia o sobrenome dele porque nunca o tinha visto antes.

– Ela nunca o viu antes daquela noite? – perguntou Jo.

– Não.

– Por que o Jimmie Acer e o Cory estavam no apartamento da Ursa?

– Porque... – Ela desviou o olhar de Jo, seus dedos torcendo a ponta do lençol.

– Eles estavam fazendo coisas que a mãe da Ursa disse para ela não falar?

Ursa assentiu, com a cabeça baixa.

– Você não é a Ursa, então pode nos dizer.

Ela ergueu o olhar.

– Acho que você tem razão.

– O que estava acontecendo com o Ace e o Cory?

– O Ace estava lá porque ele estava sempre lá. E ele... sabe...

– O quê?

– Ele foi para o quarto da mãe da Ursa com ela. A mãe dela disse que estavam se divertindo quando fizeram isso. – O brilho da vergonha em seus olhos revelou que ela sabia muito bem o que eles estavam fazendo no quarto.

– Por que o Cory estava lá?

Ursa olhou para baixo novamente.

– Ele veio com o Ace. Para se divertir.

– Ele estava usando drogas?

– Ele agia como se estivesse, e estava bebendo cerveja. Ele estava esperando... – Ela se inclinou e pegou novamente o gatinho rajado de pelúcia para poder ficar mexendo em alguma coisa com os dedos.

– O Cory estava esperando para ir para o quarto com a mãe de Ursa?

– Sim – disse Ursa.

– O que a Ursa estava fazendo?

– Ela estava assistindo à TV na sala. Estava passando um filme... aquele em que os gêmeos se encontram no acampamento.

– *Operação cupido*.

– A Ursa gostava desse filme.

– O Cory estava na mesma sala com a Ursa?

– Sim – disse Ursa, olhando para o gatinho rajado.

– Conte o que Cory estava fazendo – disse Jo.

– Ele ficava rindo do filme e dizendo como era idiota. Isso deixou a Ursa irritada.

– E aí?

Ursa finalmente olhou para Jo, implorando com os olhos para não ter que dizer mais nada.

– Por favor, conte. Vai ficar tudo bem.

Lágrimas escorriam dos olhos dela.

– Ele colocou a mão na Ursa onde não devia. Ela disse para ele parar e o empurrou para longe. Ele disse que daria cinco dólares para ela se ela deixasse ele fazer aquilo. Ele disse que ela seria como a mãe dela de qualquer maneira e que, se ia ser uma prostituta, deveria começar quando era pequena... porque as meninas eram mais bonitas quando eram pequenas...

Gabe pressionou a boca com a mão.

– O que foi que a Ursa fez? – perguntou Jo.

– Ela disse que a mãe dela não era prostituta. Mas o Cory riu. A Ursa ficou enfurecida e desligou a TV. Ela tentou entrar no quarto dela, mas o Cory puxou o braço dela. Ele a empurrou para o sofá e... – Suas lágrimas se tornaram soluços. – Ele tentou tirar o pijama dela. Ela estava gritando e batendo nele...

Jo estava muito sufocada para perguntar, mas Kellen fez a pergunta.

– O que foi que aconteceu? Conte.

– A mãe da Ursa saiu correndo do quarto – ela disse, chorando. – Ela gritou para ele sair de cima da Ursa, pegou uma cadeira e bateu nas costas do Cory. O Ace pegou a cadeira e a segurou para longe dela, mas o Cory tirou-a dele. Ele a despedaçou na lateral da cabeça da mãe da Ursa. – Ursa cobriu o rosto. – Ele acertou com muita força nela! Ela caiu no chão, e uma coisa estava saindo da cabeça dela. Era o cérebro dela, eu acho... estava saindo...

Jo puxou Ursa para junto de seu peito e abraçou-a.

Isso não foi o suficiente para Kellen.

– Por que você saiu correndo? – ele perguntou. – Eles ameaçaram você?

– Não era eu! – Ursa gritou.

– Por que a Ursa saiu correndo?

– O Ace estava xingando o Cory e dizendo que a Ursa tinha visto o que havia acontecido e que ela contaria tudo à polícia. O Cory disse que ela não contaria, e ele agarrou a Ursa. Ele colocou a mão no pescoço dela e apertou com força. A Ursa sabia que seria morta. Ela o chutou e o mordeu e conseguiu se soltar dele. Ela correu para o quarto dela e pulou pela janela aberta.

– Não havia uma tela na janela? – perguntou Kellen.

Ursa balançou a cabeça em negativa, enxugando o rosto com a palma das mãos.

– O dono do imóvel não queria colocar telas, mesmo que a mãe da Ursa quisesse. Eles costumavam brigar por isso.

– Qual era o nome do homem no restaurante? – Kellen perguntou. – Você disse que ele era amigo do Ace e do Cory.

– Eu não sei se ele era amigo do Cory. Ele era amigo do Ace. Ele costumava se divertir com o Ace e a mãe da Ursa.

– Qual é o nome dele?

– Eu não tenho certeza. Às vezes o chamavam de "Nate" e às vezes o chamavam de "Todd"…

– Nathan Todd! – O investigador bateu com o dorso da mão no caderno. – Agora eu o peguei!

– Você o conhece? – perguntou Gabe.

– Ah, sim, eu o conheço. E o celular que encontramos no corpo do Ace mostra que ele recebeu uma ligação do Todd na hora em que vocês estavam no restaurante. Com a identificação da Ursa, eu posso pegá-lo.

– Sob qual acusação? – quis saber Gabe.

– Ele é cúmplice de tentativa de homicídio.

– Isso não será difícil de provar? – perguntou Gabe.

– Nós temos os nossos meios. – Ele colocou o caderno no bolso da calça e foi andando até Gabe. – Eu tenho que lhe agradecer, senhor Nash – disse ele, apertando a mão de Gabe. – Estamos livres de dois grandes canalhas. Você tornou o meu trabalho muito mais fácil.

Jo achou preocupante que ele o estivesse cumprimentando por ter matado dois seres humanos. Mas ela via o mundo de forma diferente da maioria, tendo sido criada por pais pacifistas.

Jo havia absorvido muitas filosofias de seus pais, e uma delas era a crença de que as crianças mereciam ouvir a verdade o máximo possível. Ela muitas vezes ponderou como a vida de Gabe poderia ter sido diferente se ele tivesse sido criado com a verdade, sabendo que tinha dois pais que o amavam.

Jo desceu da cama.

– Antes de todos vocês irem embora, eu gostaria de dizer algo.

Todos os que estavam no quarto – investigador, delegado, psicóloga e assistente social – ficaram cara a cara com ela. Gabe parecia nervoso, talvez por um bom motivo. Jo estava muito exausta para saber se o que ela estava prestes a fazer era o melhor para Ursa.

– Tenho a sensação de que esta será a única vez em que tenho tantas pessoas que estão decidindo o futuro da Ursa reunidas em um mesmo ambiente. – Enfrentando os dois policiais, ela disse: – Eu sei que vocês não vão decidir para onde a Ursa vai, mas, se eu for ou não acusada de um crime, isso vai afetar o futuro dela.

– Vamos ter essa conversa na sala de espera – disse Lenora.

– Por quê? A Ursa quer saber o que está acontecendo, e você sabe que ela é capaz de lidar com isso. – Jo se voltou novamente para os policiais. – Se eu for acusada, posso ser expulsa da universidade e da pós-graduação.

– Você tem certeza disso? – perguntou Gabe.

– O meu orientador confirmou isso. Antes de vocês decidirem o meu destino – ela disse, voltando-se para os homens –, quero que saibam o que pode acontecer se me acusarem. Admito que tomei más decisões em relação à Ursa, mas tudo o que fiz foi por compaixão. Por favor, certifiquem-se de que a punição se encaixa no crime antes de destruírem completamente a minha vida, *e a da Ursa*, porque não vou ter nenhuma esperança de me tornar a mãe adotiva dela se eu for acusada.

– Eu quero que você seja a minha mãe adotiva! – Ursa disse.

– Eu sei, meu vírus do amor. Deixe-me terminar, ok? – Ela enfrentou Lenora e a Dra. Shaley. – Eu tenho muito mais a dizer para vocês duas. Tenho que ter certeza de que a Ursa não vai ser assombrada com dúvidas sobre mim se alguém mentir para ela no futuro. – Jo deu um passo para trás, para que Ursa pudesse ver claramente seu rosto. – Bem aqui, na frente da Ursa, estou pedindo que me deixe ser a mãe adotiva dela. Eu também gostaria de solicitar os direitos de adoção. Permitam-me dizer quais são as minhas qualificações...

– Joanna – disse Lenora –, esta não é a hora ou...

– Por favor, escute. A minha qualificação número um é que eu a amo, e sei que nenhum outro candidato pode dizer isso. Número dois, ela e eu estamos ligadas por essa tragédia. A minha compreensão do que ela passou será uma cura para ela. Número três, os meus pais me deixaram uma herança significativa quando faleceram, então tenho os recursos financeiros para criar uma filha como mãe solteira. Número quatro, não bebo nem uso drogas e nunca tive problemas com a lei, nem mesmo por causa de uma multa de trânsito. Número cinco...

– Acho que já ouvimos o suficiente – disse a Dra. Shaley.

– Este aqui é importante – disse Jo. – Número cinco, os meus pais eram cientistas que me ensinaram a valorizar a natureza e a ter curiosidade em relação ao mundo. A Ursa prospera nos reinos naturais e científicos porque eles satisfazem a necessidade dela de estímulo intelectual. O meu objetivo é ser professora em uma universidade de ponta, e não consigo imaginar um ambiente melhor do que a academia para uma criança com as habilidades da Ursa.

– Terminamos? – a Dra. Shaley perguntou.

– Ainda não. Eu gostaria de falar sobre algo que vocês podem considerar um problema. Sou uma sobrevivente do câncer. Mas o meu câncer foi detectado em um estágio inicial, e meu prognóstico é bom.

Jo olhou para Ursa.

– Você entendeu tudo o que eu disse? Não importa o que aconteça, nunca duvide de que eu a amo e de que tentei nos manter juntas. Fora isso, não tenho o controle sobre o que vai acontecer. – Jo se sentou na cama ao lado dela. – Parece que os nossos destinos estão tão confusos quanto os dos personagens das peças de Shakespeare.

– Mas isso vai terminar como em *Noite de reis*! – Ursa disse. – Todo mundo vai ficar feliz!

– Meu bom Deus, ela conhece Shakespeare? – Lenora disse.

O investigador Kellen abriu um largo sorriso.

– Nossas vontades e nossos destinos são contrários – disse ele.

– *Hamlet*, ótima frase – disse Gabe.

– Minha favorita desde o colégio – disse Kellen.

Uma enfermeira entrou no quarto com uma medicação líquida em um copo para Ursa.

– Parece que a Ursa está fadada a descansar um pouco – disse Lenora. – Vamos levar essa conversa para a sala de espera.

– Eu não quero descansar! – Ursa exclamou. – A Jo e o Gabe têm que ficar aqui!

Jo e Gabe se despediram dela com um beijo e deixaram a enfermeira lidar com o choque iminente entre vontade e destino.

36

O quarto de hotel de Gabe era de um luxo e privacidade incomuns após a estada de Jo na UTI. O banho quente parecia especialmente extravagante.

– Desculpe por isso – Jo disse a Gabe –, mas eu não trouxe roupas para o banheiro. – Ela não conseguia segurar a toalha em volta de si enquanto usava as muletas.

Gabe ergueu os olhos do celular e avaliou o corpo nu dela.

– Você está se desculpando?

– Você vai me ajudar a enfaixar a minha perna novamente?

– Claro, estou preparado para brincar de médico.

Ela colocou a sacola de suprimentos médicos em cima da cama e deitou-se de bruços.

– Especialmente quando posso olhar a sua bunda enquanto faço isso – ele disse.

– A visão é boa?

Ele acariciou as nádegas de Jo.

– É ótima!

– E a ferida, Senhor Fã de Bundas? Como está?

– Parece que alguém enfiou uma bala em você.

– Não está infecionada?

– Não, está ok.

– Primeiro passe a pomada antibiótica, depois aplique uma compressa de gaze antes de colocar a faixa.

Ele a tocava com gentileza enquanto lidava com o ferimento dela. Ele envolveu a perna com a faixa, seus dedos roçando a parte interna das coxas dela.

– Eu estava muito distraído, mas acho que vai aguentar – disse ele, prendendo a ponta da bandagem.

Ela se virou de frente.

– Tire a sua roupa.

Ele ficou sobre ela, olhando em seus olhos enquanto tirava a roupa. Então esticou o corpo quente sobre o dela.

– Estou muito pesado sobre a sua perna? Não quero machucar você.

– Eu não estou exatamente sentindo a minha perna no momento.

Depois, eles se abraçaram em uma pequena galáxia particular criada por cortinas blecaute e o ar-condicionado ligado no máximo. Apenas os sons mais altos da cidade chegavam até eles.

– Amanhã tenho que ir para casa e assumir os cuidados da minha mãe – disse ele. – Eu estava mandando uma mensagem para a Lacey quando você saiu do banheiro. Ela tem que voltar para Saint Louis porque os filhos dela vão estar em casa depois de amanhã. Ela quer passar um tempo com eles antes de eles voltarem para a faculdade.

– Que bom que eles vão ficar todos juntos.

– Quer vir para casa comigo? Só para pegar o seu carro?

– Posso alugar um carro quando sair. Tenho de estar aqui para a Ursa.

– Tem mesmo.

Ele a abraçou mais perto.

– Foi bom você ter falado o que pensa hoje. No começo eu não tinha certeza disso, mas acho que o que você disse faz parte do motivo pelo qual eles vão deixar você continuar visitando a Ursa.

– Ou eles estão me usando para mantê-la sob controle.

– Talvez seja um pouco de ambos.

— Tive a ideia de falar aquilo por causa da sua mãe.

— É mesmo?

— Eu sabia o que eu queria dizer enquanto eles estavam todos lá, mas quase perdi a coragem. Então pensei na Katherine tendo a coragem de reunir o Arthur e o George.

— Vocês duas são duronas. — Ele estava caindo no sono.

— Gabe?

— O que foi?

— Você acha preocupante que a Ursa se refira a si mesma na terceira pessoa?

— É preocupante. Mas eu acho que essa é a forma como ela está lidando com a situação.

— Tenho medo de que ter feito com que ela falasse antes que ela estivesse pronta a divida em duas.

— É para isso que serve a psicóloga.

— Eu não gosto daquela mulher.

— Acho que o sentimento é mútuo. Agora durma.

O primeiro descanso de Jo em uma cama normal desde o chalé dos Kinneys foi mais como entrar em coma. O vapor com cheiro de sabonete do chuveiro de Gabe a acordou.

— Você estava exausta — disse ele.

— Eu estava mesmo. Eu gosto deste quarto. Vou ficar com ele.

— Eu devo fazer o *check-out*?

— Não. Eu queria pagar a conta, de qualquer maneira.

— Você não tem que fazer isso.

— Eu sei, mas eu quero.

— Tudo bem, moça cheia da grana. Vamos tomar o café da manhã antes de eu pegar a estrada. Desta vez eu pago.

Depois do café da manhã, eles compraram lápis de cor e papel artístico para Ursa, e Jo comprou um novo telefone celular. Jo acompanhou Gabe até o estacionamento na garagem. Ele deu a Jo as duas chaves do quarto. E, pela primeira vez desde que estiveram juntos, eles trocaram números de telefone.

— Acho que agora somos um casal normal – disse Jo.

— Eu não iria tão longe assim – disse ele.

— Posso ir tão longe a ponto de dizer que amo você? Eu sei que não é o lugar mais romântico para dizer isso da primeira vez... em frente a uma garagem de estacionamento e tudo o mais...

— Eu também amo você, Jo. – Eles pressionaram o corpo um no outro, as muletas de Jo caindo no chão. As pessoas os encaravam enquanto passavam por eles.

Jo sentiu intensamente a ausência de Gabe enquanto caminhava para o hospital. Ursa também sentia falta dele.

O policial sentinela tinha ido embora. Mais tarde, naquele dia, Jo soube que Nathan Todd havia sido preso. Ursa foi transferida para um quarto normal, no hospital infantil, no dia seguinte. Jo teve permissão para visitá-la quantas vezes quisesse, exceto durante as sessões de aconselhamento da garota. Essas horas davam a Jo tempo para comer ou comprar algo para Ursa manter a mente ocupada.

Manter Ursa entretida não foi fácil. Depois de vários dias, ela estava entediada com livros, desenhos e TV. Jo levou um quebra-cabeça de adulto para ela, com a imagem de uma corça e de um cervo parados em uma cena arborizada que se parecia com a amada floresta mágica de Ursa. Elas estavam trabalhando na montagem da borda externa quando alguém bateu à porta entreaberta. Lacey entrou, com dois gatinhos de pelúcia nas mãos.

— Estou me intrometendo? – ela perguntou.

— De jeito nenhum – disse Jo.

Lacey ergueu os gatinhos macios, um branco e um cinza.

— Eu sei que eles não são tão bons quanto os de verdade, mas eles são supostamente a Julieta e o Hamlet.

— O Gabe disse o nome deles para você? – Ursa perguntou.

— Ele me disse o nome de todos eles – Lacey disse. – Você fez um ótimo trabalho ao nomeá-los. – Quando ela estendeu os gatinhos, Ursa olhou para Jo, aparentemente desconfiada das intenções de Lacey.

— Vá em frente, e você sabe o que dizer – disse Jo.

Ursa pegou os gatinhos.

– Obrigada – disse ela. Ela levantou o gato rajado, César, de seu travesseiro e colocou os três gatinhos juntos. – Agora eu só preciso da Olívia, do Macbeth e do Otelo.

– Parece que você está se sentindo bem – disse Lacey.

– Estou – disse Ursa. – Amanhã ou depois de amanhã eles vão me deixar ir para Urbana com a Jo. Eu vou morar com ela e com a Tabby.

– Isso parece bom – disse Lacey.

– Mas isso é mais ilusão do que realidade – disse Jo.

– Não é! – Ursa exclamou.

– Se não for, ninguém me contou, meu vírus do amor.

– Talvez eles ainda não tenham contado a você, mas eu sei que isso vai acontecer.

Jo saiu da cama.

– Sente-se – disse ela a Lacey, puxando uma cadeira.

– Não posso ficar – disse Lacey. – Eu queria ver como a Ursa está e conversar alguns minutos com você. Você se importaria de termos um rápido bate-papo na sala de espera?

– Claro, vamos lá. – Jo disse a Ursa: – Encontre mais peças da borda enquanto eu estiver fora.

– Você vai voltar e me ajudar? – ela perguntou.

– Vou, mas tenho de ir embora logo. A Dra. Shaley vai chegar em trinta minutos.

– Eu não quero falar com ela!

– Podemos, por favor, não ter essa discussão todas as vezes? – pediu Jo.

– Ela fala de coisas idiotas!

– Ela está tentando ajudar você. Eu volto em alguns minutos.

Jo estava curiosa em relação ao que havia causado a transformação de Lacey. Até o rosto dela parecia diferente, calmo e radiante, e os jeans rasgados e a blusa ciganinha clara que ela vestia combinavam com seu humor misteriosamente relaxado. Elas se sentaram em uma sala colorida, decorada para alegrar crianças doentes.

– Como estão indo as coisas aqui? – Lacey perguntou.

– Depende das coisas a que você está se referindo.

– Eu espero que não fique com raiva, mas o Gabe me disse que você pode ser acusada de crime de colocar uma criança em situação de perigo. Ele me falou que a polícia disse para você não viajar para fora de Illinois quando voltasse para casa.

Jo *ficou* irritada e um pouco surpresa porque ele havia falado da situação dela com a irmã dele.

– Ele também disse que você dificilmente se tornará mãe adotiva da Ursa, embora obviamente seja você quem deva ficar com ela.

Talvez Lacey tivesse uma irmã gêmea idêntica que Gabe não conhecia. Outro segredo de família.

– As assistentes sociais não falaram nada para você? – Lacey perguntou.

– Não, e eu considero isso um mau sinal. Mas você viu como a Ursa está contando com isso. – Ela olhou pela janela para fatias de céu azul encerradas em meio a edifícios. – Às vezes eu acho que estou fazendo a coisa errada ficando por aqui. Talvez eu esteja piorando tudo para ela.

– Então, por que faz isso?

– Porque eu me preocupo com o que acontece com ela. Acho que tenho um efeito estabilizador sobre ela, e ela esteve no inferno e voltou.

– Acho que vocês duas têm isso em comum.

Jo não tinha certeza se ela se referia ao câncer e à morte de sua mãe, ao tiroteio ou a ambos. Se estivesse se referindo ao câncer, ela devia ter ficado sabendo disso por Gabe.

– Então, o motivo de eu estar aqui... O Gabe não sabe, a propósito.

– Do que ele não sabe?

– Que eu estou aqui. Ele também não sabe que conversei com o meu marido sobre a sua situação. Troy é advogado de direito de família. Ele lida principalmente com divórcios, mas ocasionalmente cuida da custódia de crianças e de casos de adoção. Se você permitir, ele quer ajudar você, e fará isso sem custo.

– Eu tenho dinheiro.

– Não nos sentiríamos bem em aceitar dinheiro da namorada de Gabe.

– Sou namorada dele agora? – disse Jo.

Lacey sabia que o comentário era sarcástico, mas sorriu.

– Você não sabia?

– Acho que não recebi o memorando da família Nash.

– Bem, o resto de nós recebeu.

Um pedido de desculpa. Sutil, mas ainda assim Jo o apreciou.

– Agradeço pela aprovação.

– Foi o Gabe – disse ela.

– O que foi o Gabe?

– Antes de eu ir embora para Saint Louis, ele convocou uma reunião de família. Quando chegou a hora, o George Kinney bateu à porta. Ele estivera na propriedade dele consertando as portas quebradas. Ele ignorava tanto quanto eu o que estava acontecendo. Gabe apenas disse a ele para estar lá.

Jo sorriu. Maravilha das maravilhas, Gabe deu uma de Katherine.

Lacey analisou o rosto de Jo.

– Você sabia o que ele ia fazer?

– Eu não sabia, mas posso adivinhar o que ele fez quando os juntou.

– Ele nos contou tudo! Sobre como o caso do George e da minha mãe começou e como eles e meu pai concordaram que o Gabe nunca deveria saber que ele era filho do George. Obviamente, a minha mãe e o George sabiam de tudo isso. Mas eles ficaram chocados quando ele disse que os viu fazer amor na floresta e descobriu que não era filho do Arthur. Ele disse que foi por isso que começou a odiá-los. E então ele disse a coisa mais incrível.

– O quê?

– Ele disse que os perdoava. Ele disse que, agora que estava apaixonado por você, ele entendia tudo o que eles tinham feito. Ele disse que preferia ter morrido na noite em que o cara apontou a arma para você a ver você morrer. Ele disse que um amor assim não pode ser interrompido por nada, e que estava feliz por ter nascido desse tipo de paixão.

Jo não se importou que Lacey a visse chorar.

– Eu sei disso! Todos nós quatro estávamos chorando. Foi a melhor coisa, cacete, que já aconteceu na minha família. – Ela abriu a bolsa de ombro e tirou dali dois lenços de papel, entregando um a Jo. – O George sentiu pouco mais do que responsabilidade pela esposa desde que ela destruiu o corpo com a bebida – disse ela, passando o lenço restante sob os olhos. – Ele e a minha mãe vão se casar. O George perguntou a Gabe e a mim se havia algum problema com isso.

– Você está bem com isso?

– Estou animadíssima! Até tivemos uma festa de noivado. Fiquei mais uma noite e nos divertimos muito, grelhando costelas e bebendo cerveja. O Gabe e eu ficamos conversando até tarde e desabafamos sobre todas as besteiras que ficaram entre nós há anos.

Jo achou difícil acreditar que eles conseguiram superar isso assim tão rapidamente.

– Tenho certeza de que ele lhe contou como eu o tratava quando ele era pequeno – acrescentou ela, como se tivesse lido os pensamentos de Jo.

Jo não trairia nada que Gabe tivesse dito a ela em segredo.

Lacey entendeu seu silêncio.

– Imagino que sim – disse ela. – Sei que não é desculpa, mas eu tive uma forte depressão na época em que o Gabe nasceu. Eu me sentia gorda e feia e sabia que a minha escrita era uma merda. E lá estava o Gabe, aquele garotinho lindo e perfeito. Malditamente inteligente também. Eu morria de ciúmes dele.

– Você sabia que ele era filho do George?

– Eu suspeitava de que a minha mãe estivesse tendo um caso com o George. E, uma noite antes de o Gabe nascer, o meu pai ficou realmente bêbado e me contou. Ele estava chorando... – Ela engasgou e enxugou novas lágrimas. – Eu culpei aquele pobre garoto por tudo. Por minha mãe não amar o meu pai. Por como o meu pai ficou arrasado. Até mesmo pela minha depressão. E, quando o meu pai não pôde deixar de adorar aquele garotinho perfeito, eu perdi totalmente o controle. Eu me senti abandonada em um momento em que realmente precisava do meu pai, quando desisti de escrever.

Jo colocou a mão na de Lacey.

– Eu sinto muito. Foi uma situação pior do que eu imaginava. Você ainda sofre de depressão?

Ela assentiu.

– Mas graças a Deus tenho o meu marido. Ele sempre me ajudou quando precisei. Até mesmo quando ele poderia ter me deixado. – Novas lágrimas surgiram.

– É bom que você e o Gabe finalmente conversaram sobre tudo isso.

Ela assentiu novamente, enxugando os olhos com o lenço encharcado.

– O Gabe nunca disse nada. Outro dia, quando perguntei como iam as coisas, ele respondeu com uma mensagem de texto, com uma única palavra: *Bem*.

– Ele tem estado bem – disse ela. – Eu não o via tão feliz assim desde que ele era um menininho. Por sua causa. Você fez tudo isso acontecer.

– Tecnicamente, temos que dizer que a Ursa fez isso acontecer.

– Com os *quarks* dela?

– O Gabe lhe contou sobre isso?

– Ele me contou tudo sobre ela. Por favor, perdoe-me por ter chamado o xerife para ir atrás daquela pobre menina.

– Você estava certa em fazer isso. Era algo que eu deveria ter feito, mas estava atolada em um comportamento irracional.

– Porque você a ama. Deixe o meu marido ajudar você.

– Acho que eu preciso usar qualquer ajuda que me seja oferecida. O que eu devo fazer?

Ela puxou um telefone da bolsa e enviou uma mensagem de texto para alguém. Quando terminou, ela disse:

– Ele está lá fora, no carro. Já vai subir.

– O seu marido?

– Sim. Troy Greenfield, seu advogado arrasador.

37

Troy, um homem cordial e atarracado, fez Jo contar toda a história ali mesmo, no *lounge* de visitantes do hospital. Ele fez muitas perguntas e várias anotações.

Quando Jo voltou para o hotel, não estava necessariamente mais esperançosa em relação às suas chances de ficar com Ursa, mas ela se sentiu melhor, porque teria menos arrependimentos. Ela saberia que tinha feito tanto quanto podia.

Lenora Rhodes e a Dra. Shaley desapareceram por vários dias. Agora que Ursa estava bem o suficiente para deixar o hospital, elas decidiriam onde a menina moraria. Três dias após a visita de Lacey, Troy ligou para Jo, pouco antes de ela deixar o quarto do hotel.

– Tenho boas notícias e notícias não tão boas – disse ele.

O coração de Jo batia descontroladamente.

– Você não vai ser acusada de nada – disse ele.

– Tem certeza disso?

– Demorou um tempinho para falarem definitivamente, mas eu os importunei para que me dessem uma resposta. Eu disse a eles que precisávamos saber, porque contrataríamos John Davidson, um advogado de defesa talentoso, se você fosse acusada.

– É por isso que não me acusaram? Então ele ficaram com medo de Davidson?

– Com toda a franqueza, duvido de que tenha muito a ver com isso. Tive uma longa conversa com o investigador Kellen na noite passada, e isso basicamente se resume à admiração que ele tem pelo Gabe. Se você fosse acusada, o Gabe também entraria nessa, porque a Ursa havia passado muitos dias na propriedade dele. Tanto McNabb quanto Kellen odiariam ver o Gabe punido.

– É imaginação minha ou isso soa realmente machista?

– Não é imaginação sua, e eu argumentei sobre esse ponto. Foi quando o Kellen deixou claro que sempre esteve do seu lado. Ele respeita a sua vontade de ajudar uma criança que você nem mesmo conhecia. E o seu caso foi reforçado pelo que aquele primeiro delegado lhe disse na noite em que você ligou para o xerife. Eu pedi a eles para questioná-lo...

– O Kyle Dean?

– Sim, e ele admitiu que lhe deu opiniões sobre um lar adotivo... opiniões muito pessoais, que poderiam ter confundido você. O McNabb estava inclinado a acusar você, mas, quando viu que o comportamento questionável de um dos delegados seria um fator-chave no julgamento, ele recuou.

– Uau! A Lacey está certa... Você é um advogado arrasador.

– Obrigado – disse ele, rindo.

Jo ficou aliviada, mas não conseguiu apreciar as boas notícias de Troy quando as notícias não tão boas dele estavam prestes a acabar com ela.

– Quanto a Ursa – disse Troy –, não fiz nenhum progresso com os assistentes sociais e não posso aplicar a lei à decisão deles sobre o futuro dela. Lamento dizer a você que eu acho que eles já escolheram uma família adotiva para ela.

– Acho que sim.

– Vou ficar focado nisso, Jo. Não vamos desistir ainda.

– Você pode conseguir para mim direitos de visita ou algo assim?

– Por você não ser parente dela, não tem o direito legal de visitá-la. Você teria que resolver isso com os assistentes sociais e a família adotiva. Mas vou dar uma olhada nisso, ok?

– Ok. Obrigada por tudo o que você fez. – Ela mal conseguia ver o botão para encerrar a ligação no telefone em meio às lágrimas.

Lenora estava no quarto de Ursa quando Jo chegou lá. Ela levou Jo para o corredor e deu a notícia a ela. Os futuros prováveis pais adotivos de Ursa a visitariam depois do almoço. Lenora pediu que Jo não estivesse presente quando eles se encontrassem e também pediu que ela ajudasse Ursa a aceitar que logo iria para casa com eles.

– Você ao menos chegou a me considerar como possível mãe adotiva dela? – quis saber Jo.

– Joanna... como poderíamos?

– Por que não?

– Tentamos colocar as crianças em lares com dois pais...

– Isso é besteira, e você sabe disso. A Ursa disse claramente o que ela quer, e o que ela quer não é uma mãe e um pai que são completos estranhos para ela. E você sabe que tenho tantos recursos e qualificações quanto um casal.

– Não é só porque você é solteira. É tudo o mais além disso.

– O quê?

– Você está na faculdade. O seu estado de saúde é incerto. E não podemos ignorar a situação de perigo da criança.

– Eles não estão me acusando de nada.

– Acusada ou não, você demonstrou um julgamento ruim.

– Agora que você sabe como a Ursa é, acha que eu poderia ter feito melhor? Ela fugiria se eu envolvesse a polícia, e eu sabia que ela estava mais segura comigo do que se estivesse em fuga.

– Você sabe que o que fez foi mais do que isso.

– Tipo o quê?

– Você estava cuidando da menina como se fosse a mãe dela.

– E isso me elimina como candidata a mãe adotiva?

– É o *motivo* pelo qual você fez isso que nos preocupa. Você tinha acabado de perder a sua própria mãe e teve os seus órgãos reprodutivos removidos.

– Como você soube disso?

– A Ursa nos contou.

– Você incitou uma menininha a lhe fornecer informações sobre mim? Em algum momento chegou a pensar em fazer essas perguntas diretamente para mim?

– Nós não a *incitamos*. Ela contou isso à Dra. Shaley durante as sessões.

– Isso é ainda pior! Ela usou a psicoterapia para obter informações que me eliminassem como possível mãe adotiva da Ursa!

– Por favor, ajude a Ursa a aceitar isso. É a melhor maneira de amá-la.

– Discordo, mas vou tentar convencê-la. Tenho medo de que ela vá fugir e que algo terrível aconteça com ela.

– Não se preocupe, essas crianças se acalmam.

– *Essas crianças?* – Jo não confiava em seu temperamento o suficiente para ficar na presença de Lenora por um segundo a mais. Ela entrou no quarto de Ursa.

– Por que você está com tanta raiva? – Ursa perguntou.

– Não estou, não.

Ursa a encarou.

– O que foi que a Lenora disse?

Jo sentou-se na cama e contou a Ursa o que Lenora havia dito. Ursa chorou e protestou. Ela ainda estava chorando quando o médico chegou, uma hora depois. Jo saiu do quarto para ele poder examinar a ferida de Ursa. Quando saiu, ele disse, em voz baixa:

– Jo… Sinto muito mesmo pelo que eles decidiram. A maioria de nós aqui acredita que eles cometeram um erro. Nós vimos como você age com ela… O vínculo entre vocês duas.

Jo assentiu.

– Eu nem mesmo sei se ela teria se recuperado sem você. Quando nós a estávamos preparando para a cirurgia, ela acordou. Apesar da incrível perda de sangue, ela recobrou a consciência para perguntar por você. Eu disse a ela que tínhamos que consertar a barriga dela, e ela disse que era bom, porque tinha voltado das estrelas para ficar com a Jo, e que a Jo ficaria triste se ela morresse.

Ele viu que a fez chorar.

– Meu Deus, eu sinto muito. Eu piorei as coisas contando isso a você?

– Não. Obrigada. Eu aprecio o seu apoio.

Uma hora e meia depois, Jo foi embora por causa dos novos pais adotivos enquanto Ursa chorava amarguradamente. Jo foi para o hotel e ligou para Gabe. Ele queria ir para Saint Louis para apoiá-la, mas não podia deixar a mãe. Lacey estava com a família, e George estava em Urbana, com as filhas. George tinha decidido contar a elas que Gabe era seu filho. Ele não queria mais segredos em sua família.

Jo não voltou ao hospital naquela noite. Talvez os pais adotivos estivessem lá. Ela esperava que sim. Passar muito tempo de qualidade com Ursa antes da mudança era a única maneira de reduzir o risco de ela fugir.

Quando Jo chegou ao hospital infantil na manhã seguinte, Lenora a esperava, visivelmente zangada.

– Você pelo menos tentou ajudá-la a aceitar os pais adotivos? – Lenora perguntou.

– Tentei! Pergunte às enfermeiras. Eu tentei argumentar com ela durante horas.

Lenora procurou algo nos olhos de Jo e viu que ela estava dizendo a verdade.

– O que foi que aconteceu?

– Um grande fracasso foi o que aconteceu. Você sabe o que a Ursa disse a eles?

– O quê?

– Primeiro ela falou sobre ser alienígena. Os pais adotivos que escolhi estavam preparados para isso, porque eu os avisei. Mas, quando a esperta da Ursa viu que não os assustaria, ela disse que vinha de um planeta de comedores de gente.

O comedor roxo de gente.

– Sabe o que aquela malandrinha disse aos novos pais adotivos? Ela disse que, quando eles fossem dormir, ela os esfaquearia e os mataria... e que os comeria. Eles têm outra criança adotiva que tem apenas um ano de idade, e a Ursa disse que ela seria a mais deliciosa e que a mataria primeiro.

– Obviamente ela estava falando a coisa mais extrema em que conseguiu pensar para assustar essas pessoas. A Ursa não tem nem um pingo de violência em si.

– Como essas pessoas poderiam saber disso e correr o risco? Especialmente quando têm um bebê em casa?

– Você quer que eu fale com eles?

– Não adianta. Eles saíram correndo e não querem ter nada a ver com ela.

– E agora?

– Porta número dois: o casal que escolhemos como o segundo melhor.

– É melhor você prevenir essa família. Eu falo com eles, se quiser.

Lenora passou a mão para cima e para baixo na parte de trás do cabelo.

– Talvez seja melhor.

No dia seguinte, Jo deu ao casal que ficou em segundo lugar um curso intensivo sobre Ursa Alienígena Dupree. Eles eram boas pessoas. O marido dirige uma empresa de consultoria de engenharia, e a esposa era uma ex-professora de ginástica que agora ficava em casa com o filho de seis anos. Eles não podiam mais ter filhos biológicos.

Jo conversou com Ursa antes de o casal entrar, implorando que ela cooperasse. Ursa recusou-se a fazer isso, insistindo que ela só queria morar com Jo. Mais uma vez, Jo saiu do hospital com os soluços queixosos de Ursa assombrando-a.

Quando Jo voltou ao hospital no dia seguinte, o casal adotivo estava no quarto de Ursa para sua segunda visita. Jo ia sair, mas eles pediram que ela ficasse.

– Vamos conversar – disse a esposa. – Quero que todos sejamos amigos.

Jo tentou fazer Ursa se abrir, mas ela estava carrancuda e só respondia a perguntas diretas com respostas curtas. Quando Jo tentou mostrar os desenhos de Ursa para os pais adotivos, ela disse:

– Não quero que eles vejam! Eles são particulares, são meus!

Quando Jo disse a Ursa que seria bom ter um irmãozinho, ela disse:

– Não quero nenhum irmãozinho idiota!

– Você vai ter uma piscina, Ursa – disse Jo. – Isso não seria divertido?

– Não seria, não! – Ursa disse. – Eu só quero nadar com você e com o Gabe em Summers Creek!

– Por favor, tente ser a menina legal que eu sei que você é – disse Jo.

– Eu não vou ser legal com eles! – Ursa disse. – Eu quero morar com você. Você disse que queria isso também! Por que está tentando me fazer gostar deles?

– É melhor eu ir embora – disse Jo.

– Sim – disse Lenora. – Obrigada pela tentativa.

Jo abraçou Ursa, mas ela não a deixava ir.

– Não vá embora! – ela chorava. – Eu vou ser legal! – Não vá! – Duas enfermeiras e Lenora tiveram que intervir para tirar os braços dela do pescoço de Jo. Ursa gritou: – Me leve com você! Eu amo você, Jo! Eu só quero ficar com você! – Jo correu às pressas pelo corredor, evitando os olhares penetrantes e sombrios dos médicos e das enfermeiras.

Às sete da noite, Jo comeu um potinho de iogurte e algumas uvas no quarto do hotel. Ela teve que se forçar a comer até mesmo isso. Estava nauseada e apática desde seu telefonema choroso com Gabe naquela tarde. Pela manhã, ela se despediria de Ursa pela última vez. Ficar ali a estava machucando muito.

Às oito, a primeira de uma série de tempestades atingiu Saint Louis. A cidade ficaria sob estado de atenção, por causa de um tornado, na maior parte da noite. Jo foi para a cama, com as cortinas blecaute fechadas e o ar-condicionado no máximo. Mal ouvia o barulho do trovão e da chuva nas janelas. Ela fechou os olhos e ficou em posição fetal sob as cobertas, os braços cruzados contra o peito ossudo. Às 9h52 foi acordada por uma ligação inesperada.

– Lenora? – Jo respondeu.

– Ela se foi – disse Lenora.

Jo pulou da cama.

– Como assim? Ela foi para casa com eles?

– Ela fugiu. E não conseguimos encontrá-la.

– Como ela poderia sair de um hospital tão seguro assim?

– Você sabe como! Ela é muito esperta, droga! Eles acham que ela ainda está escondida em algum lugar do hospital, mas não a encontraram.

– Há quanto tempo ela está desaparecida?

– Já se passou cerca de uma hora desde que uma enfermeira reportou o desaparecimento.

– As câmeras captaram alguma coisa?

– Estão verificando isso agora. No início, acharam que seria fácil encontrá-la.

– Eles não conhecem a Ursa.

– Mas você conhece. Você nos avisou. E se ela saiu? E se ela estiver por aí na cidade?

Ursa podia ter conseguido fazer isso, e sair do hospital seria seu objetivo. Mas Jo não disse isso em voz alta.

– Ela provavelmente está se escondendo em um quarto de algum paciente ou algo do gênero. Tenho certeza de que vão encontrá-la.

– Você vai vir? Eu pensei que talvez, se você ligasse para ela.... se ela ouvisse a sua voz...

– Claro. Estou a caminho.

– Encontre-me na porta principal, e eu a coloco para dentro. Eles estão com tudo bloqueado.

Meia hora depois, Jo havia revistado quartos de hospital com Lenora por apenas dez minutos quando um segurança as parou.

– Ela não está no hospital – disse ele.

– Você tem certeza disso? – Lenora perguntou.

– Nós estávamos procurando uma menininha com roupa de hospital, mas ela está usando roupas normais. Isto é de uma câmera de vigilância. – Ele ergueu uma foto de Ursa caminhando pelo corredor do hospital.

Jo pegou a foto. Ursa estava usando a camiseta azul-marinho de Jo da Universidade de Illinois e a calça de ioga preta enrolada para parecer capri.

– Essas roupas são minhas – disse Jo. – São o conjunto reserva que eu guardei na minha mochila para o caso de ter que passar a noite com a Ursa. Notei a falta delas alguns dias atrás e pensei que tivessem caído da mochila. – Ela analisou a foto com mais atenção. Ursa estava com seus tênis roxos. A última vez em que Jo os vira em Ursa tinha sido na noite do tiroteio. – Como ela conseguiu os sapatos dela?

– Eles foram tudo o que deu para salvar das roupas ensanguentadas dela na noite em que ela entrou aqui – disse Lenora. – Normalmente, os pertences pessoais são colocados em uma bolsa e guardados no armário do paciente.

– O vídeo mostra como ela saiu do hospital? – quis saber Jo.

O segurança acenou com a cabeça; sua expressão estava sombria.

– Ela saiu pelas portas do saguão principal segurando a mão de um homem. Foi por isso que demorou tanto para conseguirmos identificar a menina na filmagem. Ela estava com roupas normais e parecia estar com o homem.

Jo teve que se segurar na parede para não desmaiar.

– Você acha que o homem a sequestrou? – Lenora perguntou.

– Considerando o histórico da menina, tememos que seja uma possibilidade – disse o guarda.

– A polícia foi notificada? – Lenora perguntou.

– Todos os policiais da cidade estão trabalhando nisso. Eles também emitiram um Alerta AMBER.

Jo teve um lampejo de *insight*.

– Ela não foi sequestrada. Ela segurou a mão do homem para parecer que estava com ele.

– Você não sabe se é esse o caso! – Lenora disse.

– Não sei mesmo – disse Jo. – Mas a Ursa sabia que não conseguiria sair por aquelas portas sozinha.

– Como ela faria um completo estranho segurar a mão dela?

– Acredite em mim, a Ursa tem seus jeitinhos.

Mais uma vez, Jo analisou a fotografia. Uma das mãos dela estava fechada com força em torno de algo. Talvez ela tivesse pegado mais do que roupas da bolsa de Jo. Jo abriu o bolso da frente da mochila e encontrou a chave do cartão do hotel. Ela procurou a chave de Gabe, a reserva que mantinha em um envelope de papel. O envelope estava vazio.

– Talvez eu saiba para onde ela está indo – disse Jo.

– Para onde? – Lenora perguntou.

– Venha comigo – disse Jo, encolhendo os ombros com a mochila nas costas.

– Precisamos contar para a polícia – disse Lenora.

– A polícia não pode se envolver até a gente encontrar a Ursa. Se os vir, ela fugirá.

– Tem razão.

Lenora pegou sua capa de chuva a caminho da saída, que dava para outro aguaceiro. Jo ainda estava com o moletom enorme que Gabe havia deixado para trás, agora ensopado até a camisa que ela usava por baixo, por causa da caminhada que havia feito até o hospital. Na cidade, os policiais estavam por toda parte, as luzes das viaturas refletidas em poças de chuva em todos os cruzamentos.

– Coitadinha – disse Lenora. – Ela deve estar apavorada com essa tempestade.

– Duvido – disse Jo. – A Ursa adora tempestades.

Lenora viu para onde elas estavam indo.

– Ela sabia o nome do seu hotel?

– Na semana passada, ela me fez muitas perguntas sobre onde eu estava hospedada. Eu só achei que ela estivesse entediada. Ela até perguntou se eu usava uma chave de metal para entrar no meu quarto, e eu contei a ela sobre as chaves de cartão.

– O que significa que ela vem tramando isso há um tempo.

– Ela estava esperando para ver como as coisas acabariam. Ela fugiu hoje porque está desesperada. Ela sabe que ninguém vai ajudar... nem mesmo eu.

– Então talvez ela não vá para o seu quarto.

– Eu sei disso. E é o que me preocupa...

– E se ela decidiu confiar naquele homem como confiou em você? – indagou Lenora. – Se ele ainda não a levou até a polícia, deve ter más intenções.

– Eu não a levei até a polícia e não tive más intenções.

– Mas quanto tempo vai se passar até essa sorte acabar?

– Eu venho tentando dizer isso a você.

Elas entraram no hotel e correram para o elevador, com Jo mancando por causa da perna dolorida. O elevador parou em vários andares antes de elas finalmente chegarem ao sexto andar. No quarto 612, Jo colocou a chave na fenda e abriu a porta.

Ursa não estava lá. Lenora a observou verificar sob o edredom amarrotado e embaixo da cama. Ela olhou dentro do armário. Havia apenas mais um lugar para olhar. Ela acendeu a luz do banheiro e abriu a cortina do chuveiro. Ursa estava enrolada como uma bolinha dentro da banheira, as roupas e os cabelos dela encharcados da chuva. Ela ergueu o olhar para Jo, com tristeza nos olhos castanhos.

– Jo... Eu fugi – disse ela.

– Estou vendo. – Jo a ergueu e a tirou da banheira e a abraçou.

Ursa se agarrou a ela, chorando.

– O seu amor por mim acabou? Por que você quer que eu vá morar com essas pessoas?

– Eu não quero isso. Mas não há nada que eu possa fazer.

Ursa chorava angustiadamente enquanto Jo a carregava para a cama. Ela estava ensopadíssima e tremendo de calafrios.

– Precisamos tirar essas roupas, meu vírus do amor. – Jo se sentou na cama.

– Por que ela está aqui? – Ursa perguntou, quando viu Lenora.

– Eu estava preocupada com você – disse Lenora.

– Não importa aonde você me faça ir, eu vou encontrar a Jo! – Ursa disse, com novas lágrimas caindo. – A Jo e eu sabemos ser felizes sem você!

Jo tirou os tênis, a calça molhada e a camiseta de Ursa. Ela colocou uma camiseta limpa sobre o corpo trêmulo de Ursa e a pôs na cama, colocando o cobertor e o edredom em volta dela. Depois de desligar o ar-condicionado, foi ao banheiro para trocar suas próprias roupas molhadas. Quando saiu, Lenora estava digitando números no telefone.

– Por favor, não mande a polícia vir aqui agora – pediu Jo.

– Preciso avisar para eles pararem de procurar a menina – Lenora disse.

– Eu sei, mas nós podemos só ter um momento?

Lenora assentiu. Quando entrou em contato com a segurança do hospital, ela disse que havia encontrado Ursa e pediu que informassem a todas as agências de advocacia que ela estava segura. Ela tirou a capa de chuva e desabou em uma cadeira, soltando uma exalação de cansaço.

Jo se deitou na cama com Ursa. A regra sobre camas separadas não importava mais. Daria a Ursa aquilo de que ela precisava. Apertou a garotinha junto ao corpo e deu-lhe um beijo no rosto.

– Está quentinha? – ela perguntou.

– Quero ficar aqui para sempre – disse Ursa.

– Eu também – disse Jo. – Por favor, nunca duvide de que eu amo você. Ninguém pode tirar isso de nós.

O trovão estrondeava. A chuva arranhava a janela. Jo manteve Ursa em seu ninho seguro, e o tempo todo o destino ficou sentado observando-as.

38

Um mês depois, em um raro dia frio no final de agosto, verão nos Estados Unidos, Ursa estava entre Gabe e Jo, suas mãos entrelaçadas nas deles. Além da cruz de mármore branco, o pastor virou o carro para o caminho do cemitério e foi embora. Lenora Rhodes ligou o carro e seguiu atrás dele. Ninguém mais tinha ido ver Portia Wilkins Dupree ser enterrada – nem mesmo a mãe dela. Portia tinha vinte e seis anos quando morreu tentando proteger a filha, a mesma idade de Jo.

Ursa soltou as mãos de Jo e de Gabe e passou um minuto reorganizando as flores em uma nova constelação ao redor do túmulo.

– Tchau, mamãe. Amo você – disse ela ao terminar.

Ursa segurou nas mãos deles novamente.

– Quero ver o papai agora.

Eles caminharam até o túmulo de Dylan Joseph Dupree. Ele tinha sido enterrado ao lado de sua mãe, e o terreno vazio ao lado dela era para o marido dela. O pai de Dylan morava em uma casa de repouso próxima, sua mente muito prejudicada pela doença de Alzheimer para entender quem era sua neta. Como não havia espaço para enterrar Portia ao lado de Dylan e dos pais dele, Jo comprou um terreno o mais próximo possível do pai de Ursa. De acordo com os desejos da garota, a cruz de Portia era a mesma que estava sobre o túmulo de Dylan.

Ursa soltou as mãos de Jo e Gabe quando eles chegaram ao túmulo de Dylan. Ela tirou uma foto dobrada do bolso e colocou-a contra a parte inferior da cruz. Era uma imagem da Galáxia do Cata-vento, localizada na Ursa Maior.

Dylan adorava tudo o que tinha a ver com estrelas. Antes de sua vida desmoronar, ele queria ser astrofísico. Ele nomeou a filha Ursa em homenagem à Ursa Maior no céu e ensinou a ela o nome das estrelas e das constelações. Quando Ursa tinha medo do escuro, ele abria um pouco a janela dela e dizia que a magia boa que caía das estrelas estava entrando pela janela. Ele dizia que a magia sempre a manteria segura. Depois que ele morreu, Ursa abria bem sua janela todas as noites, tentando deixar entrar muita magia boa. Foi assim que ela escapou das garras dos homens que quase a mataram.

Ursa caminhou até a cruz e beijou o topo dela.

– Eu amo você, papai. – Ela apontou para trás de si. – Estes são a Jo e o Gabe. Você ia gostar deles. O Gabe gosta de estrelas, como você. – Ela endireitou a imagem da galáxia e se virou.

– Pronta para ir? – perguntou Jo.

– Pronta – disse ela.

Eles tinham mais um túmulo para visitar. Entraram no carro de Jo e seguiram de Paducah, Kentucky, para Viena, Illinois. Enquanto se aproximavam da Rodovia Turkey Creek, Ursa se inclinou entre os assentos o máximo que o cinto de segurança permitia. Ela não tinha voltado lá desde a noite em que havia sido levada de helicóptero daquele mesmo cruzamento e conduzida a Saint Louis para uma cirurgia.

– O que é isso? – Jo perguntou quando a estrada entrou em seu campo de visão. – Eu viajei e avancei no tempo?

– Eu achava que você tinha dito que não nos parecemos tanto assim... – disse Gabe.

– Só pela diferença de idade.

A versão mais velha de Gabe sorriu e acenou da cadeira sob o dossel azul e a placa de "Ovos frescos".

– Você não me disse que ele é o novo Homem dos Ovos.

– Eu não sabia disso – Gabe disse.

– Ele nunca fez isso antes?

– Estou tão surpreso quanto você.

Jo estacionou seu Honda ao lado da picape branca de Gabe.

– Ele está até usando a sua caminhonete.

– Eu falei para ele usá-la para fazer as coisas da fazenda – Gabe disse. – O carro dele é bom e apanha no cascalho.

– Nem me diga.

Ursa saiu disparada pela porta dos fundos e correu para a barraca de ovos. George Kinney se levantou e apertou a mão dela.

– Você deve ser a Ursa.

– Sou – disse Ursa.

– Sou o George e fico muito feliz em conhecê-la.

– Por que você se parece com o Gabe? – quis saber Ursa.

– Porque o Gabe teve dois pais, e eu sou um deles – disse ele.

Gabe o abraçou.

– Como foi? – quis saber George.

– Sem problemas – Gabe disse.

– Kat e eu temíamos que eles mudassem de ideia.

– É por isso que você está aqui? Para cuidar de nós?

– Estou aqui porque os malditos ovos estão se acumulando até o teto. – Ele abriu os braços para Jo. – Venha aqui, Mulher Maravilha.

– Tenho muito menos peito do que ela – disse Jo.

– Fica melhor para abraçar você – disse George, apertando-a nos braços.

– A gente vai fazer um funeral para o Ursinho – disse Ursa.

– Bem, isso é muito bonito – disse George. – Ouvi dizer que ele era um bom cachorro.

– Ele era o melhor cachorro de todos – disse Ursa.

– É melhor a gente ir – Gabe disse. – A Jo tem que pegar a estrada logo depois do almoço.

– Vou fazer as malas e vejo você em casa – George disse.

– Precisa de ajuda? – quis saber Jo.

– Ora, eu não sou tão velho assim.

Jo, Gabe e Ursa seguiram de carro pelo vento forte e familiar da Rodovia Turkey Creek. Ursa se esticou bem alto no assento para olhar pela janela.

– Parece diferente – disse ela.

– As plantas cresceram e as cores estão começando a mudar – disse Jo.

– Onde estão as bandeiras do ninho?

– Eu as tirei quando o meu estudo acabou. Os *Passerina cyanea* estão se preparando para a migração.

– Eles estão indo embora?

– Vão em algumas semanas, mas só no inverno. Eles voltarão na primavera.

Eles entraram na propriedade dos Kinneys, dirigindo-se ao convidativo chalé amarelo na colina. Antes de Jo desligar o motor, ela olhou para a nogueira.

Ursa saltou do banco de trás e correu em direção à pradaria atrás da casa.

– Ursa, é por aqui! – Gabe a chamou.

– Vou buscar flores para ele! – ela disse.

Jo ficou olhando enquanto ela desaparecia na grama alta. Gabe pegou as mãos dela e a puxou para perto de seu corpo.

– Você ainda vende ovos? – ela perguntou.

– Não, desde o tiroteio.

– Vai vender de novo?

– Eu não sei. – Ele ficou com olhar fixo na direção da estrada, mas seus olhos estavam distantes. – A banquinha de ovos era um fio que me mantinha conectado com o mundo exterior.

– Tem algo mais substancial conectando você ao mundo exterior agora? Gabe sorriu para ela.

– Mais como se o fio tivesse sido cortado e eu tivesse caído rapidamente no mundo real.

– Como está indo isso? – quis saber Jo.

– Bem. Mas às vezes tenho medo de confiar no quanto isso é bom. E se tudo começar de novo?

– As pessoas que o amam o ajudarão.

Ele a beijou. Antes que qualquer tempo parecesse passar, Ursa os envolveu, um braço em volta de Jo e o outro em Gabe. Ela descansou a cabeça junto deles.

Quando Ursa estava pronta, Gabe as levou até o túmulo do Ursinho. Em uma cruz feita de madeira de cedro polida, ele gravou "Ursinho", e, abaixo do nome, "Ele deu sua vida pelas pessoas que amava".

Ursa fungou e enxugou as lágrimas do rosto.

– Você gosta da cruz? – perguntou Gabe.

– É exatamente perfeita – respondeu Ursa. Ela colocou o buquê de vara-de-ouro, pau-ferro e ásteres no monte de terra que já estava dando vida a uma nova flora.

– Você gostaria que alguém falasse alguma coisa? – quis saber Jo.

– Quero cantar para ele a minha canção preferida. O pai da Ursa, quero dizer, o *meu* pai, costumava cantá-la para mim quando eu ia dormir.

– Isso seria uma coisa boa – comentou Gabe.

Olhando para o solo que cobria seu cachorro, Ursa cantou:

– Brilha, brilha, estrelinha, enquanto eu me pergunto o que você é. Acima do mundo tão alto, como um diamante no céu, cintila, cintila, estrelinha, enquanto eu me pergunto o que você é.

Gabe apertou a mão de Jo.

Quando terminou de cantar, Ursa se agachou e deu uns tapinhas na terra.

– Amo você, Ursinho.

Eles voltaram para o carro e foram dirigindo até a propriedade da família Nash.

– De quem são esses carros? – Ursa perguntou quando pararam. – Quem está aqui, Gabe?

– Talvez você deva entrar e ver – disse ele.

Ursa saltou do carro e subiu correndo os degraus da varanda. Jo e Gabe a seguiram de perto. Eles queriam ver a reação dela.

– Posso entrar? – quis saber Ursa.

– Desde quando você pergunta? – Lacey disse por trás da porta telada.

Ursa abriu um largo sorriso.

– Você se lembra disso, Gabe? Lembra quando nós resgatamos você?
– Lembro-me muito bem do resgate – disse ele.
– Entre – disse Lacey, empurrando a porta telada.

Ursa entrou, e sua expressão foi mudando de choque para alegria enquanto um coro de vozes cantava "Feliz aniversário". Balões roxo-escuros e lilás-claros flutuavam por toda a sala, e as paredes e o teto de toras estavam enfeitados com fitas de crepe nas mesmas cores. Placas que diziam *"Bem-vinda de volta, Ursa"* e *"Feliz nono aniversário"* pairavam sobre uma mesa cheia de comida e com um bolo polvilhado com estrelas de prata. Adicionando ainda mais vivacidade à sala festiva, havia gatinhos ostentando laços coloridos no chão por toda parte.

– Eu não sabia que era meu aniversário! – Ursa disse.

Jo não queria que o enterro da mãe dela caísse em seu aniversário, mas era o único dia em que ela e Lenora poderiam viajar para Paducah. Jo e Gabe haviam planejado a festa para alegrar o dia.

Gabe apresentou Ursa à filha mais nova de George, ao marido dela e ao filho em idade escolar. Gabe e a filha de George já eram bons amigos, mas, para a outra filha dele, a ficha ainda não tinha caído de que ela tinha um irmão filho do amor de seu pai e Katherine.

O marido de Lacey se apresentou a Ursa. Quando Troy apertou a mão dela, um colar com um pingente de estrela de cristal apareceu na palma da mão de Ursa.

– De onde veio isso? – ele perguntou.
– Eu não sei! – Ursa disse.
– Você gosta?
– Sim!
– Então acho que é seu.

Foi assim que Jo descobriu que o Dr. Troy Greenfield era um mágico amador.

Jo chamou Ursa de lado para dar a notícia de que Tabby realmente queria estar na festa, mas não podia porque sua irmã estava visitando-a, vinda da Califórnia. Tabby havia tido que levar a irmã ao aeroporto na hora exata da festa.

– Tudo bem – disse Ursa.

Jo entregou-lhe uma grande caixa embrulhada em papel com estampa de gato.

– Isto é dela.

– Posso abrir?

– Com certeza – disse Jo.

Ursa se sentou no chão, arrancou o papel de presente e ergueu a tampa da caixa. Radiante, ela retirou uma grande criatura roxa macia com um largo sorriso cheio de dentes e braços e pernas pendentes. Como o alienígena da música, ele tinha um olho central, um longo chifre e duas asas. Ela esmagou a coisa estranha nos braços.

– Um comedor de gente roxo! Ele é macio como um travesseiro!

Ela abriu os outros presentes: pequenos binóculos e um guia de campo de pássaros de Jo, um livro de ensino médio sobre a vida nos rios de George, um conjunto de aquarela de Lacey, um suéter lilás com um rosto de gatinho branco da filha de George e uma cópia impressa de *Sonho de uma noite de verão* com lindas ilustrações coloridas de Katherine.

– Droga, eu me esqueci de comprar um presente para você – Gabe disse.

Ursa sorriu, ciente de que ele estava brincando.

– Bem, acho que vou ter que lhe dar uma coisa. – Ele olhou ao redor, esfregando o queixo. Atravessou a sala e pegou Julieta e Hamlet nas mãos. – Que tal estes carinhas? Ouvi dizer que os seus novos pais adotivos vão deixar você ter gatos.

Ursa ergueu o olhar para Jo.

– É mesmo? Posso?

– Acho que esses pais adotivos não são tão ruins assim, afinal de contas – disse Jo.

Ursa pegou os gatinhos e enterrou o rosto nos pelos deles.

– Parece que você influenciou positivamente o destino de Julieta e Hamlet – Gabe disse.

– Foram os meus lances *quarks* – disse Ursa.

– Espere – disse ele –, pensei que tínhamos acabado com esse lance das coisas *quarks*.

– Como podemos acabar com elas? Eu ainda estou fazendo coisas boas acontecer.

– Você está?

– A Jo disse que eu não deveria falar da Ursa como se não fosse ela, mas só porque eu finjo que sou a Ursa não significa que não seja uma alienígena.

Jo e Gabe trocaram um olhar, e Ursa, como sempre, percebeu a inquietação deles.

– Está tudo bem – disse ela a Jo. – Ainda estou fazendo o que você disse.

– O que foi que a Jo disse? – quis saber Gabe.

– Ela disse que a alienígena pode ser meio que a alma da Ursa, então a Ursa e a alienígena podem ser uma pessoa inteira.

– Isso é lindo! – disse Katherine.

– É, sim – disse Ursa. – Mas é mais o contrário: a Ursa é a minha alma, e eu vim das estrelas.

Todo mundo estava quieto, preso no feitiço da estranha magia de Ursa.

– Uma alienígena com alma humana teria algum interesse em bolo de aniversário? – perguntou-lhe George.

– Sim! – Ursa disse.

– Graças a Deus – disse ele. – Achei que eu teria que comer tudo sozinho.

Eles acenderam nove velas e cantaram "Feliz aniversário" para Ursa novamente. Jo odiava sair logo depois do almoço, mas ela queria que Ursa chegasse à nova casa antes de escurecer. Ela e Gabe embalaram os presentes e colocaram os dois gatinhos em uma caixinha de transporte para gatos que Lacey havia comprado para eles.

Quando eles saíram com o transporte, Ursa chorou ao ver a mãe dos gatinhos.

– Ela não quer que eu leve os bebês dela!

– Eles não bebem mais o leite dela – Gabe disse.

A gata rajada laranja esfregou o corpo nas canelas de Ursa.

– Está vendo? – ele disse. – Ela está dizendo para você levá-los.

Depois que todos abraçaram Ursa e Jo para se despedir na varanda, eles entraram para dar a Gabe um tempo a sós com elas.

– O George e a sua mãe disseram a data do casamento? – quis saber Jo.

Ele colocou o transporte dos gatos no banco de trás do Honda.

– Românticos como são, eles disseram que vão esperar até as folhas ficarem coloridas, e não sabem exatamente quando isso vai acontecer.

– Vou precisar de um aviso prévio – disse Jo.

– Eu disse isso a eles.

– Posso ir ao casamento do George e da Katherine? – perguntou Ursa.

– Eu não sei – Gabe disse. – Depende se os seus pais adotivos vão permitir que você vá.

– Eles vão deixar, sim – Ursa respondeu.

– Você tem certeza disso? – perguntou Jo. – Eu ouvi dizer que eles são o tipo de pessoa que faz a gente comer coisas verdes.

– Se fizerem isso, pode ser que eu fuja.

– Não, chega com isso para sempre – disse Gabe. Ele a colocou no banco de trás, afivelou o cinto de segurança e a abraçou. – Vou sentir a sua falta, coelhinha.

– Não por muito tempo – disse Ursa.

– Por que não?

– Os lances *quarks*.

Ele se afastou do carro e olhou para Jo.

– Parece que os nossos destinos ainda estão se lançando em um mar de *quarks*.

– Foi uma jornada e tanto – disse Jo.

Eles se beijaram e se abraçaram. Não sabiam quando estariam juntos de novo. Gabe tinha que colher e preparar as safras de outono na fazenda, e Jo ministraria e teria aulas durante o semestre do outono. Mas ela iria de carro para o casamento de Katherine e George, não importando quão ocupada estivesse. Ela sussurrou ao ouvido de Gabe:

– Eu acho que não consigo esperar até as folhas mudarem de cor.

– Eu sei disso. Talvez eu roube o conjunto de tintas da Ursa e comece a pintar essas benditas folhas.

Jo ligou o carro e foi embora, observando-o recuar nos espelhos retrovisores.

– Não se preocupe, você vai ver o Gabe antes do casamento – disse Ursa.

– Você parece muito mais confiante sobre seus *quarks* hoje em dia.

– Estou melhor nisso agora.

Durante a viagem, Ursa leu seus livros de aniversário, aninhou-se em seu comedor de gente roxa e brincou com os gatinhos pela porta do transporte. Quando deixaram a interestadual, Ursa olhou pela janela do carro, observando sua nova cidade natal. Jo virou o carro em sua bela rua arborizada, dourada com o sol do fim de tarde. Antes de entrar na garagem, ela parou para apreciar a casa de madeira branca, envolta em flores de fim de verão.

Tabby pisou na varanda, sorrindo e acenando.

Ursa desceu do carro, tentando equilibrar os gatinhos nos braços.

– É melhor você colocar os dois de volta na caixinha de transporte – disse Jo. – Se eles pularem, podem se perder. – Jo olhou para Tabby em busca de ajuda com os gatinhos, mas ela estava falando a sério com alguém ao telefone.

– Eles não vão se perder – disse Ursa. Ela colocou os gatinhos, que se contorciam, junto ao peito. – Eu gostaria que as gatas da Frances Ivey estivessem aqui. Elas poderiam ser as mães adotivas da Julieta e do Hamlet.

– Que bom que a Frances não está aqui. Ela disse nada de crianças, e não falamos de você ainda.

– Vai acontecer alguma coisa para resolver isso – disse Ursa.

– O quê?

– Você vai ver.

Quando chegaram ao passadiço, Tabby desceu correndo os degraus.

– Você nunca vai adivinhar o que aconteceu!

– Tabby! Que tal dizer olá para a minha filha adotiva?

– Certo... – Ela guardou o celular no bolso e deu um beijo no rosto de Ursa. – Feliz aniversário, garota mais incrível do universo!

– Gostei do comedor de gente roxa que você me deu – disse Ursa.

– Ele é de Roxotônia, um planeta distante – Tabby disse. – Nossa, como esses gatinhos são fofos!

– Gabe deu os filhotes para mim.

– Então, o que aconteceu? – perguntou Jo.

– A Frances Ivey ligou... Acabei de desligar, estava falando com ela. Você não vai acreditar. Ela vai se casar com a Nancy e ficar no Maine! Ela quer saber se temos interesse em comprar a casa.

Jo olhou para Ursa.

– Ok, isso é estranho demais...

– O que é estranho demais? – Tabby perguntou.

– A Ursa acabou de dizer que algo aconteceria para mudar a regra de proibição de filhos.

Tabby sorriu.

– Você fez isso, pequena alienígena?

Ursa soltou um gritinho estridente. Os gatinhos estavam subindo nos cabelos dela para escapar de seus braços. Eles pularam para o chão e subiram correndo os degraus da varanda, como se seguissem uma trilha invisível de *quarks*. Julieta se esparramou no tapete de boas-vindas, e Hamlet caiu de costas ao lado dela, uma pata batendo suavemente no queixo da irmã.

Ursa segurou a mão de Jo com sua mão esquerda e a de Tabby, com a direita. Ela as puxou com força contra seu corpo, como se fosse um passarinho se aninhando em seu ninho. Ela sorriu para os gatinhos que brincavam na varanda de sua nova casa.

– Eu fiz isso acontecer. – Ela virou o rosto para cima. – Não foi, Jo?

– Com certeza, Ursa Maior.

Agradecimentos

Este livro não teria florescido sem Carly Watters, da Agência Literária PS. Agradeço a ela por seu compromisso em publicá-lo e também por sua poda inicial dos passados convolutos de minhas histórias. Sua destreza com o cortador de cerca viva melhorou muito a história.

Sou profundamente grata a Alicia Clancy, que apoiou este livro de mar a mar brilhante. Seu entusiasmo inabalável tem sido uma luz guia para mim.

Outra editora talentosa, Laura Chasen, aprimorou e poliu minha escrita além da minha imaginação. Apreciei muito seu estilo competente e compassivo de edição.

Também gostaria de agradecer às primeiras pessoas que leram este manuscrito. Scott, meu sempre disposto leitor alfa, forneceu comentários atenciosos, como de costume. Nikki Mentges, editora e leitora beta da NAM Editorial, ajudou-me a melhorar o manuscrito para o processo de consulta. Agradeço a ambos por me encorajarem a buscar a publicação.

Devo mais agradecimentos às muitas pessoas da Lake Union Publishing que apoiaram este livro e trabalharam nele.

Gostaria de agradecer às seguintes pessoas que forneceram informações sobre os efeitos emocionais e físicos posteriores do diagnóstico de câncer relacionado ao câncer de mama. Minha amiga, Dra. Lisa Davenport, ofereceu-me conselhos e me conectou com a Dra. Victoria Seewaldt, da City of Hope, e a Dra. Sue Friedman, diretora executiva e fundadora da FORCE (Facing Our Risk of Cancer Empowered – Encarando Empoderadas Nosso Risco de Câncer). A orientação delas foi fundamental para escrever Joanna com realismo. A Dra. Ernestine Lee, boa amiga que é, ofereceu o apoio muito necessário quando procurei mais conselhos sobre o histórico médico de Joanna. Ela conversou com vários oncologistas cujos conselhos me ajudaram a resolver minhas preocupações.

Meu irmão Dirk Vanderah, um paramédico talentoso, forneceu informações sobre ferimentos à bala e suporte médico de emergência. Lamento muito que ele não tenha vivido para ver este livro.

Gostaria de agradecer a Andrew V. Suarez, Karin S. Pfennig e Scott K. Robinson, cujo estudo das *Passerina cyanea* em hábitats periféricos forneceram a base científica da pesquisa de Joanna.

Agradecimentos e amor infinitos a Cailley, William e Grant por sua paciência enquanto eu escrevia, e por inspirarem o grande coração, o brilho e a imaginação de Ursa.

Finalmente, mais gratidão e amor a Scott. Seu incentivo foi constante desde o início, quando a ornitóloga que ele conhecia havia muitos anos inesperadamente ficou obcecada por escrever ficção. Obrigada, Scott, por seu otimismo extraordinário e muitas vezes exaltante.

Sobre a autora

Glendy Vandehrah trabalhou como especialista em aves ameaçadas de extinção em Illinois antes de se tornar escritora. Originalmente de Chicago, ela agora vive na parte rural da Flórida, com seu marido e tantos pássaros, borboletas e flores silvestres quanto pode atrair para sua terra. *Onde a floresta encontra as estrelas* é seu romance de estreia.